救赎者

Jo Nesbø

［挪威］

尤·奈斯博

著

林立仁 译

湖南文艺出版社
HUNAN LITERATURE AND ART PUBLISHING HOUSE
博集天卷
CS-BOOKY
·长沙·

/ 目 录 contents /

奥斯陆市中心

N

霍尔门科伦区

伍立弗医院
莱克凡路

福雷特斯慈善商店
麦佑斯登区

福隆纳区

芬马克街
科博街
坎本区

德场公园

灯塔餐厅
警察总署

救世军旅舍

格兰区

中央车站
铁路广场

阿克什胡斯城堡

布尔斯巷
鉴识中心

第一部　降临

她一个字也不敢说，因为她才十四岁，深信只要紧紧闭起眼睛，集中注意力，就能穿透屋顶，看见天上的星星。上帝具有超能力，只要他愿意，就能让此事发生。

1 星星

她十四岁，深信只要紧闭双眼，集中精神，视线就能穿透天花板，看见天上的星星。

她周围的女子正在呼吸，发出规律、沉重的属于夜晚的呼吸声。其中一位正在打鼾的是莎拉阿姨，她分到一张床垫，就睡在打开的窗户底下。

她闭上眼睛，试着和其他人一样呼吸，但却难以入睡，因为周围的一切如此新鲜而陌生，夜晚的声音和厄斯古德庄园窗外的森林都变得很不一样。她在庄园和夏令营的聚会中认识的人似乎变得不同了，连她自己也有所改变。今年夏天她照镜子时，看见自己的面孔和身体是新的，而且每当男生的目光朝她射来，心中涌出的一种忽冷忽热的奇特情绪会流过她的身体，尤其是其中一名少年看向她时。少年名叫罗伯特，今年他看起来也不太一样。

她再度睁开双眼，直视天花板。她知道上帝具有超能力，只要他愿意，就能让她穿透屋顶，看见星星。

今天漫长而多事。干燥的夏日微风在玉米田中低吟，树上的叶子狂热地舞动，阳光穿透它们，洒落在野地的访客身上。他们聆听一名救世军军校生述说他在法罗群岛担任传教士的经过，他长相俊俏，说话时带着极高的敏感度和热情。但她不断分心，挥手驱赶一只在她脑袋周围嗡嗡飞舞的大黄蜂。等那只大黄蜂飞走，暑热已让她困倦不已。军校生说完之后，众人都转头朝地区总司令戴维·埃克霍夫望去。他面带微笑看着大家，双眼看起来相当年轻，但其实他已经五十多岁了。他以救世军的礼仪行礼，右手高举过肩，指向天上，声音响亮地喊道："哈利路亚！"接着，他为救世军的工作祈祷，为他们帮助穷人与社会底层民众的工作祝福，并提醒人们《马太福音》里说，救世主耶稣就在他们之中，可能是街上的陌生人，也可能是缺乏食物和衣服的罪犯。而到了审判日，唯有帮助过弱者的正直的人才能获得永生。埃克霍夫的发言十分冗长，这时有人低声细语，他便微笑着说，接下来是"青年时间"，今天轮到里卡尔·尼尔森发言。

她听见里卡尔特意压低声音向总司令道谢。一如往常，里卡尔做了事前准备，把演讲词写下来并背熟。他站起身来，大声背诵自己将如何为耶稣奉献生命，替上帝的国度奋斗，他的声音紧张，语调平缓，令人昏昏欲睡。他内向而严肃的目光落在她身上。她眼皮沉重，只是看着里卡尔沁出汗珠的上唇不断开合，形成熟悉、安稳、乏味的词句。因此，当一只手触碰她的背时，她并未立刻做出反应，直到那只手的指尖游走到她的后腰，而且不断向下移动，她的身体才在单薄的夏日洋装下突然紧张起来。

她回过头去，看见罗伯特微笑的褐色眼珠，心下只希望自己的皮肤跟他一样黑，这样罗伯特就看不出她双颊发红。

"嘘。"约恩说。

罗伯特和约恩是兄弟，约恩比罗伯特大一岁，但他们小时候常被误认为双胞胎。如今罗伯特已十七岁，尽管兄弟俩的面孔仍然有许多相像之处，但已能清楚分辨两人的不同。罗伯特生性乐观，无忧无虑，喜欢戏弄别人，很会弹吉他，但在庄园里做服务工作时却经常迟到，而且他每次戏弄人总会有点过火，尤其是当他发现其他人在笑的时候。这时约恩就会介入。约恩是个勤恳诚实的少年，最大的愿望是进入军官训练学校，其次是在救世军里为自己找个女朋友，尽管他从未清楚地宣之于口。但对罗伯特来说，女朋友可不一定要在救世军里面找。约恩比罗伯特高两厘米，但奇怪的是，罗伯特看起来更高。约恩从十二岁就开始驼背，仿佛将全世界的不幸都背在身上。这对兄弟都有深色肌肤和端正的长相，但罗伯特拥有一种约恩没有的东西，那就是他眼神中黑暗且爱玩的特质。她对这种特质有着向往，但并不希望深入探索。

里卡尔发表演说时，她的目光飘过由熟悉面孔构成的海洋。有一天，她会嫁给救世军的某个男孩，也许他们会被派驻到另一个城镇，或这个国家的另一个地区，但他们总会回到厄斯古德庄园。救世军刚买下这座庄园，从今以后，这里就是他们的夏日基地。

一名金发少年坐在众人外围通往屋子的台阶上，正在抚摸躺在他大腿上的猫。她感觉到少年一直在看她，但她一察觉，少年便移开视线。这些人里她不认识的只有那位少年，但她知道少年名叫麦兹·吉尔斯特拉普。吉尔斯特拉普家族十分富有，厄斯古德庄园过去便为这个家族所有，而麦兹是家族里的孙辈。麦兹其实很有吸引力，但他似乎有点孤僻。况且他到底在这里做什么？昨晚他走来走去，愤怒地皱着眉头，不跟任何人说话。她有好几次感觉到麦兹的目光落在她身上。今年大家都会看她，这倒是新鲜事。

她的思绪猛然被打断，因为罗伯特在她手里塞了样东西，说："等那个想当将军的家伙讲完话以后，就去谷仓找我，我有东西要给你看。"

罗伯特说完就起身离去。她低头朝手中看去，差点发出尖叫。她一手捂住嘴巴，另一只手把那东西丢进草丛。那是一只似乎还在蠕动的大黄蜂，但已没了脚和翅膀。

里卡尔终于结束了演说。她坐在原地，看见她的父母和罗伯特与约恩的父母朝放着咖啡的桌子走去。他们在各自的奥斯陆救世军会众眼中，都属于"骨干家族"，因而她知道，很多人都对她投以关注的眼光。

她往屋外的厕所走去，来到厕所转角。众人的视线被挡住之后，她便朝谷仓快步走去。

"你知道这是什么吗？"罗伯特说，眼神带着微笑，声音低沉。去年夏天他的声音没这么低。

罗伯特躺在干草堆上，用小刀削着一节树根，那把小刀他随身插在腰带里。

他举起树根，她便看出他削的是什么，因为她曾在图画中看过那样东西。她希望这里很暗，这样罗伯特就看不见她的脸再度泛红了。

"我不知道。"她撒了谎，在罗伯特身旁的干草堆上坐了下来。

罗伯特再度对她露出戏弄的眼神，仿佛他知道她的一些事，而这些事连她自己也不知道。

"这玩意应该放进这里。"罗伯特突然将手伸进她的裙子底下。她感觉到那节硬树根抵到大腿内侧，还来不及夹起双腿，树根就已顶到内裤。罗伯特温热的吐息吹到她脖子上。

"不要，罗伯特。"她低声说。

"这可是我专门为你做的。"他喘息着说。

"住手，我不想要。"

"你这是在拒绝我吗？"

她屏住气息，难以回答，也无法尖叫，因为这时他们听见约恩的声音从谷仓门口传来："罗伯特！不要这样，罗伯特！"

她感觉罗伯特松开力道，放开了她，他抽出手，只剩那节树根还夹在她双腿之间。

"过来！"约恩叫道，仿佛在呼喝一只不听话的小狗。

罗伯特咯咯轻笑着，站了起来，对她眨眨眼，朝哥哥和阳光奔去。

她坐起身来，拍掉身上的干草，既觉得松了口气，又觉得羞愧不已。之所以松了口气，是因为约恩打断了他们的疯狂游戏。之所以觉得羞愧，是因为对罗伯特来说，这不过是场游戏罢了。

晚些时候，在众人进行晚餐前的感恩祷告时，她抬眼朝罗伯特望去，和他的褐色眼珠四目相对。罗伯特做出一个嘴形，她看不出来那是什么，却情不自禁地咯咯笑了起来。他太疯狂了。而她呢……呃，她怎么样呢？她也很疯狂。疯狂，疯狂地坠入情网？是的，坠入情网。和她十二三岁时不同，现在她十四岁了，这感觉更强大，更重要，更刺激。

这时她躺在床上，试着看穿屋顶，感觉笑声在体内如泡泡般不断涌出。

窗户底下的莎拉阿姨发出一声呼噜，便不再打鼾。她听见某种东西发出尖锐的叫声，是猫头鹰吗？

她想小便。

她不想出去，却不得不出去，不得不穿过湿草地，经过谷仓。半夜的谷仓黑漆漆的，很不一样。她闭上眼睛，但并没有用。她只得悄悄爬出睡袋，穿上凉鞋，蹑手蹑脚地走向门口。

天空中出现了一些星星。再过一小时，拂晓来临之后，星星就会消失。冰凉的空气拂过她的肌肤，她不安地向前奔去，耳中听见一些无法辨认的夜晚声响。白昼里安静的昆虫叫了起来。动物正在猎食。里卡尔说他在远处的灌木林见过狐狸。也许这些动物在白天也会出现，只不过发出的声音不同。现在它们变了个样，也可以说是脱了层皮。

厕所孤零零地伫立在谷仓后方的小土墩上。她离厕所越来越近，眼中的厕所也越来越大。厕所是个形状扭曲的怪异小屋，由未加工的木板制成，木板弯曲、龟裂、发灰。厕所没有窗，门上雕了个心形图案。最糟的是难以辨别里面是否有人。

但直觉告诉她，里面有人。

她咳了一声，好让里面的人知道她在。一只喜鹊从树梢上振翅飞起，除此之外，没有任何动静。

她踏上石板，抓住被当作门把手的一块木头，把门拉开。黑魆魆的小屋裂开一个大口。

她呼了口气。马桶盖旁放着一支手电筒，但她不需要把它按亮。她关好门，拴上门闩，掀开马桶盖，然后撩起睡衣，脱下内裤，坐了下去。宁静接踵而至，但她似乎听见了什么声音。那不是动物的声音，不是喜鹊的声音，也不是昆虫蜕壳的声音。某样东西在厕所后方的长草丛中快速移动。

这时尿液流出，水声掩盖了那个声音，但她的心脏已开始猛烈跳动。

她解完小便，迅速提上内裤，坐在黑暗中聆听，却只听见树梢轻微的起伏声，以及耳中的血液流动声。脉搏稍缓之后，她拉开门闩，打开了门，不料一道黑影几乎填满了整个门口。那人一定是一直站在外面的石阶上静静地等候。她四肢张开，跌坐在马桶上。那人站到她面前，关上了背后的门。

"是你？"她说。

"是我。"他说，嘶哑、怪异的声音颤抖着。

接着，他压在她身上，双眼在黑暗中闪闪发光，他的牙齿咬上她的下唇，直到吸出血来。他一手伸进她的睡衣底下，撕开内裤。她瘫在那里，因为恐惧而无法动弹，感觉刀子抵住她脖子上的肌肤。他的下体不断朝她体内冲撞，连裤子都没完全脱下，宛如一只疯狂交配的公狗。

"你敢说出去一个字，我就把你碎尸万段。"他低声说。她一个字也不敢说，因为她才十四岁，深信只要紧紧闭起眼睛，集中注意力，就能穿透屋顶，看见天上的星星。上帝具有超能力，只要他愿意，就能让此事发生。

2 拜访

二〇〇三年十二月十四日，星期日

他看着列车车窗里映出的自己，努力想看清那是什么，秘密藏在何处。但却没看见任何特别之处，只看见红色领巾、面无表情的脸和眼睛，以及有如地铁那永恒之夜般的黑色头发。他的影子映在库尔塞勒站和特纳站之间的隧道墙壁上。一份《世界报》放在他的大腿上，天气预报说会下雪，但地铁上方的巴黎街道依然寒冷荒凉，笼罩在难以穿透的低沉乌云之下。他鼻孔微张，吸入许多细微但明确的气味，包括水泥的湿气、人类吐息、炙热金属、古龙水、香烟、潮湿羊毛和胆汁的气味。这些气味难以从列车座位上洗去，也无法通过空调系统排出。

对面列车的逼近使得车窗开始震动，窗外的黑暗暂时被高速闪现的方块状的苍白灯光驱离。他拉起外套袖口，看了看表。那是精工 SQ50 腕表，一位客户给他的，用来抵偿部分款项。玻璃表面已有刮痕，因此他不确定这块表的真伪。七点十五分。此刻是周日的夜晚，街上车辆稀疏。他环视四周，只见人们在地铁上睡觉。人们总在地铁上睡觉，尤其是在工作日，他们关上开关，闭上眼睛，让日常通勤变成无梦的休息时间，在地铁地图上的红线和蓝线之间穿梭，在工作和自由之间无声换乘。他在报上读过有个男子就像这样在地铁上坐了一整天，随着列车来回奔驰，直到一天结束，清洁人员才发现男子已经气绝。也许男子就是为了迎接死亡才走进这个地下墓穴，搭上连接今生与来世的蓝线列车，步入这个浅黄色棺材，因为他知道自己在这里不会受到打扰。

至于他呢，他搭乘的是奔往反方向的列车，准备返回今生。今晚这项任务结束后，就只剩下明天在奥斯陆的任务，也是最后一项任务，然后他就会永远离开这个地下墓穴。

列车在特纳站关门之前，发出刺耳的警示声，然后再度加速。

他闭上双眼，试着想象其他气味，诸如便池除臭锭和新鲜温热的尿液的气味，以及自由的气味。但也许正如他当过老师的母亲所说，人脑可以细腻地重现任何见过的影像或听过的声音，却连最基本的气味都无法重现。

气味。眼皮内侧开始闪现影像。十五岁的他坐在武科瓦尔市的医院走廊上，听见母亲不断地低声向使徒多马——建筑工人的守护圣徒祈祷，希望他能保住丈夫的性命。他听见塞尔维亚军队的大炮在河对岸隆隆发射的声音，以及在婴儿病房做手术的患者发出的凄厉叫声。婴儿病房早已没有婴儿，围城战事开打之后，城里的女人就不再生小孩。他在饭店里打杂，学会如何把噪声、惨叫声和大炮声阻挡在听觉之外，但他无法阻挡气味，尤其是某种气味。外科医生在做截肢手术时，会先将肉切到见骨，接着，为了避免患者流血过多而死，必须用一种看起来像烙铁的东西来烧灼血管，让血管闭合。但没有一种气味能与血肉烧焦的气味相比。

一名医生踏进走廊，朝他和母亲招手。他走到病床边，不敢直视父亲，只盯着一只紧抓床垫的黝黑大手。那只手似乎要把床垫撕成两半。父亲的手确实有办法将床垫撕成两半，因为那是城里最强壮的一双手。他父亲是扎铁工，负责在泥水匠完成工作之后前往工地，用他的大手握住用来强化水泥的钢筋的突出端，并使用快速熟练的手法把钢筋末端捆扎起来。他见过父亲工作的样子，看起来仿佛只是在绞布，人类发明的机器都不会比他更加胜任这份工作。

他紧闭双眼，听见父亲在承受极度痛苦的状态下大声吼道："把孩子带出去！"

"可是他想……"

"出去!"

他听见医生的声音说:"止血了,快!"有人从他的双臂下方把他抱了起来,他扭动挣扎着,但他太小太轻,无法挣脱。这时他闻到了那种气味,血肉烧焦的气味。

他听见的最后一句话是医生说:

"锯子。"

门在他背后关上。他跪了下来,继续母亲的祷告。请救救他,把他变成残废,但请让他保住性命。上帝具有超能力,只要他愿意,就能让此事发生。

他感觉有人正在看他,便睁开双眼,回到地铁之中。对面一名下巴肌肉紧绷的女子露出疲惫冷漠的神色,一接触到他的双眼就赶紧移开。他又默念了一次地址。腕表上的秒针向前走了一格。他摸了摸自己的脉搏,跳动正常。他感觉头部很轻,但不是太轻。他不觉得冷也不觉得热,不觉得恐惧也不觉得喜悦,不觉得满意也不觉得不满意。列车慢了下来。戴高乐广场站到了。他朝女子看了最后一眼。女子一直在打量他,但若再见到他,即使是今晚,她也不会认出他。

他站了起来,走到车门前等候。刹车发出低沉的悲叹声。除臭锭和尿液的气味。自由的气味。尽管气味几乎不可能被想象出来。车门向两侧滑开。

哈利踏上月台,站在原地,鼻子吸入温暖的地底空气,双眼看着纸上写的地址。他听见车门关闭,感觉背后空气随着列车驶离而流动。他朝出口走去。手扶梯上方的广告对他说感冒可以预防。"可以才怪。"他咳了几声,把手伸进羊毛外套的口袋深处,在随身带着的小酒壶下方摸到一包烟和一包润喉糖。

香烟在他口中上下晃动,他穿过出口的玻璃门,离开奥斯陆地铁不自然的暖气环境,踏上台阶,走进奥斯陆超自然的十二月黑暗天色和极冷的气候中。他本能地缩起身体。这里是伊格广场。这座开放式小广场位于奥斯陆心脏位置的人行道交叉口，倘若这个时节的奥斯陆还能说有颗心脏的话。这个周日商店照常营业，因为这是圣诞节前的倒数第二个周末。黄色灯光从四周的三层楼摩登商店的橱窗里洒落，笼罩着广场上熙来攘往的人潮。哈利看见大包小包包装精美的礼物，便在心中提醒自己，得买个礼物送给毕悠纳·莫勒，因为明天是莫勒在警署任职的最后一天。莫勒是哈利的上司，也是这些年在警界最照顾他的人。莫勒终于要实现他减少上班时间的计划了，从下周开始，他将担任卑尔根警局所谓的资深特别调查员一职，这表示他可以爱做什么就做什么，直到退休。真是份轻松愉快的工作，不过选择卑尔根是怎么回事？那个城市经常下雨，山间又湿又冷，况且莫勒的老家根本不在卑尔根。哈利向来喜欢莫勒这个人，却不总是欣赏他的行事风格。

一名男子从头到脚包着羽绒外套和裤子，宛如航天员般左摇右摆，缓步前行，脸颊圆滚泛红，咧嘴喷出白气。街上行人个个弓着身体，脸上露出冬天的阴沉表情。哈利看见一名脸色苍白的女子，身穿单薄的黑色皮夹克，手肘处还有破洞，站在钟表行旁，双脚不断地改变站姿，盼望药头能赶快出现。一个满脸胡须的长发乞丐裹在温暖时尚、样式年轻的衣服里，摆出瑜伽坐姿，倚着街灯，头向前倾，仿佛在冥想一般，地上摆着的褐色纸杯来自他面前的咖啡馆。过去这一年来，哈利看见越来越多的乞丐，这时他突然发现这些乞丐看起来都一样，就连面前的纸杯都很相似，像是个暗号似的。说不定他们是外星人，悄悄前来占领他的城市、他的街道。没问题，尽管占领吧。

哈利走进钟表行。

"请问这可以修吗？"哈利对柜台内的年轻钟表师说，递出他爷爷的手表。这块表是爷爷在哈利小时候送他的，那天他们在翁达尔斯内斯镇为他母亲举行丧礼。哈利收到这块表时吓了一大跳，但爷爷说手表就是用来送人的，让他放心，还要他记得再把这块表送出去。"在还来得及的时候送出去。"

哈利早已忘了这块表的存在，直到有一天欧雷克去哈利位于苏菲街的家找他，在抽屉里找他的 Game Boy 游戏机时，才发现这块银表。欧雷克今年十岁，跟哈利一样爱玩过时的俄罗斯方块游戏，因此跟哈利混得很熟。欧雷克发现这块表之后，就忘了自己原本兴致勃勃要跟哈利比试，而是不断把玩手表，想让它恢复走动。

"它已经坏了。"哈利说。

"哦，"欧雷克说，"没什么是不能修的。"

哈利衷心希望欧雷克这个论点是事实，尽管他曾对此有过深深的怀疑。他也曾纳闷是否该把约克与瓦伦丁纳摇滚乐队及其专辑《没什么是不能修的》介绍给欧雷克。但回想起来，哈利认为欧雷克的母亲萝凯应该不会喜欢这当中的关联：她的酒鬼前男友把有关酒鬼生活的歌曲介绍给她儿子，而且这些歌还是由如今已离开人世的毒虫 ① 所谱写及演唱的。

"你能修好它吗？"哈利问柜台内的钟表师。钟表师一言不发，只是用灵巧专业的手指打开手表。

"不值得。"

"不值得？"

"你去古董行可以买到状况更好的表，价钱还比修好这块表便宜。"

"还是请你修吧。"哈利说。

"没问题，"钟表师说，他已开始检查手表的内部零件，显然对哈利的决定感到非常高兴，"星期二来拿。"

哈利踏出钟表行，听见一把吉他透过音箱传出微弱的声音。一名胡楂散乱、戴着无指手套的少年，正在转动一个弦钮，他手一转，吉他的音调就升高一点。一场传统的圣诞节前演奏会即将开始，许多知名演奏家将代表救世军在伊格广场演出。乐队在救世军筹募善款的黑色圣诞锅后方就位，

---

① 指吸毒者。

人们开始聚集在乐队前方。那个圣诞锅就是烹调用的锅，吊在广场中央的三根柱子上。

"是你吗？"

哈利回头，看见一名女子露出毒虫的眼神。

"是你，对不对？你是不是代替史奴比来的？我现在就要来一管，我已经……"

"抱歉，"哈利插口说，"你要找的人不是我。"

女子看着哈利，侧过头，眯起双眼，像是在判断哈利是否在说谎："对，我在哪里见过你。"

"我是警察。"

女子怔了一下。哈利吸了口气。女子的反应很慢，仿佛这个信息必须绕过烧焦的神经和毁坏的突触才能到达目的地。接着，哈利所预料的恨意在女子眼中点燃暗淡的光芒。

"你是条子？"

"我以为大家都已经说好，你们这些人应该待在普拉塔广场才对。"哈利的视线越过女子，射向歌手。

"哈，"女子说，在哈利面前挺起腰杆。"你不是缉毒组的，你上过电视，杀过……"

"我是犯罪特警队的，"哈利抓住女子的手臂，"听着，你在普拉塔广场可以拿到你要的东西，不要逼我把你拖进警局。"

"你管我。"女子挣脱哈利的手。

哈利扬起双手："告诉我你不会在这里交易，我就放过你，好吗？"

女子侧过头，无血色的薄唇微微紧闭，似乎觉得现在这个状况很有意思："要不要我告诉你，为什么我不能去普拉塔广场？"

哈利静静等待。

"因为我儿子在那里。"

哈利的胃一阵翻搅。

"我不想让他看见我这个样子，你明白吗，条子？"

哈利看着女子挑衅的面孔，好不容易才说出一句话。"圣诞快乐。"他说，转过身去。

哈利把香烟丢进一团褐色冰雪中，走开了。他希望摆脱警察这份工作。他没看见迎面而来的路人，路人都低头看着蓝色的冰，仿佛良心受到谴责；他们也没看见哈利，仿佛他们虽然身为全世界最慷慨的民主主义国家的公民，却依然感到羞愧。因为我儿子在那里。

哈利踏上弗雷登堡路，来到戴西曼斯可公立图书馆旁，在一个门牌号码前停下脚步，他身上带着的信封上草草写着的就是这个门牌号码。他仰头望去，看见外墙最近才漆上灰黑两色，简直就是涂鸦艺术家的春梦。有些窗户已挂上圣诞装饰，装饰品的轮廓映着柔和的黄色灯光，窗内看起来是温暖安全的家。也许确实如此，哈利逼自己这样想。之所以用"逼"这个字，是因为一个人在警界工作十二年后，很难不受到影响，而对人性产生蔑视。但他的确在努力对抗这种影响，至少我们应该给他掌声。

他在门铃旁找到名字，然后闭上眼睛，试着寻找恰当的字句，却找不到。那女子的声音依然萦绕在他脑海中。

"我不想让他看见我这个样子……"

哈利放弃了。这些难以说出口的话是找不到合适的表述方式的。

他用拇指按下冰冷的金属按钮，屋内某处响起铃声。

约恩·卡尔森上尉的手指离开门铃按钮，他将沉重的塑料袋放在人行道上，朝公寓正面抬头望去。这栋公寓看起来像被轻型火炮轰炸过，大片灰泥剥落，二楼有一户被烧毁的公寓的窗户用木板钉了起来。刚才他走过头了，没发现自己经过了弗雷德里克森的蓝色屋子。寒冷似乎将屋子的颜色吸收殆尽，让豪斯曼斯街上的屋子看起来全都一样。直到他看见被流浪汉占据的房屋墙壁上用涂鸦写着"Vestbredden"，也就是"西岸"，才发现自己走过了头。公寓前门的玻璃上有个V字形裂痕，像是代表胜利的符号。

约恩在防风上衣里打了个冷战，心中庆幸救世军制服用的是纯正厚羊毛。从军官训练学校毕业后，约恩前去测量身材，领取新制服，但一般的尺寸都不适合他穿，于是他领了衣料，去见裁缝。那裁缝朝约恩脸上喷了一口烟，突然说他拒绝接受耶稣作为他个人的救赎者，但他缝制的制服却非常好。约恩衷心地向他道谢，因为约恩不习惯穿定做的衣服。有人说，约恩就是穿了定制服才驼背的。这天下午看见他来豪斯曼斯街的路人，可能会以为他之所以弯腰，是为了躲避十二月的冷风。风吹过人行道上的冰柱和冰冻的垃圾，一旁的车流轰轰驶过。但认识约恩的人，会说他驼背是为了让自己看起来不那么高，可以向下接触那些比他矮的人，就像现在，他往褐色纸杯里丢进二十克朗硬币，而拿着纸杯的是门口一只肮脏颤抖的手。

"你好吗？"约恩问候那个将外套紧紧裹在身上的流浪汉，那人盘腿坐在一张纸板上，四周是盘旋飘落的雪花。

"我正在排队接受美沙酮治疗。"紧裹外套的可怜流浪汉声音虚弱，音调低沉，仿佛在朗诵一首缺乏练习的赞美诗，同时盯着约恩黑色制服下的膝盖看。

"你应该去我们在厄塔街的餐厅，"约恩说，"让自己暖和一点，吃点东西……"

这时，信号灯变绿，接下来约恩说的话便被汽车声淹没了。

"我没时间，"流浪汉说，"你不会刚好有五十克朗钞票吧？"毒虫对于吸毒的执着总让约恩惊讶不已。约恩叹了口气，在纸杯里塞了一百克朗纸钞。

"你可以去福雷特斯慈善商店找几件保暖的衣服，再不然我们的灯塔餐厅也有一些新的冬季夹克。你只穿那件单薄的牛仔外套会冻死的。"

约恩已然放弃，他知道虽然自己说了这些话，但那人还是会把钱拿去买毒品。即便如此，又能怎样？这种事在他日常工作中一再发生，不过是另一个难以解决的道德难题罢了。

约恩再度按下门铃，他在门口旁边肮脏的橱窗上看见自己的身影。西娅说他是个高大的男人。但他一点都不高大，他很小，只是个小士兵。这个小士兵做完今天的工作之后，就会飞奔到莫勒路，越过奥克西瓦河，也就是东奥斯陆和基努拉卡区的起始处，再穿过苏菲恩堡公园，来到歌德堡街四号。歌德堡街四号的这栋公寓为救世军所有，专门出租给救世军的人。他将打开B栋入口的门，对其他房客打招呼，让他们以为他要返回四楼的住处，但其实他会搭电梯到五楼，穿过顶楼，前往A栋，确定没人，才走到西娅家的门前，敲出他们约定的暗号。西娅会打开门，让他投入她的怀中，将他融化。

某个东西在震动。

起初他以为是地面、城市或地基在震动，接着他放下袋子，把手伸进口袋。手机在他手中振动，屏幕显示朗希尔德的电话号码。这已经是朗希尔德今天打来的第三通电话了。他知道不能再拖，必须老实告诉朗希尔德他和西娅就要订婚的事，但要先想好适当的措辞才行。他把手机放回口袋，避免去看自己的映影。但他已下定决心，不想再软弱下去，他要坦诚相告，当一个高大的士兵，为了歌德堡街的西娅，为了身在泰国的父亲，也为了上帝。

"喂。"电铃上方的对讲机发出大吼声。

"哦，嘿，我是约恩。"

"谁？"

"救世军的约恩。"他等待对方回应。

"有什么事？"声音有点破碎。

"我给你带食物来，我想你可能需要……"

"带烟了吗？"

约恩吞了口口水，靴子在雪地里跺了跺："没有，我的经费只够买吃的。"

"妈的。"

对讲机又静了下来。

"喂？"约恩高声说道。

"我还在，我在思考。"

"如果你要的话，我可以待会儿再来。"

大门发出吱的一声，约恩赶紧把门推开。楼梯间里散落着报纸、空瓶和一摊摊冰冻的黄色尿液。幸好天气寒冷，约恩不用像天气暖和时那样勇敢地迎向走廊上弥漫的又甜又苦的臭味。

他试着让自己不发出声音，但脚步声依然回荡在楼梯间。女子站在门口等他，双眼盯着他手上的袋子看。约恩心想，她可能是想避免和他视线相对。女子的脸因为多年毒瘾而肿胀，体重过重，浴袍里穿着肮脏的白T恤。污浊的臭味从门内发散出来。

约恩在楼梯平台上停下脚步，放下袋子："你丈夫也在家吗？"

"对，他在家。"女子用流畅的法语说。

女子长得漂亮，颧骨高耸，杏眼圆睁，薄唇苍白。女子衣装整齐，至少他透过门缝看得见的部分，她的衣装是整齐的。

他下意识地整理脖子上的红色围巾。

隔在他和女子中间的是厚实的铜质安全锁，装设在沉重的橡木门上，门上没有名牌。刚才他站在楼下的卡诺大道上等门房开门时，注意到这栋房子的一切似乎都很新、很昂贵，包括大门零件、电铃和圆柱形门锁，但房子的浅黄色外墙和白色百叶窗上却覆盖着一层空气污染所造成的丑陋的黑色尘埃，凸显了巴黎这一带的高度开发。玄关里挂着一幅油画原作。

"你找他有什么事？"

女子的眼神和语调不太友善，但也不是特别不友善，或许带有一点怀疑，因为他的法语发音很不标准。

"夫人，我有几句话要转达给他。"

女子迟疑片刻，最后的反应依然如他预期。

"好吧，请稍等，我去叫他。"

她关上门。门锁扣上，发出顺滑的咔嗒声。他跺了跺脚。他应该把法语学好一点才对。母亲总是逼他晚上多念英语，却从不管他的法语。他看着门板。法式内衣。法国文字。长得好看。

他想到乔吉。乔吉有着纯洁的微笑，大他一岁，现在应该是二十八岁。不知乔吉是否依然好看？依然留着金发，个头娇小，漂亮得像个女生？他爱过乔吉，那是一种没有偏见、无条件的爱，只有孩童才会那样爱一个人。

他听见门内传来脚步声，男人的脚步声。接着传来门锁打开的声响。蓝线列车连接着工作和自由，连接着此地和肥皂、尿液。天空即将下雪。他做好准备。

男子的面孔出现在门口。

"妈的你想干吗？"

约恩举起塑料袋，壮着胆子露出微笑。"这是刚出炉的面包，味道很香，对不对？"

弗雷德里克森伸出褐色的大手，搭在女子肩膀上，把她推开。"我只闻到基督教的血腥味……"他的声音清晰且冷静，但他长满胡楂的脸颊和褐色的眼珠说的却是另一回事。那双眼睛努力想把视线集中在购物袋上。他的外表看起来高大有力，内心却缩小塌陷。他的骨骼似乎在肌肤底下缩小，连头骨也跟着缩小，使得那张凶狠面孔上的肌肤看起来像是大了三号，松垮垮地挂在脸上。他伸出肮脏的手指，摸了摸鼻梁上最近受的伤。

"你不会是想传教吧？"

"没有，我只是想……"

"哦，算了吧，救世军，你想得到我的回报，对不对？比方说我的灵魂。"

约恩在制服里打了个冷战："弗雷德里克森，灵魂不是我负责的，但我可以安排食物，好让……"

"哦，你可以先安排一场小布道会。"

"我说过了……"

"布道会！"

约恩站在原地，看着弗雷德里克森。

"快点用你下面那张嘴做个小布道会吧！"弗雷德里克森吼道，"好让我们可以安心吃你拿来的东西，你这个居高临下的浑蛋基督徒。快点，把事情解决，今天上帝的信息是什么？"

约恩张开嘴又合上，吞了口口水，又再度张开嘴巴，这次他的声带有了反应："信息是他献出他的独生子耶稣，而耶稣为了……我们的罪而死。"

"你骗人！"

"这件事恐怕是真的。"哈利说，看着门口男子那张惊恐的脸。门内传来午餐的香气和餐具的碰撞声。这人是有家室的人，也是个父亲，但如今再也没有人叫他爸爸了。男子搔抓前臂，双眼盯着哈利头上的一个点，仿佛那里有人似的。他搔抓的动作发出刺耳的窸窣声。

餐具声停止，一个人拖着脚步来到男子身后，一只小手搭上男子的肩膀。一张女人的面孔探了出来，泛红的双眼又大又圆。

"比格尔，怎么回事？"

"这位警察有事情通知我们。"比格尔平静地说。

"什么事？"女子望向哈利。"跟我们的儿子有关吗？是不是佩尔的事？"

"是的，霍尔门太太，"哈利看着女子眼中浮现的恐惧，准备说出难以开口的话。"我们在两小时前发现了他，你儿子已经过世了。"

哈利不得不移开视线。

"可是他……他……在哪里？"霍尔门太太的视线从哈利脸上跳到丈

夫脸上，比格尔只是不断地搔抓前臂。

　　哈利心想，他再这样抓下去恐怕要抓出血来。哈利清了清喉咙："在港口旁的集装箱里，可能已经死亡一段时间了。"

　　比格尔·霍尔门突然站立不稳，蹒跚后退，退入亮着灯的玄关，伸手扶住衣帽架。霍尔门太太上前一步，哈利看见比格尔在妻子身后跪了下来。

　　哈利吸了口气，把手伸进外套，指尖触碰到金属小酒壶，感觉冰凉。他找到信封，拿了出来。这封信不是他写的，但他很清楚内容是什么，信里写的是简短而正式的死亡通知，一个多余的字也没有。这是政府宣告死亡的方式。

　　"我感到很遗憾，但我的工作是把这个交给你们。"

　　"你做什么工作？"矮小的中年男子用夸张的市井口音说。这并非上流阶层的口音，而是奋力想在社会上争得一席之地的人所用的口音。门外来拜访的男子打量着他，只见他全身上下都与信封里的照片相符，甚至连小家子气的领带结和宽松的红色家居服都一模一样。

　　他不知道这个中年男子做错了什么事，只觉得可能和暴力无关，因为男子虽然露出愠怒的神色，肢体语言却显现出防卫的姿态，几乎接近焦虑，即便在自家门口也是如此。男子会不会是偷了东西或侵占财产？他看起来像是从事跟数字有关的工作，但经手的金额并不庞大。尽管他有个美丽的妻子，但他看上去却像是偶尔喜欢尝鲜的人。他也许曾经不忠，也许睡过别人的妻子。不对，根据游戏规则，一个矮个男人拥有中等以上的财富，又拥有外貌远胜于他的妻子，应该会比较担心妻子不忠。这个中年男子令他感到烦躁。他把手伸进口袋。

　　"这个……"他说，将拉玛迷你麦斯手枪的枪管搁在绷紧的门链上，这把枪只花了他三百美元，"就是我的工作。"

　　他指了指消音器。那是根素色金属管，由萨格勒布市的制枪工人制作，旋在枪管上，黑色胶带缠在消音器和金属管的接缝处，用来密封。当然，他可以花一百欧元买一个所谓的高质量消音器，但又何必？没有人可以完全消灭子弹突破音障的声音、炙热气体遇上冷空气的声音、金属部件相互撞击的声音。装上消音器的手枪发出爆米花般的轻微声响，这种场景只存在于好莱坞电影中。

子弹击发声宛如鞭击。他把脸凑上狭小的门缝。

照片中的男子已不在原位，他已无声无息地向后倒去。玄关颇为阴暗，但透过墙上的镜子，他看见门板的银光，男子的双眼在金框眼镜下睁得老大。这个中年男子已倒在赭红色地毯上。那是波斯地毯吗？说不定这家伙真的是有钱人。

男子的额头上有个小孔。

他一抬眼，正好和男子的妻子四目交接。也不知她是否真是这个人的妻子。她站在另一个房间的门口，后方亮着一盏大型东方立灯。她用手按住嘴巴，盯着他看。他微微点头，小心地关上大门，把枪放回肩套，朝楼梯走去。他逃脱现场从不搭电梯，不开租来的汽车或摩托车，不使用任何可能发生故障的工具。他不奔跑，也不说话、喊叫，以免声音被人认出。

"逃脱"是这份工作中至关重要的一环，也是他最喜爱的部分，它就如同飞翔，如同无梦之梦。

女门房走出一楼房间，用疑惑的眼神看着他。他用法语低声说了句再见。女门房一言不发，用锐利的眼神回望着他。一小时后，女门房将接受讯问，警方会请她描述他的长相，她会合作地回答说，那男子长相平凡，中等身高，二三十岁的样子，反正应该不到四十岁。

他踏上街道。巴黎市区发出的低沉的隆隆声响犹如永远不会靠近的雷声，但也永远不会停止。他将拉玛迷你麦斯手枪丢弃在事先选中的垃圾桶里。萨格勒布还有两把未使用过的同厂牌手枪在等着他，当初购入时他拿到了批发价。

　　半小时后，机场巴士经过小教堂门站，行驶在连接巴黎和戴高乐机场的高速公路上。雪花纷飞，飘落在一片散乱的、硬挺地指向灰色天空的浅黄色麦秆上。

　　他在机场办完登机手续并通过安检后，直接走进男厕，在一整排白色尿斗的最后一个前站定，解开扣子，把白色除臭锭撒在尿斗里。他闭上眼睛，深深吸入对二氯苯的甜味和 J & J 化学公司生产的柠檬芳香剂的香味。还剩一站，接驳列车就会抵达自由。他卷起舌头，说出这一站的名字：奥斯陆。

3 咬伤

十二月十四日，星期日

警察总署这栋由水泥及玻璃构筑而成的庞然大物，是全挪威警察最密集的地方。警署六楼的红区里，哈利正坐在六〇五室的椅子上。他和年轻警探哈福森共享这十平方米的空间，并且喜欢把这里称为"情报交换所"，而当哈福森需要被挫挫锐气时，哈利又称之为"人才养成所"。

这时情报交换所内只有哈利一人，他盯着这间无窗房墙上本该有窗户的地方。

这天是星期日，报告已经写完，可以回家了，但他为什么还没回家？透过想象中的窗户，他看见少了栅栏的碧悠维卡区海港，新雪犹如五彩碎纸般覆盖在绿、红、蓝等颜色的集装箱上。案子已经了结。年轻的毒虫佩尔·霍尔门受够了，在集装箱里对自己开了最后一枪。尸体上没有外来的暴力伤害，手枪就掉在旁边。卧底人员表示佩尔没有债务。况且毒贩处决欠钱的毒虫时，通常不会把现场布置成其他状况，正好相反，他们什么都不会做。既然这是常见的自杀案件，那他何必还要浪费夜晚的时间，搜索那个阴风阵阵的集装箱码头，却只发现更多哀伤呢？

哈利看着他挂在衣帽架上的羊毛外套，外套内袋里放的小酒壶是满的，里面的酒自从十月以来一口都没被喝过。十月的时候，他去酒品专卖店买了一瓶他最大的敌人——占边威士忌，装满小酒壶，再将剩下的酒倒进水槽。自此之后，他就随身携带这一小瓶"毒药"，有点像纳粹军人在鞋底藏氰化物胶囊的行为。至于为什么要做这么一件蠢事，他自己也不知道，但他不用知道，只要这个方法有用就好。

哈利看了看时钟，快十一点了。他家有一台经常使用的浓缩咖啡机，还有一张他为这种夜晚而准备的 DVD 光碟，片名是《彗星美人》（*All About Eve*）——曼凯维奇导演一九五〇年的经典之作，由贝蒂·戴维斯和乔治·桑德斯主演。

他在心里做出解读，知道该去码头才对。

哈利翻起外套翻领，背对北风站立。风吹过他面前的高墙，在栅栏内的集装箱周围吹出雪堆。夜晚的码头区和空地看起来十分荒凉。

灯光照亮与世隔绝的集装箱码头，街灯在强风中摇晃，叠成两三层高的金属集装箱在街道上投下黑影。一个红色的集装箱尤为吸引哈利的目光，它和橘色的警方封锁线一样，颜色十分鲜艳。在奥斯陆十二月的夜晚，那集装箱是很好的栖身之所，大小和舒适度正好跟警署拘留室差不多。

现场勘查组的报告指出，那集装箱已经空了一段时间，并未上锁。现场勘查组的成员只有一名警探和一名技术员，其实难以称得上是个"组"。集装箱码头警卫说他们懒得给空集装箱上锁，因为集装箱码头四周设有栅栏，还装有监视器。尽管如此，还是让一个毒虫跑了进去。警卫猜测佩尔·霍尔门是在碧悠维卡区附近游荡的毒虫之一，而此地距离普拉塔广场的毒品超级市场很近。说不定那警卫对毒虫栖身集装箱的行为睁一只眼闭一只眼，会不会是他知道这样做可以拯救一两条生命？

集装箱没上锁，但集装箱码头栅门上倒是挂着一个厚重的大锁。哈利后悔刚才没在警署打电话跟警卫说他要过来。也不知道这里是不是真的有警卫，因为他一个都没看见。

哈利看了看表，仔细观察栅栏顶端。他体能很好，这是很长一段时间以来他体能状况最佳的时候。自从去年夏天的重大案件之后，他一直在警署健身房规律运动。不仅如此，在雪季来临之前，他就已打破了汤姆·瓦勒在厄肯区创下的越野障碍赛跑纪录。几天后，哈福森小心翼翼地问哈利，他运动得这么认真，是不是跟萝凯有关。因为在他的印象中，他们好像已经分手了。哈利用简单明了的方式对这个年轻警探说，他们虽然共享一间办公室，但并不表示他们可以分享私生活。哈福森耸了耸肩，问哈利是否会跟别人说说知心话，哈利却只是站起来，走出六〇五室，于是哈福森便知道自己判断无误。

铁丝栅栏九英尺[1]高，没有尖刺，小事一桩。哈利尽量跳高，抓住栅栏，双脚抵住栏杆，直起身体。他伸长右手往上攀，接着是左手，用双臂的力量支撑，直到双脚找到施力点，再做出毛毛虫般的动作，将自己晃到栅栏另一侧。

他拉开门闩，打开集装箱门，拿出坚固的黑色军用手电筒，从封锁线下方穿过，进入集装箱。

集装箱里有种怪异的宁静，声音在这里似乎被冻结。哈利按亮手电筒，照亮集装箱内部，在光线中央看见地上用粉笔画出的人形。那就是佩尔的陈尸之处。鉴识中心的年轻主任贝雅特·隆恩给哈利看过照片。鉴识中心位于布尔斯巷的新大楼里。照片中的佩尔坐在墙边，背靠柜壁，右太阳穴有个小孔，手枪在他右边。他出血很少。对头部开枪就是有这个好处，但这也是唯一的好处。子弹口径不大，因此只是射入伤口，没有穿过头部射出。法医将会在头骨内发现子弹。子弹像钢珠一样在佩尔的脑子里弹来弹去，把他的脑子搅得稀烂，而他曾用这个脑子思考，做出决定，最后命令食指扣下扳机。

"真是搞不懂啊。"哈利的同事在得知年轻人轻生之后，往往会这样说。哈利推测他们这样说是为了抗拒这种想法并保护自己，否则他不明白他们所谓的"搞不懂"究竟是什么意思。

然而今天下午，哈利站在霍尔门家门口说的也是这句话，他低头看着

---

[1] 英美制长度单位，1英尺合0.3048米。

佩尔的父亲跪在玄关地上，俯身颤抖，不断啜泣。哈利没有可以用来安慰失亲之人的词汇，诸如上帝、救赎、来生之类，因此只是嘟囔："真是搞不懂啊……"

哈利关上手电筒，把它放进外套口袋。黑暗一拥而上。

他想起父亲。欧拉夫·霍勒是个退休教师，也是个鳏夫，住在奥普索乡的老家。哈利或妹妹每月去探望父亲一次，每到这时，他的眼睛总会亮起来，而随着他们喝咖啡、聊些不重要的小事，他的眼睛又会慢慢暗淡下去。老家最有意义的东西是母亲的一张照片，摆在她生前弹过的钢琴上最明显的位置。现在欧拉夫几乎不做什么事，只是看书，书里讲述着那些他永远不会见到的国家，他也不再渴望去游览这些国家，因为哈利的母亲已无法跟他一起走。"那是最大的损失。"偶尔谈起他们的母亲，欧拉夫总会这样说。这时哈利想到的是，如果有一天，有人通知欧拉夫他儿子不幸身亡，他会怎样看待那一天呢？

哈利离开集装箱，朝栅栏走去，他先用双手抓住栅栏。诡异的时刻出现了。这一刻，四下全然寂静。风突然屏息聆听，或改变心意似的静止下来，只剩下冬季黑暗中传来的抚慰人心的都市噪声。除此之外，还有纸张被风吹动而摩擦地面的声音。只不过此刻无风，所以那并非纸张的声音，而是脚步声，快速轻盈的脚步声，比人类的脚步还轻。

那是某种爪子的声音。

哈利的心脏像失控般急速跳动，他面对栅栏，迅捷地弯曲膝盖，向上一跃。事后哈利才想到当时他之所以那么害怕，是因为寂静，以及他在寂静中什么也没听见，没有嗥叫声，也没有攻击的征兆。仿佛那个黑暗中的物体不想吓到他，相反，那物体正在猎捕他。倘若哈利对狗有更多研究，就会知道有一种狗从不嗥叫，即使当它害怕或发动攻击时。这种狗就是黑色的麦兹纳公犬。哈利向上伸长手臂，正准备再次屈膝，却听见那只狗的行进韵律改变，接着是一片寂静，于是他便知道它出击了。哈利向上跳起。

有人宣称当恐惧激发大量肾上腺素释放到血液中时，人会感觉不到痛楚，但这观点实在很不正确。哈利大叫一声。那只精瘦大狗的利齿咬入哈利右腿的肌肉中，越咬越深，直到牙齿压迫到骨骼周围敏感的组织膜。铁丝栅栏响个不停，地心引力将哈利和那只狗往下拉，他在危急中紧紧抓住栅栏。一般情况下，哈利应该已经安全了，因为其他和黑色麦兹纳成犬体重相当的狗，在这时都会放开嘴巴。但黑色麦兹纳犬的牙齿和下巴足以咬碎骨头，据说它们跟连骨头都能吞下的斑鬣狗有血缘关系。那只麦兹纳犬就这样依靠后倾的两颗上犬齿和一颗下犬齿，稳稳地挂在哈利腿上。它的另一颗犬齿在它三个月大时因为咬到钢铁义肢而折断。

哈利设法将左肘勾在栅栏顶端，试着连人带狗一起往上拉，但那只狗的一只后爪踩在了铁丝栅栏里。哈利伸出右手探进外套口袋，找到并握住手电筒。他往下望去，第一次看清楚那只狗，只见它的黑脸上有两颗黑色眼睛，正闪烁着微光。哈利挥动手电筒，狠狠打中它双耳之间的头部，发出咔嚓一声，他立刻又扬起手电筒，再次击打，打中敏感的口鼻部位。情急之下，哈利又打它的眼睛，但它眼睛却眨也不眨。手电筒从哈利手中滑落，掉在地上。那只狗依然挂在他腿上。再过不久，他就没力气抓住栅栏了。他不敢想掉下去之后会发生什么，但脑子却不停想象。

"救命！"

再度吹起的风把哈利微弱的求救声传送出去。他变换抓住栅栏的姿势，突然很想放声大笑。他的生命不会就在这里断送了吧？最后被人发现躺在集装箱码头，喉咙被警卫犬咬断？他深深吸了口气。铁丝栅栏的尖处戳进他的腋窝，他手指的力气正快速流失。再过几秒钟，他的手指就会放开。要是他身上有武器就好了。要是他身上带的是酒瓶，而不是皮夹就好了，这样就可以打碎酒瓶，用来戳那只狗。

但他有小酒壶！

哈利挤出最后的力气，把手伸进外套，拿出小酒壶，将瓶口塞进嘴巴，用牙齿咬住并旋转金属瓶盖。瓶盖松脱，他用牙齿咬住酒瓶，威士忌流进口中。一股冲击波流遍全身。天哪。他把脸抵在栅栏上，逼自己闭上眼睛，远处广场和歌剧院的灯光在黑暗中变成白色的条纹。他用右手将小酒壶拿低，移到那只狗的红色下颌上方，把威士忌往下倒，低声说了句"Skål（干杯）"，将小酒壶里的酒倒得干干净净。那只狗睁着黑眼，狠狠地瞪了哈利两秒钟，完全不知沿着哈利的腿流进它口中的褐色液体是什么。接着，它放开了哈利的腿。哈利听见肉体跌落在光秃地面上的声音。那只狗发出类似死前的哀鸣和低低的呜咽，接着是爪子的抓挠声，然后消失在它出现的那片黑暗中。

哈利将双脚晃过栅栏，卷起裤管。即使没有手电筒，他也知道今晚得待在急诊室，没办法看《彗星美人》了。

约恩把头枕在西娅的大腿上，闭上眼睛，享受着电视和往常一样的嗡嗡声。这是西娅非常喜欢的系列之一，不过片名到底是《布朗克斯区之王》还是《皇后区之王》？

"你有没有问你弟弟愿不愿意去伊格广场帮你代班？"西娅问道。

她把手放在他的眼睛上。他闻到她肌肤散发的香气，这表示她刚刚注射过胰岛素。

"值什么班？"约恩问。

西娅抽回手，用难以置信的眼光看着他。

他哈哈大笑："放心，我几百年前就跟罗伯特说过，他已经答应了。"

西娅放心地呻吟了一声。约恩抓住她的手，放回他的眼睛上。

"可是我没说那天是你生日，"约恩说，"如果我说出来，他未必肯答应。"

"为什么？"

"因为他为你着迷，你知道的。"

"这是你自己说的。"

"而且你不喜欢他。"

"才没有呢！"

"那为什么每次我提到他的名字，你都会全身一僵？"

她哈哈大笑。她一定是受到"布朗克斯区"的影响。或是"皇后区"。

"你有没有在餐厅订位？"她问。

"订了。"

她微微一笑，捏了捏他的手，又皱起眉头："我想过这件事，去那里我们可能会被人看见。"

"你是说救世军的人？不可能啦。"

"如果真的被看见了呢？"

约恩没有回答。

"也许我们该公开这件事了。"她说。

"我不知道，"他说，"是不是最好等到我们完全确定……"

"你能确定吗，约恩？"

约恩挪开西娅的手，用沮丧的眼神看着她说："西娅，求求你，你很清楚我爱你胜过一切，重点不是这个。"

"那重点是什么？"

约恩叹了口气，在她身旁坐了下来。"西娅，你不了解罗伯特。"

她苦笑了一下："我们从小就认识了，约恩。"

约恩扭动身体。"对，但有些事你不知道。你不知道他会生多大的气，这是他从爸爸那里遗传的。他可能是个危险人物，西娅。"

西娅靠上墙壁，盯着空气。

"我建议我们先缓一缓，"约恩拧着双手，"这也是为了你哥哥着想。"

"你是说里卡尔？"她惊讶地说。

"对。你是他妹妹，如果你现在宣布我们要订婚，你想他会怎么说？"

"啊，我懂你的意思了，因为你们都在竞争行政长的职位？"

"你知道最高议会很重视高阶军官应该和优秀军官结为夫妻这件事。显然从策略上看，我应该跟总司令的手下大将弗兰克·尼尔森的女儿西娅·尼尔森结婚。但是从道德上看，这样做是对的吗？"

西娅咬着下唇："为什么这个位子对你和里卡尔来说这么重要？"

约恩耸了耸肩："因为救世军花钱让我们念完军官训练学校，还资助我们花四年时间拿到商学院的经济学学位。我想里卡尔跟我的想法一样，我们有责任向救世军申请任命，寻求认可。"

"搞不好你们都坐不上这个位子，爸爸说从来没有三十五岁以下的人被任命为行政长。"

"我知道，"约恩叹了口气。"其实如果里卡尔坐上那个位子，我会松一口气。这话你可别说出去。"

"松一口气？"西娅说，"你会松一口气？你负责奥斯陆所有的租赁房产已经超过一年了。"

"没错，但行政长得掌管救世军在全挪威、冰岛和法罗群岛的事务。你知道救世军的房产部门光是在挪威就拥有超过两百五十块土地和三百栋房子吗？"约恩拍拍肚皮，用一贯忧虑的眼神看着天花板，"我今天在橱窗里看见自己的影子，突然发现自己很小。"

西娅似乎没听见这句话。"有人跟里卡尔说，谁当上行政长，谁就是地区总司令的接班人。"

约恩放声大笑："我一点也不想当地区总司令。"

"别闹了，约恩。"

"我没在闹啊，西娅。我们的事更重要。我的意思是说，我对行政长的位子没兴趣，所以我们就宣布订婚吧。我可以去别的地方发展，有很多公司也需要经济学人才。"

"别这样，约恩，"西娅惊讶地说，"你是我们最优秀的人才，必须把才能用在我们最需要的地方。里卡尔虽然是我哥哥，但他没有……你的聪明才智。我们可以等决定之后，再告诉他们订婚的事。"

约恩耸了耸肩。

西娅看了一眼时钟："你今天得在十二点前离开。昨天埃玛在电梯里说她很担心我，因为她在半夜听见我家大门开关的声音。"

约恩把双脚晃到地上："我不明白为什么我们要住在这里。"

西娅用责备的眼神看了约恩一眼："至少在这里我们可以彼此照顾。"

"对，"约恩叹了口气，"彼此照顾。晚安。"

西娅扭动着身躯，靠近约恩，一只手滑上他的衬衫。约恩惊讶地发现西娅的手心全都是汗，仿佛她刚才一直握拳或紧紧抓着什么东西。她把身体贴上他，呼吸变得急促。

"西娅，"约恩说，"我们不能……"

她僵在原地，叹了口气，收回了手。

约恩感到讶异。到目前为止西娅都没真正对他表现出渴求的欲望，相反，她对身体接触似乎感到焦虑，他也珍视她的端庄持重。他们第一次约会时，约恩引述了救世军的规章，这似乎让她安心不少。当时约恩说："救世军认为婚前守贞是理想的基督精神。"尽管很多人认为"理想"和"命令"有所差别，比如对香烟和酒精的规章就属于后者，但约恩认为不该为了这么点差别而违背对上帝的承诺。

他抱了抱西娅，起身走进浴室，锁上门，打开水龙头，让水流过双手，凝视着平滑镜面中映着的那张脸。镜中的人表面上看起来应该是快乐的。他得打电话给朗希尔德才行，把事情解决。他深深吸了口气。他的确是快乐的，只是有些时候比较辛苦而已。

他把脸擦干，走回西娅身旁。

奥斯陆主街四十号的急诊室等候区沐浴在刺眼的白光中，深夜的急诊室里经常可以见到形形色色的怪人。哈利抵达二十分钟后，一个浑身发抖的吸毒者起身离开，通常这种人都没办法静坐超过十分钟，这点哈利可以理解。哈利口中还有威士忌的味道，这唤醒了他的老朋友，它们正在他肚子里拉扯铁链。他的腿疼痛万分，这趟码头之行却一点收获也没有，正如百分之九十的警察工作一样。他对自己发誓，下次跟贝蒂·戴维斯约好之后，一定要准时赴约。

"哈利·霍勒？"

哈利抬头望向他面前一名身穿白袍的男子。

"嗯？"

"请跟我来，好吗？"

"谢谢，但应该轮到她才对。"哈利朝对面那排椅子上坐着的少女点了点头，那少女正双手抱头。

男子倾身向前："这是她今天晚上第二次来了，我想她不会有事的。"

哈利跟着身穿白袍的医生一瘸一拐地踏入走廊，走进一间狭小的诊疗室。诊疗室里只摆着一张桌子和一个朴素的书架，没有私人物品。

"我以为警方有自己的医护人员。"医生说。

"要见他们难如登天，而且通常都轮不到我们。你怎么知道我是警察？"

"抱歉，我叫马地亚，我经过等候室的时候正好看见你。"

医生露出微笑，伸出了手。哈利看见马地亚有一口整齐的牙齿。倘若马地亚脸上其他部位不是同样对称、干净又端正，你一定会怀疑他戴了假牙。他的眼睛是蓝色的，周围有细小的笑纹，他的手握起来坚定而干燥。哈利心想，这医生简直像是从医学小说里走出来的，有着温暖的双手。

"马地亚·路海森。"马地亚补上一句，双眼盯着哈利。

"我应该认识你吧？"哈利说。

"去年夏天在萝凯家的庭院派对上，我们见过面。"哈利听见萝凯的名字从别人口中说出，不由得怔了一下。

"是吗？"

"那个人就是我。"马地亚用低沉的声音含糊地说。

"嗯，"哈利微微点头，"我在流血。"

"了解。"马地亚皱起面孔，露出严肃且同情的表情。

哈利卷起裤管："这里。"

"啊哈，"马地亚露出有点茫然的微笑。"这是怎么弄的？"

"被狗咬的，你能治好它吗？"

"需要做的治疗不是很多，血已经止住了，我可以帮你清理伤口，擦点药。"马地亚弯下腰去。"从齿痕来看，有三个伤口。你最好打一针破伤风。"

"它已经咬到骨头了。"

"对，通常会有这种感觉。"

"不是，我是说，它的牙齿真的……"

哈利顿了一下，从鼻子呼了口气。这时他才惊觉马地亚认为他喝醉了。难道马地亚这样想不对吗？哈利身上的外套被扯破，腿被狗咬伤，外加酗酒的坏名声，口中还喷出酒气。马地亚会不会去跟萝凯说，她的前男友又喝醉了？

"咬穿了我的腿。"哈利把话说完。

4 出发

十二月十五日，星期一

"Trka！（快点！）"

他在床上惊坐起来，听见自己的叫声在饭店光秃秃的白色墙壁之间回荡。床边桌上的电话正响个不停，他抓起话筒。

"这是电话闹铃服务……"

"Hvala.（谢谢。）"他说，尽管他知道那只是电话录音。他身在萨格勒布，今天准备前往奥斯陆，去执行最重要的任务，也是最后一项任务。

他闭上眼睛。他又做梦了，不是梦到巴黎，也不是梦到其他任务，他从不会梦见任务。他梦见了武科瓦尔，梦中总是秋天，总是陷入围城战事。

昨晚他梦见自己在奔跑。一如往常，他梦见自己在雨中奔跑。那天晚上，他们在婴儿病房锯断父亲的手臂，尽管医生宣布手术成功，但四小时后父亲就死了。他们说父亲的心脏刚刚停止了跳动。于是他离开母亲，奔入大雨滂沱的黑夜，他来到河边，手里拿着父亲的枪，朝塞尔维亚军的驻地前进。敌方发射照明弹，朝他开枪，但他一点也不在乎。他听见子弹射入地面，消失在他脚边，接着他就掉进一个大弹坑。水吞没了他，也吞没了所有声音，四周一片寂静。他不停地在水中奔跑，却只是原地打转。他感觉四肢僵硬，睡意令他麻木。他看见漆黑之中有某个红色的物体正在移动，犹如鸟儿以慢动作振动翅膀。他醒来时，发现自己裹着羊毛毯子，一颗光秃的灯泡随着塞尔维亚军的炮火攻击而来回晃动，小块泥土和泥灰掉落在他的眼睛和嘴巴上。他吐出泥灰，这时有人弯下腰来，说波波上尉从积水的弹坑中亲自把他救出来，并指了指站在碉堡台阶上的秃头男子。男子身穿军服，脖子上围着红色领巾。

他再度睁开眼睛，看了看放在床边桌上的温度计。虽然柜台服务员说饭店维持暖气供应，但自从十一月以来，客房内的温度就没有高过十六摄氏度。他起身下床。再过半小时，机场巴士就会抵达饭店，他必须动作快点。

他看着脸盆上方的镜子，回想波波的脸，但那张脸就如同北极光，越仔细看，就越是一点一点消退。电话铃声再次响起。

"Da, majka.（是，母亲。）"

他刮完胡子，把脸擦干，匆匆换上衣服，拿出放在保险箱里的两个金属盒中的一个，打开了。盒里装的是拉玛迷你麦斯超小型手枪，可装七发子弹，其中六发在弹匣中，一发在弹膛里。他把手枪拆成四个部件，藏在手提箱经过特殊设计的强化角落。假如海关把他拦下来，检查他的手提箱，强化金属可以把手枪部件藏起来。离开之前，他确认身上带了护照和信封，信封里装有她给他的机票、目标的照片、时间和地点的信息。任务将于明晚七点在公共场所执行。她说这次任务比上次还要危险，但他并不害怕。有时他纳闷自己感知恐惧的能力是不是在那天晚上和父亲被锯下的手臂一同消失了。波波说过，如果你感觉不到害怕，就没办法活很久。

窗外的萨格勒布正在苏醒，城里不见白雪，但是起雾，灰蒙蒙的一片，让整座城市的面容显得阴沉憔悴。他站在饭店大门前，心想再过几天他们就会去亚得里亚海，到小镇的小旅馆，享受淡季房价和少许阳光，讨论新房子的事宜。

机场巴士应该就快到了。他朝雾中看去，正如那年秋天他蹲伏在波波背后，想看清白烟后面到底是什么，却永远看不清楚。那时他的工作是负责传递他们不敢通过无线电发送的消息，因为塞尔维亚军会监听无线电，什么消息都瞒不过他们。他个子小，可以在战壕里全速奔跑，不必特意弯腰。此外，他还对波波说他想去攻击战车。

波波摇了摇头："孩子，你是个传令兵，负责传达非常重要的信息，战车我会派别人去处理。"

"可是别人会害怕，我不会。"

波波挑起一道眉毛："但你只是个小孩子。"

"就算我不去壕沟外面，在壕沟里被子弹打到，我一样不会再长大。而且你自己说过，如果我们不阻止战车，他们就会占领整个城市。"

波波打量着他。

"让我考虑一下。"最后波波说。于是他们静静地坐着，看着前方雾茫茫的一片，难以分辨哪些是秋雾，哪些是残垣断壁冒出的白烟。过了一会儿，波波清了清喉咙，说："昨天晚上我派弗拉尼奥和米尔科前往战车出没的堤岸缺口处，他们的任务是躲起来，等战车经过时把炸弹装上去。你知道这项任务要怎么进行吗？"

他点了点头。他在望远镜中见过弗拉尼奥和米尔科的尸体。

"他们的个头再小一点，或许就可以躲在地上的凹洞里。"波波说。

他用手擦去挂在鼻子下的鼻涕："炸弹要怎么装在战车上？"

第二天清晨，他勉强拖着身子回到队上，被烂泥覆盖的身体因寒冷而发抖。后方的堤岸上有两台被摧毁的塞尔维亚战车，舱门打开，浓烟不断窜出。波波把他拖进壕沟，胜利地喊道："我们的小救赎者诞生了！"

当天波波就为他取了代号，并口述了一则消息，用无线电传送给城里的总部。这个代号从此一直跟着他，直到塞尔维亚军占领并践踏他的家乡，杀害波波，屠杀医院里的医生和病人，囚禁并拷打反抗人士。这个代号本身有点矛盾，因为他没能拯救为他取这个代号的波波上尉。他的代号是"Mali Spasitelj"，也就是"小救赎者"的意思。

雾海中驶来一辆红色巴士。

　　哈利踏进六楼红区的会议室时，室内充满了低沉的交谈声和笑声。他知道自己把抵达时间算得很准，这时要跟同事打成一片、吃蛋糕、说笑话、互相嘲弄已经太晚，当人们必须跟自己欣赏的人道别时，常会通过这种社交方式来表达。他准时送来礼物，人们在这种时候总会说太多浮夸的话——通常他们只敢在大众面前使用这些字眼，私底下却不敢用。

　　哈利扫视众人，发现三张他可以信赖的友善面孔，包括即将离去的长官毕悠纳·莫勒、哈福森和贝雅特·隆恩。他没跟任何人的视线接触，也没人想跟他四目相接。哈利对自己在犯罪特警队的人气不抱幻想。莫勒曾说，比乖戾的酒鬼更令人讨厌的只有高大又乖戾的酒鬼。哈利是个身高一米九二的乖戾酒鬼，而他是个优秀警探这一项只能稍微为他加分，此外没有更多帮助。大家都知道，哈利要不是一直被莫勒保护在羽翼下，早就被逐出警界了。大家也都知道，如今莫勒即将离开，高层正等着哈利做出不当行为。矛盾的是，现在使哈利得到保护的功绩，同样也让他永远被放逐为局外人，只因他搞垮了一位警察同事，也就是绰号为王子的汤姆·瓦勒，犯罪特警队的警监。过去八年来，汤姆一直是奥斯陆大型军火走私活动背后的主谋之一，最后他死在坎本区学生宿舍地下室的血泊之中。三星期后，在警署餐厅举行的简短仪式上，总警司咬牙切齿地表扬了哈利清除警界害虫，承认了他的贡献，哈利则表示感谢。

　　“谢谢。”那时哈利说，并扫视在餐厅集合的警察，想看看是否有人在看他。原本他只打算说“谢谢”两个字，但一见众人避开他的视线，脸上带着嘲讽的微笑，他不由得火冒三丈。于是他又说：“我猜这下某人会更难把我踢走了吧，否则媒体可能会认为他之所以这么做，是因为害怕我也会查到他身上。”

　　这时，众人难以置信的目光全集中到哈利身上。他继续往下说。

"各位不用大惊小怪。过去汤姆·瓦勒是我们犯罪特警队的警监，他仗着自己的职位进行不法活动，还自称王子。而且大家都知道……"哈利顿了一下，目光扫过一张又一张面孔，最后停在总警司脸上，"既然有王子，通常就会有国王。"

"嘿，老哥，在想什么啊？"哈利抬头一看，见是哈福森。

"在想国王的事。"哈利咕哝着，从哈福森手里接过一杯咖啡。

"呃，有新人来了。"哈福森伸手一指。

摆满礼物的桌子旁有个身穿蓝色西装的男子，正在跟总警司和莫勒说话。

"那是甘纳·哈根吗？"哈利啜饮一口咖啡之后说，"新上任的PAS①？"

"现在已经没有 PAS 了，哈利。"

"嗯？"

"已经改成 POB②了，这个官阶是四个月前改的。"

"是吗？那天我一定是生病了。那你还是警探吗？"

哈福森微微一笑。

新上任的队长看起来很机灵，也比备忘录上写的五十三岁看起来年轻。哈利注意到哈根身高中等，身材精瘦，脸、下巴、脖子上有着明显的肌肉线条，说明他过着苦行僧般的生活。他的嘴巴平直坚定，下巴向前凸出，可以视其为果断的象征。他头上残存的头发是黑色的，仿佛在脑袋周围形成半个花冠，而且相当浓密。若你觉得这位新任队长的发型很怪异，放心，不会有人来责备你。不管怎么说，那两道粗大的眉毛预示着他体毛旺盛。

"这人是从军方空降来的，"哈利说，"搞不好他会立下起床号的规矩。"

"他应该是个好警察，才会被调到这里吧。"

---

① ② Politiavdelingssief和Politioverbetjent，均指犯罪特警队队长一职，前后说法不同。

"你是说根据他在备忘录里写的自我介绍吗？"

"很高兴听见你的想法这么正面，哈利。"

"我？我总是急于给新人一个公平的机会。"

"重点在于只有'一个'机会。"贝雅特加入他们的对话，把金色短发拨到一旁，"哈利，我刚刚好像看见你一瘸一拐地走进来。"

"昨晚我在集装箱码头碰到一只过于亢奋的警卫犬。"

"你去集装箱码头做什么？"

哈利仔细端详贝雅特片刻，才给出回答。显然担任鉴识中心主任的职务对她有益，也对鉴识中心有帮助。贝雅特一直是个称职的鉴识专家，但哈利必须承认，过去他并未在她身上看见明显的领导才能，因为贝雅特从警察训练学院毕业后加入劫案组时，还是个习惯自我贬低的害羞内向的年轻女子。

"我想去看看佩尔·霍尔门陈尸的集装箱。告诉我，他是怎么进集装箱码头的？"

"他用钢丝钳把大锁剪断，钢丝钳就在尸体旁边。那你呢？你是怎么进去的？"

"你们还发现了什么？"

"哈利，没有证据显示这件案子是……"

"我没说有证据啊。还发现了什么？"

"你说呢？一些吸毒工具、一剂海洛因、一个装有烟草的塑料袋。你也知道，毒虫会去捡烟蒂，把里面的烟草挑出来，这样连一克朗都不用花。"

"那把贝瑞塔手枪呢？"

"序号被锉掉了，锉痕很眼熟，是王子时代的枪支。"

哈利注意到贝雅特不愿意从自己口中说出汤姆·瓦勒的名字。

"嗯。血液样本的检查结果出来了吗？"

"出来了，"贝雅特说，"非常干净，令人意外，他应该最近都没吸毒吧，所以才头脑清醒，有能力自杀。你为什么问这些问题？"

"我很荣幸被分派去向他父母通知这个噩耗。"

"哦……"贝雅特和哈福森异口同声地说。尽管他们才交往两年，但这种同步反应越来越频繁。

总警司咳了几声，众人转头朝摆放礼物的桌子望去，闲聊声逐渐停止。

"毕悠纳请求让他说一两句话，"总警司抖了抖脚跟，又顿了一下以达到效果，"我批准了。"

咯咯的笑声四起。哈利注意到莫勒朝总警司的方向露出犹豫的微笑。

"谢谢你，托列夫，也谢谢你和警察总长送给我的道别礼物，更要特别感谢大家送我这张美丽的照片。"

莫勒朝桌上指了指。

"大家？"哈利低声问贝雅特。

"对，史卡勒和几个同事一起集的资。"

"我怎么没听说？"

"他们可能忘了问你。"

"现在我想送几个自己的礼物，"莫勒说，"有点像是分遗产。首先是这个放大镜。"

他把放大镜举到面前，大家看见前任队长扭曲的面孔后都笑了起来。

"我要把它送给一位女同事，她和她父亲一样是个好侦探，也是个好警察。她从不居功，把功劳都归于犯罪特警队。大家都知道，她一直是大脑专家的研究对象，因为她天生拥有罕见的梭状回，人类的面孔只要见过一次就过目不忘。"

哈利看见贝雅特的双颊泛起红晕。贝雅特不喜欢被人注意，更别说被当众提起她的这项惊人天赋了，目前她依然运用这个能力在模糊的银行抢劫案监控录像中辨识惯犯。

"我希望你不会忘记我这张脸，"莫勒说，"虽然你会有好一阵子见不到它。如果有一天你有疑惑，就可以用这个放大镜。"

哈福森轻轻推了推贝雅特，她走上前去，莫勒抱了抱她，把放大镜送给她。众人一起鼓掌，她连额头都变得火红。

"下一个传家宝是我的办公椅，"莫勒说，"是这样的，我发现我的继任者甘纳·哈根自己准备了一把高背真皮办公椅，还具备很多功能。"

莫勒对哈根微笑，他只是微微点头，并未回以微笑。

"所以这把椅子要送给这位来自斯泰恩谢尔的警员，调来这里之后他就被放逐，跟这栋大楼的'大麻烦'共享一间办公室，还被迫使用一把坏了的椅子。小伙子，你也该坐好椅子了。"

"好的。"哈福森说。

众人转头过来，对他大笑，他也回以笑声。

"最后，我要把一件辅助工具送给一个对我来说非常特别的人，他是我手下最优秀的警探，也是我最可怕的噩梦。这件工具要送给这个总是跟随自己的嗅觉、自己的脚步、自己的'手表'行事的人，最后这一点对那些想让他准时出现在晨间会议的人来说很不幸。"莫勒从外套口袋里拿出一块手表。"我希望这块表能让你的时间跟别人一样，总之，我把它尽量调得跟犯罪特警队的时钟一样快。还有，呃，这里面有很多言外之意，哈利。"

哈利走上前去，接过那块有着素面黑色表带的手表，手表厂牌他没见过。掌声稀稀落落。

"谢谢。"哈利说。

两个高大男子相互拥抱。

"我把它调快两分钟，好让你赶上你以为已经错过的事，"莫勒低声说，"我再也不会给你警告了，你就去做你该做的事吧。"

"谢谢。"哈利又说了一次，觉得莫勒抱他抱得有点太久了。哈利提醒自己，必须把他从家里带来的礼物放在这里。幸好他一直都没机会拆开那片《彗星美人》DVD 的塑料封套。

5 灯塔

十二月十五日，星期一

约恩在福雷特斯慈善商店的后院找到罗伯特，这家店是救世军在基克凡路开设的。

罗伯特双臂交抱，倚着门框，看着众人把一个个垃圾袋从卡车上卸下来，搬进店内的储藏室。那些人的对话中夹杂着多种语言或方言的粗话。

"货好吗？"约恩问道。

罗伯特耸了耸肩："人们很乐意捐出夏装，这样明年才能买新衣服，但现在我们需要的是冬装。"

"你手下语言真是多彩多姿，他们都是些要通过劳役来减刑的人吗？"

"我昨天才算过，现在来我们这里当义工减刑的人，是耶稣追随者的两倍。"

约恩笑了："传教士未耕种的土地，只是需要一个开始。"

罗伯特朝其中一人高喊，那人丢了包烟给他。罗伯特将一根没有滤嘴的香烟夹在双唇之间。

"把它拿下来，"约恩说，"我们救世军发过誓的，你想被开除吗？"

"老哥，我没有要点燃它。你有什么事？"

约恩耸了耸肩："想找你聊一聊。"

"聊什么？"

约恩咯咯一笑："就是兄弟间的普通闲聊。"

罗伯特点了点头，摘下舌头上的一片烟草："每次你说闲聊，就表示你要告诉我该怎么生活。"

"别这样说。"

"到底有什么事？"

"没什么事啊！只是想知道你过得好不好。"

罗伯特拿出嘴里的香烟，朝雪地吐了口口水，又望向飘在高空中的白云。

"妈的！我厌倦了这份工作，厌倦了这栋房子，厌倦了那个无能又虚伪的士官长在这里作威作福。如果她不是那么丑，我一定会……"罗伯特露出冷笑，"把她那张梅干脸干到发绿。"

"我冷死了，"约恩说，"我们可以进去吗？"

罗伯特先走进小办公室，在办公椅上坐了下来，那把椅子挤在凌乱的办公桌、开向后院的小窗户、印有救世军标志及"血与火"座右铭的黄色旗帜之间。约恩把一沓文件从木椅上拿起来，有些文件因为时间久远而泛黄，他知道这把木椅是罗伯特从隔壁麦佑斯登区军团的房间擅自拿来的。

"她说你会装病逃避责任。"约恩说。

"谁说的？"

"鲁厄士官长说的，"约恩做了个鬼脸，"那个梅干脸。"

"她打过电话给你，是吗？"罗伯特用折叠小刀戳着办公桌，突然提高嗓音说，"哦，对了，我都忘了，你是新上任的行政长，是所有事务的主管。"

"上级还没做出决定，也可能是里卡尔当选。"

"管他呢，"罗伯特在桌上刻了两个半圆形，形成一颗心，"反正你已经说了你要说的话。明天我会帮你代班，在你离开之前，可以给我五百克朗吗？"

约恩从皮夹里拿出钞票，放在罗伯特面前的桌上。罗伯特用刀身划过下巴，黑色胡楂发出摩擦的声响："还有一件事我要提醒你。"

约恩知道接下来罗伯特要说什么，吞了口口水："什么事？"

他越过罗伯特的肩膀，看见外头开始飘雪，但后院周围的屋子产生的上升暖气流让细小的白色雪花悬浮在窗外，仿佛正在聆听他们说话。

罗伯特用刀尖对准心形图案的中央。"如果再让我发现你接近某人——你知道是谁……"他的手握住刀柄，倾身向前，借着体重一压，刀子咯吱一声插入干燥的木桌中，"我就毁了你，约恩，我发誓我一定会。"

"有没有打扰到你们？"门口传来说话声。

"一点也没有，鲁厄士官长，"罗伯特用甜美的语调说，"我哥正好要走。"

莫勒走进他的办公室，总警司和新任督察长甘纳·哈根停止了交谈。当然，这间办公室现在已经不是莫勒的了。

"你喜欢这片景观吗？"莫勒希望自己的语气是愉快的，随即又补上"甘纳？"。这名字从他口中说出显得很陌生。

"嗯，十二月的奥斯陆总是一派悲伤的景象，"哈根说，"我们也得看看有什么办法可以解决。"

莫勒很想问他说的"也"是什么意思，但他看见总警司点头表示同意，便把话咽了回去。

"我正在跟甘纳说明这里的人员内幕，把所有秘密说给他听，你懂的。"

"哈，我懂，你们两个以前就认识了。"

"没错，"总警司说，"甘纳和我以前是同学，那时候警察学院还叫警察学校。"

"备忘录上说你每年都会参加毕克百纳滑雪赛，"莫勒转头望向哈根，"你知道总警司也会参加吗？"

"我知道啊，"哈根面带微笑，朝总警司望去，"有时我们会一起去，在最后冲刺的时候努力超越对方。"

"真没想到，"莫勒露出促狭的微笑，"如果总警司是任命委员会的成员，那他就会被指控任人唯亲了。"

总警司发出干笑,用警告的眼神瞥了莫勒一眼。

"我正跟甘纳说到那个你慷慨赠表的人。"

"哈利·霍勒?"

"对,"哈根说,"我知道那个涉及'愚蠢走私案'的警监就是死在他手下,听说他在电梯里把那警监的手臂扯断了,现在还涉嫌把案情泄露给媒体,这样不好。"

"第一,那起'愚蠢走私案'是一群行家干的,他们利用警界的帮手,让廉价手枪在奥斯陆泛滥成灾。"莫勒难以掩饰声音中的怒意,"这件案子是霍勒在总署的阻挠下、在没有援助的情况下侦破的,这都要归功于他多年来勤勉的警察工作。第二,他是出于自卫才杀人的,而且是电梯扯断了瓦勒的手臂。第三,我们手上没有证据指出是谁泄露了什么。"

哈根和总警司交换眼神。

"不管怎样,"总警司说,"这个人你都必须留意,甘纳。据我所知,他女友最近跟他分手,我们都知道像哈利这种有酗酒恶习的人,这种时候特别容易故态复萌,我们绝对无法接受这种行为,无论他破过多少案子。"

"我会好好约束他的。"哈根说。

"他是警监,"莫勒闭上眼睛,"不是一般警察,而且他也不喜欢被约束。"

哈根缓缓点头,伸手摸了摸浓密的花冠般的头发。

"你什么时候开始去卑尔根上班……"哈根放下了手,"毕悠纳?"

莫勒猜想,哈根叫他的名字应该也觉得很陌生。

哈利漫步在厄塔街上,从路人脚上穿的鞋子可以看出,他越来越靠近灯塔餐厅了。缉毒组的同事都说,陆军和海军的剩余军品店对于辨识吸毒者的贡献最大,因为军靴迟早都会通过救世军穿到毒虫脚上。夏天是蓝色运动鞋,而冬天,毒虫的"制服"则是黑色军靴,外加绿色塑料袋,里面装着救世军分发的盒装午餐。

哈利推开灯塔餐厅的大门，朝身穿救世军连帽外套的警卫点了点头。

"带酒了吗？"警卫问道。

哈利拍了拍口袋："没有。"

墙上的告示写道，酒类饮品必须交由门口警卫保管，离开时取回。哈利知道救世军已放弃让客人交出毒品和吸毒工具，因为没有毒虫会乖乖照做。

哈利走进去，给自己倒了杯咖啡，在墙边找到一把长椅坐下。灯塔餐厅是救世军的餐厅，也是新千禧年版的救济所，穷人们来这里可以得到免费的点心和咖啡。这里舒适明亮，跟一般咖啡馆的不同之处只在于客人。百分之九十的吸毒者为男性，他们吃白面包，夹褐色或白色的挪威芝士，阅读报纸，在桌前安静地谈话。这是个自由空间，可以取暖，喘口气，在找了一天毒品之后稍事休息。卧底的警察有时也会来，但根据一个不成文的规定，警方不会在这里逮人。

哈利旁边的男子低头坐着，一动不动，他的头垂落在桌子上方，肮脏的手摆在面前，手指夹着一张卷烟纸，周围散落着许多烟蒂。

哈利看见一个身穿制服的娇小女子的背影，她正在更换一张桌子上燃尽的蜡烛，桌上摆有四个相框，其中三个装的是个人照片，第四个里面是十字架和一个名字，背景是白色的。哈利起身走了过去。

"这是什么？"

也许是因为女子纤细的脖子与优雅的动作，也许是因为她美得几乎不自然的乌黑秀发，哈利在她转过头之前就联想到猫。待女子转过头来，她的小脸和不成比例的大嘴，以及日本漫画人物般极为俏丽的鼻子，更让他觉得她像只猫。但最重要的是那双眼睛。哈利说不上来，只觉得这些组合在一起不大对劲。

"十一月的。"女子答道。

她的声音冷静、低沉而温柔，令哈利纳闷这究竟是她自然的声音，还是后天学来的。他知道有些女人会这么做，改变说话声就像换衣服一样，一种声音在家里使用，一种声音用来创造第一印象和社交，一种声音用于夜晚的亲密行为。

"什么意思？"哈利问。

"十一月的死亡名单。"

哈利看着那些照片，明白了她的意思。

"四个人？"哈利压低声音。照片前放着一封信，上面是颤抖的铅笔字迹，都是大写字母。

"平均每星期会死一个客人，死四个也算正常。纪念日是每月的第一个星期三。这些人中有你的……？"

哈利摇了摇头。"我亲爱的盖尔……"那封信的开头这样写道，旁边没有鲜花。

"有什么需要帮忙的吗？"女子问。

哈利忽然觉得她也许没有别的声音，只有这一种温暖低沉的嗓音。

"佩尔·霍尔门……"哈利开口，却不知道该如何把话说完。

"可怜的佩尔，是的，我们会在一月的纪念日缅怀他。"

哈利点了点头："第一个星期三。"

"没错，到时欢迎你来参加，兄弟。"

"兄弟"这两个字从她口中说得那么清晰自然，犹如句子里轻描淡写的、几乎没有被说出的附加词。一瞬间，哈利几乎相信自己是她的兄弟。

"我是警探。"哈利说。

两人身高差距悬殊，女子必须抻长脖子才能看清楚哈利。

"我好像见过你，但已经是好几年前的事了。"

哈利点了点头："也许吧。我来过这里一两次，可是都没见过你。"

"我是这里的兼职人员，其他时间都在救世军总部。你是缉毒组的人？"

哈利摇了摇头："我负责调查命案。"

"命案，可佩尔不是被杀害的呀……"

"我们可以坐一会儿吗？"

女子犹豫片刻，环视四周。

"你在忙？"哈利问道。

"没有，今天特别安静，平常我们一天得分发一千八百片面包，但今天人很少。"

她叫了一声柜台里的一名少年，少年同意接替她的工作，同时哈利得知她名叫玛蒂娜。那个手拿卷烟纸的男子头垂得更低了。

"这件案子有些疑点，"哈利坐下后说，"他是个什么样的人？"

"很难说，"玛蒂娜说。哈利露出疑惑的神色，仿佛叹了口气。"像佩尔那种长期吸毒的人，大脑已受到严重损伤，很难看出他们本来的个性，想获得吸毒快感的冲动盖过了一切。"

"这我了解，但我的意思是……对熟悉他的人来说……"

"我恐怕帮不上忙。你可以去问佩尔的父亲，看看他儿子的真正个性还剩下多少。他父亲来过这里几次，想带他回去，最后还是放弃了。他说佩尔开始在家里威胁他们，因为佩尔在家时，他们会把所有值钱的东西都锁起来。他请我关照他儿子，我说我们会尽力，但没办法承诺奇迹出现，当然我们也没给出承诺……"

哈利观察玛蒂娜，她脸上只是呈现出社工人员常见的心灰意冷。

"这种感觉一定糟透了。"哈利抓了抓腿。

"对，只有吸毒者才能了解这种感觉。"

"我是说为人父母的感觉。"

玛蒂娜没有回答。一名身穿破菱格外套的男子在隔壁桌坐下，打开透明塑料袋，倒出一堆干燥的烟蒂——少说也有几百个，盖住了另一名男子拿着卷烟纸的肮脏手指。

"圣诞快乐。"穿外套的男子咕哝说，又踏着毒虫老迈的步伐离去。

"这案子有什么疑点？"玛蒂娜问。

"血液样本没验出毒品。"哈利说。

"所以呢？"

哈利看了看隔壁桌的男子。他急于卷一根烟，但手指不听使唤，一滴泪珠从褐色面颊上滚落。

"我对吸毒的快感有一些了解，"哈利说，"他有没有欠钱？"

"不知道。"玛蒂娜的回答十分简单，简单到哈利已经知道他下个问题的答案。

"但说不定你……"

"没有，"她插嘴道，"我不能过问他们的事。听着，他们都是没人关心的人，我来这里是帮助他们，不是来为难他们的。"

哈利仔细观察玛蒂娜："你说得对，很抱歉我这样问，这种事不会再发生了。"

"谢谢你。"

"我可以问最后一个问题吗？"

"问吧。"

"如果……"哈利迟疑片刻，不知道自己这样说会不会欠考虑，"如果我说我关心他，你会相信吗？"

玛蒂娜侧过头，打量哈利："我应该相信吗？"

"这个嘛，我正在调查这件案子，而每个人都认为这只是个没人关心的毒虫犯下的常见自杀案。"

玛蒂娜沉默不语。

"这里的咖啡很不错。"哈利站了起来。

"不客气，"玛蒂娜说，"愿上帝保佑你。"

"谢谢。"哈利惊讶地发现自己的耳垂居然在发热。

哈利走到门边，来到身穿连帽外套的警卫前方，转过头去，但已不见玛蒂娜。警卫递给哈利一个装有餐盒的绿色塑料袋，哈利表示拒绝并将外套裹紧了些，来到街道。这时他已能看见红红的太阳缓缓落入奥斯陆峡湾。哈利朝奥克西瓦河的方向走去，来到艾卡区，看见一名男子直挺挺地站在雪堆中，菱格外套的袖子卷起，一根针管插在他的前臂上。男子脸上挂着微笑，目光穿过哈利，望着格兰区的寒霜白雾。

6 哈福森

佩妮莱·霍尔门坐在弗雷登堡路家中的扶手椅上，看起来比平常更为瘦小，一双泛红的大眼睛看着哈利，放在大腿上的双手抱着装有儿子照片的玻璃相框。

"这是他九岁时拍的。"她说。

哈利不由得吞了口口水。一方面是因为这个面带微笑、身穿救生衣的九岁男孩，看起来不可能令人想到未来他的脑袋里会射进一发子弹，在集装箱里结束生命。另一方面是因为这张照片令他想到欧雷克；欧雷克克服了心理障碍，叫他"爸爸"。哈利心想，不知道他要花多少时间才会叫马地亚·路海森一声"爸爸"。

"佩尔每次都失踪好几天，我先生比格尔就会出去找他，"佩妮莱说，"虽然我叫他别找了，他也不答应。我已经无法再忍受佩尔住在家里了。"

哈利压抑自己的思绪，为什么无法忍受？

哈利并未事先通知要来拜访，佩妮莱说比格尔去殡仪馆了，所以不在家。

佩妮莱吸了吸鼻涕："你有没有跟吸毒者住在一起的经验？"

哈利沉默不语。

"只要看得见的东西他都偷。这我们能接受，也就是说比格尔能接受。他是我们俩之中比较有爱心的。"佩妮莱皱起了脸，根据哈利的解读，那应该是微笑。

"他什么事都替佩尔找理由，直到今年秋天佩尔威胁我为止。"

"威胁你？"

"对，他威胁说要杀我。"佩妮莱低头看着照片，擦了擦玻璃相框，仿佛它脏了似的，"那天早上，佩尔来按门铃，我不让他进来。当时只有我一个人在家。他哭着哀求，可是这种小把戏早就玩过了，我已经懂得要硬起心肠。后来，我回到厨房坐下，完全不知道他是怎么进来的，只知道他突然站在我面前，手里拿着枪。"

"就是那把枪吗？他用来……"

"对，对，我想是吧。"

"请继续说。"

"他逼我打开我放首饰的柜子，里面现在放着我仅存的一点首饰，大部分都已经被他拿走了。然后他就走了。"

"那你呢？"

"我？我崩溃了。比格尔回来之后，带我去了医院。"佩妮莱吸了吸鼻涕，"结果他们连药都不肯给我开，说我已经吃得够多了。"

"你都吃些什么药？"

"你说呢？就是镇静剂啊，真是够了！如果你有个让你晚上睡不着觉的儿子，因为你害怕他会回来……"她顿了顿，握拳按住嘴巴，泪水在眼眶里打转。接着她用细若蚊鸣的声音说："有时我都不想活了。"哈利得拉长耳朵才能听见这句话。

哈利看着手上的笔记本，上面一片空白。

"谢谢你。"他说。

"您打算住一个晚上，对吗，先生？"奥斯陆中央车站旁的斯坎迪亚饭店的女前台说，她双眼盯着电脑屏幕上的订房信息，并未抬头。

"对。"她面前的男子说。

她在心中记下男子身穿浅褐色大衣，驼毛的，但也可能是假驼毛。

她的红色长指甲在键盘上快速跳动，仿佛受惊的蟑螂。在寒冷的挪威穿假驼毛？有何不可？她看过阿富汗骆驼的照片，她男友来信说，阿富汗可能跟挪威一样冷。

"您是要付现金还是刷卡？"

"现金。"

她将登记表和笔放在男子面前的柜台上，并请男子出示护照。

"没有必要，"男子说，"我现在就付钱。"

男子说的英语十分接近英国腔，但他发音的方式让她联想到东欧国家。

"先生，我还是得看您的护照，这是国际规定。"

男子点了点头，递出平滑的一千克朗钞票和护照。克罗地亚共和国？可能是新兴的东欧国家吧。她找钱给男子，并将钞票收进现金盒，暗暗提醒自己等客人离开后，得对着光线看看是不是真钞。她努力让自己维持一定的仪态，但也不得不承认，她要暂时屈身在这家不怎么样的饭店，而眼前这位客人看起来不像骗子，更像是……呃，他到底像什么呢？她递上房卡，流利地说明客房楼层、电梯位置、早餐时间和退房时间。

"还需要什么服务吗，先生？"她用悠扬的语调说，十分相信自己的英语和服务态度远超过这家饭店的水平。再过不久，她一定可以跳槽到更好的饭店，但如果不成功的话，她就得修正路线。

男子清了清喉咙，问附近的电话亭在哪里。

女前台说他可以在房间里打电话，但男子摇了摇头。

这下她得想一想了。自从手机广为流行之后，奥斯陆的电话亭大多已被拆除，但她想到附近的铁路广场应该还有个电话亭，广场就在车站外面。虽然距离这里只有几百米，她还是拿出一份小地图，标上路线，告诉男子该怎么走，就像瑞迪森饭店和乔伊斯饭店提供的服务一样。她看了看男子，想知道他是否听懂了，心里却有点困惑，连她自己都不明白为什么。

"我们俩对抗全世界，哈福森！"

哈利冲进办公室，高声喊出他平日早晨的问候。

"你有两条留言，"哈福森说，"你要去新队长的办公室报到，还有一个女人打电话找你，声音很好听。"

"哦？"哈利将外套朝衣帽架的方向丢去，结果落在地上。

"哇，"哈福森想都不想便脱口而出，"你终于走出来了，对不对？"

"你说什么？"

"你把衣服往衣帽架上丢，还说'我们俩对抗全世界'。你很久没这样了，自从萝凯把你甩……"

哈福森猛然住口，因为他看见哈利露出警告的表情。

"那位小姐有什么事？"

"她有话要我转达给你，她叫……"哈福森的视线在面前的黄色便利贴上搜寻。"玛蒂娜·埃克霍夫。"

"不认识。"

"她在灯塔餐厅工作。"

"啊！"

"她说她问过许多人，可是没人听说过佩尔·霍尔门有债务问题。"

"嗯，也许我该打电话问她是不是还有别的消息。"

"哦？好啊。"

"这样可以吧？为什么你看起来一脸狡诈？"哈利弯腰去捡外套，却没挂上衣帽架，而是又穿回身上，"小子，你知道吗？我又要出去了。"

"可是队长……"

"队长得等一等了。"

集装箱码头的栅门开着，但栅栏处设有禁止进入的标志，并指示车辆必须停在外面的停车场。哈利抓了抓受伤的腿，又看了看集装箱和车道之间长而广阔的空地。警卫办公室是栋矮房子，看起来颇像在过去三十年间不断有序扩建而成的工人小屋，而这跟事实相去不远。哈利把车子停在入口处的前方，步行了几米。

警卫靠在椅背上，一言不发，双手抱在脑后，嘴里咬着火柴，聆听哈利说明来意以及昨晚发生的事。

那根火柴是警卫脸上唯一在动的东西，但哈利发现当他说到他和那只狗起冲突时，警卫脸上似乎露出一抹微笑。

"那是黑麦兹纳犬，"警卫说，"是罗得西亚脊背犬的表亲，我们很幸运地把它引进国内，它是非常棒的警卫犬，而且很安静。"

"我发现了。"

那根火柴兴味盎然地动着："那只麦兹纳犬是猎犬，所以会静悄悄地接近，不想把猎物吓跑。"

"你是说那只狗打算……呃，把我吃掉？"

"那要看你说的吃掉是什么意思喽。"

警卫并未详细解释，只是面无表情地看着哈利，交握的双手几乎罩住整个头部。哈利心想，不是他的手太大，就是他的头太小。

"所以在警方推测佩尔·霍尔门中枪身亡的时间内，你都没看见其他人在现场或听见什么声音吗？"

"中枪？"

"他开枪自杀了。有其他人在场吗？"

"冬天警卫都会待在室内，那只麦兹纳犬也很安静，就像我刚刚说的一样。"

"这不是很奇怪吗？那只狗怎么会没察觉到？"

警卫耸了耸肩："它已经完成任务了，我们也不用外出。"

"可是它没发现佩尔·霍尔门溜进来。"

"这个集装箱码头很大。"

"可是后来呢？"

"你是说尸体？哎呀，尸体都结冰了，不是吗？麦兹纳犬对死尸没兴趣，它只喜欢新鲜的肉。"

哈利打了个冷战："警方的报告指出你从未在这里见过霍尔门。"

"没错。"

"我刚刚去见过他母亲，她借给我这张全家福照片，"哈利把照片放在警卫桌上，"你能发誓你从来没见过这个人吗？"

警卫垂下目光，把火柴移到嘴角，准备回答，却顿住了。他放下抱在脑后的手，拿起照片，细看良久。

"我说错了，我见过他，他在夏天的时候来过——要辨认集装箱里的那个……很不容易。"

"这我了解。"

几分钟后，哈利准备离去，他先打开一条门缝，左右查看。警卫咧嘴笑了。

"白天我们都把它关起来，反正麦兹纳犬的牙齿很细，伤口很快就会好的。我正在考虑买一只肯塔基梗，它们的牙齿是锯齿状的，可以咬下一大块肉。警监，你已经算很幸运了。"

"这样啊，"哈利说，"你最好警告那只狗，有个小姐会拿别的东西来给它咬。"

"什么？"哈福森问道，小心地驾驶车子绕过除雪车。

"某种软的东西，"哈利说，"黏土之类的，这样贝雅特和她的小组就能把黏土放进石膏，等它凝固之后，就可以得到那只狗的齿模。"

"了解，这个齿模可以证明佩尔·霍尔门是被谋杀的？"

"不行。"

"你不是说……"

"我是说我需要它来证明这是一起谋杀案，它只是现在缺少的一连串证据之一。"

"原来如此，那其他证据是什么？"

"就是常见的那些：动机、凶器、时机。在这里右转。"

"我不懂，你说你的怀疑是基于霍尔门用来闯入集装箱码头的钢丝钳？"

"我是说那把钢丝钳令我纳闷，也就是说，这个海洛因瘾君子是如此神志不清，不得不找了个集装箱来栖身，那他怎么可能机灵到去拿钢丝钳来打开栅门？然后我又仔细看了一下这件案子。你可以把车停在这里。"

"我不明白的是，你怎么能说你知道凶手是谁。"

"动动脑筋，哈福森，这并不难，而且事实都摆在你眼前。"

"我最讨厌听见你说这种话。"

"我是为了让你进步。"

哈福森瞥了一眼比他年长的哈利，看他是否在开玩笑。两人开门下车。

"你不锁车门吗？"哈利问。

"昨晚锁被冻住，今天早上钥匙插在里面坏掉了。你知道凶手是谁有多久了？"

"有一阵子了。"

两人穿过马路。

"在大多数命案中，知道凶手是谁是最简单的部分，通常他们是明显的嫌疑人，比如丈夫、好友、有前科的家伙，但绝对不会是管家。问题不在于知道凶手是谁，而在于能不能证明你的大脑和直觉一直在告诉你的答案。"哈利按下"霍尔门"名牌旁的门铃，"这就是我们现在要做的，找出遗失的小拼图，把看似无关的信息串联起来，使其成为一连串完美的证据。"

对讲机吱吱作响，传出说话声："喂？"

"警察，我叫哈利·霍勒，我们可以……"门锁嗡的一声打开。

"问题在于动作要快，"哈利说，"大多数命案要么在二十四小时内破案，要么永远破不了案。"

"谢谢，这我听过。"哈福森说。

比格尔·霍尔门站在楼梯口等着他们。

"请进。"比格尔领着他们走进客厅。一棵未经装饰的圣诞树放在法式阳台的门口，等着挂上吊饰。

"我太太在睡觉。"哈利还没问，比格尔就如此说道。

"我们会小声说话。"哈利说。

比格尔露出哀伤的微笑："她不会被吵醒的。"

哈福森迅速瞥了哈利一眼。

"嗯，"哈利说，"她吃了镇静剂？"

比格尔点了点头："丧礼明天举行。"

"原来如此，压力很大。谢谢你们借我这个。"哈利把照片放在桌上。照片中的佩尔坐在椅子上，他的父母站在两旁，可以说是保护，也可以说是包围，取决于你从哪个角度去看。接着是一阵沉默，三人皆一语不发。比格尔隔着衬衫抓挠前臂。哈福森在椅子上往前移，又往后挪。

"你对药物上瘾了解多少，霍尔门先生？"哈利问道，并未抬眼。

比格尔蹙起眉头："我太太只吃了一颗安眠药，这并不代表……"

"我不是在说你太太，你也许还有机会救她，我说的是你儿子。"

"那要看你说的'了解'是什么意思了。他对海洛因上瘾，这让他不快乐。"比格尔还想说什么，却打住了，看着桌上的照片，"这让我们大家都不快乐。"

"我想也是。但如果你了解毒瘾，就会知道当它发作时，其他事情都是次要的。"

比格尔颤抖的声音中透着愤怒。"你是说我不了解这个吗，警监？你是说……我太太……他……"他语带哭腔，"他的亲生母亲……"

"我知道，"哈利轻声说，"但毒品排在母亲之前，父亲之前，生命之前，"

哈利吸了口气，"还有死亡之前。"

"我累了，警监，你来有什么事？"

"检验报告指出，你儿子死亡的时候，血液里没有毒品，这表示他处于很糟糕的状态。当一个对海洛因上瘾的人处于这种状态时，他寻求救赎的渴望会非常强烈，强烈到使他拿枪威胁亲生母亲。但救赎并不是在头上开一枪，而是在手臂、脖子、腹股沟，或任何能清楚找到血管的地方打一针海洛因。你儿子被发现的时候，那包注射海洛因的工具还在他口袋里。霍尔门先生，你儿子不可能开枪自杀，因为就像我刚刚说的，毒品排第一，其他次之，就连……"

"死亡也是一样。"比格尔依然双手抱头，但口齿十分清楚，"所以你认为我儿子是被人杀死的？为什么？"

"我正希望你能告诉我们。"

比格尔沉默不语。

"是不是因为他威胁了她？"哈利问道，"是不是为了让你太太获得平静？"

比格尔抬起头来："你说什么？"

"我猜你去普拉塔广场等佩尔出现，他买完毒品后，你就跟上去，带他去集装箱码头，因为你知道他有时无处可去，就会去那里。"

"我怎么会知道这种事？这太离谱了。我……"

"你当然知道。我把这张照片拿给警卫看，他认出了我在打听的人。"

"佩尔？"

"不，是你。今年夏天你去过集装箱码头，询问可不可以在众多集装箱里找你儿子。"

比格尔双眼盯着哈利。哈利继续往下说："你计划好一切，准备好铁丝钳和空集装箱。空集装箱是吸毒者结束生命的好地方，没有人能听见或看见他自杀，而且你知道，佩尔的母亲可以做证，说那把枪是他的。"

哈福森紧盯着比格尔，做好准备。但他并没有移动的征兆，只是用鼻子大力呼吸，伸手搔抓前臂，双眼看着空中。

"你什么都证明不了。"比格尔用放弃的口吻说，仿佛为此感到遗憾。

哈利做了个安抚的手势。接下来的寂静中，他们听见楼下街上传来洪亮的犬吠声。

"它会不停地发痒，对不对？"哈利说。

比格尔立刻停止抓痒。

"我们可以看看是什么那么痒吗？"

"没什么。"

"我们可以在这里看，也可以去警署看，你自己选择，霍尔门先生。"

犬吠声越来越大，难道这里、市中心有一台狗拉雪橇？哈福森觉得有什么事即将爆发。

"好吧。"比格尔低声说，解开袖口，拉起袖子。

他的手臂上有两处结痂的伤口，周围皮肤红肿发炎。

"把你的手臂翻过去。"哈利命令道。比格尔的手臂下方也有一处同样发炎的伤口。

"被狗咬的，很痒，对不对？"哈利说，"尤其在第十天到第十四天，伤口开始愈合的时候。急诊室的一个医生跟我说，我不能再去挠伤口了，你最好也不要再挠了，霍尔门先生。"

比格尔看着伤口，眼神涣散："是吗？"

"你的手臂上有三处伤口，我们可以证明是集装箱码头的一只狗咬了你，我们有那只狗的齿模。希望你有办法为自己辩护。"

比格尔摇了摇头："我不想……我只希望让她得到自由。"

街上的犬吠声戛然而止。

"你愿意自首吗？"哈利问道，对哈福森做了个手势。哈福森立刻把手伸进口袋，却连一支笔或一张纸都找不到。哈利翻了个白眼，把自己的笔记本递给他。

"他说他心情非常低落，"比格尔说，"没办法再这样继续下去，他真的不想再吸毒了，所以我就替他在救世军旅社找了个房间，里面有一张床，每日供应三餐，一个月一千两百克朗。我还给他报名了戒毒课程，要再等几个月。但后来他就音信全无，我打电话问旅社，他们说他没付房钱就跑了，后来……呃，后来他就出现在这里，手里还拿着枪。"

"那时候你就决定了？"

"他没救了，我已经失去了我的儿子，我不能让他把我太太也带走。"

"你是怎么找到他的？"

"不是在普拉塔广场，而是在艾卡区。我说我可以买他那把枪。他随身带着那把枪，拿出来给我看，立刻让我付钱，但我说我带的钱不够，跟他约好第二天晚上在集装箱码头的后门碰面。你知道吗，其实我很高兴你……我……"

"多少？"哈利插嘴说。

"什么？"

"你要付他多少钱？"

"一千五百克朗。"

"然后呢……"

"然后他来了。原来他根本没有子弹，他说他一直都没有子弹。"

"但你一定隐约猜到这一点了，那把枪是标准口径，所以你买了些子弹？"

"对。"

"你先付他钱了吗？"

"什么？"

"算了。"

"你要知道，受苦的不只是佩妮莱和我，对佩尔来说，每一天都是在延长他的痛苦。我儿子差不多是行尸走肉了，他只是在等待……等待有人来停止他的心跳。他在等待一个……一个……"

"救赎者。"

"对，没错，救赎者。"

"但这不是你的工作，霍尔门先生。"

"对，这是上帝的工作。"比格尔低下头，嘟囔着什么。

"什么？"哈利问。

比格尔抬起头来，双眼看着空气。"既然上帝不做这个工作，那么总得有人来做。"

街道上，褐色的薄暮笼罩在黄色灯光周围。即使是午夜，雪后的奥斯陆也不会完全陷入黑暗。噪声被包裹在棉花之中，脚下冰雪的嘎吱声听起来像是遥远的烟火。

"为什么不把他一起带回警署？"哈福森问道。

"他不会跑的，他还有话要对老婆说。过几小时再派一辆车来就好。"

"他很会演戏，对不对？"

"什么？"

"呃，你去通知他儿子的死讯时，他不是哭得半死吗？"

哈利无奈地摇了摇头："小子，你还有很多东西要学。"

哈福森恼怒地踢了一脚冰雪："那你来启发我啊，大智者。"

"杀人是一种极端的行为，很多人都会压抑它所带来的情绪，他们可以做到内心藏着行凶的事实，却若无其事地走在街上，仿佛那是一个几乎被遗忘的噩梦，这种事我见多了。只有当别人大声说出来的时候，他们才会发现，这件事不只存在于他们的脑中，而且还真实地发生过。"

"原来如此，反正都是些冷血的人。"

"难道你没看见他崩溃吗？也许佩妮莱·霍尔门说得对，她说她丈夫很有爱心。"

"爱心？人都杀了还有爱心？"哈福森怒火中烧，声音发颤。

哈利把手搭在哈福森肩膀上："你想想看，牺牲你的独生子，这难道不是爱的终极表现吗？"

"可是……"

"哈福森，我知道你在想什么，但你必须习惯这种事，不然这种道德矛盾会把你搞得头昏脑涨。"

哈福森伸手去拉没上锁的车门，但车门冻结得很快，竟纹丝不动。他怒火中烧，用力一拉，橡胶条互相分离，发出撕裂的噪声。

两人坐上车，哈利看着哈福森转动钥匙，发动引擎，另一只手按着额头。引擎发出怒吼，活了过来。

"哈福森……"哈利开口说。

"反正这件案子破了，队长应该会很开心。"哈福森高声说，超车到一辆卡车前方，同时按响喇叭，对后视镜比出中指。"我们应该露出微笑，稍微庆祝一下。"他把手放下，继续按着额头。

"哈福森……"

"干吗？"他吼道。

"把车停下。"

"什么？"

"立刻停下。"

哈福森把车开到人行道旁停下，放开方向盘，眼神空洞，直视前方。他们拜访霍尔门家这段时间，冰花已爬上风挡玻璃，仿佛遭到霉菌大军的突袭。哈福森大口呼吸着，胸部上下起伏。

"有时当警察是个烂差事，"哈利说，"不要让它影响到你。"

"不会。"哈福森呼吸得更加用力。

"你是你，他们是他们。"

"对。"

哈利把手放在哈福森背上，耐心等待着。过了一会儿，他感觉哈福森的呼吸冷静下来。

"你很坚强。"哈利说。

车子穿过傍晚的车流，缓缓朝格兰区驶去，两人沉默不语。

7 匿名

十二月十五日，星期一

他站在奥斯陆最繁忙的步行街最高点，这条街道以瑞典及挪威国王卡尔·约翰的名字命名。他记下饭店提供给他的地图，知道西边那个建筑轮廓是皇宫，而奥斯陆中央车站在东边的尽头。

他打了个冷战。

一座高大房屋墙上的温度计以红色霓虹灯显示出零下温度，即使空气稍微流动，他也会觉得那像是冰河时代的寒风穿透他的驼毛大衣。在此之前，他一直对这件他在伦敦以低价买下的大衣十分满意。

温度计旁的时钟显示此时为七点。他朝东走去。是个好预兆。天色颇黑，街上有很多人，只有银行外设有监视器，而且都对准提款机。他已排除用地铁作为逃脱工具，因为地铁里监视器太多，乘客太少。奥斯陆比他想象的更小。

他走进一家服饰店，找到一顶四十九克朗的羊毛帽和一件二百克朗的羊毛外套，但不一会儿又改变了心意，因为他发现一件一百二十克朗的薄雨衣。他在试衣间里试穿雨衣时，发现巴黎的除臭锭依然在他西装外套的口袋里，已被压碎。

那家餐厅位于步行街左侧几百米的地方，他立刻发现餐厅寄存处没有专人服务。很好，这让他的工作更为简单。他走进用餐区，见有半数桌子坐了客人。这里视野很好，每张桌子都尽收眼底。一名服务生走了过来。他预订了第二天晚上六点的靠窗座位。

离开之前，他先去厕所查看。厕所没有窗户，所以第二出口必须穿过厨房。好吧，没有一个地方是完美的。他需要备用的逃跑路线，这一点非常重要。

他离开餐厅，看了看表，朝车站走去。路人们都在避免目光接触，这虽然是个小城市，但仍有首都的冷漠气息。很好。

他来到机场特快列车的月台上，又看了看表。距离餐厅六分钟路程。列车每十分钟一班，行车时间是十九分钟。换句话说，他可以在七点二十搭上列车，七点四十抵达机场。飞往萨格勒布的直航班机九点十分起飞，机票就在他口袋里，是北欧航空的优惠票。

他满意地走出新落成的铁路总站，步行走下楼梯。上方的玻璃屋顶显然属于旧的候车大厅，但现在这里开了许多商店，可以通往开放广场，地图上说那儿叫铁路广场。广场中央有一座老虎雕像，体积是真老虎的两倍，它位于有轨电车、汽车和行人之间。但他到处都没看见女前台所说的电话亭，只看见广场尽头的候车亭处聚集了一群人。他走上前去，只见有些人将衣服兜帽戴在头上，正在交谈。也许他们来自同一个地方，彼此是邻居，正在等同一班汽车。然而这一景象让他另有联想。他看见什么东西从一人手中被递给另一人，又看见那个瘦巴巴的男子快步离开，他弓着背，走进寒风之中。他知道那是什么东西。他在萨格勒布和其他欧洲城市见过海洛因交易，但没有一个地方像这里这么公开。接着，他明白自己联想到了什么，他想到的是塞尔维亚军撤退之后，人们聚集在一起，他也在其中。那些人是难民。

然后巴士真的来了。那是一辆白色巴士，在快到候车亭的地方停了下来。车门打开了，但没人上车，一名身穿制服的年轻女子从车上下来。他立刻认出那是救世军的制服，于是放慢脚步。

制服女子走到一名女子旁，扶她上车，然后两名男子跟着上去了。

他停下脚步，抬头望去，心想这只是巧合罢了。他转过身去，就在此时，他在小钟塔底下看见三个电话亭。

五分钟后，他打电话回萨格勒布，告诉她一切看来都很好。

"这是最后一项任务。"他又说了一遍。

此外，弗雷德告诉他，说他支持的萨格勒布迪纳摩队在马克西米尔球场中场休息时以一比零领先里耶卡队。

这通电话花了他五克朗。钟塔上的时钟指向七点二十五分。倒计时已经开始。

众人聚集在维斯雅克教堂大厅里。

这座砖砌小教堂位于墓园旁的山坡上，通往教堂的碎石径两旁是高高的雪堆。空旷的大厅里共有十四人坐在椅子上，墙边堆放着许多塑料椅，大厅中央设有一张长桌。若你无意间踏进这个大厅，可能会以为这是一般的社团集会，但从这十四人的面孔、年龄、性别或衣着来看，完全看不出是什么性质的社团。刺眼的灯光从玻璃窗和亚麻油地板上反射出来。大家低声嘀咕着，纸杯发出不安的窸窣声。一瓶法里斯矿泉水咝的一声被打开。

七点整，交谈停止。长桌尽头有一只手举起来，小钟响了一声。众人的目光转向一名三十五岁左右的女子，她以直接而无畏的眼神和大家对视。她窄小的嘴唇看上去很严肃，唇膏让它软化了不少，一头浓密的金色长发用发夹固定着，一双大手放在桌上，流露出冷静和自信。她姿态优雅，这表示她有一些迷人的特质，但还不够优美，没能达到挪威人所谓的"甜美"标准。她的肢体语言述说着控制和力量，并由她坚定的声音所强调。下一刻，这声音便充满整个寒冷的大厅。

"嘿，我的名字叫阿斯特丽，我是个酒鬼。"

"嘿，阿斯特丽！"众人齐声回应。

阿斯特丽打开面前的书，开始朗读。

"加入嗜酒者互诚协会只有一个条件，那就是戒酒的意愿。"

　　她继续往下说，桌前熟悉"十二步骤"的人在跟着背诵。她停顿了一下，调整呼吸，此时可以听见教会合唱团正在楼上排练。

　　"今天的主题是第一步，"阿斯特丽说，"也就是说：我们承认我们无力对抗酒精，而且我们的生活一团混乱。下面我开始说明，但我会长话短说，因为我认为自己已经跨过了第一步。"

　　她吸了口气，露出简洁的微笑。

　　"我已经戒酒七年，每天我醒来后第一件事，就是对自己说我是酒鬼。我的孩子并不知道这件事，他们认为妈妈以前常会喝得烂醉，每次喝醉就变得脾气暴躁，所以后来就不喝了。我的生活需要适当的真相和适当的谎言才能维持平衡，也许这样会使我分裂，但我只能维持一天算一天，避免自己喝下第一口酒，而现在，我已经进行到第十一步了。谢谢大家。"

　　众人一起鼓掌，教会合唱团的歌声也仿佛是同声的赞美。"谢谢你，阿斯特丽。"鼓掌后一名成员说。

　　阿斯特丽对左边一个平头金发的高大男子点了点头。

　　"嘿，我叫哈利，"男子用粗哑的声音说，大鼻子上分布的红色血丝证明他已经远离清醒很久了，"我是个酒鬼。"

　　"嘿，哈利。"

　　"我是新来的，这是我第六次参加聚会，或是第七次。我还没完成第一步，也就是说，我知道我酗酒，但我认为我可以控制自己的酗酒行为，所以这跟我坐在这里有点冲突。但我之所以会来，是因为答应了一位心理医生，他是我的朋友，总是为我的利益着想。他说只要我能挨过第一个星期有关上帝和灵性的谈话，就会发现这个方法有效。呃，我不知道酗酒者可不可以自我帮助，但我愿意试试看，又有何不可？"哈利向左转头，表示他发言完毕，但大家还来不及鼓掌，阿斯特丽就说话了。

　　"哈利，这是你第一次在聚会中发言，这样很好，但既然你开口了，要不要再多说一点呢？"

哈利看着阿斯特丽，其他人也看着她，因为对团体中任何成员施加压力明显违反规定。阿斯特丽直视哈利。在之前的聚会中，哈利曾感觉到阿斯特丽在看他，但只有一次他迎上了她的目光。不过后来哈利就把她从头到脚反复打量了一番。其实哈利很喜欢他所看见的，但最喜欢的还是当他从下往上移回视线时，见到她脸泛红晕。等到下一次聚会，他就会把自己隐藏起来。

"不了，谢谢。"哈利说。众人发出犹豫的掌声。

旁边的成员发言时，哈利用余光观察阿斯特丽。聚会结束后，阿斯特丽问他住哪儿，说可以顺道载他回去。哈利稍有犹豫，这时楼上的合唱团正好唱到最高音，高声赞颂上帝。

一个半小时后，他们静静地各抽一根烟，看着烟雾为阴暗的卧室添上一抹蓝晕。哈利那张小床上潮湿的床单依然温暖，但室内的寒意让阿斯特丽将白色被子拉到下巴。

"刚才很棒。"阿斯特丽说。

哈利没有回答，心想阿斯特丽这句话应该不是一个问句。

"这是我第一次跟对方一起达到高潮，"她说。"这可不是……"

"所以你先生是医生？"哈利说。

"你已经第二次问了，对，他是医生。"

哈利点了点头："你有没有听见那个声音？"

"什么声音？"

"嘀嗒声，是不是你的手表？"

"我的表是数字的，不会发出嘀嗒声。"

阿斯特丽把一只手放在哈利的臀部。哈利溜下了床，冰冷的亚麻油地板"灼烧着"他的脚底。"要不要喝杯水？"

"嗯。"

哈利走进浴室，打开水龙头，看着镜子。她刚刚说什么来着？她可以看见他眼中的孤寂？哈利倾身向前，却只看见小瞳孔周围有一圈蓝色虹膜，眼白遍布血丝。哈福森得知哈利和萝凯分手后，就说哈利应该在其他女人身上寻求慰藉，或者依照他充满诗意的说法，将忧郁逐出灵魂。然而哈利既没力气、也没意愿做这种事。因为他知道，自己碰过的女人都会变成萝凯，而这正是他要忘记的，他需要让萝凯从他的血液中离开，而不是什么美沙酮式的性疗愈。

但也许他错了，哈福森是对的，因为这感觉很好，的确很棒。他并没有感到压抑一个欲望以满足另一个欲望的空虚，反而觉得像电池充满了电，同时又得到了放松。阿斯特丽得到了她需要的，而他喜欢她所用的方式，那么对他来说是不是也可以这么简单？

他后退一步，看着镜中的身体。他比去年更瘦，身上少了许多脂肪，但肌肉量也相对降低。不出所料，他开始变得像他父亲。

他拿了一大杯水回到床上，两人一起分享。之后她依偎在他身旁，一开始她的肌肤湿冷，但很快她就被他温暖起来。

"现在你可以告诉我了。"她说。

"告诉你什么？"哈利看着缭绕的烟雾形成字母。

"她叫什么名字？你有个她，对不对？"字母散去，"她是你来参加聚会的原因。"

"可能吧。"

哈利说话时看着红光侵蚀着香烟，起初只侵蚀了一点。他身旁的女子是个陌生人。房间很暗，话语浮现而后消融。坐在告解室里一定就是这种感觉，可以卸下肩头的负担，或像嗜酒者互诫协会说的，让其他人来分担。所以他接着往下说，告诉她萝凯的事，告诉她萝凯一年前把他踢出了家门，因为她认为他像着魔似的不断追缉警界害虫王子，当他终于为王子设下陷阱时，王子却把萝凯的儿子欧雷克从卧室掳走，挟为人质。考虑到他遭受了绑架，还目睹了哈利在学生楼的电梯里杀了王子的事实，欧雷克对这件事应付得很好。

反倒是萝凯无法接受。两星期后，当萝凯得知了所有细节，便告诉哈利她无法再跟他一起生活，也就是说，她无法再让哈利跟欧雷克一起生活。

阿斯特丽点点头："她离开你是因为你对他们造成的伤害？"

哈利摇摇头："是因为那些我还没给他们造成的伤害。"

"哦？"

"我说这件案子了结了，但她坚持说我已经走火入魔，只要那些人还逍遥法外，这件案子就永远不会了结。"哈利把烟按熄在床边桌上的烟灰缸里，"而且就算没有那些人，我还是会缉捕其他人，其他会去伤害他们的人。她说她无法承担这种后果。"

"听起来好像走火入魔的是她。"

"不是，"哈利微微一笑，"她是对的。"

"是吗？你要不要说明一下？"

哈利耸了耸肩。"潜水艇……"他开口，却突然被一阵猛烈的咳嗽打断。

"潜水艇怎么了？"

"这是她说的。她说我就像一艘潜水艇，总是潜入冰冷黑暗的深水区，那个地方让人难以呼吸，每两个月才浮上水面一次。她不想陪我到那么深的水底。这很合理啊。"

"你还爱她吗？"

哈利不确定自己喜欢这个问题分享的走向。他深吸了一口气，脑子里播放着他和萝凯最后的对话。

他的声音很低沉，每当他愤怒或恐惧时，声音就会变得低沉："潜水艇？"

萝凯说："我知道这不是个很好的意象，但你明白……"

他扬起双手。"当然了，很棒的意象。那这个……医生呢？他是什么？航空母舰吗？"

萝凯呻吟了一声："哈利，这件事跟他无关，重点是你、我和欧雷克。"

"别躲在欧雷克后面。"

"躲？……"

"萝凯，你把他当人质了。"

"我把他当人质？是我绑架了欧雷克，拿枪顶着他的太阳穴，好让你满足复仇的渴望吗？"

萝凯颈部的静脉突出，尖声大吼使她的声音变得不堪入耳，仿佛是别人的声音；她的声带无法承受这种愤怒吼叫。哈利转身离去，在背后轻轻把门关上，几乎没有发出声音。

他转头看着床上这个女人："对，我爱她。你爱你先生吗，那个医生？"

"我爱他。"

"那为什么还找上我？"

"他不爱我。"

"嗯，所以你是在复仇？"

她惊讶地看着哈利："不是，我只是寂寞了，而且我喜欢你，我想这跟你的理由一样。难道你希望事情更复杂吗？"

哈利咯咯一笑："没有，这样就好。"

"你为什么杀了他？"

"谁？"

"还有谁？当然是那个王子啊。"

"这不重要。"

"也许不重要，但我想听你……"她把手放在他双腿之间，蜷伏在他身旁，在他耳畔轻声说，"详细说明。"

"还是不要了吧。"

"我想你误会了。"

"好吧，可是我不喜欢……"

"哦，少来了！"她发出气恼的咝咝声，用力握住他的小弟弟。哈利看着她。她的眼睛闪烁着蓝色亮光，黑暗中看起来很冷酷。她赶忙露出微笑，用甜美的声音说："说给我听嘛。"

卧室外的温度持续下降，使毕斯雷区的屋顶发出咯吱声和呻吟声。哈利一五一十地说了出来，并感觉到她听了之后身体僵直。他移开她的手，轻声说她知道得够多了。

阿斯特丽离开后，哈利站在自己的卧室里聆听，聆听咯吱声和嘀嗒声。

他弯腰捡起地上的外套，以及之前他们从前门冲进卧室时随手乱丢的衣服。他找到了嘀嗒声的来源，原来是莫勒送的道别礼物，手表的玻璃镜面闪闪发光。

他把表放进床边桌的抽屉，但嘀嗒声一直跟随他进入梦乡。

他用饭店的白色毛巾擦去手枪组件表面多余的油渍。

窗外车流发出规律的隆隆声响，淹没了角落里那台小电视的声音。那台电视只有三个频道，画质粗糙，正在播放的语言应该是挪威语。饭店女前台收下他的大衣，说明天早上一定会洗好。他把手枪组件排在报纸上，等全部干了之后才组合起来，拿起手枪对着镜子，扣下扳机。手枪发出顺滑的咔嗒声，钢质组件的振动传到他的手掌和手臂上。冷冷的咔嗒声，这是假的处决。

这是他们对波波做过的事。

一九九一年十一月，经过三个月不眠不休的攻击和轰炸，武科瓦尔终于投降。塞尔维亚军占领市区那天，天空下起滂沱大雨。波波的部队连同他在内剩下大约八十人，全都成了又累又饿的战俘。塞尔维亚军人命令他们在城里的主街上站成一排，不准移动，然后便退入暖和的帐篷里。大雨倾盆，雨滴打得连泥土都起了泡泡。两小时后，他们一个接一个因体力不支而倒地。波波手下的中尉离开队伍，去帮助那些倒在泥地里的人。一名塞尔维亚少年士兵走出帐篷，当场对那中尉的腹部开了一枪。在这之后，没人敢随便乱动。他们看着雨水模糊了周围的山脊，并希望那中尉别再哀号。中尉开始哭泣，这时波波的声音在他身后响起："不要哭。"哭声便停止了。

时间已从早晨变为午后。黄昏时分，一辆敞篷吉普车开到这里，帐篷里的塞尔维亚军人赶紧跑出来敬礼。他知道乘客座上的男子一定是总司令，大家都说总司令是"声音温柔的石头"。一名身穿平民服装的男子低头坐在吉普车后座上。吉普车停在部队前方，他站在第一排，因此听见总司令叫那个平民来看战俘。他不情愿地抬起头，一眼就认出那男子是武科瓦尔人，也是他学校一位男同学的父亲。男子扫视一排排战俘，经过他面前，却没认出他，继续往前走。总司令叹了口气，从吉普车上站了起来，在雨中高声吼叫，声音一点也不温柔："你们谁的代号是小救赎者？"

战俘中没人移动。

"你害怕站出来吗，小救赎者？你炸毁我们十二辆坦克，让我们的女人没了丈夫，小孩没了父亲。"

他静默等待。

"我猜也是这样。那你们谁是波波？"

依然没人移动。

总司令朝男子望去，男子伸出颤抖的手指，指向站在第二排的波波。

"站出来。"总司令吼道。

波波上前几步，走到吉普车和驾驶兵前方。驾驶兵已下车，站在车旁。波波立正敬礼，驾驶兵把波波的帽子打落在泥巴里。

"我们从无线电通话中得知小救赎者是你的手下，"总司令说，"请把他指出来。"

"我从来没听过什么小救赎者。"波波说。

总司令拔出枪来，挥手就往波波脸上打去。波波的鼻子鲜血长流。

"快说，我都淋湿了，而且晚餐已经准备好了。"

"我叫波波，我是克罗地亚陆军上尉……"

总司令朝驾驶兵点了点头，驾驶兵抓住波波的头发，转过他的脸，面对大雨。雨水将波波鼻子和嘴巴上的血冲到红色领巾上。

"白痴！"总司令说，"克罗地亚军早已不存在，只剩下背叛者！你可以选择在这里当场被处决，或是为我们节省一点时间，反正我们总会把他找出来。"

"不管怎样你都会处决我们。"波波呻吟道。

"当然。"

"为什么？"

总司令慢悠悠地给手枪上了膛，雨水从枪柄滴落下来。他把枪管抵在波波的太阳穴上："因为我是塞尔维亚军官，我必须尽忠职守。你准备好受死了吗？"

波波闭上眼睛，雨滴从睫毛落下。

"小救赎者在哪里？我数到三就开枪。一！"

"我叫波波……"

"二！"

"是克罗地亚陆军上尉，我……"

"三！"

即使在滂沱大雨中，那冷冷的咔嗒声听起来依然有如爆炸。

"抱歉，我一定是忘了装弹匣。"总司令说。

驾驶兵递上弹匣。总司令将弹匣装入枪柄，再次上膛，举起手枪。

"最后一次机会！一！"

"我……我的……所属部队是……"

"二！"

"第一步兵营的……"

"三！"

又是一声冷冷的咔嗒。吉普车后座的男子啜泣起来。

"我的老天！弹匣是空的，拿个装有闪亮子弹的弹匣来，好吗？"

弹匣退出，装上新的，子弹上膛。

"小救赎者在哪里？一！"

波波咕哝着主祷文："Oče naš...（天上的父⋯⋯）"

"二！"

天空打开，豆大的雨滴伴随着轰鸣声落下，仿佛正绝望地试图阻止惨剧发生。他无法再这样眼睁睁地看着波波受折磨。他张开嘴，打算大叫，说他就是小救赎者，他们要找的是他，不是波波，他们要他的血尽管拿去。但这时，波波的目光从他身上扫过，他在波波的眼神中看见强烈的祈祷，也看见他摇了摇头。接着，子弹切断了身体与灵魂的联结，波波的身体猛然抽搐。他看见波波的目光熄灭，生命已离开他的身体。

"你，"总司令大喊，指着第一排的一名男子，"轮到你了，过来！"

就在此时，刚才朝那名中尉开枪的塞尔维亚士兵跑了过来。

"医院发生枪战。"他大声喊道。

总司令咒骂一声，朝驾驶兵挥了挥手。引擎发动，发出怒吼，吉普车消失在黑暗之中。离开之前，总司令撂下了话，说塞尔维亚军没什么好担心的，医院的克罗地亚人根本不可能开枪，因为他们连枪都没有。

波波就这样被留在地上，面朝下倒在黑泥中。等天色漆黑，帐篷里的塞尔维亚军看不见他们时，他偷偷走上前去，在死去的波波上尉身旁弯下腰，解下并拿走了红色领巾。

8 用餐时间

十二月十六日，星期二

这一天将成为二十四年来最寒冷的十二月十六日。早上八点，天色依然漆黑得有如夜晚。哈利去找格尔德，签字拿走汤姆·瓦勒家的钥匙，然后离开警署。他立起领子行走，咳嗽时声音似乎消失在棉绒之中，仿佛寒冷让空气变得浓重。

清晨，人们匆匆走在人行道上，只想赶快进入室内，只有哈利缓缓迈步而行，但他的膝盖正随时做好准备，以防马丁靴的橡胶鞋底抓不住冰面。

当他走进汤姆位于市中心的单身公寓时，艾克柏山后方的天空泛起了光亮。汤姆死后，这栋公寓被封锁了数周，但警方并未查出可以指向其他可能的军火走私犯的任何线索，至少总警司是这么说的。总警司还通知他们，说这件案子已被归为次优先级，因为"还有其他更迫切的案子需要调查"。

哈利打开客厅的灯，再次发现亡者的家中自有其寂静的氛围。黑色皮革沙发对面的墙壁上挂着一台超大等离子电视，电视两侧各有一个一米高的扬声器，它们是这所公寓环绕音响的一部分。墙上挂有很多图片，上面是蓝色立方体的图案，萝凯称这种图案为标尺艺术。

哈利走进卧室，窗外透进灰色光线。卧室十分整齐，桌上摆着电脑显示器，却不见主机，一定是被搬回去寻找证据了，但哈利并未在警署的证物中看见汤姆的电脑，不过话又说回来，上级也没给他调查这件案子的权限。官方说法是他正因杀害汤姆而受到独立警察调查机构 SEFO 的调查，但他挥之不去的一个想法是有人不希望每样东西都被翻起来看。

哈利正要离开卧室，却听到一个声音。亡者的公寓不再寂静。

那是个隐约的嘀嗒声，令哈利的手臂汗毛直竖。声音来自衣柜。他犹疑片刻，打开柜门。柜底有个打开的纸箱，哈利立刻认出里头是那天晚上汤姆在学生楼时穿的外套。外套上放着一块手表，表针正在嘀嗒走动。那天晚上汤姆打破电梯窗户，把手伸进电梯内他们所在之处，电梯开始下降，切断了他的手臂。在那之后，这块表依旧这样嘀嗒运转。后来他们坐在电梯里，围着汤姆的断臂。断臂死气沉沉，宛如蜡像，又像是从衣架模特上拆下的一只手臂，只不过上面有一块表，怪异莫名。一块嘀嗒作响的表，活生生的，拒绝停止，就像哈利小时候父亲讲的故事：有个男人死后心脏不肯停止跳动，把杀人者逼疯了。

这是一种独特的嘀嗒声，强烈而有活力，听过之后便会让人记住。这块表就是汤姆的劳力士手表，想必价格不菲。

哈利关上衣柜，踏着沉重的脚步来到前门，发出的声音在四壁之间回荡。他锁门时，钥匙叮叮地响个不停，接着又疯狂地嗡嗡作响，直到他踏上街道，车辆声才淹没了这一切，带来安慰。

下午三点，厄葛林司令大楼四号已被阴影笼罩，救世军总部窗内亮起灯光。下午五点，天黑了，温度计的水银掉到零下十五摄氏度。几片雪花飘落在一辆有趣的小车的车顶上，玛蒂娜·埃克霍夫正坐在车里等人。

"快点啊，爸爸。"她嘟囔说，焦虑地看了电量表一眼。这辆电动汽车是皇室送给救世军的，但她不确定它在寒冷的天气里表现如何。她记得在锁上办公室的门之前办完了所有事情，包括在网站首页输入即将举行和已取消的军团会议，修改伊格广场的救济巴士和救济站的值班表，检查要寄给首相办公室的信——内容是关于即将在奥斯陆音乐厅举办的年度圣诞表演。

车门打开，寒气窜入车内，一名男子坐上了车。男子的制服帽下面是浓密的白发，他拥有一双玛蒂娜见过的最明亮的蓝色眼眸，反正其他超过六十岁的人都没有如此明亮的眼眸。男子费力地将双脚放在座椅和仪表盘之间的狭小空间里。

"走吧。"男子说，扫落肩章上的雪，那肩章告诉大家他是挪威救世军的最高领导人。他语调乐观，带有一种轻松自如的权威感，显然觉得让别人服从他的命令是再自然不过的事。

"你迟到了。"玛蒂娜说。

"而你是天使。"男子用手背抚摸她的脸颊，蓝色眼眸闪闪发光，充满能量和欢喜，"快点出发吧。"

"爸……"

"等一下，"男子摇下车窗，"里卡尔！"

会议厅入口站着一名年轻男子。会议厅就在救世军总部旁边，二者位于同一个屋檐下。年轻男子吓了一跳，立刻跑到车旁，立正站好，双臂紧贴身侧，却差点滑倒，于是他赶紧挥动手臂，恢复平衡。他靠近车子时，已上气不接下气。

"是，总司令。"

"里卡尔，跟别人一样叫我戴维就好。"

"是，戴维。"

"但请不要每说一句话就叫一次我的名字。"

里卡尔的目光从总司令戴维·埃克霍夫身上跳到他女儿玛蒂娜身上，又跳了回来。里卡尔用两根手指抹去嘴唇上方的汗珠。玛蒂娜经常纳闷，怎么会有人无论处在什么天气或环境下，嘴唇上方都这么容易出汗，特别是当他坐在她身旁时，不管是在教会还是其他地方，他总会轻声说一些本该很有趣的话，可他却总是蹩脚地掩饰紧张心情，又靠她太近，嘴唇上方还不断冒汗。有时里卡尔坐得离她很近，四周一片寂静，她就会听见他用手指抹去汗珠所发出的窸窣声。这是因为他不仅会冒汗，还会长出异常茂密的胡楂。他可以早上抵达总部时，脸颊光滑得像婴儿臀部，但到了午餐时间，白色肌肤就已泛起蓝色微光。她经常发现，里卡尔晚上来开会时，已经又刮过一次胡子。

"我是在跟你开玩笑啦，里卡尔。"埃克霍夫露出微笑。

玛蒂娜知道父亲这些玩笑没有恶意，但有时父亲似乎看不出这种举动是在欺负别人。

"哦，好。"里卡尔挤出笑容，弯下腰来，"嘿，玛蒂娜。"

"嘿，里卡尔。"玛蒂娜说，假装在关心电量表。

"不知道你能不能帮我个忙，"总司令说，"路上冰雪太多，我车子的轮胎又是没有防滑钉的普通轮胎，其实应该换上防滑胎的，但我得去灯塔……"

"我知道，"里卡尔热情地说，"您要去跟社会事务部部长一起用餐。刚刚我跟公关负责人说我们希望得到很多媒体的报道。"

埃克霍夫露出神气十足的微笑："很高兴看到你如此进入状态，里卡尔。重点是我的车在车库里，我希望我回来时车子已经换上防滑胎，你知道……"

"防滑胎在后备厢？"

"对，但前提是你没有急事要办。我正要打给约恩，他说他可以……"

"不用不用，"里卡尔用力摇头，"我立刻去换。您可以信任我，呃……戴维。"

"你确定吗？"

里卡尔一脸茫然地看着总司令："您是指信任我吗？"

"你没有更急的事吗？"

"我确定，这是个好差事，我喜欢弄车子，还有……还有……"

"换轮胎？"

里卡尔吞了口口水，点了点头。总司令面露喜色。

他摇上车窗，车子驶离广场。玛蒂娜说他这样利用里卡尔乐于助人的个性是不对的。

"我想你说的是他卑微的个性吧？"她父亲答道，"放轻松，亲爱的，这只是个测验，没有其他意思。"

"测验？是测验无私还是惧怕权威？"

"后者，"总司令咯咯一笑，"我刚刚才跟里卡尔的妹妹西娅说过话，她告诉我里卡尔正赶着做明天要交的预算。如果真是这样，他应该把做预算排在第一位，把换轮胎的事交给约恩去做。"

"那又怎样？说不定里卡尔只是善良而已。"

"对，他善良、聪明、勤奋、认真。我想知道他有没有胜任重要管理职位的毅力和勇气。"

"大家都说约恩会坐到那个位子。"

埃克霍夫低头看着双手，脸上泛起一丝微笑："是吗？对了，我欣赏你这样维护里卡尔。"

玛蒂娜的视线并未离开路面，但感觉到父亲的目光朝她射来。他继续说："我们两家多年来一直是朋友，你知道的，他们一家都是好人，在救世军的基础也很稳固。"

玛蒂娜深吸一口气，抑制自己的烦躁心情。

这项任务需要一发子弹。

但他还是把弹匣装满，因为这把手枪只有在装满子弹的情况下才能达到完美平衡，另外这样也可以把故障率降到最低。弹匣里有六发子弹，弹膛里还有一发。

他穿上肩套，这肩套是二手的，皮质柔软，闻起来咸而刺鼻，散发着皮肤、油脂和汗水的味道。手枪乖乖地贴在他身上。他站在镜子前方，穿上西装外套——从外观上完全看不出里面藏有手枪。大型枪支比较有准头，但这次任务不需要精准射击。他穿上雨衣，再穿上大衣，把帽子塞进口袋，从内袋拿出红色领巾。

他看了看表。

"毅力，"甘纳·哈根说，"还有勇气，这是我希望在每位警监身上看见的特质。"

哈利没有回答，他不认为这句话是个问句。他坐在常坐的那把椅子上，环顾四周，却发现除了老套的队长训话之外，办公室里的一切都变了样。莫勒的一沓沓纸、塞进法律文件里的唐老鸭漫画、架子上的警察规章、全家福大照片和金毛犬的超大照片都不见了。那只金毛犬是莫勒送给孩子的，它在九年前去世，孩子早已把它淡忘，但莫勒仍在为它哀悼。

现在，干净的办公桌上只有电脑显示器、键盘、一个上面有白色骨头的银色小底座，以及哈根的手肘。浓密眉毛下的那双眼睛正盯着哈利瞧。

"不过还有一项特质我认为更重要，霍勒，你知道是什么吗？"

"不知道。"哈利用平淡的语气说。

"纪律。纪——律。"

哈利认为队长哈根这样刻意地将名词拆开说，显然是话中有话。但哈根却站了起来，抬起下巴，双手放在背后，来回踱步，仿佛是在为自己的地盘做记号。哈利时常觉得这种动作有点好笑。

"部门里每个人我都会找来面谈，好让大家知道我的期望是什么。"

"单位。"

"你说什么？"

"我们从来不用'部门'这个称呼，虽然以前你这个职位叫 PAS，指的是'部门首长'。我只是顺便一提而已。"

"谢谢你提醒我，警监。我说到哪里了？"

"纪——律。"

哈根瞪视哈利，哈利面不改色，于是他继续踱步。

"过去十年来我在军校教书，专长是缅甸的战争。霍勒，你听了可能会感到惊讶，但我的专长跟这里的工作有很大的关联。"

"呃，"哈利伸长双脚，"长官，我这个人很好了解的。"

哈根用食指摸了摸窗框，对这个回答不太满意。"一九四二年，日军只派了十万军队就征服了缅甸。缅甸是日本的两倍大，当时被英军占据，而英军在人数和武器上都胜过日军。"哈根竖起被灰尘弄脏的食指，"但日军有一点胜过英军，并以此打败了英军和印度雇佣兵，这一点就是纪律。日军进军仰光时，军队每走四十五分钟，睡十五分钟，就睡在路上，士兵们背着背包，脚指向目的地，这样他们醒来时才不会走进沟渠或走错方向。方向非常重要，霍勒，你明白吗？"

哈利隐约知道接下来哈根要说什么："我明白，他们走到了仰光，长官。"

"的确，每一位士兵都走到了，因为他们听从命令。我听说你拿走了汤姆·瓦勒家的钥匙，这是真的吗，霍勒？"

"长官，我只是去看看而已，这样做有疗愈的功效。"

"但愿如此。那件案子已经结束了，窥探瓦勒的公寓不仅是在浪费时间，也违反了总警司下达的命令，现在还要加上我的命令。我想我不用说明拒绝服从命令的后果吧。我还要提一件事，日本军官会当场射杀在喝水时间以外喝水的士兵，这样做并非因为他是虐待狂，而在于纪律一开始就应该割除肿瘤。我说得够清楚吗，霍勒？"

"就跟……呃，某种非常清楚的东西一样清楚，长官。"

"那没事了，霍勒。"哈根在椅子上坐下，从抽屉里拿出一份文件，开始专心阅读，仿佛哈利已离开办公室。过了一会儿，他抬头一看，发现哈利还坐在他面前，甚是惊讶。

"霍勒，还有什么事吗？"

"嗯，我只是在想，第二次世界大战日本不是战败了吗？"

哈利离开之后很久，哈根仍坐在椅子上看着那份文件，双眼茫然。

餐厅里有半数桌子坐着客人，就跟昨天一样。门口一名服务生招呼他，那服务生年轻英俊，有着蓝色眼睛和金色鬈发，十分神似乔吉，因此他情不自禁地在门口驻足片刻。他看见服务生的笑容越来越灿烂，发现自己无意间暴露了心思。他在寄存处脱下雨衣，感觉服务生的眼睛注视着他。

"您的姓名是……？"服务生问道。他低声说了。

服务生伸出细长的手指，在订位簿上滑动，然后停下。

"找到您了。"服务生用蓝色眼眸直视着他，直到他感觉自己脸颊发烫。

这家餐厅看起来不像高级餐厅，除非他的心算退步，否则菜单上的价格简直让他无法置信。他点了面和一杯水。他饿了。他的心跳平静而正常。餐厅里其他客人正在谈笑，仿佛没什么事会发生在他们身上。他总是觉得意外，自己身上竟然没散发寒气、腐臭味或黑色光芒。

又或者只是没人注意到而已。

外面市政府的时钟敲了六下。

"这家店很不错。"西娅说着环顾四周。餐厅内部摆设整齐，从他们的位子可以看见外面的人行道。隐藏式音箱里流泻出轻柔的新世纪音乐。

"我希望今天会很特别，"约恩细看菜单，"你想吃什么？"

西娅很快看完一页菜单："我得先喝点水。"

她喝了很多水，约恩知道这与糖尿病和她的肾脏有关。

"很难选择，"她说，"菜单上每一样看起来都很好吃，对不对？"

"可是不能每样都点。"

"对啊……"

约恩吞了一口口水。话就这么脱口而出。他偷看了西娅一眼，她并未发现。

突然，西娅抬起头来："你这样说是什么意思？"

"什么？"约恩不经意地问。

"菜单上的每一样，你是想说什么，对不对？约恩，我了解你，到底是什么事？"

约恩耸了耸肩："我们说好在订婚之前，把自己的一切都告诉对方，对不对？"

"对。"

"你确定你什么都说了吗？"

西娅无奈地叹了口气："我确定，约恩。我没跟别人在一起过，没有……那样在一起过。"

但他在西娅眼中看见某种东西，她脸上浮现出他不曾见过的表情——嘴角肌肉抽动，眼神暗淡下来，仿佛光圈关闭。他无法阻止自己往下问："也没有跟罗伯特在一起？"

"什么？"

"罗伯特，我记得有一年夏天你们在厄斯古德调情。"

"那时候我才十四岁，约恩！"

"所以呢？"

起初她用不敢置信的眼神看着他，接着她的内心似乎剧烈翻腾，她关起心房，把他挡在外面。约恩用双手握住她的手，倾身向前，轻声说："对不起，对不起，西娅，我不知道是怎么了，我……可以当我没问过这些话吗？"

"可以点餐了吗？"

两人抬头朝服务生望去。

"我要新鲜芦笋当前菜，"西娅说，并把菜单递给服务生，"主菜是慢烤嫩牛排搭配美味牛肝菌。"

"选得好。我可以向两位推荐店里刚进的红酒吗？口感醇厚，价格合理。"

"很不错，但我们喝水就好，"西娅露出灿烂的微笑，"很多很多水。"

约恩看着她，心中佩服她隐藏情绪的能力。

服务生离开之后，西娅看着约恩："你质问完了吗？那你自己呢？"

约恩淡淡一笑，摇了摇头。

"你没交过女朋友，对吗？"她说，"就连在厄斯古德的时候也没有。"

"你知道为什么吗？"约恩把手放在她手上。

她摇了摇头。

"因为那年夏天我爱上了一个女孩，"约恩说，重新获得她全部的注意力，"她十四岁。后来我就一直爱着她。"

他微笑着，她也笑了。他看见她走出藏身之处，朝他走来。

"汤很好喝。"社会事务部部长转头望向戴维·埃克霍夫，说话声大得足以让聚集在此的媒体记者听见。

"这是按照我们自己的食谱做的，"总司令说，"几年前我们出版了一本食谱，如果……"

玛蒂娜看见父亲打手势，立刻走到桌边，在社会事务部部长的汤碗旁放下一本书。

"部长您在家里想做一桌营养美味的料理，就可以参考这本食谱。"

到灯塔餐厅采访的少数记者和摄影师发出咯咯的笑声。餐厅里客人不多，只有几个来自救世军旅社的老男人、一个披着披肩满脸泪痕的悲伤女子，还有一个额头流血的毒虫。那毒虫全身像白杨树叶一样颤抖，非常害怕去野战医院，也就是二楼的诊疗室。客人这么少并不令人意外，因为灯塔餐厅平常这个时候不开放，然而部长早上没时间来，所以没机会看见这里平时有多热闹。总司令把这些全都解释给部长听。部长不时点头，并因职责在身，又喝了一口汤。

玛蒂娜看了看表，六点四十五分。部长秘书说他们得在七点离开。

"很好喝，"部长说，"我们有时间跟这里的人说说话吗？"

秘书点了点头。

玛蒂娜心想，明知故问。他们当然有时间跟人说话，这才是他们此行的目的——并不是为了分配补助款，这在电话里就可以解决，而是为了邀请媒体来拍摄社会事务部部长探望弱势群体、喝喝热汤、跟毒虫握手、同情地聆听并许下承诺的样子。

新闻助理对摄影师比了个手势，表示他们可以拍照了，也就是说，她希望他们拍照。

部长站了起来，扣上外套，环视餐厅。玛蒂娜心想，不知道在三个选项之中他会如何挑选？那两个典型的养老院老人无法使他达到目的——部长和吸毒者或妓女面对面之类的。那个受伤的毒虫看起来有点疯狂，可能会把事情搞砸。至于那个女子……她看起来像是一般公民，是民众会认同并希望帮助的人，尤其是在他们听了她令人心碎的故事之后。

"你庆幸能来到这家餐厅吗？"部长问道，朝女子伸出了手。

女子抬头望向部长，部长说出了自己的全名。

"我叫佩妮莱……"她的话被部长打断。

"只说名字就好了，佩妮莱。有媒体记者在这里，你知道的，他们想拍几张照片，你介意被拍照吗？"

"霍尔门，"女子用手帕擤了擤鼻涕，"我叫佩妮莱·霍尔门。"她朝点着蜡烛的桌子上的一张照片指了指。"我是来这里纪念我儿子的，可以请你让我一个人静静吗？"

玛蒂娜走到佩妮莱的桌子旁，部长及其随从迅速离开。她看见他们还是去找那两个老人了。

"佩尔的事我很遗憾。"玛蒂娜低声说。

佩妮莱抬头朝她望去，她的脸因为哭泣而肿胀。玛蒂娜猜想这也可能是服用镇静剂的缘故吧。

"你认识佩尔？"佩妮莱问道。

玛蒂娜比较喜欢说真话，即使真话会伤人。这并非来自她从小的教养，而是因为她发现，就长远来看，说真话比较简单。她仿佛听见佩妮莱用呜咽的声音祷告，祈求有人说她儿子不只是个行尸走肉般的吸毒者，死了会让社会少一个负担，而是一个人，一个别人曾经认识并成为朋友，甚至会喜欢的人。

"霍尔门太太，"玛蒂娜的声音似乎被噎住了，"我认识他，他是个很好的青年。"

佩妮莱眨了两下眼睛，没有说话，她试着微笑，但却在脸上形成苦笑。最后她只挤出一句话："谢谢。"泪水扑簌簌地滚落面颊。

玛蒂娜看见父亲在桌前朝她挥手，但她还是坐了下来。

"他们……他们也带走了我先生。"佩妮莱呜咽地说。

"什么？"

"警方说佩尔是他杀的。"

玛蒂娜离开佩妮莱时，心里想的是那个高大的金发警察，他说他关心佩尔时一副正派的样子。她觉得怒火中烧，同时又感到困惑，因为她不明白自己为何要对一个陌生人这么生气。她看了看表，六点五十五分。

哈利煮了鱼汤，用的是芬达斯汤料加上牛奶和鱼布丁，还买了法棍面包。这些材料都是在尼亚基杂货店买的，这家小杂货店是他楼下的邻居阿里和弟弟开的。客厅桌上除了汤盘，还摆了一大杯水。

哈利把一张 CD 放进音响，调高音量，清空思绪，专心听音乐，喝汤。现在他的世界里只有声音和味道。

汤喝到一半，CD 播放到第三首时，电话铃声响起。哈利决定让它继续响。响到第八声时，他起身关上音响。

"我是哈利。"

电话是阿斯特丽打来的。"你在干吗？"她压低声音说，但听起来依然有回音。哈利猜想她应该是把自己关在家中浴室打电话。

"吃东西，听音乐。"

"我要出去，那地方正好离你家不远，你今天晚上有事吗？"

"有。"

"什么事？"

"继续听音乐。"

"嗯，听起来你不想有人做伴。"

"可能吧。"

一阵静默。阿斯特丽叹了口气："你改变心意的话再找我吧。"

"阿斯特丽？"

"什么事？"

"这跟你没关系，好吗？纯粹是我个人的原因。"

"哈利，你用不着道歉，我的意思是如果你以为这对我们两个人都很重要，那大可不必。我只是想说，能去找你也不错。"

"改天好了。"

"什么时候？"

"就是改天。"

"改天？还是下辈子？"

"都差不多。"

"好吧，哈利，不过我喜欢你，你可别忘了。"

哈利挂上电话，站着不动，无法适应突然的寂静。刚才电话铃声响起时，他脑子里浮现出一张脸，这让他觉得惊讶无比。他并非因为看到那张脸而惊讶，而是因为那既不是萝凯的脸，也不是阿斯特丽的。他在椅子上瘫坐下来，决定不要再多花时间去想这件事。倘若这表示时间这剂良药已开始发挥作用，萝凯正在离开他的身体，那么这是个好征兆，好到他不想使这个过程复杂化。

他调高音响音量，清空思绪。

他付了账，把牙签放在烟灰缸里，看了看表。六点五十七分。肩套摩擦着他的胸肌。他拿出上衣内袋里的照片，看了最后一眼。时间到了。

他起身朝厕所走去，餐厅里没有一位客人注意到他，连隔壁桌的一对男女也没注意。他走进厕所隔间，锁上门，等候一分钟，抑制住检查手枪是否上膛的冲动。这是他跟波波学来的：如果你习惯每件事都要检查两次，就会失去敏锐度。

一分钟过去了。他走到寄存处，穿上雨衣，系上红色领巾，将帽子压到耳际，打开通往卡尔约翰街的餐厅大门。

他快步走到这条街的最高点，并不是为了赶时间，而是因为他发现这里的人走路都很快，所以他必须跟上步调，以免突显自己。他经过路灯旁的垃圾桶。昨天他就计划好了，要在回程时把手枪丢弃在这个位于热闹步行街上的垃圾桶里。警方会找到这把手枪，但没关系，只要手枪不是从他身上搜出来的就好。

他远远地就能听见音乐声。

数百人在乐队前方围成一个半圆。他抵达时，一首歌刚表演完毕，众人齐声鼓掌。这时钟声响起，于是他知道自己已准时抵达。半圆内，乐队一侧的前方有个黑色的锅挂在三根木柱上，锅旁边的男子就是照片中的人。这里只有来自路灯和两个手电筒的光线，但他十分确定就是这个人，尤其是男子身上穿戴着救世军的制服和帽子，令他更为确定。

乐队主唱对麦克风喊了几句话，众人鼓掌欢呼。音乐再度响起，一个手电筒熄灭。音乐声震耳欲聋，鼓手每次敲击小鼓都高高举起右手。

他穿过人群，来到距离那名救世军男子三米远的地方，并查看后方是否有障碍物。他前面站着两名少女，正把口香糖的气味呼到冷空气中，两人都比他矮。他脑子里没有特别的想法，也不赶时间，只是来执行任务，不需要任何仪式。他掏出手枪，伸直手臂。如此一来，距离缩短到两米。他瞄准目标。锅旁边男子的身影变成了两个。他放松身体，两个身影又变成了一个。

"Skål。"约恩说。

音乐从音箱里流出，犹如黏稠的蛋糕糊。

"Skål。"西娅顺从地举杯相碰。

喝完之后，他们彼此注视，约恩无声地说着我爱你。

她垂下双眼，脸颊发红，嘴角泛起微笑。

"我有个小礼物要送给你。"约恩说。

"哦？"她语气中带着俏皮和撒娇。

他把手伸进外套口袋，指尖在手机底下摸到坚硬的塑料珠宝盒。他心跳加速。天哪，他是多么期盼和害怕这个晚上和这一刻的来临。

手机发出振动。

"有重要的事吗？"西娅问道。

"没什么，我……抱歉，我马上回来。"

他走进洗手间，拿出手机，看了看显示屏，叹了口气，按下绿色按钮。

"嘿，亲爱的，你好吗？"

她语气活泼，仿佛刚听见什么好玩的事，忽然想起他，才一时兴起打电话来，但通话记录显示他有六个未接来电。

"嘿，朗希尔德。"

"你的声音怎么怪怪的，你……"

"我在餐厅的洗手间里，西娅跟我来这里吃饭。我们改天再聊。"

"改天什么时候？"

"就是……改天。"

一阵静默。

"啊哈。"

"朗希尔德，我本应该打给你的，有件事要告诉你，但我想你已经知道了。"他吸了口气，"你和我，我们不能……"

"约恩，我几乎听不见你在说什么。"

约恩怀疑这句话的真实性。

"明天我去你家找你好吗？"朗希尔德说，"然后你再跟我说。"

"我明天晚上不方便，其他时候也……"

"那明天在富丽饭店吃午餐，回头我把房间号发给你。"

"朗希尔德，不……"

"约恩，我听不见你说什么，明天再打给我。哦，不对，明天我一整天都在开会，那我再打给你，不要关机哦，还有祝你晚上愉快，亲爱的。"

"朗希尔德？"

约恩看了看手机屏幕，朗希尔德已挂断电话。他可以走到外面，再打回去，把事情解决。既然他都已经提出来了，这应该是最好的办法，也是最聪明的做法，一鼓作气把事情了结。

此刻他们面对面站立，但身穿救世军制服的男子似乎并未看见他。他冷静地呼吸，手指扣在扳机上，缓缓施力。这时，他的脑海中闪过一个念头，对面的男子看起来既不惊讶也不害怕，正好相反，理解的光芒掠过男子的脸，仿佛看见这把枪之后，让他困惑已久的问题得到了解答。接着枪声响起。

假如枪声和乐队的鼓声同时响起，音乐声可能会盖过枪声，但这并没有发生。枪声让许多人转头朝雨衣男子望去，并看见他手上的枪。这时人们看见穿救世军制服的男子帽子上出现一个洞，就在字母 A 的下方。他的身体向后倒下，手臂像木偶一样向前摆动。

哈利在椅子上猛然抽动。他睡着了。客厅里的一切都是静止的。是什么吵醒了他？他侧耳聆听，只听见低沉的、稳定的、令人安心的城市噪声。不对，还有其他声音，他竖起耳朵仔细听。有了。那声音非常细微，但被他辨识出来后，就变得越来越大，越来越清楚。

哈利坐在椅子上，闭上眼睛。

接着他突然火冒三丈，想也不想便气冲冲地走进卧室，打开床边桌的抽屉，拿出莫勒送的手表，然后打开窗户，用尽全力把它往黑暗中丢去。他先听见手表打到了邻近房屋，又听见它掉落在冰冻路面上。他摔上窗户，扣上窗钩，回到客厅，调高音响音量，让声音大到像扬声器的传音膜在他面前振动一样。传入他耳中的振动十分美妙，贝斯声则灌满了他的嘴巴。

群众的目光离开乐队，集中在倒在雪地里的男子身上。男子的帽子滚落到主唱的麦克风架旁，还没意识到发生了什么的乐手仍继续演奏着。

靠近男子的两个少女中的一人吓得往后退，另一人则放声尖叫。

原本闭着眼睛唱歌的歌手这时睁开双眼，发现观众的注意力已不在她身上。她转过头去，看见雪地里躺着一名男子。她的眼睛搜寻着警卫、主办人、演唱会经理，或任何可以处理这种情况的人。然而这只是一般的街头音乐会，每个人都在等待别人做出动作，乐手仍在继续演奏。

这时群众开始移动，让出一条路，一名女子从中间挤了出来。

"罗伯特！"

她的声音相当嘶哑，脸色苍白，身穿单薄的黑色皮夹克，袖子上有破洞。她蹒跚地走到失去生命的尸体旁，跪了下来。

"罗伯特？"

她伸出纤细的手触摸他的脖子，朝乐队转过头去。

"天哪，别再弹了！"

乐手一个接一个地停止演奏。

"这个人死了，快找医生来！"

她把手放到他的脖子后侧，依然摸不到脉搏。她对这种事很有经验，有时对方可能安然无恙，但通常并非如此。她满腹疑惑。不可能是药物过量，他是救世军，不会吸毒的，不是吗？天空开始飘雪，雪花飘落在男子的脸颊、闭上的眼睛和半开的嘴巴上，逐渐融化。他是个英俊的年轻人。她看着他放松的脸庞，仿佛看见自己的儿子正在睡觉。接着她发现一条红色液体从他头上的小黑洞越过额头，延伸到太阳穴，进入耳朵。

有人伸出手臂抓住她，把她拉了起来，另一人上前弯腰查看。她看了他的脸和那个小黑洞最后一眼，突然一阵心痛，因为她想到同样的命运正在等待她的儿子。

他快步行走，脚步不算太快，因为他不是在逃跑。他看着前方路人的背影，察觉有人匆匆走在他后面。没有人阻挡他，当然没有，通常人们听见枪声会退却，看见枪支会逃跑，而现在的状况是，大部分人都还没意识到发生了什么事。

这是最后一项任务。

他听见乐队依然在演奏。

天空下起了雪，太好了，这会让人们垂下视线以保护眼睛。

他在前方几百米的街道上看见黄色的车站建筑。有时他心中会浮现出一种感觉：塞尔维亚 T-5S 战车不过是缓缓移动、又盲又哑的钢铁怪物，当他回去时，家乡依然矗立在原地。

有人站在他计划丢弃手枪的地方。

除了蓝色运动鞋之外，那人身上的衣服看起来又新又时尚，但面容却憔悴沧桑，宛如铁匠的脸。那个男人，或者那个男孩，无论年纪多大，看起来一时之间都不会离开，因为他把整只右臂都伸进了绿色垃圾桶中。

他看了看表，没有放慢脚步。这时距离他开枪已过了两分钟，距离列车出发还有十一分钟，而手枪还在他身上。他经过垃圾桶，继续往餐厅的方向走。

一名男子迎面走来，眼睛盯着他看，但他们擦肩之后，男子并未转头。

他朝餐厅门口走去，推开门。

寄存处有个母亲在她儿子面前弯腰拉动外套拉链，两人都没转头看他。褐色驼毛大衣依然挂在原位，手提箱放在底下。他把大衣和手提箱拿进男厕，再次走进其中一个隔间，把门锁上，脱下雨衣，把帽子放进口袋，穿上驼毛大衣。厕所虽然没有窗户，但他仍听见外面传来警笛声，此起彼伏的警笛声。他环顾四周。手枪必须处理掉才行。眼前没有太多选择。他站上马桶座，把手伸到上方墙壁的白色排风口，试着把枪推进去，但那里有一层网格。

他后退一步，呼吸变得急促，衬衫底下的肌肤越来越热。列车再过八分钟就要离站。当然，他可以搭下一班车，这并不重要，重要的是现在距离开枪已过五分钟，而他还没把枪丢掉。她总说，无论什么事超过四分钟，都是不可接受的风险。

当然他可以把枪留在地上，但他们定的原则是在确保他安全之前枪支不能被找到。

他走出隔间，来到水槽前冲洗双手，同时仔细观察着洗手间。Upomoc（帮帮我）！他的脚步停在水槽上方的给皂器前。

约恩和西娅勾着手臂，离开市场街的餐厅。

她不慎踩到新雪底下的冰面，脚底一滑，两人同时大叫，约恩也差点被拉倒，但他在最后一秒稳住身体。她发出嘹亮的笑声，穿透他的耳膜。

"你说愿意！"约恩对着天空大喊，感觉雪花在脸上融化，"你说愿意！"

黑夜中响起此起彼伏的警笛声，从卡尔约翰街的方向传来。

"我们要不要去看看发生了什么事？"约恩牵起她的手问道。

"不要，约恩。"西娅蹙眉说。

"好啦，走嘛！"

西娅把脚戳进雪地，但滑溜的鞋底找不到可以紧抓的物体："不要，约恩。"

约恩只是大笑，拉着她往前走，仿佛她是雪橇一般。

"我说不要！"

约恩听见她的口气，立刻把手放开，惊讶地看着她。

西娅叹了口气："我不想去看火灾，只想跟你回去睡觉。"

约恩看着她的脸庞："西娅，我好开心，你让我好开心。"

他没听见她回答，她的脸已埋在他的外套中。

第二部　救赎者

她从未如此不快乐过，却又从未像现在一样想尽情地去活。

活得更久一点。

因为现在她明白了一切。

她看着黑色管口，知道自己看见的是什么。

以及即将来临的是什么。

9 雪

十二月十六日，星期二

现场勘察组的泛光灯打在伊格广场上，把天上飘落的雪花染成了黄色。

哈利和哈福森站在三兄弟酒吧外，看着围观群众和媒体记者挤在封锁线周围。哈利拿出口中的香烟，咳了几声，咳嗽声嘶哑湿润。"好多记者。"他说。

"记者一下子就赶来了，"哈福森说，"他们的办公室就在附近。"

"这可是大新闻，挪威最著名的街道在忙碌的圣诞节期间发生命案，被害人就站在救世军的圣诞锅旁，在众目睽睽之下被枪杀，旁边还有个著名乐队正在表演。炒作新闻需要的元素都到齐了，那些记者应该别无所求了吧？"

"还少了著名警探哈利·霍勒的专访？"

"我们先在这里站一会儿，"哈利说，"命案是几点发生的？"

"七点出头。"

哈利看了看表："将近一小时前，为什么没人早点打电话给我？"

"不知道，我是快七点半的时候接到队长的电话，我以为会在这里碰到你……"

"所以是你主动打给我的？"

"呃，毕竟你……是警监啊。"

"也是……"哈利嘟囔着把香烟弹到地上。香烟烧穿被强光照亮的冰雪表面，消失无踪。

"很快所有证据都会被埋在一米深的雪堆中，"哈福森说，"真是太典型了。"

"不会有任何证据的。"哈利说。

贝雅特朝他们走来，金发上沾着雪花，手指间夹着一个小塑料袋，里面有个空弹壳。

"看来你说错了。"哈福森对哈利露出胜利的微笑。

"九毫米，"贝雅特苦笑着说，"最常见的子弹，我们只找到了这个。"

"先忘记找到的和没找到的，"哈利说，"你的第一印象是什么？不要思考，直接说出来。"

贝雅特微微一笑，现在她很了解哈利。直觉摆在第一位，接下来才是事实，只因直觉也会提供事实；犯罪现场可以提供所有信息，只是大脑一时无法全部明白而已。

"可以说的不是很多。伊格广场是奥斯陆最繁忙的广场，因此现场受到高度污染，即便死者遇害二十分钟后我们就赶到了，也还是一样。不过这看起来像是行家的手法。法医正在做尸检，看来被害人是被一发子弹击中，正中额头。行家，对，直觉告诉我这是行家干的。"

"我们是在凭直觉办案吗，警监？"

三人循声转头，朝后方望去，看见说话之人是甘纳·哈根，他身穿绿色军装外套，头戴黑色羊毛帽，只有嘴角挂着微笑。

"有用的方法我们都会尝试，长官，"哈利说，"是什么风把你吹来了？"

"这是案发现场吗？"

"算是。"

"我猜毕悠纳·莫勒喜欢待在办公室，至于我，我认为领导者应该实地参与。凶手开了不止一枪吗，哈福森？"

哈福森吓了一跳："根据我们的证人所说，凶手只开了一枪。"

哈根在手套里伸展手指："凶手的描述呢？"

"凶手是一名男子，"哈福森的目光在队长和哈利脸上游移，"目前只知道这些，因为大家都在欣赏乐队表演，整件事情又发生得非常快。"

哈根吸了吸鼻涕："这么多人，一定有人能清楚地看见开枪的人。"

"大家都这么想，"哈福森说，"但我们不确定凶手站在哪里。"

"原来如此。"哈根浅浅一笑。

"凶手站在被害人前方，"哈利说，"最多两米的距离。"

"哦？"其他三人都转头看向哈利。

"凶手清楚地知道用小口径手枪杀人，一定要瞄准头部才行。"哈利说，"他只打出一枚子弹，这表示他知道结果，因此他一定站得距离被害人很近，并看见被害人头上出现小孔，才知道自己没有失手。检查死者的衣服应该就能发现微量的枪弹残留，证明我所言不虚。他们两人距离最多两米。"

"接近一米五，"贝雅特说，"大多数手枪会把弹壳弹射到右方，而且不会弹得太远。这个弹壳是在距离尸体一百四十六厘米的地方发现的，已经被人踩进雪里，而且死者的外套袖子上有烧焦的羊毛线头。"

哈利仔细观察贝雅特。他之所以欣赏贝雅特，并不主要因为她与生俱来的面孔辨识能力，而是因为她的聪慧和热忱，以及他们都有一种很傻的想法，那就是这份工作很重要。

哈根在雪地里跺了跺脚："干得好，贝雅特。但究竟是什么人会射杀救世军军官？"

"他不是军官，"哈福森说，"只是一般士兵。军官是终生职，士兵是义工或雇用人员。"他翻看笔记本。"罗伯特·卡尔森，二十九岁，单身，没有小孩。"

"但显然有敌人，"哈根说，"你说呢，隆恩？"

贝雅特回答时并没看向哈根，而是看着哈利："也许凶手不是针对个人来的。"

"哦？"哈根微微一笑，"那是针对什么？"

"可能是救世军。"

"你怎么会这样想？"

贝雅特耸了耸肩。

"理念冲突，"哈福森说，"像是同性恋、女牧师、堕胎，说不定是某个狂热分子或……"

"你们的猜测我知道了，"哈根说，"带我去看尸体。"

贝雅特和哈福森都以询问的眼光朝哈利看去，哈利对贝雅特点了点头。

"天哪，"他们离开后哈福森说，"这个队长是打算接管调查工作吗？"

哈利看着封锁线外的摄影记者，他们正用闪光灯照亮冬夜。他揉揉下巴，陷入沉思。"行家。"他说。

"什么？"

"贝雅特说凶手是行家，我们就从这里查起。行家作案之后，第一件事会做什么？"

"逃脱？"

"不见得，但无论如何他会先把能将命案和他联系在一起的东西丢掉。"

"凶器。"

"没错，去查看伊格广场周围五条街内所有的容器、垃圾桶和后院，必要的话请求制服警察支持。"

"好。"

"另外，调出附近商店七点左右的监控录像。"

"我叫史卡勒去办。"

"还有一件事，《每日新闻报》也参与举办街头音乐会，会写一些相关报道，去问问他们的摄影记者有没有拍摄观众的照片。"

"没问题，这我已经想到了。"

"然后把照片拿去给贝雅特看。我要所有警探明天早上十点在红区会议室集合，你会联络他们吗？"

"会。"

"欧拉·李和托莉·李呢？"

"他们正在署里审问证人，凶手开枪的时候，有两个少女就站在旁边。"

"好，叫欧拉列出被害人的亲友名单，我们从亲友开始调查是否有明显动机。"

"你不是说这是行家干的？"

"哈福森，我们必须多管齐下，再看看向哪个方向击破的可能性最大。通常亲友都很容易找到，而且十件命案里有九件是……"

"熟人所为。"哈福森叹了口气。

这时有人大喊哈利·霍勒的名字，打断了他们的谈话。他们转过头去，看见一名记者正穿过雪地朝他们走来。

"采访时间到了，"哈利说，"叫他们去找哈根，我回署里去了。"

手提箱完成托运后，他朝安检处走去。最后一项任务完成了，他心情大好，因此决定冒个险。安检处的女安检员对他点了点头，他从大衣内袋拿出蓝色信封，出示里面的机票。

"有手机吗？"女安检员问道。

"没有。"他把信封放在 X 光机和金属探测器之间的桌子上，脱下驼毛大衣。这时他发现自己还戴着红色领巾，于是把它解下，放进口袋，再把大衣放在安检人员提供的篮子里，在另外两对警觉的眼睛下走过金属探测器。他数了数，算上负责搜查大衣和传送带尽头的安检员在内，现场共有五名安检员，他们只有一项工作，那就是确定他没把任何能当作武器的东西带上飞机。他来到探测器另一侧后，穿上大衣，回头去拿放在桌上的机票。没有人阻止他，他就这样从安检员面前走过。把小刀夹带在信封里通过安检，就是这么简单。他走进宽广的出境大厅，首先令他惊讶的是大片观景窗外的景色，因为此时什么也看不见，纷飞的白雪仿佛在窗外拉上了一道白色帘幕。

玛蒂娜俯身坐在方向盘前，雨刷来回摆动，刷走风挡玻璃上的白雪。

"部长的反应很正面，"戴维·埃克霍夫满意地说，"非常正面。"

"你应该早就料到会这样吧，"玛蒂娜说，"他们如果想提出负面意见，就不会来喝汤，还邀请记者了。他们只是想寻求连任而已。"

"没错，"埃克霍夫叹了口气，"他们想寻求连任。"他望向窗外。"里卡尔是个英俊的小伙子，对吧？"

"爸，这话你说过了。"

"他只需要一点引导，就能成为对我们非常有用的人。"玛蒂娜把车开到总部车库前，按下遥控。铁门摇晃着升起。车子驶入车库，轮胎上的防滑钉嘎吱嘎吱地碾过空旷车库的水泥地。

屋顶灯光下，里卡尔身穿连身工作服，戴着手套，站在总司令的蓝色沃尔沃轿车旁。但吸引玛蒂娜目光的并不是里卡尔，而是他身旁那个高大的金发男子。她立刻认出男子是谁。

她把车停在沃尔沃轿车旁，但仍坐在车上，在包里找东西。她父亲先下车，没关车门，因此她听见那警察说：

"你是埃克霍夫吗？"声音在四壁间回荡。

"对，有什么需要帮忙的吗，年轻人？"

玛蒂娜听见父亲用的是友善但权威的总司令口吻。

"我是奥斯陆辖区的哈利·霍勒警监，有件关于你下属的事，罗伯特……"

玛蒂娜开门下车，感觉哈利的目光朝她射来。

"卡尔森。"哈利把话说完，目光回到总司令身上。

"我们的弟兄。"埃克霍夫说。

"什么？"

"我们把所有同事都视为大家庭中的一员。"

"原来如此，既然这样，很遗憾我要为你们的大家庭带来死讯，埃克霍夫先生。"

玛蒂娜心头一惊。哈利等大家的心情都平复片刻之后，才继续说："今天晚上七点，罗伯特·卡尔森在伊格广场遭人枪杀身亡。"

"我的天，"她父亲高声说，"怎么会有这种事？"

"目前只知道一个不明人士在人群中对他开枪，然后逃离现场。"

她父亲难以置信地摇头："可是……可是七点，你说七点？为什么……为什么到现在都还没人通知我这件事？"

"因为在这种状况下我们必须遵循一定的程序，优先通知家属，但很遗憾我们还没找到他的家属。"

从哈利耐心陈述事实的回答中玛蒂娜得知他已经很习惯人们在获知亲友的死讯后问些不相关的问题。

"原来是这样，"埃克霍夫鼓起双颊，又呼了口气，"罗伯特的父母已经不在挪威了，但你们应该联络过他哥哥约恩。"

"他不在家，手机也没人接。有人跟我说他可能在总部加班，可我来这里后却只见到这位年轻人。"哈利朝里卡尔点了点头。里卡尔站在那里，目光呆滞得像一只气馁的大猩猩，双臂软软地垂落在身旁，手上戴着专业的大手套，嘴唇上方的青黑色胡楂闪烁着汗水。

"你们知道哪里可以找到他哥哥吗？"哈利问道。玛蒂娜和父亲面面相觑，摇了摇头。

"你们知道谁想让罗伯特·卡尔森死吗？"他们再次摇头。

"呃，既然你们已经收到通知，那我先走了，但我们明天还会来请教其他问题。"

"没问题，警监。"总司令直起身子，"但是在你离开之前，能告诉我们更详细的事发经过吗？"

"你可以看电视新闻,我得走了。"

玛蒂娜看见父亲脸色一变,遂转头朝哈利看去,和他目光相撞。

"抱歉,"哈利说,"我们现阶段的调查工作分秒必争。"

"你……你可以去我妹妹家找找看,她叫西娅·尼尔森,"三人都转头朝里卡尔看去,他吞了口口水,"她住在歌德堡街的救世军宿舍。"

哈利点了点头,正要离去,又朝埃克霍夫转过身来。

"为什么他父母不住在挪威?"

"说来话长,他们堕落了。"

"堕落?"

"他们放弃了信仰。在救世军长大的人如果选择了不同的道路,通常会很辛苦。"

玛蒂娜看着父亲,但即使是她,也没察觉到眼前坚毅的父亲说的是谎言。哈利转身离去,她感觉一滴泪水滑落。脚步声远离之后,里卡尔清了清喉咙:"我把夏季轮胎放进后备厢了。"

加勒穆恩机场的广播系统发出通知,而他早已猜到:

"由于天气不佳,机场暂时关闭。"

事实如此,他对自己说。一小时前,广播第一次播报航班由于大雪而延误时,他也是这样对自己说。

旅客们等了又等,却只见外面飞机机身上的白雪越积越厚。他下意识地看了看身穿制服的工作人员,心想机场的警察应该会穿制服。四十二号登机门柜台内身穿蓝色制服的女人再度拿起麦克风,他清楚地看见她要说的话就写在脸上。飞往萨格勒布的航班取消了。她表示歉意,说航班改为明天早上十点四十分起飞。旅客们不约而同地发出无声的哀叹。她还说航空公司将为过境旅客和持有回程机票的旅客补贴返回奥斯陆的火车票和瑞迪森饭店的住宿费用。

事实如此，他坐上火车时又在心里说了一次。火车高速穿越漆黑的夜色，在抵达奥斯陆之前只停留一站，站外的白色地面上矗立着各种各样的房屋。雪花在月台投射的圆锥形灯光之间飞舞，一只狗坐在长椅下浑身发抖。那只狗看起来很像廷托。廷托是只爱玩的流浪狗，他小时候住在武科瓦尔，廷托经常在他家附近跑来跑去。乔吉和其他男孩给它围了个皮项圈，上面刻着"名字：廷托；主人：大家"。没有人希望廷托受到伤害，一个人都没有。但有时这样也不够。

约恩躲到房间另一端，门口看不见的地方。西娅打开门，门外是邻居埃玛："对不起，西娅，这个人有急事要找约恩·卡尔森。"

"约恩？"

一个男人的声音说："是的，有人跟我说在西娅·尼尔森的住处可以找到他，楼下门铃旁没有名牌，幸好有这位女士帮忙。"

"约恩在这里？我不知道怎么……"

"我是警察，我叫哈利·霍勒，这件事跟约恩的弟弟有关。"

"罗伯特？"

约恩走到门口，看见一名跟他身高相仿、有蓝色眼睛的男子站在门外。"罗伯特做了什么违法的事情吗？"约恩问道，没理会正踮起脚、越过男子肩头观望的邻居埃玛。

"这我们不知道，"哈利说，"我可以进来吗？"

"请进。"西娅说。

哈利踏入门内，关上了门，将邻居失望的面孔关在门外："我带来的是坏消息，也许我们应该坐下再说。"

三人坐在咖啡桌前。约恩一听见哈利带来的死讯，仿佛肚子被揍了一拳，头部不由自主地向前伸出。

"死了？"他听见西娅低声说，"罗伯特？"

哈利清了清喉咙，继续往下说。约恩听见的仿佛是阴暗、晦涩、难以辨识的声音。他听着哈利说明案情，双眼只是在注视西娅半开的嘴巴和闪亮的嘴唇。嘴唇是湿润的、红色的。西娅急促地喘息着。他没发觉哈利已停止说话，直到听见西娅的声音：

"约恩？他在问你问题。"

"抱歉，我……你说什么？"

"我知道你还处于震惊状态，但我想请问，你是否知道有谁想杀害你弟弟？"

"罗伯特？"约恩觉得周遭的一切似乎都处于慢动作的状态，就连他的摇头也是。

"对，"哈利并未在他刚拿出来的笔记本上写字，"他在工作上或私生活中有没有跟人结仇？"

约恩听见自己发出不合宜的笑声。"罗伯特是救世军成员，"他说，"我们的敌人是贫穷，物质和精神是相对的。很少有救世军被人杀害。"

"嗯，这是工作上，那私生活呢？"

"我刚刚说的已经包括了工作和私生活。"

哈利沉默等待。

"罗伯特心地善良，"约恩听见自己的声音开始分崩离析，"又很忠诚，大家都喜欢罗伯特，他……"话音越来越重，最后停了下来。

哈利环视四周，似乎觉得在这里不是很舒服，但却耐心等待约恩把话说完。

约恩不断吞口水："他也许有时疯狂了点，还有点……冲动，有些人可能觉得他愤世嫉俗，但他就是这样的人。罗伯特的内心只是个不会伤害别人的小男孩。"

哈利转头望向西娅，又低头看着笔记本。"你应该就是里卡尔·尼尔森的妹妹西娅·尼尔森吧，刚才约恩说的符合你对罗伯特·卡尔森的印象吗？"

西娅耸了耸肩。"我跟罗伯特没那么熟，他……"她交叠双臂，避开约恩的目光，"据我所知，他没伤害过别人。"

"罗伯特有没有说过什么话，让人觉得他跟别人起了冲突？"

约恩摇了摇头，仿佛想把体内的某种东西甩掉。罗伯特死了。死了。

"罗伯特有没有欠钱？"

"没有。有，欠我一点点。"

"你确定他没有欠别人钱吗？"

"什么意思？"

"罗伯特有没有吸毒？"

约恩看着哈利，双眼露出惊恐的神色："没有，他没吸毒。"

"你怎么能确定？通常……"

"我们的工作必须面对吸毒者，所以我们知道他们的症状，罗伯特没有吸毒，好吗？"

哈利点了点头，做了笔记。"抱歉，但我们必须问这些问题。当然，我们也不排除开枪的凶手精神失常，罗伯特只是被随机选到的对象。或者，站在圣诞锅旁边的救世军既然是个象征，凶手针对的也可能是你们的组织。你知道有什么可以支持这个假设的事情吗？"

约恩和西娅不约而同地摇了摇头。

"谢谢你们帮忙。"哈利把笔记本塞进外套口袋，站了起来，"我们找不到你父母的电话号码和地址……"

"这我来联络。"约恩瞪着空气，"你确定吗？"

"确定什么？"

"真的是罗伯特吗？"

"是的，很遗憾。"

"但你们只是确定了这个，"西娅脱口而出，"除此之外，你们一无所知。"

哈利在门前停下脚步，思索着她这句话。

"我想这是对目前状况非常正确的判断。"他说。

清晨两点，雪停了。原本悬浮在城市上空、犹如沉重黑色舞台幕布的云层退到一旁，露出黄澄澄的大月亮。裸露的天空底下，温度再次下降，房屋的墙壁咯吱作响。

10 怀疑者

十二月十七日，星期三

圣诞夜前的第七天以冻寒低温拉开序幕，奥斯陆街上的行人都感觉自己像是被精钢手套掐住似的，沉默地快步前进，他们只专注于一件事：赶紧到达目的地，逃离冰冷的魔爪。

哈利坐在警署红区的会议室里，聆听贝雅特述说让大家士气低落的报告，同时试着忽略面前桌上的报纸。每份报纸都以头版报道命案，搭配伊格广场阴暗模糊的冬季照片，报纸内页还有两三版的相关报道。《世界之路报》和《每日新闻报》匆忙地随机访问了罗伯特的友人，并基于些许善意，拼凑出这个人的轮廓，称得上是他的写照。"他是个好人。""乐意帮助别人。""太不幸了。"哈利极为仔细地看过这些报道，但找不到任何有价值的线索。没有人联系上罗伯特的父母，只有《晚邮报》引述了约恩说的话，写着"难以置信"四个字的小标题打在约恩的照片下方，照片中他站在歌德堡街救世军宿舍前，一脸茫然，头发凌乱。这则新闻是哈利的老朋友罗杰·钱登写的。

哈利透过牛仔裤破洞抓了抓腿，心想应该穿秋裤才对。早上七点半他来上班时，问过哈根谁负责领导这起命案的调查工作。哈根看着哈利，说他和总警司一致决定让哈利领导调查工作，直到下一步通知。哈利没细问"直到下一步通知"是什么意思，只是点头离去。

从早上十点开始，十二名犯罪特警队的警探加上贝雅特和哈根，就一直围在桌前讨论。哈根说他想"一同参与"。

昨晚西娅说的那句话，到此时都十分符合现状。

第一，找不到证人。昨晚在伊格广场上的人都没看见什么有价值的线索。监控录像目前仍在查看中，尚未有所发现。他们走访过卡尔约翰街上的商店和餐厅员工，但没人注意到任何异常之处，也没有其他人站出来提供线索。《每日新闻报》把昨晚的观众照片寄给了贝雅特，但她说那些照片不是少女的微笑特写，只是全景照，面孔十分模糊。她挑出全景照，把罗伯特前方的观众放大，但并未看见手枪或任何可用来辨识凶手的东西。

第二，没有刑事鉴识证据，只有鉴识中心的弹道专家证实那个空弹壳确实来自穿透罗伯特头部的子弹。

第三，行凶动机不明。

贝雅特报告完毕，哈利请麦努斯接着报告。

"罗伯特·卡尔森在基克凡路的福雷特斯慈善商店工作，今天早上我跟商店老板谈过。"麦努斯说。他姓史卡勒，这个姓氏的意思是"卷舌发R音"，而且如同命运的恶作剧般，他说话的确很会卷舌。"她非常震惊，说大家都喜欢罗伯特，因为他是个很有魅力的人，个性又开朗。她承认罗伯特有点难以捉摸，有时会旷工，但她难以想象他会有仇家。"

"我访问过的人也表示出同样的看法。"哈福森说。讨论期间，哈根一直用双手抱着后脑，脸上带着期待的浅笑看着哈利，仿佛是在欣赏一出魔术表演，等着看他如何从帽子里变出小白兔，但却什么也没等到，只听见寻常的怀疑和假设。

"猜猜看呢？"哈利说，"快点，我准许你们提出任何白痴想法，会议结束我就收回许可。"

"在奥斯陆最繁忙的地段，众目睽睽之下开枪杀人，"麦努斯说，"只有一种人会做出这种事，那就是职业杀手，目的是威吓其他不还毒债的人。"

"这个嘛，"哈利说，"缉毒组的卧底同事都没见过或听说过罗伯特·卡尔森这个人，而且他背景清白，没有前科，什么犯罪记录都没有。你们听过有从来没被逮捕的吸毒者吗？"

"鉴识人员在他的血液样本里没发现任何非法物质，"贝雅特说，"他身上也没有针孔或其他吸毒征兆。"

哈根清了清喉咙，众人朝他看去："救世军的军人不会吸毒的。请继续。"

哈利注意到麦努斯额头发红。麦努斯身材矮壮结实，过去曾是体操运动员，留着一头偏分的褐色直发。他是年轻一代的警探，傲慢又野心勃勃，是个机会主义者，很多方面都酷似年轻的汤姆·瓦勒，但缺乏汤姆对警察工作的特殊智慧和才干。过去一年来，麦努斯的自信不知怎的蒸发不见了，这使得哈利开始思索，也许他终究无法被训练成像样的警察。

"但说不定罗伯特·卡尔森会好奇，"哈利说，"而且我们知道吸毒者会去福雷特斯慈善商店服劳役来折抵刑期。好奇心和可及性是个不妙的组合。"

"没错，"麦努斯说，"我问过店里的女人罗伯特是不是单身，她说应该是吧，虽然有个外国少女去找过他几次，但年纪太小了。她猜那个少女可能来自前南斯拉夫。我敢打赌，那个少女一定是科索沃阿尔巴尼亚人。"

"为什么？"哈根问道。

"因为科索沃阿尔巴尼亚人是毒品的代名词。"

"哇哦，"哈根咯咯一笑，靠上椅背，"年轻人，这听起来像是恶劣的偏见。"

"没错，"哈利说，"我们的偏见可以用来侦破案件，因为它们并非基于缺乏常识，而是根据事实和经验。在这间会议室里，我们保留对每个人歧视的权利，不论种族、宗教或性别，因为受到歧视的不只是社会的弱势群体。"

哈福森咧嘴笑了，他听过这个准则。

"从统计学的角度来看，同性恋者、有虔诚信仰者和女人，比十八岁到六十岁之间的异性恋男人还要守法。但如果你是女性、同性恋者、科索沃阿尔巴尼亚人，而且有虔诚的信仰，那你是毒贩的概率一定要比一个说挪威语、额头有刺青的男性沙文主义肥猪还高很多。所以如果我们必须选择，而且我们也确实得这样做，那就先把那个阿尔巴尼亚少女找来讯问。这样会不会对奉公守法的阿尔巴尼亚人不公平呢？当然不公平。但既然我们面对的只有可能性和有限的资源，那就无法忽略常识。如果经验告诉我们，在加勒穆恩机场海关被逮捕的人中，坐轮椅用肛门来走私毒品的残障人士占有很高的比例，那我们就必须戴上乳胶手套，把这种人从轮椅上拖下来，将手伸进他们的肛门里一个一个检查，只要对媒体绝口不提这种事就好。"

"很有意思的观点，霍勒。"哈根环视众人，想知道其他人的反应，但大家都面无表情，使他无从得知，"呃，回到案子上吧。"

"好，"哈利说，"继续刚刚说的，搜寻凶器，但搜寻范围必须扩大到方圆六条街。我们继续讯问证人，并去昨晚已经打烊的商店调查。不要再浪费时间看监控录像，等有了特定目标再去看。欧拉·李和托莉·李，你们已经拿到罗伯特·卡尔森的公寓地址和搜查令了，地址是不是在葛毕兹街？"

两人点了点头。

"他的办公室也要搜查，说不定可以找到一些线索。把公寓和办公室的信件和硬盘都拿回来，看看他都跟什么人联络。我得去联络克里波，他们今天询问过国际刑警，看欧洲是否有过类似案件。哈福森，等一下你跟我一起去救世军总部。贝雅特，会议结束后我有话跟你说。好了，去办案吧！"

椅子摩擦地板，脚底窸窣移动。

"等一下，各位！"

办公室静了下来，大家都朝哈根望去。

"我看见你们有些人穿着破牛仔裤和瓦勒伦加足球队的衣服来上班，你们的前任长官可能允许你们这样穿，但我不准。媒体总是紧盯着我们，所以从明天起，我要你们穿没有破洞也没有广告标语的衣服。社会大众都在看，我们必须展现出中立公仆的样子。还有，待会儿请官阶为警监及警监以上的人留下。"

众人离开会议室，只有哈利和贝雅特留下。

"我会写一份公文发给单位里的每一位警监，指示你们从下星期开始随身佩枪。"哈根说。

哈利和贝雅特以不可置信的眼神看着他。

"外面的冲突开始升温了，"哈根抬起下巴说，"未来手枪将是警察的必要配备，我们必须习惯这一点。高阶警官必须树立典范，示范给大家看。大家都必须熟悉手枪才行，把它当成一般工具，就好像手机或电脑一样，可以吗？"

"呃，"哈利说，"我没有枪支执照。"

"你在开玩笑吧？"哈根说。

"去年秋天我错过了测试，只好交出手枪。"

"那我再发给你，我有核发执照的权限。你会在信箱里收到枪支领取单，这样就可以把枪领回，带在身上，没有人例外。没事了，就这样。"

哈根走出会议室。

"他疯了，"哈利说，"我们要拿枪来干吗？"

"看来我们得把牛仔裤破洞缝起来，还得去买枪带。"贝雅特说，露出好笑的神情。

"嗯。我想看看《每日新闻报》在伊格广场拍的照片。"

"自己看吧。"贝雅特递过一个黄色信封，"我可以问你一件事吗，哈利？"

"当然可以。"

"刚才你为什么要那样做？"

"做什么？"

"你为什么要替麦努斯·史卡勒说话？你明明知道他有种族歧视，而且你不是真心认为刚才那番关于歧视的话是对的吧。你这样做是想惹恼新上任的队长吗，还是要让你自己从第一天开始就讨人厌？"

哈利打开信封："照片明天还你。"

他站在霍勒伯广场的瑞迪森饭店窗户前，看着黎明时分的白色冰寒城市，只见建筑物低矮朴素，难以想象这是全球数一数二的富裕国家的首都。挪威皇宫是个毫无特色可言的黄色建筑，正好体现挪威政体是过度信仰的民主政治和穷困潦倒的君主政治的折中方案。透过光秃的树枝，他看见一个大阳台，历代挪威国王一定都是站在那个阳台上对民众说话的。他想象着把步枪举到肩头，闭上一只眼睛，瞄准目标。阳台模糊了起来，化为两个影子。

他梦见了乔吉。

他认识乔吉的那天，乔吉正蹲在一只啼哭的老狗旁边。他知道那只老狗是廷托，却不知道旁边那个蓝眼睛、金色鬈发的小男孩是谁。他们合力把廷托抱进木箱，抬去城里的兽医那里。兽医的家是两层楼灰色砖房，位于河边一个茂密的苹果园里。兽医说廷托的牙齿有毛病，而他不是牙医。况且谁会付钱医治一只不久后牙齿都会掉光的老流浪狗？最好现在就让它安乐死，省得它因为饥饿而缓慢痛苦地死亡。但乔吉开始放声大哭，声音很尖，几乎带着旋律，哭得莫名凄惨。兽医问他为什么哭，他说这只狗说不定是耶稣，因为他爸爸说耶稣就行走在我们之间，是我们当中最卑微的。没有人愿意给这只狗地方住，给它食物吃，它可怜又悲惨，当然就有可能是耶稣。兽医摇了摇头，打电话给牙医。放学后，他和乔吉回去看廷托，廷托猛摇尾巴。兽医让他们看廷托的蛀牙已经用精细的黑色填充物补起来。

虽然乔吉比他高一年级，但在那之后，他们还是一起玩了几次，不过只持续了几星期，因为接着暑假就来临了。到了秋天开学时，乔吉似乎已经忘了他。无论如何，他也忽视了乔吉，仿佛不想跟他有任何关系。

他可以忘记廷托，却永远无法忘记乔吉。多年后，在围城战事期间，他在城南废墟碰见一只憔悴消瘦的狗，那只狗朝他小跑过来，舔他的脸。它遗失了皮项圈，但他一看见它牙齿中的黑色填充物，就知道它是廷托。

他看了看表。机场巴士再过十分钟就会抵达。他拿起手提箱，再次扫视房间，确定没有遗留物品。他推开房门，听见窸窣的纸声响起，低头看见好几个房间外都摆着相同的报纸。报纸头版的犯罪现场照片映入他的眼帘。他弯腰捡起厚厚的报纸，报纸上用哥特字体写着他看不懂的名称。

等电梯时，他试着阅读报纸，虽然有些字看起来像德文，但他仍不解其意。他翻到头版注明的页面，这时电梯门打开了，他想把这一大份不方便的报纸丢进两台电梯之间的垃圾桶，但电梯里没人，于是他留着报纸，按下 0 层按钮，继续看照片。他的目光被其中一张照片下方的文字所吸引，一时之间他不敢相信自己的眼睛。电梯晃了晃，开始下降。他明白了一个可怕的事实，而且十分确定。他脑中一阵晕眩，靠上墙壁，报纸差点从手中掉落，连面前的电梯门打开他也没看见。

最后他抬头时，眼前是个黑暗空间，他知道自己来到了地下室而不是大厅。不知为何，这个国家的大厅竟然是在一楼。

他走出电梯，在黑暗中坐了下来，试着把事情想清楚。电梯门在他背后关上。他所有的计划都被打乱。八分钟后，机场巴士就要出发，他必须在这之前做出决定。

"我在看照片。"哈利不耐烦地说。

哈福森在哈利对面的办公桌上抬起头来："那就看啊。"

"你能别弹手指吗？一直弹是要干吗？"

"你说这个？"哈福森看着自己的手指，又弹了弹，有点窘迫地说，"这是老习惯。"

"是吗?"

"我爸是六十年代俄罗斯守门员列夫·雅辛的球迷。"

哈利等着他继续往下说。

"他很希望我成为斯泰恩谢尔足球队的守门员,所以小时候他常在我的双眼之间弹手指,就像这样,为的是让我变得坚强,不会害怕朝球门踢来的球。显然雅辛的父亲也对他这样做过。所以只要我不眨眼睛,我爸就会赏我一颗方糖吃。"

"你是开玩笑的吧?"哈利说。

"不是,红方糖很好吃。"

"我是说弹指的事,这是真的吗?"

"当然是真的,我爸常对我这样做,不管是吃饭还是看电视的时候,甚至我朋友在旁边时也一样。最后连我也开始对自己这样做。我把雅辛的名字写在每一个书包上,还刻在桌子上。现在,我还是会用'雅辛'来当电脑程序或其他东西的密码,虽然我知道自己被操纵了。你明白?"

"不明白,所以弹指有用吗?"

"有用,我不害怕朝我飞来的球了。"

"所以你……"

"没有,我球感不好。"

哈利用两根手指捏着上唇。

"你在照片里有什么发现吗?"哈福森问道。

"如果你一直坐在那里弹指和说话,我就很难有什么发现。"

哈福森缓缓摇头:"我们不是应该去救世军总部了吗?"

"等我看完照片。哈福森!"

"嗯?"

"你一定要呼吸得那么……奇怪吗?"

哈福森紧紧闭上嘴巴,屏住呼吸。哈利瞪了他一眼,又垂下双目。哈福森似乎在哈利脸上瞥见一丝微笑，但他可不敢拿钱来赌这种事。微笑消失，哈利的眉间出现深深的皱纹。

"哈福森，你来看这个。"

哈福森绕过办公桌。哈利面前有两张照片，上面都是伊格广场的群众。

"你有没有看见旁边那个戴着羊毛帽、围着领巾的人？"哈利指着一张模糊的脸，"他在乐队旁边的位置正好跟罗伯特·卡尔森呈一条直线，是不是？"

"是……"

"你看这张照片，那里，同样的帽子，同样的领巾，但现在他在中间，就在乐队正前方。"

"很奇怪吗？他一定是走到中间的，这样才可以听得更清楚。"

"如果他的移动路线是反过来呢？"哈福森没有回应，哈利继续往下说，"通常一个人不会从舞台正前方移到音响旁边看不见乐队的地方，除非有特别的目的。"

"比如说开枪夺命？"

"认真一点。"

"好吧，但你不知道哪张照片是先拍的啊，我敢打赌他一定是往中间移动的。"

"赌多少？"

"两百。"

"一言为定。你看看路灯下的光线，这两张照片里都有路灯。"

哈利把放大镜递给哈福森："看得出差别吗？"

哈福森缓缓点头。

"雪，"哈利说，"他站在乐队旁边的那张照片里正在下雪，昨天傍晚开始下雪，一直下到深夜才停，所以这张照片是后来拍的。我们得给《每日新闻报》这个叫汉斯·魏德洛的记者打电话，如果他用的是有时钟功能的数码相机，我们就可以知道拍摄照片的准确时间。"

《每日新闻报》的记者汉斯·魏德洛是单反相机和胶卷的拥戴者，因此无法回答哈利每张照片的拍摄时间。

"好吧，"哈利说，"昨晚的音乐会是你负责拍照的？"

"对，我和勒贝格负责街头音乐。"

"既然你用的是胶卷，那应该还有其他的路人照片吧？"

"对，如果我用的是数码相机，这些可能早就被删除了。"

"我也是这样想的。另外我还在想，不知道你可否帮我一个忙？"

"什么忙？"

"可不可以请你查看前天晚上的照片，看里面有没有一个头戴羊毛帽、身穿黑雨衣、脖子围着领巾的人？我们正在研究你拍的一张照片，如果你在电脑旁边，哈福森可以把它扫描下来发给你。"

哈利从声音中听出汉斯有所保留："我可以把照片给你，这没问题，但查看照片听起来像是警察的工作。我是记者，我可不想越界。"

"我们还要赶时间，你到底想不想拿到警方的嫌疑人照片？"

"这表示你愿意让我们打印一张？"

"对。"

汉斯的声音积极了起来："我就在照片室，可以马上查。我拍了很多路人的照片，所以有可能找到。只要五分钟就好。"哈福森扫描照片并发出，哈利一边敲着手指一边等待。

"为什么你这么确定这个人前天晚上也去过那里？"哈福森问道。

"我什么都不确定，"哈利说，"但如果贝雅特的直觉是正确的，凶手是个行家，那他一定会事先勘察地形，而勘察的时间最好跟他计划下手的时间一样，这样环境才会相似。而前一晚那里也举行了街头音乐会。"

五分钟过去了。十一分钟后，电话响起。

"我是魏德洛，抱歉，我没找到头戴羊毛帽、身穿黑雨衣、围着领巾的人。"

"该死的。"哈利大声说。

"真抱歉。要不要我把照片发过去，你自己看？那天晚上我将光线对准观众，你能看清他们的脸。"

哈利迟疑片刻。时间分配非常重要，案发后二十四小时尤其关键。

"好，请发过来，我们晚点再看。"哈利正要把自己的电子邮箱地址给汉斯，转念又说，"对了，你把照片发给鉴识中心的隆恩好了，她对面部识别很有一套，说不定能看出什么端倪。"哈利把贝雅特的邮箱地址给了汉斯。"还有，不要在报纸上提到我的名字，可以吗？"

"当然不会，我们只会说'数据来自警界匿名人士'。很高兴跟你做生意。"

哈利放下话筒，朝瞪大眼睛的哈福森点了点头："好了，小子，我们去救世军总部吧。"

哈福森看了看哈利，只见他的目光在公布栏、来访牧师名单、音乐彩排表和人员值班表上扫来扫去，很不耐烦。身穿制服的白发女前台终于打完电话，转头对他们露出微笑。

哈利简明扼要地表明来意，女前台点了点头，仿佛早就知道他们会来，并为他们指引方向。

两人一言不发地等着电梯，但哈福森看见哈利的眉间沁出汗珠。他知道哈利不喜欢乘电梯。两人来到五楼，哈福森小跑跟上哈利，穿过黄色走廊。走廊尽头的办公室门开着。哈利猛然停步，哈福森差点撞了上去。

"你好。"哈利说。

"嘿，"一个女子的声音说，"又是你？"

哈利庞大的身躯挡住门口，哈福森看不见里面说话的人，但他注意到哈利的说话声音变了："对，又是我。总司令在吗？"

"他在等你，直接进去吧。"

哈福森跟着哈利穿过小前厅，对桌前那个有少女般外表的女子点头致意。总司令办公室的墙上装饰着木盾、面具和长矛，满满的书架上放着非洲人偶和照片，哈利心想那应该是总司令的全家福照片。

"谢谢你在忙碌之中同意接见我们，埃克霍夫先生。"哈利说，"这位是哈福森警探。"

"真是惨事一桩，"埃克霍夫从办公桌后面站了起来，指了指两把椅子，"记者已经缠了我们一整天了，先跟我说说目前你们有什么发现吧。"

哈利和哈福森交换眼神。

"我们还没打算公布调查发现，埃克霍夫先生。"

总司令双眉一沉，露出威严的神情。哈福森轻叹一口气，准备再次目睹哈利和别人针锋相对。但总司令的眉毛立刻扬起。

"请原谅，霍勒警监，这是我的职业病，身为总司令，我有时会忘记，不是每个人都必须向我报告。有什么我能帮上忙的吗？"

"简单来说，我想知道你能否想到任何可能的行凶动机。"

"嗯，我自己也思考过这件事，可是很难想出什么动机。罗伯特很混乱，但心肠很好，跟他哥哥很不一样。"

"约恩心肠不好？"

"约恩不会混乱。"

"罗伯特到底卷入了什么混乱的事？"

"卷入？我不是这个意思，我是说罗伯特的人生没有方向，不像他哥哥。我跟他们的父亲约瑟夫很熟，约瑟夫是我们最优秀的军官之一，但他失去了信仰。"

"你说这件事说来话长，可以简单地说说看吗？"

"这是个好问题，"总司令浓重地呼了口气，望向窗外，"约瑟夫在外国传教时，正好当地发洪水，那里很少有人听说过上帝，而他们正在大量死亡。根据约瑟夫对《圣经》的解释，一个人除非接受耶稣，否则不会得救，最后只会堕入地狱里被火焚烧。当时约瑟夫分发药品，水中有许多山蝰出没，很多人都被咬了。虽然约瑟夫和他的团队带去了一整箱的血清，但他们到得太晚。这种蛇的毒液可以溶解血管壁，使中毒者的眼睛、耳朵和身体其他孔洞出血，一两个小时之内就会死亡。我见识过这种毒液的威力，当时我在坦桑尼亚当兵，见过人被山蝰咬了之后的样子，非常恐怖。"

埃克霍夫闭了一会儿眼睛。

"可是在其中一个村子，约瑟夫和护士正在给一对罹患肺炎的双胞胎注射盘尼西林时，双胞胎的父亲跑了进来，说他刚刚在稻田的水里被山蝰咬了。约瑟夫手边还剩一剂血清，他吩咐护士把血清装进注射器，给那名男子注射，然后就跑去外面上厕所，因为他和其他许多人一样胃痛腹泻。他在水中蹲下之后，睾丸竟然被山蝰咬了一口，他放声尖叫，于是大家都知道发生了什么事。他回到屋内，护士说那个异教徒不肯打血清，因为他知道约瑟夫也被咬了，他希望把那剂血清让给约瑟夫。他说如果约瑟夫活下去，可以拯救无数孩子的性命，而他只是个失去农田的农夫而已。"

埃克霍夫吸了口气。

"约瑟夫惊恐万分，完全没想到拒绝，立刻叫护士帮他打血清。后来他开始哭泣，那个农夫便安慰他。最后他打起精神，叫护士问那个异教徒是否听说过耶稣，但护士还没来得及问，农夫的裤子就开始被鲜血染红，没过多久他就死了。"

埃克霍夫看着他们，仿佛在等待故事沉淀。哈利心想，训练有素的传教士会为了达到效果而停顿。

"所以那个男人现在在被地狱之火焚烧？"

"根据约瑟夫对《圣经》的理解，是的。不过现在约瑟夫已经退出教会了。"

"所以这就是他失去信仰、离开挪威的原因？"

"他是这样跟我说的。"

哈利点了点头，对着他拿出来的笔记本说："所以现在约瑟夫·卡尔森正遭受煎熬，因为他无法接受……呃，信仰的矛盾。我这样理解对吗？"

"这正是令神学家头痛的领域，霍勒，你是基督徒吗？"

"不是，我是警探，我相信证据。"

"意思是……？"

哈利瞥了一眼手表，迟疑片刻，用平淡的语调快速回答。

"我对于宣称信仰就是天堂门票的宗教抱有疑问，换句话说，我认为这种宗教是要人改变常识，去接受理智所否定的事。历史上有很多独裁者都是用这种方法来让知识分子归顺，他们说世界上有那个更高的存在，却又不提出证据。"

总司令点了点头："这是经过深思熟虑的反对意见，当然，你不是第一个提出这种意见的人。但是有很多比你我更有智慧的人都有信仰，这对你来说不是互相矛盾的吗？"

"不会，"哈利说，"我见过很多比我更聪明的人，他们杀人的理由你我都无法了解。你认为杀害罗伯特的凶手会不会是针对救世军而来？"

总司令立刻下意识地在椅子上坐直身子。"我不认为这是某个团体基于政治理由而做的行为。救世军在政治议题上一向保持中立，从以前到现在都是。二战期间，我们甚至没有公开谴责德军占领挪威，只是继续进行我们的工作。"

"真是可喜可贺。"哈福森淡淡地说，被哈利用警告的眼神瞪了一眼。

"我们只对一八八八年的一场入侵行动献上祝福，"埃克霍夫毫不退缩地说，"那年瑞典救世军决定占领挪威，于是奥斯陆最贫穷的工人区有了第一个救济站。你知道吗？那里就是你们警察总署所在的地区。"

"我想不会有人因此而痛恨你们，"哈利说，"我觉得现在的救世军比以前更受欢迎。"

"这可难说了，"埃克霍夫说，"很高兴挪威人民能信任我们，这我们感觉得到，但征兵的成果差强人意。我们在阿斯克的军官训练学校今年秋天只来了十一名学生，但宿舍房间却可以容纳六十人。另外在很多问题上，比如说同性恋，我们坚持遵守《圣经》的传统解读。不用说，我们在各个方面都不受欢迎。但我们会赶上的，一定会的。比起竞争者、那些更为自由的团体，我们只是慢了一点而已。但你知道吗？我认为在这个快速变化的时代，慢一点也没有什么关系。"他对哈福森和哈利露出微笑，仿佛他们已表示同意。"无论如何，年轻一代将会接手，我想他们会有年轻的观点。最近我们即将任命新的行政长，许多年轻人都报名了。"他把一只手放在肚子上。

"罗伯特也在内吗？"哈利问道。

总司令微笑着摇摇头："我确定他没有，但他哥哥约恩报了名。行政长必须管理大量金钱和救世军的所有房产，罗伯特不是可以承担这种重任的人，他也没念过军官训练学校。"

"你说的房产是指歌德堡街的宿舍吗？"

"我们拥有很多房产。我们的人员住在歌德堡街的宿舍，而其他地方，例如亚克奥斯街的房子，则是给厄立特里亚、索马里和克罗地亚的难民居住的。"

"嗯，"哈利看着笔记本，用笔敲了一下椅子扶手，他站了起来，"我想我们已经占用你太多时间了，埃克霍夫先生。"

"哦，没有的事，毕竟这件案子跟我们有关。"

总司令送他们到门口。

"我可以问你一个私人问题吗，霍勒？"总司令问道，"我是不是在哪里见过你？我对人脸是过目不忘的。"

"可能是在电视或报纸上吧，"哈利说，"我侦办过一起挪威人在澳大利亚遇害的命案，当时媒体大肆报道过。"

"不是，媒体上的面容我会忘记，我一定是见过你本人。"

"你可以先去开车吗？"哈利对哈福森说。他离开后，哈利转身面对总司令。

"我不知道该怎么说，但救世军帮助过我。"哈利说，"有一年冬天，我喝得烂醉，无法照顾自己，有个救世军军人在街头把我扶起来。起初他想打电话给警方，认为警方会处理好，但我说我是警察，这样会害我被开除，于是他带我去了野战医院。医院里有人为我打针，还让我在那儿睡觉。我得感谢你们才对。"

埃克霍夫点了点头："我想也差不多是这样，只是不方便说出口。至于感谢的话，应该可以先放一旁，只要查出杀害罗伯特的真凶，就变成我们欠你一份人情了。愿上帝帮助你和你的工作，霍勒。"

哈利点了点头，走进接待室，站在埃克霍夫关上的办公室门口看了一会儿。

"你们看起来很像。"哈利说。

"哦？"女子用低沉的嗓音说，"他有没有很凶？"

"我是说在照片里。"

"那时候我才九岁，"玛蒂娜·埃克霍夫说，"亏你认得出来。"

哈利摇了摇头："对了，我本来想跟你联络的，有话想跟你说。"

"哦？"

哈利发现他说的这句话会被误解，赶紧又说："是关于佩尔·霍尔门的事。"

"有什么好说的吗？"玛蒂娜耸了耸肩，口气突然冷淡下来，"你有你的工作要做，我有我的工作要做。"

"也许吧，可是我……呃，我想跟你说这件事不是表面上看起来那样。"

"表面上看起来怎样？"

"本来我想告诉你我关心佩尔·霍尔门，结果却毁了他的家庭。我的工作有时候就是这样。"

玛蒂娜正要回话，电话响起，她接了起来。

"维斯雅克教堂，"她答道，"二十一号，星期日中午十二点，对。"

她挂上电话。

"大家都会去参加丧礼，"她翻动文件，"政客、教士、名人，每个人都想在我们悲伤的时刻捞上一笔，我们雇用的新歌手的经纪人还打电话来说，他旗下的歌手可以在丧礼上献唱。"

"呃，"哈利不知道自己会说出什么话，"这……"

电话又响了起来，因此他没机会说话了。他知道是时候迅速退场了，便对玛蒂娜点了点头，径自走出门外。

"我已经安排奥勒周三去伊格广场，"哈利听见背后传来玛蒂娜的说话声，"对，代替罗伯特。所以现在的问题是你今晚可以一起跟我上救济巴士吗？"

哈利走进电梯，低声咒骂自己，用双手搓揉脸颊，发出绝望的笑声，就好像看见可怕的小丑时会发出的笑声。

罗伯特的办公室今天看起来似乎更小了点，但一样混乱。办公室里最醒目的是窗户旁的救世军旗帜，玻璃上结着冰花，小刀插在办公桌上，旁边是一沓纸和未拆的信封。约恩坐在桌前，目光在四壁之间游移，最后停在罗伯特和他的合照上。这张照片是什么时候拍的？地点应该是在厄斯古德庄园，不过是哪年夏天呢？照片中罗伯特努力表现得正经，但仍止不住笑，这使得他的笑容看起来颇不自然，像是硬挤出来的。

约恩看过今天的报纸，觉得很不真实，尽管所有细节他都知道，但仍觉得这件事发生在别人而不是罗伯特身上。

办公室门打开，门外站着一名高挑的金发女子，身穿军绿色飞行员夹克，嘴唇苍白，眼神坚毅冷漠，脸上毫无表情。她背后站着一名矮胖的红发男子，他有张圆滚滚的娃娃脸，咧嘴笑着，笑容仿佛嵌在他的脸上，这似乎意味着既有好消息也有坏消息。

"你是谁？"女子问。

"约恩·卡尔森，"约恩看见女子的眼神变得更为冷漠，便继续说，"我是罗伯特的哥哥。"

"抱歉，"女子语气平淡，踏进办公室，伸出了手，"我叫托莉·李，犯罪特警队的警探。"她的手掌骨骼坚硬，但颇为温暖。"这位是欧拉·李。"

男子点了点头，约恩也点头回应。

"很遗憾发生这种事，"女子说，"但这是命案，所以我们要封锁这间办公室。"

约恩又点了点头，目光回到墙上那张照片。

"恐怕我们得……"

"哦，好，没问题，"约恩说，"抱歉，我有点恍惚。"

"完全理解。"托莉露出微笑，不是发自内心的微笑，而是友善的小微笑，很适合当下的情况。约恩心想，这些警探一定很有应对生死之事的经验，就像牧师一样，像他父亲一样。

"你动过任何东西吗？"托莉问道。

"动？没有，为什么要动？我一直坐在这把椅子上。"约恩站了起来，不知为何，他从桌上拔起罗伯特的小刀，折起来放进口袋。

"交给你们了。"他离开办公室。门在他背后轻轻关上。他走到楼梯口，忽然想到干吗要做这种蠢事——带着小刀离开办公室，便掉头往回走，打算把小刀放回去。他走到关上的办公室门前，听见那女子笑道："我的天哪，吓我一大跳！他跟他弟弟几乎是一个模子刻出来的，刚才我还以为见到鬼了。"

"他们也不算长得一模一样。"男子说。

"你只看过照片……"

这时，约恩的脑海中闪过一个可怕的念头。

SK-655 号航班十点四十分准时从加勒穆恩机场起飞，前往萨格勒布市。飞机将在贺戴尔湖上空左转，设定南向航线，朝丹麦奥尔堡市的导航塔飞去。今天异常寒冷，因此大气层中的对流层顶降得颇低，使得这架麦道 MD-81 才飞到奥斯陆市中心上空，就已经开始爬升穿越对流层顶。飞机飞越对流层顶会留下凝结尾，所以此时他如果抬头，就会看见他本应搭乘的这架飞机在高空中拉出长长的飞机云。但他正站在铁路广场上的电话亭前，全身簌簌发抖。

他把行李锁在奥斯陆中央车站的储物柜里，现在他需要一个旅馆房间。他必须完成任务，这意味着他必须有枪，但在这个人生地不熟的城市里，该如何弄到一把枪？

他听到查号台小姐用诵经般的北欧英语说，奥斯陆电话簿上有十七个名叫约恩·卡尔森的人，没办法把每个电话号码都给他，但可以给他救世军的电话号码。

救世军总部的小姐说他们这里有个叫约恩·卡尔森的人，但今天没来上班。他说他想寄圣诞礼物给约恩·卡尔森，不知道能否提供他的家庭住址。

"我看看，他的地址是歌德堡街四号，邮政编码是○五六六。很高兴有人想到他，那个可怜的家伙。"

"可怜的家伙？"

"对啊，他弟弟昨天被人枪杀。"

"弟弟？"

"对啊，在伊格广场，今天报纸都登了。"

他道谢后挂上电话。

有个东西碰到了他的肩膀，他转过身去。

是一个纸杯，清楚地表示了拿着这个纸杯的少年有什么目的。少年身上的牛仔外套有点脏，但脸上胡子刮得很干净，发型时尚，衣着整齐，眼神开放而警觉。少年说了几句话，他耸了耸肩，表示不会说挪威语，于是少年脱口说出流利的英语："我叫克里斯托弗，需要今天晚上的住宿钱，否则我会冻死。"

他听在耳里，觉得这些话几乎套用了他在营销课上学过的重点：简短扼要的信息，再加上自己的名字，诉诸情感，立刻产生加分效果。此外，这个信息还伴随着灿烂笑容。

他摇了摇头，正要离开，但少年乞丐拿着纸杯挡在他面前："别这样，先生，难道你没有露宿街头的经历吗？在街上度过寒冷又可怕的夜晚？"

"事实上我有。"他突然有股疯狂的冲动，想跟少年说他曾在积水的狐狸洞里躲了四天，等待塞尔维亚战车的出现。

"那你应该知道我的意思，先生。"

他缓缓点头，作为响应，他把手伸进口袋，拿出一张钞票，看也不看就给了克里斯托弗。"反正你还是会睡在街头，对不对？"

克里斯托弗把钱收进口袋，点了点头，露出抱歉的微笑："我得先买药，先生。"

"你平常都睡哪里？"

"那里，"毒虫伸手一指，他沿着纤细的食指望去，"也就是集装箱码头，明年夏天那里要盖歌剧院。"克里斯托弗又露出灿烂的笑容。"我喜欢歌剧。"

"现在那里有点冷吧？"

"今晚我可能得去救世军旅社，那里总是有免费床位。"

"是吗？"他打量着少年，只见克里斯托弗全身上下还算整洁，笑起来会露出整齐亮白的牙齿，但他闻到了蛀牙的气味。他聆听少年说话时，仿佛听见数千张嘴巴咬碎东西的声音，由内而外侵蚀着肉身。

11 克罗地亚

十二月十七日，星期三

哈福森坐在方向盘前，耐心等待前方那辆挂着卑尔根车牌的车子，只见那辆车的司机将油门踩到底，车轮在冰面上不停地打转。哈利正在和贝雅特打电话。

"什么意思？"哈利高声说，他的声音盖过了引擎加速的声音。

"这两张照片上的人看起来不一样。"贝雅特又说了一次。

"同样的羊毛帽，同样的雨衣，同样的领巾，一定是同一个人啊。"

贝雅特没有回答。

"贝雅特？"

"面孔不是很清楚，有点怪怪的，我不确定是哪里怪，可能跟光线有关。"

"嗯，你认为我们是在白费力气？"

"我不知道，这个人站在卡尔森前方的位置，的确符合技术证据。什么声音这么吵？"

"小鹿斑比在冰上奔跑，回头见喽。"

"等一下！"

哈利没挂电话。

"还有一件事，"贝雅特说，"我看过前天的照片。"

"然后呢？"

"我找不到面孔相符的人，但我发现一个小细节，有个男人身穿一件黄色雨衣，也可能是驼毛大衣，他围了围巾……"

"你是说领巾？"

"不是，看起来是普通的羊毛围巾，但围巾的系法跟他、或他们的领巾系法一样，右边从结的上方穿出，你有没有看到？"

"没有。"

"我从来没见过有人用这种方法系巾。"贝雅特说。

"把照片用电子邮件发给我，我来看看。"

哈利回到办公室的第一件事就是把贝雅特发来的照片打印出来。

他走进打印室拿照片，正好碰见哈根。

哈利对他点点头。两人站着，一言不发地看着灰色打印机吐出一张又一张纸。

"有新发现吗？"过了一会儿，哈根说。

"可以说有，也可以说没有。"哈利答道。

"记者一直来烦我，如果有新消息给他们就好了。"

"啊，对了，长官，我差点忘了告诉你，我们正在追查一个男人，我把这则消息给了记者。"哈利从一堆打印出的纸中拿出一张，指着上面围着领巾的男子。

"你说你做了什么？"哈根问。

"我透露了一则消息给记者，《每日新闻报》的记者。"

"没有经过我同意？"

"长官，这只是例行公事，我们称之为'有建设性的消息透露'。我们让记者说这则消息来自警界的匿名人士，这样他们就可以假装在认真地跑新闻。他们喜欢这样，而且登照片的版面会比我们要求的还大。现在我们可以得到民众的协助，来指认这名男子，结果皆大欢喜。"

"我可不欢喜，霍勒。"

"你这样说真让我感到遗憾，长官。"哈利做出忧伤的表情以示强调。

哈根对他怒目而视，上下腭朝反方向移动，牙齿不断地磨擦，令他联想到反刍的动物。

"这个男人有什么特别？"哈根把哈利手中那张照片抢了过去。

"还不太确定，说不定他们有好几个人。贝雅特·隆恩认为他们……用一种特别的方式来打领巾。"

"这是克罗斐结，"哈根又看了一眼，"这个结怎么了？"

"你刚刚说什么，长官？"

"克罗斐结。"

"这是一种领带结吗？"

"一种克罗地亚的结。"

"什么？"

"这不是基本的历史常识吗？"

"长官，如果你能启发我就太好了。"

哈根将双手背在身后："你对'三十年战争'有什么了解？"

"没什么了解。"

"三十年战争期间，瑞典国王古斯塔夫二世在进军德意志之前，为纪律严明但人数有限的瑞典军增兵，他从欧洲雇来最优秀的战士。这些战士之所以被称为最优秀的，是因为他们无所畏惧。古斯塔夫二世雇的是克罗地亚佣兵。你知道挪威语中'Krabat'这个词是来自瑞典语吗？它的原型是'Croat'，意思是无畏的疯子。"

哈利摇了摇头。

"克罗地亚人虽然是在异国打仗，还得穿上古斯塔夫二世国王的军服，但他们可以保留一个标记以示区别，这个标记就是骑兵领巾。克罗地亚人用一种特别的方法把方巾打成领巾，这种穿戴方式后来被法国人吸纳并进一步发扬光大。它原本的名称也被法国人保留下来，后来演变成法语中的'Cravate'，也就是领带的意思。"

"领带（Cravate），克罗斐结（Cravat）。"

"没错。"

"多谢你，长官，"哈利从出纸匣里拿起最后一张照片，仔细查看贝雅特所说的围巾，"你可能给了我们一条线索。"

"霍勒，我们只需要尽到自己的责任，不用彼此道谢。"哈根拿起其他打印纸张，大步离去。

哈福森抬头朝冲进办公室的哈利望去。

"有线索了。"哈利说。哈福森叹了口气，因为这句话通常意味着大量徒劳的工作。

"我要打电话给欧洲刑警组织的亚历克斯。"

哈福森知道欧洲刑警组织是国际刑警组织在海牙的姐妹组织，由欧盟在一九九八年马德里发生恐怖行动后成立，目的在于打击国际恐怖活动和有组织的犯罪。但他不知道的是，这个亚历克斯为何经常愿意协助哈利，因为挪威并不属于欧盟。

"亚历克斯吗？我是奥斯陆的哈利，可以麻烦你帮我查一件事吗？"哈福森听见哈利用蹩脚但有效的英语，请亚历克斯在数据库里搜索过去十年欧洲国际罪犯涉嫌犯下的案件，搜索关键词是"职业杀手"和"克罗地亚人"。

"我在线等。"哈利等待着，不久后惊讶地说，"这么多？"他搔了搔下巴，请亚历克斯再加上"枪"和"九毫米"这两个关键词。

"二十三条搜索结果？有二十三起命案的嫌疑人是克罗地亚人？天哪！呃，我知道战争会培养出职业杀手。那再加上'北欧'试试看。什么都没有？好，你那边有嫌疑人姓名吗？没有？请稍等一下。"

哈利朝哈福森望去，似乎希望他能及时提示些什么，但哈福森只是耸了耸肩。

"好吧，亚历克斯，"哈利说，"那再试试看最后的关键词。"

哈利请亚历克斯加上"红色领巾"或"围巾"来搜索。哈福森听见亚历克斯在电话那头哈哈大笑。

"谢啦，亚历克斯，我们再联络。"哈利挂上电话。

"怎么样？"哈福森说，"线索蒸发啦？"

哈利点了点头，垂头丧气地靠在椅子上，但旋即又挺起身子："我们再来追查新线索，现在还有什么线索？什么都没有？太好了，我最爱白纸一张。"

哈福森记起哈利曾说过，好警探和平庸警探的差别在于忘记的能力。好警探会忘记所有令他失望的直觉，忘记所有他曾深信不疑却令他无功而返的线索，打起精神，再度变得天真，变得容易忘记，燃烧着不曾消减的热情。

电话响起，哈利接了起来："我是哈……"电话那头的说话声早已大声响起。

哈利从办公桌前站了起来，哈福森看见他握着话筒的手指指节渐渐泛白。

"等一等，亚历克斯，我请哈福森记下来。"

哈利用手捂住话筒，对哈福森高声说："因为好玩他又试了一次，去掉'克罗地亚人''九毫米'和其他关键词，只搜索'红色领巾'，在二〇〇〇年和二〇〇一年的萨格勒布、二〇〇二年的慕尼黑、二〇〇三年的巴黎都出现了搜索结果。"

哈利回到电话上："亚历克斯，这就是我们要找的人。我不能确定，但直觉告诉我是，而且我脑中的声音说在克罗地亚发生的这两起命案绝对不是巧合。你还能提供其他细节吗？哈福森会记下来。"

哈福森看着哈利诧异地张大嘴巴。

"什么意思？没有凶手描述？既然他们记得围巾，怎么会没注意到其他特征？什么？一般身高？没别的了？"

哈利边听边摇头。

"他说什么？"哈福森低声问道。

"供述之间有极大的差异。"哈利低声答道。哈福森写下"差异"。

"对，太好了，请把详细数据发到我的电子邮箱。谢谢你了，亚历克斯，如果你还有其他发现，像是嫌疑人之类的，请通知我，好吗？什么？哈哈，好，我再把我和我老婆的发给你看。"

哈利挂上电话，看见哈福森用疑惑的眼神看着他。

"老笑话一则，"哈利说，"亚历克斯认为所有的北欧夫妇都会自拍性爱影片。"

哈利又拨了一通电话，等待电话接通时，他发现哈福森依然看着他，还叹了口气。"哈福森，我没结过婚啊。"

麦努斯必须拉高嗓门才能盖过咖啡机的声音，那台咖啡机似乎患了严重的肺病。"说不定世界上有个目前为止无人发现的职业杀手集团，红色领巾是他们的某种标志。"

"胡扯。"托莉拉长声调，站在麦努斯后面排队等待咖啡，手拿一个马克杯，上面写着"世上最棒的妈妈"。

欧拉咯咯地笑着，在小厨房的桌子旁坐了下来。这间小厨房就是犯罪特警队的咖啡厅。

"胡扯？"麦努斯说，"这很可能是恐怖活动，不是吗？比如某些人之间的大战，然后地狱之门就会大开。不然就是意大利黑手党，他们不是会系红色领巾吗？"

"他们更喜欢被称为西班牙人。"托莉说。

"还有巴斯克人。"哈福森在欧拉对面坐了下来。

"什么？"

"奔牛活动。潘普洛纳市的圣费尔明节 [1]。巴斯克地区。"

"埃塔 [2]！"麦努斯吼道，"妈的，之前我们怎么都没想到？"

"你可以去写电影剧本了。"托莉说。欧拉高声大笑，一如往常地不发表意见。

"你们两个应该继续去抓嗑药的银行劫匪。"麦努斯咕哝说，因为托莉·李和欧拉·李原本隶属于劫案组，这两人既没结婚，也无血缘关系。

"不过有个细节不太对劲，恐怖分子都很喜欢公布事情是他们干的。"哈福森说，"我们从欧洲刑警组织那里得知的四起案子都是枪杀案，案发之后凶手就销声匿迹了，而且被害人多半涉及其他案件。萨格勒布的两名被害人都是塞尔维亚人，曾因战争罪受审但获判无罪。慕尼黑的被害人曾威胁到当地权贵的势力，而这位权贵涉嫌人口走私。巴黎的被害人曾因恋童癖被定罪两次。"

哈利手拿马克杯，缓步走进小厨房。麦努斯、托莉和欧拉倒了咖啡之后，从容离去。哈福森发现哈利经常对同事产生这种影响。哈利坐了下来，哈福森见他眉头深锁。

"就快满二十四小时了。"哈福森说。

"对啊。"哈利盯着手中的空马克杯。

"有没有发现重要线索？"

哈利沉默片刻："我也不知道。我打电话去卑尔根找过毕悠纳·莫勒，请他给些有建设性的意见。"

"他怎么说？"

"没说什么，他听起来……"哈利寻找着适当的字眼，"有点寂寞。"

"他的家人不是跟他在一起吗？"

---

① 又名奔牛节，是西班牙纳瓦拉自治区首府潘普洛纳市的一项传统庆祝活动。

② 西班牙恐怖组织。

"他们应该是一起过去的。"

"出了问题？"

"不知道，我什么都不知道。"

"那你在担心什么？"

"他喝醉了。"

哈福森把马克杯砰的一声放在桌上，咖啡溅了出来。"莫勒在上班时间喝醉？你在开玩笑吧？"

哈利没有回答。

"会不会他身体不舒服，还是怎么了？"哈福森补上一句。

"哈福森，我知道喝醉的人说话是什么样子，我得去一趟卑尔根。"

"现在吗？哈利，你正在领导一起命案的调查工作啊。"

"我可以当天回来，这段时间你先撑着。"

哈福森微微一笑："你老了吗，哈利？"

"老？什么意思？"

"老了，而且变得有人情味了，这还是我头一次听见你把活人排第一，死人排第二。"

哈福森一看见他的脸色，就后悔自己说了这句话。"我的意思不是……"

"没关系，"哈利站了起来，"我要你调出这几天往返克罗地亚的航班旅客名单，去问加勒穆恩机场的警察，旅客名单是否需要检察官去申请。如果需要法院命令，你就去法院当场拿。拿到名单之后，打电话给欧洲刑警组织的亚历克斯，请他帮忙核对姓名，就说是我请他帮忙。"

"你确定他可以帮忙？"

哈利点了点头："与此同时，我会跟贝雅特去找约恩·卡尔森谈一谈。"

"哦？"

"到目前为止，我们听见的关于罗伯特·卡尔森的事，就像迪士尼卡通那样纯真无邪，我想应该还有内情。"

"你为什么不带我去？"

"因为贝雅特跟你不一样，她能看出一个人什么时候在说谎。"

他吸了口气，踏上台阶，走进那家名为"饼干"的餐厅。

和昨晚不同的是，餐厅内几乎看不到客人，但那个和乔吉一样有金色鬓发、蓝眼珠的服务生，依然倚在用餐区的门边。

"你好，"服务生说，"我没认出你来。"

他的眼睛眨了两下，突然发现这意味着他还是被认了出来。

"但我认得这件大衣，"服务生说，"很有型，是驼毛的吗？"

"是就好了。"他有点结巴，露出微笑。

服务生大笑，把手放在他手臂上。他没在服务生眼中看见一丝恐惧，因此分析对方并未起疑，同时希望警方还没来过这里，也没发现那把枪。

"我不想用餐，"他说，"我只想用一下洗手间。"

"洗手间？"服务生那对蓝眼珠扫视着他的双眼，"你只是来上洗手间？真的吗？"

"很快就走。"他吞了一口口水。服务生令他感到不自在。

"很快就走，"服务生说，"原来如此。"

洗手间里空荡无人，空气中有肥皂的气味，但没有自由的气味。

他掀开给皂器的盖子，肥皂的气味更浓了。他卷起袖子，把手伸进冰冷的绿色洗手液中。一个念头闪过脑际：给皂器被人换过了。就在此时，他摸到了那把枪。他缓缓地把枪捞出来，一道道绿色的洗手液滴落在白色陶瓷水槽上。这把枪只要冲洗干净，涂上一点油，就能正常使用。弹匣里还有六发子弹。他匆忙地冲洗手枪，正要放进大衣口袋，这时，厕所门被推开。

"嘿。"那服务生笑着说，但一看见那把枪，笑容就僵在脸上。

他把枪放进口袋，咕哝着说了声再见，从服务生前方挤过狭窄的门口。他感觉到对方急促的气息喷上他的脸颊，胯间的隆起碰触到他的大腿。

当他再次走进冰冷的空气，才发现自己的心脏怦怦乱跳，仿佛被吓坏了。血液在全身流动，让他觉得温暖轻盈。

约恩·卡尔森刚要出门，哈利正好抵达歌德堡街。

"时间这么晚了吗？"约恩看了看表，一脸疑惑地问。

"是我来早了，"哈利说，"我同事待会儿就到。"

"我有时间去买牛奶吗？"约恩身穿薄外套，头发梳理整齐。

"当然有。"

对面街角就有一家小杂货店。约恩在货架上翻找，想换个口味，买一升低脂牛奶，哈利则仔细研究着卫生纸和玉米片之间的豪华圣诞装饰品。结账柜台旁有个报架，报纸上粗体的大写字母"吼叫"着关于伊格广场命案的报道，两人见了都没说什么。《每日新闻报》的头版发布了记者汉斯拍摄的模糊的观众照片，上面一名系红色领巾的男子被红色圆圈圈出，标题写道：警方正在寻找此男子。

两人走出杂货店，约恩在一个留有山羊胡的红发乞丐前停下脚步，在口袋里掏了很久，才找到可以丢进褐色纸杯里的东西。

"我家没什么东西可以招待你，"约恩对哈利说，"还有，老实说，家里的咖啡已经在滤壶里待一阵子了，喝起来可能像沥青。"

"太好了，我就喜欢喝这种咖啡。"

"你也是啊？"约恩淡淡一笑。"噢！"约恩转头朝那乞丐看去。"你在用钱打我吗？"他惊讶地说。

那乞丐恼怒地哼了一声，他胡须飘动，口齿清楚地大声说："我只收法定货币，谢谢！"

约恩家的格局跟西娅家完全相同，里面整齐干净，但从摆设就看得出这是一套单身公寓。哈利很快做出三个假设：这些保养良好的旧家具和他家的家具是在一个地方买的，也就是伍立弗路的"电梯"二手家具行；

客厅墙上贴着一张艺术展览的宣传海报，但约恩应该没去看过那场展览；约恩常常俯身在电视前的矮桌吃饭，而不是在小厨房吃饭。几乎空无一物的书架上放着一张照片，上面是一名身穿救世军制服的男子，正威严地望向远方。

"这是你父亲？"哈利问道。

"对。"约恩从厨房的柜子里拿出两个马克杯，用沾有褐色污渍的咖啡壶倒了咖啡。

"你们长得很像。"

"谢谢，"约恩说，"希望如此。"他拿着马克杯走进客厅，放在咖啡桌上，旁边是刚买的鲜奶。哈利想问约恩的父母在得知罗伯特的死讯之后反应如何，但又转了个念头。

"我们从假设开始说起好了，"哈利说，"你弟弟之所以被杀，有可能是因为他对别人做过一些事，比如说欺骗、借钱、侮辱、威胁、伤害等。大家都说你弟弟是好人，但通常我们调查命案时都会听见死者的亲友只说好话，人们都喜欢强调死者好的一面。但其实我们每个人都有阴暗面，不是吗？"

约恩点了点头，哈利无法判断这是否代表同意。

"我们需要知道罗伯特的一些阴暗面。"

约恩看着哈利，一脸茫然。

哈利清了清喉咙："我们可以从钱开始说起，罗伯特有金钱方面的问题吗？"

约恩耸了耸肩："很难说，他的生活不奢华，所以我想他应该没有跟别人借过大笔金钱，不知道你指的是不是这个？总的来说，如果他需要钱，应该都会来跟我借。我说的借，意思是……"约恩露出微笑，意思是说"你懂的"。

"他都借多少钱？"

"都不是很大的金额，除了今年秋天之外。"

"那是多少？"

"呃……三万。"

"要用来做什么？"

约恩搔了搔头："他说他有个计划，但不肯多说，只说需要出国，而且以后我就会知道。的确，我觉得这笔钱很多，但我平常花费不多，又不用养车，所以还好。他很少这么有干劲，我还很好奇到底是什么计划，可是后来……后来就发生了这件事。"

哈利记下笔记。"嗯，那罗伯特个人的阴暗面呢？"

哈利静静地等待，双眼看着咖啡桌，让约恩坐着思索，让真空的寂静发酵，这种真空迟早都会勾出一些东西，像是谎言，或让人绝望的题外话，而最好的状况是勾出真相。

"罗伯特年轻的时候，他……"约恩大胆地说，又顿了一顿。

"他缺乏……自制力。"

哈利点了点头，并未抬眼，想鼓励约恩，但又不打破这个真空状态。

"我以前常常担心得要死，不知道他又会做出什么事。他非常暴力，身体里似乎住着两个人，其中一个冷酷、节制、喜欢研究，总是对……这要怎么说？对别人的反应、感觉或者苦难之类的感到好奇。"

"可以举个例子吗？"哈利问道。

约恩吞了口口水："有一次我回到家，他说他有样东西要给我看，就在地下室的洗衣间里把我们家的猫放进了一个空的小水族箱，以前爸爸在那个水族箱里养古比鱼。然后，他把院子里的水管插到木盖子里，把水龙头开到最大。水族箱几乎一下子满了，我赶紧打开盖子，把猫救出来。罗伯特说他想看看猫会有什么反应，但有时我会想，说不定他想观察的是我。"

"嗯，既然他是这种人，怎么会没人提到？真奇怪。"

　　"并不是很多人知道罗伯特的这一面。我想这也有一部分是我的错。小时候我就答应爸爸会好好看着罗伯特，以免他惹出大麻烦。我尽力了，就像我说的，罗伯特的行为没有失控。他可以既冷又热，如果你懂我的意思。所以只有亲近的人才知道他的……另一面。还有一次他拿青蛙开刀，"约恩微笑着说，"他把青蛙放进氢气球，再把气球放飞到空中，结果被爸爸当场逮到。他说当青蛙好可怜，不能像鸟一样俯瞰大地。我在旁边……"约恩望向远方，哈利见他眼眶泛红，"简直笑得半死。爸爸很生气，可我就是忍不住。罗伯特是能让我这样大笑的人。"

　　"嗯，他长大以后还是这样吗？"

　　约恩耸了耸肩："老实说，这几年他的事我并不全都知道，自从爸妈移居泰国之后，我跟他就不像以前那么亲近了。"

　　"为什么？"

　　"兄弟之间就是这样，不一定有原因。"

　　哈利没有回答，只是等待。走廊上传来一记重重的关门声。

　　"他跟女孩子也发生过一些事。"约恩说。

　　远处传来救护车的警笛声。电梯上升发出金属的嗡鸣。约恩叹了口气："而且是年轻女孩子。"

　　"多年轻？"

　　"我不知道，除非罗伯特说谎，否则她们应该非常年轻。"

　　"他为什么要说谎？"

　　"我说过了，他可能想看我有什么反应。"

　　哈利站了起来，走到窗前，望见一名男子沿着小径缓缓穿过苏菲恩堡公园，小径看起来像是儿童在白色画纸上画出的不规则褐色线条。教堂北边有个犹太社区专用的小墓地。心理医生史戴·奥纳曾跟哈利说过，数百年前这整座公园是一片墓地。

　　"他对这些女孩子使用过暴力吗？"哈利问道。

"没有！"约恩高声说，他的声音在光秃的四壁间回荡。哈利沉默不语。男子已走出公园，穿过亨格森街，朝这栋公寓走来。

"据我所知没有，"约恩说，"就算他这样跟我说，我也不会相信。"

"你认识这些女孩子吗？"

"不认识，他从不会跟她们交往太久。事实上，我知道他只对一个女孩子认真过。"

"哦？"

"西娅·尼尔森。我们年轻的时候，他对她很着迷。"

"就是你的女朋友？"

约恩若有所思地看着咖啡杯："你可能会觉得，我应该避开我弟弟下定决心要得到的女孩子，对不对？我也想过这个问题，可是天知道为什么。"

"后来呢？"

"我只知道西娅是我认识的人里最棒的。"电梯的嗡鸣声陡然停止。

"你弟弟知道你跟西娅的事吗？"

"他发现我跟她碰过几次面，也起过疑心，可是西娅和我一直都很注意保密。"

一阵敲门声响起。

"应该是我同事贝雅特，"哈利说，"我去开门。"

哈利合上笔记本，将钢笔放在桌上，钢笔跟笔记本平行，然后他走了几步来到门口，把门往外推了几下，这才发现门是向内开的。门外那张脸和哈利同样惊讶，两人站在原地对视片刻。甜腻的香水味钻入哈利的鼻孔，对方似乎擦了强烈的芳香剂。

"约恩？"那男子试探着说。

"原来你要找他，"哈利说，"抱歉，我们在等别人，请稍等一下。"

哈利回到沙发上："是找你的。"

他一坐上沙发，就察觉到刚刚这几秒钟有什么事发生了。他查看钢笔，依然跟笔记本平行，没被动过，但就是哪里不对劲。他的脑子察觉到了什么，却又说不上来。

"晚上好？"他听见约恩在他背后说，语气礼貌而客气，他的声调上扬。这种语调通常用来跟不认识的人打招呼，或是用在不清楚对方来意之时。又来了，哈利觉得似乎哪里怪怪的，令他坐立不安。好像是那名男子怪怪的，刚刚他说要找约恩时，用的是名字而不是姓氏，但约恩显然不认识他。

"你要转达什么话？"约恩说。

这时传来咔嗒一声。脖子。男子的脖子上围着个东西。那是个领巾，领巾打的是克罗斐结。哈利双手在咖啡桌上猛力一撑，站了起来，咖啡杯随之跳起，他大声吼道："把门关上！"

但约恩只是站在原地，望向门外，仿佛被催眠一般，屈身聆听对方要转达的话。

哈利后退一步，跃过沙发，冲向门口。

"不要……"约恩说。

哈利瞄准门板，疾扑而去。突然，一切仿佛静止。这种经验他曾有过，当肾上腺素激增，一个人对时间的感觉会有所改变，就好像在水里移动一样。但他知道已经太迟了。他的右肩撞上门板，左肩撞上约恩的臀部，耳膜接收到火药爆炸产生的震波。一枚子弹飞离枪管。

接着传来砰的一声，那是子弹发射的声音。门被撞回门框，锁了起来。约恩猛地撞上柜子和厨具。哈利翻过身来，抬头望去，只见门把被往下压。

"该死的！"哈利低声说，跪了起来。

门把被用力地摇晃两次。

哈利抓住约恩的腰带，拖着他一动不动的身体，踏着拼花地板，进入卧室。

门外传来摩擦声，接着又是砰的一声巨响。门板中央碎屑纷飞，一个沙发靠枕猛烈抖动，靠枕内的灰黑色羽绒呈圆柱状喷射到天花板上，那盒低脂鲜奶发出咕噜声，一道白色液体喷了出来，画出虚弱无力的弧线，落到了桌上。

哈利心想，大家都低估了九毫米子弹可以造成的伤害。他把约恩翻过来，只见约恩的额头流出一滴鲜血。

又是砰的一声。玻璃发出碎裂声。

哈利抽出口袋里的手机，按下贝雅特的号码。

"好好好，别催我，我快到了。"电话才响一声，贝雅特就接了起来，"我就在外……"

"听着，"哈利打断说，"呼叫所有警车赶来这里，还要打开警笛。有人在门外开枪，你千万不要靠近，听见了吗？"

"收到，不要挂断。"

哈利把手机放在面前的地上。墙壁传来摩擦声。男子会不会听见他打电话的声音？哈利坐着不动。摩擦声又靠近了些。这墙壁是什么材质的？子弹既然可以穿透具有隔音效果的门板，应该也可以穿透用石膏板和玻璃纤维做成的轻量墙。摩擦声更加靠近，停了下来。哈利屏住呼吸。这时，他听见一个声音，是约恩的呼吸声。

就在此时，城市的普遍噪声中有个声音凸显出来，那声音听在哈利耳中有如美妙乐音。那是警笛声，先是一个，又变成两个。

哈利侧耳倾听，并未听见摩擦声。他心中暗暗祈祷，逃跑吧，快离开吧。他的祈祷得到了响应。他听见脚步声在走廊上远离，看来他已下楼而去。

哈利在冰冷的拼花地板上躺了下来，双眼盯着天花板。空气从门缝底下流进来。他闭上眼睛。十九年。天哪，还有十九年他才能退休。

12 医院和灰烬

十二月十七日，星期三

透过橱窗玻璃的投影，他看见背后有辆警车沿着街边行驶。他继续往前走，抑制想跑的冲动。几分钟前，他从约恩·卡尔森的住处跑下楼梯，奔上人行道，差点撞倒一个拿着手机的年轻女子。他往西穿过公园，来到这条繁忙的街道。

警车的行驶速度跟他的步行速度一样。他看见一扇门，便推门而入，刹那间像是走进一部美国电影，里面有凯迪拉克轿车、波洛领带，还有好多个年轻的猫王。音箱里流泻出来的音乐听起来像是乡巴佬用三倍速播放的老唱片，酒保的西装看起来则像直接从黑胶唱片的封套里拿出来的。

他环顾四周，这家小小的酒吧竟然高朋满座。这时，他才发觉酒保在跟他说话。

"抱歉，你说什么？"

"要喝点东西吗，先生？"

"你们有什么？"

"一杯鸡尾酒也许不错，不过你看起来更需要来一杯奥克尼群岛威士忌。"

"谢谢。"

警笛声响起又停止。酒吧里的热气令他的毛孔泌出大量汗水，他解下领巾，塞进大衣口袋。幸好这里烟雾缭绕，盖过了大衣口袋里的手枪火药味。

他接过了酒，靠窗找了个位子坐下。

刚才房间里另一个人是谁？是约恩·卡尔森的朋友或亲戚，还是室友？他啜饮了一口威士忌，这酒尝起来有医院和灰烬的味道。他心想，何必问自己这么一个愚蠢的问题？只有警察才会有那样的反应，只有警察才能在那么短的时间内找来支援。如今警方知道他的目标是谁了，这只会让他的任务更加艰巨。他必须考虑撤退。他又喝了一口酒。

那警察看见了他穿的驼毛大衣。

他走进洗手间，将手枪、领巾和护照装进外套口袋里，把大衣塞进水槽下的垃圾桶。他踏上酒吧外的人行道，搓揉双手，全身发抖，查看街道两边。

最后一项任务，也是最重要的任务，一切都取决于这次的任务。

他对自己说，放轻松，他们不知道你是谁，回到原点，正面思考。

然而他无法抑制脑中萦绕的一个念头：房间里的那个男人是谁？

"目前我们还不知道，"哈利说，"只知道他有可能跟杀害罗伯特的凶手是同一个人。"

哈利缩起双脚，好让护士在狭小的走廊里把空床从他们面前推过。

"有可能？"西娅·尼尔森结结巴巴地说，"他们有好几个人？"她稍微往前坐，双手紧抓木椅坐垫，仿佛害怕自己会掉下去。

贝雅特倾身向前，把手放在西娅的膝盖上表示安慰："这我们还不确定，重点是他安然无恙，医生说他只是轻微脑震荡而已。"

"他的脑震荡是我造成的，"哈利说，"他的额头在厨房柜子的边角上磕出一个小洞。那发子弹没打中他，我们已经在墙上发现了子弹。第二发子弹卡在鲜奶盒里，你想想看，子弹就这样停在鲜奶盒里面。第三发子弹在厨房柜子里，就在红醋栗和……"

贝雅特瞥了哈利一眼，他猜这意思可能是说西娅现在对子弹的位置一点也不感兴趣。

"反正约恩没事，只是轻微昏迷，医生说要暂时观察一段时间。"

"好，我可以进去看他了吗？"

"当然可以，"贝雅特说，"不过我们也希望你看一下这些照片，并告诉我们你有没有见过这些男人。"她从文件夹里拿出三张照片，递给西娅。伊格广场的照片被放大，使得人脸看起来像是由黑白小点构成的马赛克。

西娅摇了摇头："太难分辨了，我根本看不出他们长得有什么不一样。"

"我也是，"哈利说，"但贝雅特是面孔专家，她说照片上的两个人不是同一个。"

"我觉得是这样。"贝雅特更正说，"而且刚刚那个人跑出歌德堡街的时候，差点把我撞倒，在我看来，他也不像这两个人。"

哈利愣住了，他从来没听过贝雅特在这种事情上表示疑惑。

"我的老天，"西娅低声说，"他们到底有几个人？"

"别担心，"哈利说，"我们已经派了警察守在门口。"

"什么？"西娅双眼圆睁，哈利这才惊讶地发现，她竟然没想到约恩躺在伍立弗医院也可能会有危险。

"好了，我们进去看看他怎样吧。"贝雅特用和善的口吻说。

是呀，哈利心想，把我这个白痴留在这里，好好反省待人接物的道理。

走廊一头传来奔跑声，哈利循声望去。

原来是哈福森正曲折地穿过病人、访客和护士，鞋底啪啪作响地朝哈利奔来。他在哈利面前停下脚步，气喘吁吁地递出一张纸，上面印有不均匀的黑色字迹，纸是亮面的。哈利一接过来，就知道它来自犯罪特警队的传真机。

"这是旅客名单的一页，我一直打电话找你……"

"医院不能开手机，"哈利说，"有什么发现吗？"

"我顺利拿到名单了，也发给了亚历克斯，他立刻帮我们查出其中几个乘客有轻微犯罪的前科，但没什么值得怀疑的，只不过有个地方有点奇怪……"

"哦？"

"两天前有位旅客抵达奥斯陆，原本要搭昨天的班机离开，可是却把机票延到今天。这个人叫克里斯托·史丹奇，但是他今天又没出现，这很奇怪，因为他买的是特价机票，没办法改签其他航班。名单上写着他是克罗地亚公民，所以我请亚历克斯去询问克罗地亚的国家登记处。克罗地亚不是欧盟成员，但他们很希望加入欧盟，所以非常配合……"

"说重点，哈福森。"

"克里斯托·史丹奇这个人不存在。"

"虽然史丹奇可能跟这件案子无关，"哈利搔了搔下巴，"但还是很有意思。"

"当然。"

哈利看着旅客名单。克里斯托·史丹奇。这只是个名字，但旅客登机时航空公司会要求出示护照，用来对比旅客名单上的名字，同样，酒店也会要求房客出示护照。

"清查全奥斯陆的酒店房客名单，"哈利说，"看看过去两天哪家酒店住了这个叫克里斯托·史丹奇的人。"

"我马上去查。"

哈利直起身子，对哈福森点了点头，希望这个动作表达了他想说的话，也就是他对哈福森的表现感到满意。

"我要去找我的心理医生了。"哈利说。

心理医生史戴·奥纳的诊所位于史布伐街，这里没有电车经过，街上行人大多由三种人构成，形成一种有趣的景象。第一种人是从塞兹健身中心走出来的家庭主妇，她们注重身材，走起路来充满自信，脚步轻快。第二种人是从盲人机构走出来的导盲犬主人，他们走起路来小心谨慎。第三种人是从收容所走出来的吸毒者，他们衣衫褴褛，走起路来漫不经心。

"这么说罗伯特·卡尔森喜欢未成年少女，"奥纳把花呢大衣挂在椅背上，双下巴向下挤在领结上，"当然这种倾向的形成原因有很多种，但我想他是在笃信宗教的救世军环境中长大的，对不对？"

"对，"哈利抬头看着堆满书本的混乱的书架，这些书都是奥纳的，他是哈利的专业私人顾问，"他既然是在极其封闭的宗教团体里长大的，怎么会产生变态行为？真是奇怪。"

"一点也不奇怪，"奥纳说，"你所提到的性侵行为，发生在基督徒身上的比例是非常高的。"

"为什么？"

奥纳十指相触，开心地咂了咂嘴："如果一个人在童年或青少年时期因为性欲的自然表达而受到父母的惩罚或羞辱，他这方面的人格就会受到压抑，正常的性成熟也会受到阻碍，如此一来性欲就会去寻找其他出口，你可以说这些出口是'不正常的'。于是这些人成年之后，会试着回到他们生命中曾经不被允许自然表达的时期来释放性能量。"

"比如说穿尿布。"

"没错，或是玩排泄物。我记得加州有个议员……"

哈利咳了一声。

"或者，这些成年人会回到所谓的核心事件，"奥纳接着说，"这个事件多半跟他们最后一次成功表达性意图，也就是最后一次成功的性行为有关。可能是青少年时期没被发现或惩罚的某种迷恋或性接触。"

"或是性侵？"

"对，他们认为情况可以掌控时，就会觉得很有力量，跟受到羞辱是正好相反的，于是他们在接下来的人生中会不断寻求这种情境的重现。"

"所以说，要成为性侵者也没这么容易喽？"

"是的。有些人在青少年时期只因为有健康正常的性欲，翻阅色情杂志而被发现，结果就被打得全身瘀青。如果要把一个人成为性侵者的概率拉到最高，那就让他有个暴力相向的父亲，有个性事索取无度且具侵略性的母亲，还要有个压抑事实、肉体的私欲会被地狱之火所奖赏的环境。"

哈利的手机发出哗哗声，他拿出手机，读取哈福森传来的简讯。命案前一晚有个名叫克里斯托·史丹奇的男子下榻奥斯陆中央车站旁的斯坎迪亚饭店。

"嗜酒者互诫协会怎么样？"奥纳问道，"有没有帮助你戒酒？"

"这个嘛，"哈利站了起来，"可以说有，也可以说没有。"

一声尖叫吓了他一跳，把他拉回现实。

他回头望去，看见一双睁得又圆又大的眼睛和一张有如黑洞般张大的嘴巴，就在他面前几厘米的地方。有个孩子将鼻子压在汉堡王游乐区的玻璃上，然后向后倒去，发出兴高采烈的尖叫，他倒在地毯上无数的红、黄、蓝三色塑料球中。

他擦去沾在嘴巴上的番茄酱，将托盘里剩下的东西丢进垃圾桶，匆匆踏上卡尔约翰街。他在西装外套里缩成一团，但仍不敌寒冷的无情侵袭。他决定先去斯坎迪亚饭店订个像样的房间，然后去买件新大衣。

六分钟后，他穿过饭店大门，走进大厅，排在看起来像在登记入住的一对男女后方。女前台瞥了他一眼，并未认出他来，随即在新房客的文件面前低头，用挪威语说话。前方那名女子转过头来看了他一眼，她是个美丽的金发女子，即使打扮朴素也很美。他对女子回以微笑，这是他唯一能做的，因为他见过这名女子，就在数小时前约恩·卡尔森住处外的歌德堡街上。

他并未移动，只是低下头，把手伸进外套口袋，紧紧握住枪柄。这样做让他安心不少。他小心翼翼地抬起头来，望向柜台后方的镜子，映入眼中的是模糊的双重影像。他闭上眼睛，深吸一口气，再度睁开眼睛，镜中高大男子的影像逐渐清晰。男子头发极短，皮肤苍白，鼻子泛红，轮廓坚毅，嘴巴却敏感细腻。是他，之前出现在约恩住处的另一名男子，就是那个警察。他观察四周形势，只见大厅里别无他人。这时，他从一长串挪威语中听见几个很耳熟的字：克里斯托·史丹奇。他强迫自己保持冷静。不知道警察是怎么追踪到这里的，但他逐渐明白这会带来什么后果。

女前台给了金发女子一把钥匙，她便朝电梯走去，手中提着的似乎是工具箱。高大男子对女前台讲了几句话，她记了下来。男子转过身来，和他四目交接，然后朝大门走去。

女前台微微一笑，口中说出一串清晰、熟练、和善的挪威语，对他做出询问的表情。他问她顶楼有没有禁烟的房间。

"我看看。"她在键盘上输入。

"刚刚跟你说话的男人是不是警察？报纸上登过他的照片。"

"我不知道。"女前台露出微笑。

"我想应该是吧，他很有名……他叫什么名字来着……"

女前台看了一眼笔记本："哈利·霍勒。他很有名吗？"

"哈利·霍勒。"

"对。"

"名字不对，我一定是弄错了。"

"我们现在有间空房，如果您觉得满意，请填一下这份表格，然后请出示您的护照。请问您要如何付款呢？"

"多少钱？"

她说出价格。

"抱歉，"他微笑着说，"太贵了。"

他离开饭店，走进火车站，直接进入洗手间，将自己锁在隔间里，坐下来厘清思绪。警方已经掌握了克里斯托·史丹奇这个名字，所以他必须找一个不必出示护照也能住宿的地方，而且克里斯托·史丹奇再也不能订机票、船票或火车票了，甚至都没办法穿越国界。他该怎么办？他得打电话回萨格勒布问她才行。

他缓步走到车站外的广场，令人麻木的寒风扫过这个开放区域。他牙齿打战，望着公共电话。一名男子倚在广场中央的白色热狗贩卖车旁，身穿格纹羽绒外套和裤子，看起来好像航天员。男子是不是在监视公共电话？还是他想太多了？警方会不会追踪到他打的电话，正在等他出现？不会的，不可能。他踌躇不决。如果警方正在监听电话，那么他可能会暴露她的行踪。他做出决定，电话可以晚点再打，现在他需要一个有床有暖气的房间。他要找的那种住处会要求支付现金，而他刚刚已经把剩下的现金全都拿去买汉堡了。

他走进车站大厅，在商店和月台之间找到一台提款机，拿出 Visa 信用卡，阅读提款机上的英文说明，将磁条对准右侧，正准备把信用卡插进去，却又停下。这张信用卡用的也是克里斯托·史丹奇的名字，只要他一使用，数据库里就会留下记录，某处的警报就会响起。他把信用卡收回皮夹，缓缓穿过大厅。商店正要打烊。现在他连买件保暖外套的钱都没有了。一名警卫打量了他一眼。他再次蹒跚地踏上铁路广场。热狗车旁的男子不见了，但老虎雕像旁站着一名少年。

"我需要钱来找地方过夜。"

他不需要听懂挪威语，就明白少年在说什么，先前他就是把钱给了这个少年毒虫，而现在他自己却亟须用钱。他摇了摇头，瞥了一眼那些聚在一起发抖的毒虫，当初他还以为那是巴士站。一辆白色巴士缓缓抵达。

哈利感觉到胸腔和肺里的疼痛，这是好的疼痛感。他感觉大腿灼热，这是好的灼热感。

有时案情陷入胶着，他就会来警署地下室的健身中心，坐上动感单车。他来运动并不是为了让头脑清楚地思考，而是要让头脑停止思考。

"他们说你在这里。"哈根跨上哈利旁边的单车，他身穿黄色紧身 T

恤和运动短裤，但这身衣服并未达到遮盖的效果，反而更凸显出他身上的肌肉，哈根身材精壮，像是受过魔鬼训练，"你设定哪个模式？"

"第九。"哈利喘息着说。

哈根站在踏板上，调整椅垫高度，在单车屏幕上输入必要的设定。"你今天历经了一番波折吧。"

哈利点了点头。

"如果你想请病假，我可以理解，"哈根说，"毕竟现在不是战争时期。"

"谢谢，但我已经觉得清爽多了，长官。"

"很好，我刚刚才跟托列夫说过话。"

"总警司？"

"我们需要知道案子的进度，署里来了一些电话，救世军是很受欢迎的组织，所以城里有影响力的人士想知道我们能不能在圣诞节之前侦破这件案子，好让大家过个平安的圣诞节，诸如此类的。"

"去年圣诞节有六个人因为药物过量而死亡，那些政客不也都过得好好的。"

"霍勒，我只是想知道办案进度。"

汗水刺痛了哈利的乳头。

"今天《每日新闻报》已经发布照片了，但还是没有人提供线索。贝雅特·隆恩说根据照片来判断，我们所面对的不止一个杀手，至少有两个。我也同意她的看法。出现在约恩·卡尔森住处的男子穿着驼毛大衣、系领巾，这身穿着与命案发生前出现在伊格广场的男子相符。"

"只有穿着符合？"

"那人的脸我没看清楚，约恩·卡尔森也记不太清楚。一名女子坦承，是她让一个英国人进入公寓大门，去约恩·卡尔森的住处门口放圣诞礼物。"

"知道了，"哈根说，"但目前我们先不公布可能有多名杀手这件事。继续说。"

"没什么可以说了。"

"什么都没有？"

哈利看了看计速器，冷静地做出决定，把速度提高到时速三十五公里。

"我们查到一个叫克里斯托·史丹奇的人持有伪造的克罗地亚护照，他原本今天要搭乘飞往萨格勒布的班机，可是却没有出现。我们还发现他曾下榻斯坎迪亚饭店，隆恩去他住过的客房采集了 DNA。那家饭店的客人不是太多，所以我们希望前台能从我们的照片里认出克里斯托·史丹奇。"

"结果呢？"

"她认不出来。"

"为什么认为这个克里斯托·史丹奇就是凶手？"

"因为他持有假护照。"哈利偷偷瞥了一眼哈根那台单车的计速器。时速四十公里。

"你们打算怎么找到这个人？"

"现在是信息时代，姓名会留下踪迹。我们已经通报所有的标准联络人，只要一有人用克里斯托·史丹奇的名字住酒店、买机票或刷信用卡，我们立刻就会收到通知。根据女前台所说，这个人曾经问她哪里找得到电话亭，她回答说铁路广场上有电话亭。挪威电信会给我们一份过去两天从那部公共电话拨出的通话的清单。"

"所以你们只发现一个克罗地亚人持假护照，而且没上飞机，"哈根说，"案情陷入胶着了，对不对？"

哈利沉默不语。

"试试横向思考。"哈根说。

"好的，长官。"哈利慢吞吞地说。

"总会有别的方向可以前进，"哈根说，"我有没有跟你说过一个排的日军士兵遭遇霍乱的故事？"

"我好像还没有这个荣幸，长官。"

"这排士兵在仰光北方的丛林里罹患霍乱，不管吃什么喝什么全都吐出来，每个人都脱水了，但排长拒绝就这样死去，他下令清空注射器里的吗啡，用来注射水壶里的水。"

哈根越骑越快，哈利却听不见他发出一丝喘息。

"这个方法奏效了，但几天之后，他们只剩下最后一壶水，里面还充满蚊子幼虫。后来副排长提议用注射器从生长在周围的水果中抽取汁液，注射到血管中，理论上果汁含有百分之九十的水分。反正他们也没什么可以损失了。就这样，最后整排士兵都获救了，靠的是想象力和勇气。"

"想象力和勇气，"哈利气喘吁吁地说，"谢啦，长官。"

哈利奋力踩踏，听见自己的呼吸出现杂音，犹如炉口噼啪作响的火焰。计速器显示四十二。他瞥了一眼哈根的计速器：四十七。哈根的呼吸却十分均匀。

哈利想起一个抢劫银行的匪徒送过他一本书，这本书已有两千年的历史，名为《孙子兵法》，里面说慎选战场。于是他知道自己应该从这个战场上撤退，因为他已经输了，不管再怎么努力都一样是输。

哈利放慢速度。计速器显示三十五。这时他惊讶地发现自己并未感到沮丧，只是觉得疲惫无奈。也许他长大了；也许他已不再是放低头上的两个犄角、一看见有人挥舞红旗就胡乱攻击一通的蠢蛋了。哈利往旁边瞥了一眼，只见哈根的两条腿像在做活塞运动似的循环往复，他脸上一层薄薄的汗水在白色灯光的照耀下闪烁微光。

哈利擦去汗水，深呼吸两口气，再次奋力踩踏。美妙的疼痛感立即浮现。

13　嘀嗒声

十二月十七日，星期三

　　有时玛蒂娜会觉得普拉塔广场就如同通往地狱的阶梯。最近有个甚嚣尘上的传言，说到了春天，市政府的福利委员会就不再允许毒品在普拉塔广场上公开交易，为此玛蒂娜感到十分害怕。反对普拉塔广场毒品公开交易的论点是这个地区会吸引年轻人吸毒。但玛蒂娜认为，如果有人觉得普拉塔广场上陨落的生命很有吸引力，那这个人不是疯了就是从没去过那里。

　　反对人士认为这个紧邻铁路广场、和它一线之隔的地区有损奥斯陆的形象。况且挪威这个世界上最成功、至少是最富裕的社会民主政体，竟然容许毒品和金钱在首都的心脏地带公开交易，这不等于向全世界承认失败吗？

　　这一点玛蒂娜同意，失败已成事实，构建无毒社会这场战役失败了。另一方面，如果要避免毒品继续攻城略地，最好是让毒品交易在监视器的注视下进行，而不要在奥克西瓦河的桥下、罗督斯街的阴暗后院或阿克什胡斯堡垒的南侧地区偷偷进行。玛蒂娜知道，与奥斯陆反毒活动相关的工作者都持有相同看法，例如警察、社工、街头传教士和妓女，他们都认为普拉塔广场比其他选项更好。

　　只不过广场上的活动不堪入目。

　　"朗格曼！"玛蒂娜朝巴士外一名站在黑暗中的男子叫道，"你今天晚上要不要喝点汤？"

　　朗格曼只是静静地走开，他可能已买到毒品，准备去注射。

玛蒂娜拿着长勺，专心为一个身穿蓝色外套、可能来自地中海地区的人舀汤。这时她听见旁边有人牙齿咬得咯吱作响，看到一名身穿薄西装外套的男子正在排队。"给你。"她说，并给男子盛了汤。

"嘿，亲爱的。"一个粗哑的声音说。

"文克！"

"过来抱抱，让我这个苦命人暖和一下。"一名老妓女发出真诚的笑声，拥抱玛蒂娜，紧身豹纹洋装裹着她湿润的肌肤和身体，散发出来的香水味十分惊人。但玛蒂娜还闻到另一种气味，这种气味她认得，而且这种气味在文克身上强烈的香水味盖过一切之前就出现了。

她们在一张空桌前坐下。

虽然去年像潮水一样大量涌进此地区的一些外国妓女也使用毒品，但挪威本地妓女的吸毒情况更为普遍。文克是少数没有沉迷毒品的挪威妓女，而且她说她现在更多地在家里为一个固定的客人服务，所以遇见玛蒂娜的机会就越来越少。

"我来找一个女性朋友的儿子，"文克说，"他叫克里斯托弗，听说他在吸毒。"

"克里斯托弗？不认识。"

"哈！"文克不以为意，"算了，看得出来你在忙着想其他事。"

"有吗？"

"别说谎了，我看得出恋爱中的女人是什么样子。是不是他？"

文克朝一个身穿救世军制服、手拿《圣经》的男子点了点头，他正好在身穿薄西装外套的男子身旁坐下。

玛蒂娜鼓起双颊："里卡尔？才不是呢，谢谢。"

"你确定？从我来到这里，他的目光就一直在你身上打转。"

"不管怎样，里卡尔是个好人，"玛蒂娜叹了口气说，"他是自愿来临时值班的，原本应该值班的人死了。"

"你是说罗伯特·卡尔森？"

"你认识他？"

文克沉重地点了点头，随即又露出开朗的神情："先把死人放一旁，告诉妈妈你爱上谁了呀？也是时候说了。"

玛蒂娜微微一笑："我都不知道自己恋爱了呢。"

"你少来。"

"才没有，这太扯了，我……"

"玛蒂娜。"另一个声音说。

玛蒂娜抬头望去，看见里卡尔露出恳求的眼神。

"坐在那边的男人说他没有衣服、没有钱、没有地方住，我们的旅社有空床位吗？"

"可以打电话去问，"玛蒂娜说，"他们还有一些冬衣。"

"好。"里卡尔没有移动，即使玛蒂娜转头看着文克，他还是站在原地。玛蒂娜不用看也知道他的嘴唇上方沁出汗珠。

里卡尔咕哝着说了声"谢谢"，便回到西装男子坐的那桌。

"快跟我说呀。"文克低声催促。

巴士外，呼啸的北风已架起小口径的火炮阵线。

哈利将运动包背在肩头，向前走去，他眯着双眼抵御寒风，因为寒风中夹带着肉眼难见的细小雪花，会如针一般扎入眼睛。他经过布利茨屋，也就是彼斯德拉街上被占屋运动占据的地方时，手机响了，是哈福森打来的。

"前两天铁路广场的公共电话有两通打到萨格勒布的电话，拨的都是同一个电话号码。我打了这个电话，结果是国际饭店的前台接的。他们说无法查出是谁从奥斯陆打的电话，或者电话要找谁，也没听说过克里斯托·史丹奇这个人。"

"嗯。"

"我要继续追踪吗？"

"不用，"哈利叹了口气，"先放着，直到有线索指出这个史丹奇有嫌疑再说。你离开前把灯关了，我们明天再讨论。"

"等一等！"

"我还在。"

"还有一件事，制服警察接到一通电话，是饼干餐厅的服务生打来的，他说今天早上他在洗手间碰到一位客人……"

"他去那里干吗？"

"等一下再说。是这样的，那个客人手上拿着一样东西……"

"我是说那个服务生，餐厅通常都有员工洗手间。"

"这我没问。"哈福森不耐烦地说，"听好了，这个客人手上拿着一个绿色的东西，还不断地滴下液体。"

"听起来他应该去看医生。"

"真幽默。这个服务生发誓，说那样东西是沾了洗手液的枪，而且给皂器的盖子还被打开了。"

"饼干餐厅，"随着信息的沉淀，哈利重复了一遍，"这家餐厅在卡尔约翰街上。"

"距离犯罪现场两百米。我敢赌一箱啤酒，那把枪就是凶器。呃……抱歉，我赌……"

"对了，你还欠我两百克朗。先把事情说完。"

"最棒的部分来了，我请他描述那个男子的容貌，但他说不出来。"

"听起来正是这起命案的特色。"

"不过他是通过大衣认出他来的，一件非常丑的驼毛大衣。"

"出现了！"哈利吼道，"卡尔森被射杀前一晚出现在伊格广场照片上那个戴领巾的家伙。"

"顺带一提，他说那件大衣是仿驼毛的，而且听起来他像是对这种事很熟的样子。"

"什么意思？"

"你知道的，他们说话都有一种调调。"

"'他们'是谁？"

"哎哟，就是同性恋者啊。反正那个带枪的男人后来就离开了，目前掌握的线索就是这样。我正要去饼干餐厅把照片拿给那个服务生看。"

"很好。"哈利说。

"你在纳闷什么？"

"纳闷？"

"哈利，我已经越来越了解你了。"

"嗯，我在纳闷为什么那个服务生今天早上没有打电话报警，你问问他这件事，好吗？"

"其实我也打算问他这个问题，哈利。"

"当然当然，抱歉。"

哈利挂上电话，五分钟后手机又响了起来。

"你忘了什么？"哈利问道。

"什么？"

"哦，是你啊，贝雅特，有什么事？"

"好消息，我在斯坎迪亚饭店搜查完了。"

"有没有发现 DNA？"

"还不知道。我采集了几根头发，可能是服务人员的，也可能是房客的。不过半小时前我拿到了弹道对比结果。"

"约恩·卡尔森家的鲜奶盒里的子弹，跟伊格广场发现的子弹是同一把手枪发射的。"

"嗯，这表示有多个杀手的假设站不住脚了。"

"没错。还有，你离开之后，斯坎迪亚饭店的女前台想起一件事，她说这个克里斯托·史丹奇穿了一件很丑的衣服，她觉得应该是仿的……"

"让我猜猜看，仿的驼毛大衣？"

"她是这样说的。"

"我们上轨道了！"哈利高声说，声音在布利茨屋画满涂鸦的墙壁和荒凉的市区街道间回荡。

他结束通话，并打给哈福森。

"哈利吗？"

"克里斯托·史丹奇就是凶手，把那件驼毛大衣的描述报给制服警察和勤务中心，请他们通知所有的巡逻车。"哈利对一名老妇人微笑着，老妇人穿着一双时尚的短靴，鞋底加了防滑钉，使得她的鞋底摩擦着地面，走起路来磕磕绊绊，"还有，我要二十四小时监视通话记录，看看有谁从奥斯陆给萨格勒布的国际饭店打过电话，以及打来的电话号码。去找奥斯陆地区挪威电信的克劳斯·托西森办这件事。"

"这算是窃听，我们得有搜查令才行，这要花好几天时间才能拿到。"

"这不算窃听，我们只需要知道电话拨出的地点。"

"挪威电信恐怕分不出其中的差别。"

"告诉托西森是我找他帮忙的，好吗？"

"我能知道为什么他要冒着被开除的危险帮你这个忙吗？"

"陈年往事了，几年前我救过他，不然他就被汤姆·瓦勒和他的同伴打成肉酱了。你也知道暴露狂被带去署里会发生什么事。"

"原来他是暴露狂？"

"已经退休了，反正他会愿意提供协助，只要我们不再提起这件事。"

"原来如此。"

哈利挂上电话。调查工作动起来了，他不再感觉到刺骨的北风和风里夹带的雪针。有时，这份工作可以给他片刻纯粹的喜悦。他掉头走回警署。

　　伍立弗医院的单人病房里，约恩在床单上感觉到手机振动，立刻抓起手机。"喂？"

　　"是我。"

　　"哦，嘿。"他难以掩饰语气中的失望。

　　"听起来你似乎希望电话是别人打的。"朗希尔德过于开心的语调背叛了一个受伤的女人。

　　"我不能讲太久的电话。"约恩瞥了门口一眼。

　　"我只是想跟你说，罗伯特的事我很遗憾，"朗希尔德说，"我为你感到难过。"

　　"谢谢。"

　　"你一定很不好受吧。你在哪里？我给你家打过电话。"

　　约恩沉默不语。

　　"麦兹会工作到很晚，如果需要的话我可以去你家。"

　　"不用了，谢谢，朗希尔德，我应付得来。"

　　"我很想你。晚上好黑好冷，我好害怕。"

　　"你从不害怕的，朗希尔德。"

　　"有时候我也会害怕啊，"她用生气的口吻说，"这里有好多房间，却一个人都没有。"

　　"那就搬到小一点的房子啊。我得挂电话了，这里不能用手机。"

　　"等一下！你在哪里？"

　　"我有点轻微的脑震荡，在医院里。"

　　"哪家医院？哪一科？"

　　约恩感到迷惑："大部分人都会先问我怎么会有脑震荡。"

　　"你知道我讨厌不知道你在哪里。"

　　约恩想象明天探病时间朗希尔德抱着一大束玫瑰走进来，西娅用疑惑的眼神看看朗希尔德，再看看他。

"我听见修女来了，"他低声说，"我得挂电话了。"他按下挂断键，看着天花板。手机响了一声，屏幕亮光熄灭。朗希尔德说得对，晚上的确很黑，但害怕的人是他。

朗希尔德·吉尔斯特拉普闭着眼睛在窗前站了一会儿，然后看了看表。麦兹说他要忙委员会会议的事，晚点回来。这几星期他常说这种话。以前他都会说几点回家，而且非常准时，有时还会稍微提早到家。她也不是希望他早点回来，只不过觉得有点奇怪。有点奇怪，但也仅止于此，就像上一期话费账单把每一通电话都列出来一样奇怪。她并未提出这种列出明细的要求，但寄来的账单足足有五页之多，还注明了详细信息。她不能再打给约恩了，却又无法停止，因为约恩有那种眼神，和约翰尼斯一样的眼神。那不是善良、聪明、温柔或类似的眼神，而是在她自己都还没形成思绪之时，就能读出她心思的眼神。那眼神看见真实的她，却仍然喜欢她。

她再次睁开眼睛，望着六千平方米未受污染的自然景观，这片景观让她想起瑞士的寄宿学校。冰雪反射的光线照进这个大卧室，让天花板和墙壁泛着青白色的光芒。

当初是她坚持要把房子盖在此地，这片位于城市上方的山林里，她说这样不会使她觉得封闭和受限。她丈夫麦兹·吉尔斯特拉普以为她所说的受限是来自城市，因此高兴地拿出一部分钱来盖这栋房子，而这个豪奢之举花了他两千万克朗。他们搬进来时，朗希尔德只觉得自己是从囚室搬到了监狱广场。这里有太阳、空气、空间，但她依然觉得受限，感觉像是住在寄宿学校。

有时，就像今晚，她不明白自己怎么会沦落到这步田地。她的外在情况可做出如下归纳。麦兹·吉尔斯特拉普在奥斯陆继承了大笔财产。她是在美国伊利诺伊州芝加哥市郊的一所二流大学认识麦兹的，两人都读工商管理专业，而这所大学由于地处美国，要比挪威的同等级大学有着更亮的光环。无论如何，美国的大学生活好玩多了。两人都来自富裕家庭，但麦兹家的资产更为丰厚。麦兹的家族是传承五代的轮船主，拥有前代祖先积累下来的金钱。朗希尔德的家族则是农人出身，他们的钱仍带着印钞机墨水和养殖鱼类的气味。一家人原本在农业津贴和受伤的自尊间艰难求生，后来她父亲和叔叔索性卖掉了拖拉机，拿出所有财产，押在一个小养鱼场上。养鱼场位于西阿格德尔郡最南端的多风海岸，就在他们自家客厅外的峡湾里。他们挑选的时机非常理想，竞争对手极少，因而每千克可以开出天价，并在狂捞四年后就成了大富豪。于是峭壁上的老家被夷平，取而代之的新家简直有如城堡，面积比谷仓还大，有八扇凸窗、两个车库。

朗希尔德十六岁那年，母亲把她从一座峭壁送到另一座峭壁，也就是阿伦舒斯特私立女校。这所女校位于一个海拔九百米高的瑞士小镇，镇上有一座火车站、六座教堂、一家酒吧。她对外宣称要出国学习法语、德语和艺术史，这些科目被认为对于养殖以千克计价、价格屡创新高的鱼类非常重要。

然而她之所以离乡背井，当然是因为她的男友约翰尼斯。约翰尼斯有着温暖的双手和温柔的声音，他那双眼睛能在她自己都还没察觉的时候便读出她的心思。但约翰尼斯是个土包子，毫无前途可言。她和约翰尼斯交往之后，一切都变了，她也变了。

她前往阿伦舒斯特私立女校就读之后，摆脱了噩梦、罪恶感和鱼腥味，并学到每个女人都应该拥有一个丈夫和更高的地位。从父母那里遗传来的生存本能，不仅让她在挪威峭壁上生存下来，也慢慢让她埋葬了那个会让约翰尼斯读出心思的朗希尔德，摇身一变成为云游四方的朗希尔德，以及独立自主、不理会别人眼光的朗希尔德，尤其是不理会那些来自上流社会、被宠坏的法国和丹麦女同学的眼光。这些人总是躲在角落里嘲笑朗希尔德这类女孩不自量力，以为自己可以摆脱一身俗不可耐的乡土气息。

朗希尔德进行的小复仇是勾引布雷梅老师，他是大家都爱慕的德籍年轻教师，住在学生宿舍对面的校舍。朗希尔德直接穿越卵石广场，去敲他小房间的门，一共去了四次，四次都晚上才出来，踏上卵石路走回宿舍，咔嗒咔嗒的脚步声回荡在两栋建筑之间。

不久谣言四起，而她几乎没有制止。事情被揭发之后，布雷梅老师提出辞职，急忙在苏黎世找了另一份教职。朗希尔德则容光焕发，对班上那些陷入愁云惨雾的女同学露出胜利的微笑。

从学校毕业后，朗希尔德离开瑞士，回到家乡。她心想，终于回家了。但约翰尼斯的那双眼睛再度出现，就在银色峡湾里、铜绿色森林的阴影里、闪亮的教堂黑窗后面、疾驶而过的车子里，只留下一阵阵尘埃，让她恨得牙痒痒，口中苦涩不已。后来芝加哥某大学的工商管理系入学通知书寄来，通知她可以前往攻读四年大学或五年研究生，她立刻叫爸爸汇来学费，不得延迟。

离开家乡让她松了口气，她又可以做回新的朗希尔德了。她希望能把约翰尼斯抛在脑后，为了达到这个目的，她需要计划和目标。到了芝加哥之后，她找到了目标，那就是麦兹·吉尔斯特拉普。

她预料到自己会手到擒来，毕竟她有勾引上流社会男子的方法和经验，况且她还有美貌；这是她听约翰尼斯和另外几个人说的。最重要的是她那双眼睛，她遗传了母亲的浅蓝色虹膜，周围是一圈特别白的巩膜，科学证明这能够吸引异性，并且象征着强健的身体和健康的基因。因此朗希尔德很少戴太阳镜，除非想刻意营造效果——在特别时机下眼镜。

有人说她长得像妮可·基德曼，她明白这是什么意思，这代表她有一种冷峻的美。也许正因如此，当她在走廊和校园餐厅里试图接触麦兹时，麦兹的反应犹如一头受惊的野马，他视线飘忽，甩开刘海，快步离开，逃往安全地区。

最后，她孤注一掷。

一天晚上，在一场愚蠢的年度传统派对开始之前，朗希尔德给了室友一笔钱，让她去买新鞋，并入住市区的饭店，然后自己在镜子前打扮了三小时。这是她第一次提早抵达派对，以便取得先机，打败可能的对手，因为她知道麦兹不管去什么派对都会提早。

麦兹说话结巴，几乎不敢正视朗希尔德那对浅蓝色眼珠和清澈的巩膜，更不敢往下看她特意露出的乳沟。于是她得出推翻她过去看法的结论：钱不一定能带来信心。后来她认为麦兹之所以不自信，是因为他有个聪明、严格、痛恨软弱的父亲，他父亲一直无法接受儿子不像他自己那么优秀的事实。

但朗希尔德并没放弃，她把自己当诱饵，在麦兹面前晃来晃去，显示自己容易上手，并注意到那些跟她以朋友相称的女同学聚在一起交头接耳。说到底，她们都是群体动物。朗希尔德跟麦兹喝了六瓶美国啤酒之后，越来越怀疑他是同性恋，这时，这匹野马大胆地进入开放地带，在他又喝了两瓶啤酒后，两人就离开了派对。

她让麦兹上她，用的却是室友的床，毕竟她可是花了一大笔钱让室友去买鞋。三分钟后，朗希尔德用室友家自制的针织床罩把麦兹的身体擦干净，她知道自己已经用套索套住了这匹野马，假以时日，就能再套上马具和马鞍。

他们毕业后以未婚夫妻的身份回到家乡，麦兹开始分担管理家族财富的责任，他知道自己再也不用在任何无意义的比赛中受到测试，现在他的工作是寻找优秀的顾问群。

朗希尔德被一个信托公司的经理录用，这位经理从未听过她所毕业的二流大学，但听过芝加哥这座城市，而且喜欢他的所见所闻。他不聪明，但要求很高，并且觉得朗希尔德跟他十分契合，因此朗希尔德上班后不久，就从股票分析师这份智力要求很高的工作调到了"厨房"的屏幕和电话前——"厨房"是他们对交易员办公室的戏称。朗希尔德·吉尔斯特拉普就是从这里开始独当一面的。她跟麦兹订婚之后，就把姓氏改成了吉尔斯特拉普，因为这样"比较实际"。如果吉尔斯特拉普这个姓氏还不足以扩展业务、说服看似专业的投资者购买欧地康公司的股票，那么她就会撒娇、调情、媚笑、操控、说谎、啜泣。朗希尔德·吉尔斯特拉普可以去抱男人大腿，甚至迫于压力去抱女人大腿，这样她成交的股票比她做过的股票分析都多。然而，她最重要的特质是了解股市背后的重要驱动力：贪婪。

后来有一天，她怀孕了，她惊讶地发现自己竟然会考虑堕胎，在此之前她一直都以为自己想要小孩，至少会生一个。八个月后，她生下阿马莉，心中充满喜悦，暂时忘却了自己动过堕胎的念头。两星期后，阿马莉因为发高烧被送进医院。朗希尔德看得出医生神色忧虑，但他们无法告诉她阿马莉究竟怎么了。一天晚上，朗希尔德考虑向上帝祈祷，但又打消了这个念头。第二天晚上十一点，小阿马莉死于肺炎。朗希尔德将自己锁在房间里，哭了整整四天。

"囊肿性纤维化，"医生私底下对朗希尔德说，"这是一种遗传疾病，这表示你或你丈夫带有这种基因。你知道你或他的家族里有这种病史吗？它可能会以频繁发作的哮喘或其他方式来呈现。"

"我不知道，"朗希尔德答道，"不过我想你应该会遵守医患保密原则。"

这段悲恸时期里她寻求了专业治疗，过了几个月才有办法再度开口跟人说话。夏天来临时，他们前往吉尔斯特拉普家族在瑞典西海岸的农舍，试着再怀下一胎。但有天晚上，麦兹发现朗希尔德在浴室镜子前哭泣，说这是对她的惩罚，因为她动过堕胎的念头。麦兹安慰她，但是当他温柔的抚摸变得越来越大胆时，她把他推开，说她暂时不想。麦兹以为她说的是她暂时不想怀孕，便同意了，后来才发现她指的是暂时不想跟他发生性关系。这令他感到失望且忧伤，因为他喜欢跟朗希尔德做爱的感觉，尤其是他让她产生所谓的明显小高潮时，他的自信便提高了。但他接受朗希尔德的解释，说这是因为悲伤和产后激素的影响。其实朗希尔德无法开口对麦兹说，过去两年来跟他做爱都只是出于义务，而且她对他残存的一点性兴奋全都已在产房中消失殆尽，因为她在生产时抬头看见他张大嘴巴、满脸恐惧的愚蠢表情，而且他应该像所有新手爸爸一样剪断脐带时，他却不慎掉落剪刀，当时她只想痛打他一顿。她也无法对麦兹说，在性方面，过去一年来她跟她那个不太聪明的上司，一直都在满足彼此的需要。

朗希尔德请产假时被擢升为可分红的合伙人，这在全奥斯陆的证券经纪人中是绝无仅有的例子。但令人大跌眼镜的是，最后她还是辞职了，因为她得到了另一份工作，负责管理麦兹的家族财产。

她在道别之夜对上司说，她之所以选择离职，是因为觉得该是那些证券经纪人找她聊天，而不是她去找客户聊天的时候了。但背后真正的原因她一个字也没说：很遗憾，麦兹连他被赋予的仅仅一项工作——寻找优秀的顾问群都搞砸了，导致吉尔斯特拉普家族的财富以如此惊人的速率缩水，因此朗希尔德和她公公阿尔贝特·吉尔斯特拉普不得不插手。这是她最后一次和上司碰面，几个月后，她听说他请了病假，因为他已经跟哮喘斗争好多年了。

朗希尔德不喜欢麦兹的社交圈，她发现麦兹自己也不喜欢，但他们受到邀请还是会去参加派对，否则下场更惨，会被排除在政商名流的圈子之外。跟这个圈子的男男女女交际，完全是另一回事。这些男人深信财富让他们有权浮夸自满，至于这些男人的妻子，朗希尔德都在心里暗暗给她们贴上"贱人"的标签。这些喋喋不休、有购物癖的健康狂挺着一对看起来非常自然的乳房，还把全身都晒成古铜色，不过这肤色倒是真的，她们刚带着孩子去法国圣特罗佩度假"放松"回来，因为家里那些工人吵得要死，游泳池和新厨房永远无法完工。她们装出关心的态度，谈论去年欧洲的购物环境多么糟糕，但除此之外，她们的生活就只是去史兰冬区滑雪或者去玻克塔区游泳，这两个地方离奥斯陆都很近，必要时她们会去南边的克拉格勒。这些贵妇的话题围绕着衣服、整容和健身器材打转，因为她们必须用这些工具来把富有而浮夸的丈夫抓在手里，这是她们在地球上唯一的使命。

每次朗希尔德想到这里，都会胆战心惊，心想难道她跟这些女人真的不一样吗？也许差别只在于她有工作，只在于当这些女人在芬伦区的咖啡馆里露出高傲的神情，冷笑着抱怨这个"社会"的福利滥用和逃税现象时，她会无法忍受。又或者另有原因？因为她的生命里发生了一件事，一场革命。她开始关心除了自己以外的人，自从阿马莉或者说约翰尼斯离开后，这是她第一次有这种感觉。

整件事开始于一场计划。由于麦兹投资失利，吉尔斯特拉普家族所持有的股票价值持续下跌，因此必须使出激烈手段，不仅得将资金移转到风险较低的基金，还需要弥补累积的负债。简而言之，他们必须进行一场金融奇袭。朗希尔德的公公想出一则妙计来达到奇袭的效果，确切地说是抢劫。不是抢劫戒备森严的银行，而是抢劫老太太，这个老太太是救世军。朗希尔德仔细研究了救世军的房产清单，结果相当惊人。救世军的房产状况不是很好，但潜力和地段极佳，尤其是在奥斯陆市中心麦佑斯登区附近的房产。救世军的这种状况告诉朗希尔德至少两件事：第一，他们需要钱；第二，他们的房产价值被大幅低估。他们很可能不知道自己坐在多少资产上。朗希尔德高度怀疑救世军的决策者并不是组织中最优秀的人物。此外，现在正是逢低买进的好时机，因为房市和股市同时下滑，而其他领先指标已开始向上攀升。

她打通电话并安排了会面。

一个美好的春日里，她驾车前往救世军总部。

总司令戴维·埃克霍夫接见了她，两人寒暄，才三秒钟她就看出埃克霍夫是个跋扈的领导者，而她非常懂得操控这种人。她心想，这件事可能会很顺利。埃克霍夫领着她进入会议室，里面放着华夫饼和难以下咽的咖啡，还有一名年长的男子和两名年轻男子。年长的男子是总书记，退休在即的中校。其中一名年轻男子是里卡尔·尼尔森，他个性羞怯，乍看之下颇像麦兹·吉尔斯特拉普。朗希尔德和另一名年轻男子握手时大吃一惊，只见他露出犹豫的微笑，自我介绍说他叫约恩·卡尔森。令朗希尔德吃惊的不是约恩高大驼背的外形，不是开朗的孩子般的脸蛋，也不是温暖的声音，而是他的眼睛。那双眼睛直视着她，看透她的内心，就像他过去那样。那是约翰尼斯的眼睛。

会议的第一部分，总书记报告说挪威救世军的收入仅有不到十亿克朗，其中大部分来自救世军二百三十处房产的租金收入。朗希尔德坐在椅子上近乎出神，她不断地制止自己盯着约恩看，看他的头发，看他的双手静静地放在桌上，看他的肩膀有点撑不起那件黑色制服。朗希尔德小时候也有一套救世军制服，她总是会把救世军和老头、老太太联想在一起，这些老人虽然不相信死前的世界有何意义，但仍面带微笑唱着三和弦的歌曲。她虽未认真思考过，但脑子里闪过这个念头：救世军由一些无法在世上立足的天真的人组成，这些人都是傻瓜，他们毫无生气，没人想跟他们玩，但人们知道救世军里有个团队，即使是这种人也可以符合要求：在背景里伴唱。

总书记发言完毕后，朗希尔德向他道谢，并打开她带来的文件夹，把一份文件递给总司令。

"这是我们开出的价码，"她说，"详细写出了我们感兴趣的是哪些房产。"

"谢谢。"总司令说，并细看那份文件。

朗希尔德想读懂他的表情，但知道这没有多大意义。他面前的桌上摆着一副阅读用眼镜，但并未使用。

"我们的专家计算之后会提出建议。"总司令微笑着将文件递给约恩。朗希尔德注意到里卡尔的脸部肌肉微微抽动。

她把名片越过桌面递给约恩。

"如果有什么地方不清楚，请打电话给我。"她感觉他落在她身上的目光仿佛肢体的真实抚慰。

"谢谢你特地跑一趟，吉尔斯特拉普夫人，"总司令拍了拍手，"我们一定会给你答复，大概要多久……约恩？"

"不会太久。"

总司令愉快地露出笑容："不会太久。"

四人送朗希尔德到电梯前，等电梯时众人沉默不语。

电梯门打开时，她的身体微微前倾，对约恩低声说："打电话给我，随时都可以。"

她想跟约恩目光相触，再次感觉他的眼神，但没成功。独自搭电梯下楼时，她突然感到血液奔腾，痛苦即将爆发，全身不由自主地发抖。

三天后，约恩打电话来表示拒绝。他们评估过她开出的价码，最后决定不卖。朗希尔德慷慨激昂地为她所开出的价码辩护，指出救世军的房产在市场上很值钱，但缺乏专业经营，房租过低，使他们不断亏损，因此救世军应该让投资多元化。约恩静静地聆听，并未打岔。

"谢谢你，吉尔斯特拉普夫人，"她说完之后，约恩说，"如此周全地思考这个提案。我是读经济的，并非不同意你的说法，但是……"

"但是什么？我的计算结果非常清楚……"她听见自己的声音带着浓重的呼吸，十分兴奋。

"但还有人的因素需要考虑。"

"人的因素？"

"也就是房客，他们都是人，很多老人已经在那里住了一辈子，比如退休的救世军军人或难民，他们需要安全的住所。这就是人的因素。为了整修房屋，以便于之后出租或出售谋利，你一定会把他们都赶出去。就像你说的，计算结果非常清楚。这是你所注重的经济考虑，我接受，那么你接受我的考虑吗？"

朗希尔德喘了口气。

"我……"她开口说。

"我很乐意带你去看看这些人，"约恩说，"这样你会更了解。"

她摇了摇头。"关于我们的用意，我想澄清一些误会，"她说，"星期四晚上你有事吗？"

"没有，可是……"

"我们八点在美馔食府见。"

"美馔食府是……？"

她微微一笑："是家餐厅，在福隆纳区，出租车司机应该知道在哪里。"

"如果是在福隆纳区，我可以骑车过去。"

"好，到时见。"

她把麦兹和公公找来开会，报告结果。

"听起来关键在于这个顾问，"阿尔贝特·吉尔斯特拉普说，"只要对付得了他，那些房产就是我们的了。"

"可是我跟你说，他对我们开的任何价码都没兴趣。"

"哦，他会有兴趣的。"阿尔贝特说。

"他不会的！"

"对救世军来说，他不会有兴趣，他可以尽情挥舞他的道德旗帜，但我们可以诉诸他个人的贪欲。"

朗希尔德摇了摇头："他不是这种人。他……他不是会做那种事的人。"

"每个人都有价码，"阿尔贝特微笑着，在朗希尔德面前像节拍器般摇了摇食指，"救世军以虔敬主义①为基础，这是他们走向宗教的实际方式，所以虔敬主义在缺乏生产力的北方受到欢迎：面包第一，然后再祈祷。我建议出两百万。"

"两百万？"麦兹倒抽一口气，"就为了……建议卖出？"

"当然条件是让救世军愿意出售房产，不解决这件事就不付钱。"

"但这个金额还是太荒唐了。"麦兹抗议道。

---

① 17至18世纪德国新教路德宗教会中一派的神学观点，反对死板地奉行信条，而要在日常生活中表现内心的虔诚。

阿尔贝特瞥了他一眼，说："荒唐的是我们的家族财富竟然在经济开始复苏时还大幅缩水。"

麦兹张大了口，宛如水族箱里的鱼，发不出一丝声音。

"如果他们这个顾问认为我们开出的价码太低，是不会有兴趣议价的，"阿尔贝特说，"所以我们必须一拳就把他打倒。两百万。你说呢，朗希尔德？"

朗希尔德缓缓点头，望着窗外，只因她不想看低头坐在台灯后方阴影中的丈夫。

她抵达美馔食府时，约恩已在位子上等候。他看起来比她记忆中小了一号，可能因为他穿的是廉价西装而不是制服——她想这套西装应该是在福雷特斯慈善商店买的；或者是因为他在这家时髦的餐厅里看起来很不自在。他站起来迎接她，却把桌上的花瓶撞倒了，两人同时伸手去救花瓶，不约而同地笑了起来。之后他们谈天说地，他问起她是否有小孩，她只是摇了摇头。

那他有小孩吗？没有，原来如此，那他或许有……不，也没有。

话题转到救世军名下的房产，朗希尔德发现约恩在辩论时没有平常的火花，只是露出礼貌的微笑，啜饮红酒。她把价码提高百分之十。他摇了摇头，依然微笑，称赞她的项链很衬她的肤色。

"这是我母亲送我的。"她说起谎来毫不费力，心想他欣赏的应该是她的双眼，那对浅蓝色虹膜和清澈的巩膜。

在主菜和甜点之间，朗希尔德抛出两百万佣金的条件。她没注视约恩的眼睛，因为约恩只是静静地看着酒杯，突然脸色发白。

最后，约恩终于轻声说："这是你的主意吗？"

"是我跟我公公的。"朗希尔德发现自己有点喘不过气来。

"阿尔贝特·吉尔斯特拉普？"

"对，除了我们两个人和我先生，没有人会知道这件事。万一这件事被曝光，我们受到的伤害会……呃，跟你一样。"

"难道是因为我说过或做过什么吗？"

"什么？"

"你和你公公为什么认为我会接受这笔钱？"

约恩抬眼朝朗希尔德望去，她感觉自己满脸通红，她记得自己自从青春期以来就没有脸红过了。

"甜点不要上了，好吗？"约恩拿起大腿上的餐巾，放在桌上的餐盘旁边。

"请你花点时间考虑再答复，约恩，"朗希尔德结巴地说，"这是为了你好，这样你就有机会实现一些梦想。"

这些话就连她自己听着都觉得十分刺耳。约恩对服务生打了个手势，表示买单。

"什么梦想？成为腐败的仆人，还是悲惨的叛逃者？开着豪车，同时看着我，一个普通人的所有梦想都在我四周变成废墟？"他愤怒得声音发颤，"这就是你拥有的梦想吗，朗希尔德·吉尔斯特拉普？"

她无法回答。

"我一定是瞎了眼。"约恩说，"你知道吗？当我见到你时，我以为我看到的是……一个不一样的人。"

"你看见的是我。"朗希尔德低声说，感觉自己就要开始颤抖，就像那时在电梯里一样。

"什么？"

她清了清喉咙："你看见的是我。很抱歉我冒犯你了。"

接下来的沉默中，她感觉自己穿过温热和冰冷的水不断下沉。

"当我没说过这件事，"她说，服务生走来，从她手中接过信用卡，"这不重要，对我们两个人来说都不重要。可以陪我去维格兰雕塑公园散散步吗？"

"我……"

"请你陪我，好吗？"

他是不是在用惊讶的眼神看着她？

那双可以看透一切的眼睛怎么可能流露出惊讶？

朗希尔德低头从霍尔门科伦区自家公寓的窗户向外望，她看着下方的黑暗广场。维格兰雕塑公园，一切的疯狂就是从那里开始的。

午夜过后，救济巴士停进车库，玛蒂娜感到一种愉悦的疲惫，而且觉得受到了祝福。她站在救世军旅社前的人行道上，旅社位于阴暗狭小的汉道斯街上。她正等着里卡尔把车子开过来，突然听见后方地上传来冰雪的嘎吱声。

"嘿。"

她转过头去，感觉心跳停止了，她看见孤单的路灯下有个高大的身影。

"你不认得我了？"

她的心脏跳了一下、两下，接着是三下、四下。她认出了那个声音。

"你在这里干吗？"她问道，希望自己的声音并未透露出刚刚她有多害怕。

"我得知今天晚上救济巴士是你值班，午夜之后巴士会停到这里。案情有了进展，我也做了一些思考。"男子向前踏了几步，灯光洒在他脸上，他的面容比她记得的还要坚毅苍老，没想到一个人可以在二十四小时里忘记这么多，"我可以问你几个问题吗？"

"这么急吗？"玛蒂娜微笑着说。她的微笑让那警察的面部线条变得柔软。

"你在等人吗？"哈利问。

"对，里卡尔要载我回家。"

她看了看哈利肩上的包，一侧写着比利时地名"热特"，但这个包太过破旧，看起来像时尚的复古款式。

"你的运动鞋该换鞋垫了。"她指了指。

哈利用惊讶的眼神看着她。

"就算我不是格雷诺耶 ①，也闻得出那个味道。"

"帕特里克·聚斯金德，"哈利说，"《香水》。"

"原来你是会看书的警察。"玛蒂娜说。

"原来你是会看杀人小说的救世军军人，"哈利说，"恐怕这也是我到这里来找你的原因。"

一辆绅宝 900 轿车在他们面前停下，车窗一声不响地降了下来。

"准备走了吗，玛蒂娜？"

"等一下，里卡尔，"她转头望向哈利，"你要去哪里？"

"毕斯雷区，但我更想……"

"里卡尔，我们顺道送哈利去毕斯雷区好吗？你不是也住那附近？"

里卡尔凝望窗外的黑夜，然后才慢吞吞地说："好啊。"

"上车吧。"玛蒂娜朝哈利伸出手。哈利惊讶地看着她。

"我的鞋底很滑。"她低声说，并抓住哈利的手。她感觉哈利的手温暖干燥，而且立刻紧紧握住她，仿佛她就要滑倒似的。

里卡尔开车甚是小心，目光经常在左右后视镜之间跳跃，仿佛担心后方有人偷袭。

"怎么样？"玛蒂娜在后座说。

哈利清了清喉咙："今天有人要杀约恩·卡尔森。"

"什么？"玛蒂娜高声说。

哈利和里卡尔在后视镜中目光相触。

"你已经听说了？"哈利问道。

"没有。"里卡尔说。

---

① 帕特里克·聚斯金德的小说《香水》中的主人公，是一位嗅觉异常灵敏的天才，他先后杀死二十六名少女，萃取她们的体味制出神奇的香水。

"是谁……"玛蒂娜问。

"还不知道。"哈利说。

"可是……罗伯特和约恩都碰到这种事，会不会是跟卡尔森家族有关？"

"我想凶手的目标只有一个人。"哈利说。

"什么意思？"

"凶手推迟了回家的行程，他一定是发现自己杀错人了，目标不是罗伯特。"

"罗伯特不是……"

"这就是我来找你的原因，我想请你告诉我，我的假设是否正确。"

"什么假设？"

"罗伯特之所以丧命，是因为他很不幸，正好去伊格广场帮约恩代班。"

玛蒂娜转过身来，惊恐地看着哈利。

"你们有值班表，"哈利说，"上次我去找你父亲的时候，看见接待区的布告栏上挂着值班表。每个人都能看见那天晚上去伊格广场值班的人是约恩·卡尔森。"

"你怎么……"

"我离开医院后去查过值班表，约恩的名字就在上面，不过罗伯特和约恩是在值班表打出来后才换班的，对不对？"

里卡尔驾车在史登柏街转弯，朝毕斯雷区开去。

玛蒂娜咬着下唇："值班表经常变动，有人换班我也不一定知道。"

里卡尔开上苏菲街。玛蒂娜突然睁大眼睛。

"啊，我想起来了！罗伯特曾打电话跟我说他们两个换班，所以我什么都不用做，这就是我没想到的原因。可是……这代表……"

"约恩和罗伯特长得很像，"哈利说，"又都穿制服……"

"而且那天很黑又下着雪……"玛蒂娜低声说，仿佛是在自言自语。

"我想知道的是，有没有人打电话来问你值班表的事，或是那天晚上的事。"

"我记得没有。"玛蒂娜说。

"你能想一想吗？我明天打给你。"

"好。"玛蒂娜说。

哈利直视着玛蒂娜的双眼，在路灯的照耀下，他再次看见她瞳孔的不规则形状。

里卡尔把车停在人行道旁。

"你怎么知道？"哈利问道。

"知道什么？"玛蒂娜敏捷地说。

"我是问开车的人，"哈利说，"你怎么知道我住这里？"

"你说过啊，"里卡尔答道，"这附近我很熟，就像玛蒂娜说的，我也住在毕斯雷区。"

哈利站在人行道上看着车子开走。

那年轻的小伙子显然被爱情冲昏了头，他之所以先送哈利回家，是因为这样可以跟玛蒂娜多相处几分钟，跟她说话，有个安静的地方清楚地表达自己，卸下灵魂的重担，探索自己，去做所有年轻人会做的事。哈利很庆幸自己已过了这个时期。这些行为都只为换得一句话、一个拥抱、下车前的一个吻。只有昏头的傻瓜才会用这种方式乞求爱，而傻瓜不分年龄。

哈利缓步朝大门走去，一只手下意识地在裤子口袋里找钥匙，脑中搜寻着那个每次他一靠近就溜走的东西，眼睛则寻找着耳中依稀听见的声音。那是个非常细小的声音，由于这时是深夜，苏菲街非常安静，他才听得见。他低头朝白天铲起的雪堆望去。那声音听起来像是破裂的声音。会不会是融雪？但不可能，今天的气温是零下三摄氏度。

哈利把钥匙插进门锁。

这时他听出那不是融雪的声音，而是嘀嗒声。他缓缓转身，仔细查看雪堆，看见玻璃闪烁的亮光。他折回去，弯腰捡起一块手表。那是莫勒送给他的礼物，表盘的玻璃上沾了水，闪闪发光，一丝刮痕也没有，连秒针都还十分精准，整整比他的手表快了两分钟。当时莫勒说什么来着？好让你赶上你以为已经错过的事。

14 黑暗

十二月十七日，星期三晚上

救世军旅社娱乐室里的暖气片隆隆作响，好像有人朝它丢石头似的。热空气在粗麻壁纸的褐色烧焦痕迹上方颤动，壁纸散发出尼古丁、黏合剂和已离开的房客身上的油腻气味。沙发布料透过裤子摩擦他的肌肤。

虽然吵闹的暖气片散发出干燥的热气，但他依然一边看着墙壁托架上的电视一边发抖。电视正在播新闻，他认得出广场的照片，但电视里的话他一句也听不懂。房间一角有个老人坐在扶手椅上抽细卷烟。当烟快烧到他黑乎乎的指尖时，他快速地从火柴盒里拿出两根火柴，夹住香烟，一直抽到烟快烧到嘴唇为止。房间另一角的桌子上放着被砍下的云杉树尖，上面的装饰品闪闪发光。

他想起达里镇的圣诞晚餐。

那是战争结束两年后，塞尔维亚军已从残破的武科瓦尔撤退，克罗地亚政府将他们安置在萨格勒布的国际饭店。他四处询问有没有人知道乔吉一家人的下落，有一天碰到一个难民，说乔吉的母亲在围城战事中丧生，乔吉已和父亲搬去达里镇，一个距离武科瓦尔不远的边境小镇。十二月二十六日，他坐上开往奥西耶克的火车，然后从那里去这里。他询问列车乘务员，确认火车将前往终点站博罗沃镇，然后在六点三十分往回行驶，经过达里镇。下午两点，他在达里镇下车，问路之后，来到了他要找的地址。那是一栋矮公寓，跟这个小镇一样是灰色的。他踏进走廊，找到了门。按下门铃之前，他在心里静静祈祷，希望他们在家。他一听见门内传来轻巧的脚步声，心脏就怦怦跳动。

开门的是乔吉。他没有太大改变，只是脸色苍白了些，但依然有着金色鬈发、蓝色眼睛、心形嘴唇，这些总是令他联想到年轻的上帝。但乔吉眼中的笑意已然不见，犹如坏了的灯泡。

"你还认得我吗，乔吉？"片刻之后，他问道，"以前我们住在同一座城市，还念同一所学校。"

乔吉蹙起眉头："是吗？等等，你的声音，你是赛格·杜拉兹，你跑得很快。天哪，你变了好多。很高兴见到在武科瓦尔认识的人，大家都不见了。"

"我没有不见。"

"对，你没有，赛格。"

乔吉拥抱他，抱了好久，他都能感觉到颤动的热气穿透他冻僵的身体。乔吉让他进门。

室内颇为阴暗，家具很少。他们坐下来聊天，聊那些发生过的事，他们在武科瓦尔认识的人，以及现在那些人在哪里。当他问乔吉记不记得野狗廷托，乔吉露出茫然的微笑。

乔吉说父亲就快回来了，问他要不要留下来吃饭。

他看了看表，火车三小时后到站。

乔吉的父亲看见武科瓦尔的同乡来访，十分惊讶。

"他是赛格，"乔吉说，"赛格·杜拉兹。"

"赛格·杜拉兹？"乔吉的父亲仔细地打量着他，"对，的确有点面熟。嗯，我认识你父亲吗？不认识？"

夜幕降临，三人在餐桌前坐下，乔吉的父亲发给他们白色大餐巾，自己解下红色领巾，在脖子上系上餐巾，做完餐前祷告，画了个十字，把头侧向室内唯一一张裱框照片，照片中是个女子。

乔吉和父亲拿起餐具时，他低头吟诵道："'这从以东的波斯拉来，穿红衣服、装扮华美、能力广大、大步行走的是谁呢？就是我，是凭公义说话，以大能施行拯救。'"①

乔吉的父亲惊讶地看着他，然后递了一盘大块白肉给他。

三人沉默地用着餐，风把薄窗吹得不断呻吟。

餐后甜点是煎饼，涂上果酱和巧克力的薄饼。身为一个在武科瓦尔长大的孩子，他从未吃过煎饼。

"再来一份，亲爱的赛格，"乔吉的父亲说，"今天是圣诞节。"

他看了看表，火车半小时后离站，是时候了。他清了清喉咙，放下餐巾，站了起来。"乔吉和我聊了很多以前我们在武科瓦尔认识的人，但有一个人我们没聊到。"他说。

"这样啊，"乔吉的父亲露出茫然的微笑，"这个人是谁，赛格？"然后微转过头，用一只眼睛看着他，仿佛察觉到什么，却又说不上来。

"这个人叫波波。"

他从乔吉父亲的眼神中看出他恍然大悟，也许他一直都在等待这一刻。他的声音回荡在四壁间。"当时你坐在吉普车上，为塞尔维亚军总司令指出了他，"他吞了口口水，"后来他死了。"

整个房间瞬间静止。乔吉的父亲放下餐具。"赛格，那是战争时期，大家都会死。"他镇静地说，几乎像是认命一般。

乔吉和父亲一动不动，看着他从腰带里拔出枪来，越过餐桌瞄准，扣下扳机。枪声短促冰冷。乔吉父亲的身体猛然抖动，椅子腿摩擦着地面，他低头望去，看见挂在胸前的餐巾上多出一个洞。接着，餐巾仿佛被那个洞吸了进去，鲜血蔓延开来，在白餐巾上开出一朵红花。

"看着我。"他命令道。乔吉的父亲下意识地抬起了头。

第二枪在他额头上打出一个小黑洞，他头往前倾，咚的一声撞上桌上

---

① 出自《圣经·旧约·以赛亚书》。

的煎饼。

他转头朝乔吉望去，只见乔吉双目圆睁，张口结舌，脸颊上滑过一道红线。一秒钟后，他意识到那是煎饼溅出的果酱。他把枪插回腰带。

"赛格，你得把我也杀了。"

"我跟你无冤无仇。"他离开客厅，拿起挂在门边的外套。

乔吉跟了上去："我会找你报仇的！如果你不杀我，我会找到你，杀了你！"

"你要怎么找到我，乔吉？"

"你逃不掉的，我知道你是谁。"

"是吗？你以为我是赛格·杜拉兹，可是赛格有一头红发，长得也比我高。乔吉，我跑得不快，但很高兴你没认出我来，这表示我可以饶你一命。"

他倾身向前，用力吻了吻乔吉的嘴巴，开门离去。

报纸上发布了这则命案的消息，但警方从未认真追查凶手。三个月后的一个星期日，他母亲说有个克罗地亚男子来找她帮忙，但男子囊中羞涩，只能勉强和家人凑出点钱。男子的弟弟在战争时期被一个塞尔维亚人折磨过，现在这个人就住在附近，而他听说有个叫小救赎者的可以帮忙。

老人的手被细卷烟烫到，大声咒骂。

他站起来走到柜台前，柜台的玻璃隔间内有个少年，后面是救世军的红色旗帜。

"我可以用电话吗？"

少年沉下了脸："打市内电话就可以。"

"好。"

少年朝背后的小办公室指了指。他走进去，在桌前坐下，看着电话。他想起母亲的声音总是担心害怕，同时又温暖温柔，就如同拥抱一般。他起身关上通往柜台的门，按下国际饭店的号码。她不在，他没留言。门打开了。

"不能关门，"那少年说，"好吗？"

"好，抱歉。你有电话簿吗？"

少年翻了个白眼，指了指电话旁的厚本子，转身离去。

他找到歌德堡街四号的约恩·卡尔森，拨了号码。

西娅·尼尔森凝视着响起的电话。

她用约恩给她的钥匙开门，进入他家并把门锁上。他们说这里有弹孔，她找了一会儿，在柜门上找到一个。

那人对约恩开枪，试图杀死他。一想到这里，她就莫名地激动，但她完全不感到害怕。有时，她觉得自己可能再也不会感到害怕，再也不会像那样对死亡感到恐惧。

警方来过这里，但没有搜索太长时间，他们说这里除了子弹以外没有其他线索。

她去医院探望过约恩，聆听他的呼吸，约恩只是躺在大病床上望着她，看起来十分无助，仿佛只要在他脸上蒙上枕头，他就会死去。但她喜欢看他脆弱的模样。也许挪威作家克努特·汉姆生的小说《维多利亚》中的老师说得对：有些女人需要心怀同情，这反而使她们暗地里痛恨健康强壮的男人，她们希望丈夫残废并依赖她们的照顾。

但这时她孤身一人在约恩家，电话又偏偏响起。她看了看表，三更半夜的，正常人不会在这种时间打电话来。西娅并不怕死，但她害怕面对这种情况。是不是那个女人打来的？那个约恩以为她一无所知的女人？

她朝电话踏出两步，停在原地。电话响了四声，只要响到第五声就会停止。她踌躇片刻。第五声响起。她冲上前去，接起电话。

"喂？"

电话那头沉默片刻，然后一个说英语的男性声音传了过来："抱歉这么晚打扰，我叫埃多姆，请问约恩在吗？"

"不在，"西娅松了口气，"他在医院。"

"啊,原来如此,我听说了今天发生的事,我是他的老朋友,想去探望他,请问他在哪一家医院?"

"伍立弗医院。"

"伍立弗医院。"

"对,我不知道那一科的英语怎么说,不过挪威语是 Neurokirurgisk(神经外科)。病房门口有警察,他不会让你进去的,你明白我的意思吗?"

"明白?"

"我的英文……不是很……"

"我完全明白,谢谢你。"

西娅挂上电话,站着思索良久,又开始继续寻找。他们说房间里有好几个弹孔。

他对旅社的少年说他打算出去散步,要把房间钥匙交给少年。

少年看了看墙上的时钟,十二点十五分,便叫他把钥匙留在身上,说待会儿就要锁门并上床睡觉,房间钥匙也可以打开旅社大门。

他一踏出旅社就觉得寒冷刺骨,便低下头,大步朝目标走去。这样做很冒险,非常冒险,但他非做不可。

哈夫斯伦能源公司的生产经理奥拉·恩莫坐在奥斯陆市蒙特贝洛站附近的能源调度中心控制室里,心想能够一边抽烟、一边看着分散在室内的四十个屏幕真是太棒了。白天控制室里有十二名员工,晚上只有三名。通常他们会坐在自己的工作站里,但今晚外面十分寒冷,因此他们聚在控制室中央的桌子前。

一如往常,盖尔和埃贝正在争论赛马和最近的比赛结果。过去八年来,他们一直在用同一种方式赌马,从未想过要分散赌注。

奥拉比较担心基克凡路的变电所,这个变电所位于伍立弗路和松恩路之间。

"T1 超载百分之三十六，T2 和 T3 超载百分之二十九。"他说。

"天哪，大家开暖气都开得很凶。"盖尔说，"他们是害怕被冻死吗？现在是晚上，怎么不窝在被子里？你赌'甜蜜复仇'第三名？你是不是疯了？"

"人们才不会因为这样就把暖气关小，"埃贝说，"这个国家的人是会把钱丢出窗外的。"

"到最后会欲哭无泪。"奥拉说。

"才不会呢，"埃贝说，"只要再多开采石油就好啦。"

"我在看 T1，"奥拉指了指屏幕，"现在它输出的电流是六百八十安培，额定负荷是五百安培。"

"放轻松啦。"埃贝插嘴说，话才出口，警报器就响了起来。

"哦，该死，"奥拉说，"它爆掉了。去查值班名单，通知值班人员。"

"你们看，"盖尔说，"T2 也停止运转，还有 T3 也停了。"

"对！"埃贝高声说，"要不要来赌一把，看 T4 是不是也……"

"太迟了，T4 爆了。"盖尔说。

奥拉看着小比例尺地图。"好吧，"他叹了口气，"松恩区南半部以及法格博区和毕斯雷区停电。"

"我敢说是电缆套管出了问题！"埃贝说，"跟你们赌一千克朗。"

盖尔眯起一只眼睛："我说是仪表变压器，赌五百就够了。"

"别闹了，"奥拉咆哮道，"埃贝，通知消防队，我敢说一定起火了。"

"同意，"埃贝说，"要不要赌两百？"

病房灯光倏地熄灭，四周完全陷入漆黑，一丝光线也没有，约恩以为自己失明了。一定是视神经在撞到柜子时受损，如今后遗症才出现。接着他听见走廊传来呼喊声，窗户轮廓也映入眼帘，这才明白原来是停电了。

他听见门外传来椅脚摩擦声，病房门打开。

"嘿，你在里面吗？"那声音说。

"我在这里。"约恩答道，声调不自禁地拉高。

"我去看看发生了什么事，你不要乱跑，好吗？"

"我不会，可是……"

"怎么？"

"医院不是有紧急发电机吗？"

"紧急发电机只用于给手术室和监视器供电。"

"这样啊……"

约恩听到那警察的脚步声逐渐远去，眼睛看着门口上方亮着的绿色逃生标志，它让他再次想起朗希尔德。那件事是在黑暗中发生的。晚餐过后，他们去黑漆漆的维格兰雕塑公园散步，站在巨型雕像旁的无人广场上，望着东边的市中心。约恩对朗希尔德述说古斯塔夫·维格兰的故事，这位来自曼达尔市的非凡雕塑家表示，如果要用他的雕像来装饰这座公园，那么公园就必须扩建，好让雕像和周围的教堂对称，公园大门也能直接面对乌兰宁堡教堂。市政府代表说不能移动公园时，维格兰就要求他们移动教堂。

朗希尔德用严肃的表情看着他，听他讲故事，他忽然觉得这个女人强壮又聪明，令他害怕。

"我好冷。"朗希尔德说，在大衣里瑟瑟发抖。

"也许我们应该走回……"他刚一开口，朗希尔德就把手放在他脑后，抬起脸去和他面对面。她有一双他从未见过的独特眼睛，浅蓝色，几乎是蓝绿色的，外围那圈白衬得她的苍白肌肤看起来也有了颜色。一如往常，他弯下腰去。接着，她的舌头已在他口中，又热又湿，舌头肌肉持续运动，犹如一只神秘巨蟒缠绕着他的舌头，想紧紧抓住。一股热气穿透他从福雷特斯慈善商店买来的厚羊毛西装裤，朗希尔德的手非常精准地放在正确位置上。

"来吧。"朗希尔德在他耳畔轻声说，一脚跨上栅栏。约恩低头望去，在丝袜尽头瞥见一片白色肌肤。他赶紧推开朗希尔德。

"不行。"他说。

"为什么？"朗希尔德呻吟一声。

"我对上帝发过誓。"

朗希尔德凝视着约恩，感到困惑不已，接着双眼溢满泪水，静静地啜泣起来，她把头倚在约恩胸膛上，说以为再也找不到他了。约恩不懂她的意思，只是抚摸她的头发。一切就是这样开始的。他们总在约恩家碰面，每次都是朗希尔德主动。起初，朗希尔德还会不经意地挑逗约恩，看他会不会打破守贞的誓言，但后来，仅仅是和约恩一起躺在床上互相爱抚似乎就让她很高兴了。有时，基于某种约恩不明白的原因，朗希尔德会突然变得没有安全感，要求约恩绝对不能离开她。他们说的话不多，但他觉得在性爱上的节制将朗希尔德捆绑得离他越来越近。约恩认识西娅之后，忽然就不再跟朗希尔德见面了，倒不是说他不想见她，而是因为西娅想跟约恩交换备份钥匙。西娅说这是信任的问题，而他不知道该如何巧妙地回应。

约恩在床上翻身，闭上眼睛。他想做梦。如果可能的话，他想做梦并遗忘。睡意逐渐来临，这时他感觉门口有空气流入。他本能地睁开眼睛，翻过身子，在逃生标志的绿色光芒下看见门是关着的。他凝视黑暗，屏住呼吸，侧耳聆听着。

玛蒂娜站在自家公寓黑魆魆的窗前。她家位于索根福里街，由于电力中断，整条街陷入一片漆黑，但她还是隐约看出楼下那辆车似乎是里卡尔的。

先前她下车时，里卡尔并未试图亲吻她，只是用小狗般的眼神看着她，说他会当上行政长，因为组织里许多征兆表明这个职位将由他出任。他问玛蒂娜是不是也认为他会当选时，脸上的表情异常僵硬。

玛蒂娜说他一定会是个好行政长，然后伸手去开车门，心想他应该会触碰她，但他没有。她开门下车。

玛蒂娜叹了口气，拿起手机，拨打他给她的号码。

"请说。"哈利的声音在电话里听起来很不一样，或许是因为在家，这是他在家说话的声音。

"我是玛蒂娜。"

"嘿。"很难听出他究竟高不高兴。

"你要我想一想，是否记得有人打电话来问约恩的值班时间。"她说。

"嗯？"

"我想过了。"

"怎么样？"

"没人问过。"

一阵长长的静默。

"你打来就是要告诉我这件事？"哈利的声音温暖而嘶哑，听起来似乎在睡觉。

"对，我不应该告诉你吗？"

"当然当然，你应该告诉我，谢谢你的帮忙。"

"不客气。"

她闭上眼睛，直到听见哈利的声音再度响起。

"你……顺利到家了？"

"嗯，这里停电。"

"我这里也停电，"哈利说，"等一下电就会来了。"

"如果电不来呢？"

"什么意思？"

"大家会不会陷入混乱？"

"你常想这种事吗？"

"有时候会想，我认为文明的基础比我们想象的还要脆弱，你觉得呢？"

哈利沉默良久才说："我认为我们所仰赖的所有系统都有可能短路，

把大家丢进黑夜深处，法律和规则再也不能保护我们，寒冷和猛兽将统治天下，人人只求自保。"

"这些话，"玛蒂娜等电话那头的声音停止之后说，"非常不适合用来哄小女孩上床睡觉，我觉得你是个不折不扣的反乌托邦人士，哈利。"

"当然，我是警察，晚安。"

玛蒂娜还来不及回话，电话已经挂断。

哈利回到被子里，看着墙壁。

卧室里的温度急剧下降。

哈利想起外面的天空、翁达尔斯内斯镇、爷爷、母亲、丧礼，以及母亲晚上用非常轻柔的声音所做的祈祷："主是我们的坚固堡垒。"但在入睡前的无重力时刻，他想起玛蒂娜和她的声音，她的声音依然在他脑海中萦绕。

客厅的电视活了过来，呻吟一声，开始嗞嗞作响。走廊的灯泡亮起，光线从开着的卧室门外射入，照在哈利脸上。这时他已睡着。

二十分钟后，哈利家的电话响起。他睁开眼睛，咒骂了一声，拖着脚步，全身发抖地走到玄关，接起电话。

"说吧，小声点。"

"哈利吗？"

"差不多。什么事，哈福森？"

"出事了。"

"大事还小事？"

"大事。"

"该死的！"

15 突袭

十二月十八日，星期四凌晨

他站在奥克西瓦河畔的小径上，全身发抖。去他的阿尔巴尼亚浑球！尽管天气很冷，黑色的河水依然没有结冰，加强了铁桥下的黑暗势力。他叫塞尔，今年十六岁，十二岁那年他跟母亲从索马里来到挪威，十四岁开始卖哈希什①，去年春天开始卖海洛因。今天胡克斯又让他失望了，他不能冒险站在这里一整晚，却没把身上的十份海洛因卖出去。如果他十八岁，就可以把海洛因拿到普拉塔广场去卖，但他未成年，去普拉塔广场会被警察抓到，因此河畔这个地方才是他们的地盘。他们大多数是来自索马里的少年，有些客人跟他们一样未成年，有些则有不能去普拉塔广场的个人原因。他正好急需现金，去他妈的胡克斯！

一名男子沿着小径走来，那人肯定不是胡克斯。胡克斯因为贩卖稀释安非他命而被 B 帮痛殴一顿，现在走路还一瘸一拐。那人看起来不像卧底警察，但也不像毒虫，尽管他身穿许多毒虫会穿的蓝色外套。塞尔环视四周，此地只有他们两人。

男子走近时，塞尔从桥下阴暗处走出来。"买药吗？"

男子微微一笑，摇了摇头，继续往前走，但塞尔站到小径中央。以塞尔的年龄（或者任何年龄）来说，他的体格算非常高大，他的刀子也很大，就像电影《第一滴血》中主角兰博所用的刀子，刀柄中空，里面有指南针

---

① 一种大麻的浓缩物。

和钓线。这把刀在军品店要价约一千克朗，但他从朋友那里以三百克朗入手。

"你是要买药还是直接把钱交出来？"塞尔问道，扬起刀子，让刻有纹路的刀身反射路灯的光亮。

"你说什么？"

这家伙是外国人，不吃塞尔这一套。

"钱，"塞尔听见自己拉高嗓门，不知为何，每次抢劫时他都会变得非常暴躁，"快点。"

那外国人点了点头，扬起左手防卫，同时冷静地把右手伸进外套，接着以迅雷不及掩耳的速度抽出手来。塞尔完全没时间反应，只低声说了句"该死"，就发现自己正看着一把手枪的枪管。他想跑，但那个黑色的金属孔洞似乎令他的双脚冻结在地上。

"我……"塞尔开口说。

"跑吧，"那男子说，"快点。"

塞尔拔腿就跑，河面上冰冷潮湿的空气在他肺脏里燃烧，广场和邮局的灯光在他的视网膜上跳动。他一直跑到河水流入峡湾之处，才无力再跑下去。他朝集装箱码头周围的栅栏高声大喊，有一天一定要杀光他们。

哈利被哈福森的电话吵醒后十五分钟，一辆警车在苏菲街的人行道旁停下，哈利坐上后座，在哈福森身旁，低声对前座的制服警察说了声"晚安"。

驾驶的警察是个肌肉发达、表情冷漠的家伙，他静静地开车上路。

"开快点吧。"副驾驶座上的年轻警察说，这人脸上长了许多痘痘。

"一共几个人过去？"哈利看了看表。

"两辆车，再加上这一辆。"哈福森说。

"所以是六个人再加上我们两个。不要开警示灯，我们要安静地行动。你、我、一个制服警察和一把枪就可以把人逮捕。另外五个人守住可能的逃脱路线。你有没有带枪？"

哈福森拍了拍胸前口袋。

"很好，我没带。"哈利说。

"你的枪支执照还没拿到吗？"

哈利倾身到前座之间："你们谁想跟我一起去逮捕职业杀手？"

"我！"副驾驶座上的年轻警察立刻回答。

"那就你了。"哈利朝后视镜缓缓地点了点头。六分钟后，车子停在格兰区的汉道斯街尾，他们仔细打量着一扇大门，早些时候哈利就站在那扇大门外。

"挪威电信的那个家伙确定吗？"哈利问道。

"对，"哈福森说，"托西森说大约十五分钟前，这家救世军旅社的内线电话打到了国际饭店。"

"不可能是巧合，"哈利打开车门，"这里是救世军的地盘，我先去查看，一会儿就回来。"

哈利回来时，司机的大腿上已放着一把 MP5 冲锋枪。新修订的法规允许巡逻警车配备这种冲锋枪，将其锁在后备厢内。

"没有更低调一点的枪吗？"哈利问道。

他摇了摇头。哈利转头望向哈福森："那你呢？"

"我只有娇小的史密斯威森点三八手枪。"

"我的可以借你，"副驾驶座上那名精力旺盛的年轻警察说，"杰立寇九四一，火力强大，以色列警察就是用这种手枪轰掉阿拉伯人的头的。"

"杰立寇？"哈利说。哈福森看见他眯起眼睛。

"我不会问你这把枪从哪里来，但我想跟你说，它很可能来自一个军火走私集团，由你的前任同事汤姆·瓦勒所领导。"

年轻警察转过头来，一双蓝眼睛颇有跟他脸上争相出头的痘痘相互较劲的意味。"我记得汤姆·瓦勒。警监，你知道吗？我们大多都认为他是个好人。"

哈利吞了口口水，望出窗外。

"你们大多都错了。"哈福森说。

"对讲机给我。"哈利说。

哈利对其他司机下达了迅速有效的命令，指示他们把警车开往他指定的位置，但没提到街道或建筑名称，以免被犯罪线记者、歹徒、爱管闲事的人从电台频道中识别，得知警方正准备行动。

"走吧，"哈利转头望向副驾驶座上那名警察，"你留在这里跟勤务中心保持联络，有事就用你同事的对讲机跟我们联络，好吗？"

年轻警察耸了耸肩。

哈利在旅社大门口按了三次门铃，一名少年才拖着脚步出来，稍微打开大门，用惺忪睡眼朝他们看去。

"我们是警察，"哈利边说边翻着口袋，"可恶，我把警察证落在家了。哈福森，你的拿给他看。"

"警察不能进来，"那少年说，"这你们应该知道的。"

"我们是来查命案的，不是毒品。"

"什么？"

少年睁大眼睛，越过哈利肩头，看见有个制服警察扬起 MP5 冲锋枪。他打开门，后退一步，根本没看哈福森的警察证。

"有没有一个叫克里斯托·史丹奇的人住在这里？"哈利问道。

少年摇了摇头。

"也许是个穿驼毛大衣的外国人？"哈福森问道。哈利走到柜台内，打开房客登记簿。

"今天住这里的外国人只有一个，是救济巴士送来的，"少年结结巴巴地说，"可是他没穿驼毛大衣，只穿了西装外套。里卡尔·尼尔森从我们店里拿了一件冬季外套给他。"

"他是不是在这里打过电话？"哈利在柜台内问道。

"他在后面那间办公室里打过电话。"

"什么时候打的？"

"大概十一点半。"

"时间符合那通打到萨格勒布的电话。"哈福森低声说。

"他在房间里吗？"哈利问。

"不知道，我已经睡了，他把钥匙带在身上。"

"你有万能钥匙吗？"

少年点了点头，从腰带上的一串钥匙中解下一把，放到哈利伸出的手中。

"房号是……？"

"二十六号，楼上走廊最后一间。"

哈利快步前进，司机双手握着冲锋枪，紧紧跟上。

"待在你的房间里，等我们行动结束再出来。"哈福森对少年说。他拔出史密斯威森左轮手枪，眨了眨眼，又拍了拍少年的肩膀。

他打开大门，看见柜台没人。很正常，就像远处街上停着一辆警车，车内坐着一名警察一样正常，毕竟他刚刚发现了一手消息——这是一个犯罪区。

他脚步沉重地爬上楼梯，才转过走廊转角，就听见吱吱声。他在武科瓦尔的碉堡里听过这种吱吱声，知道那是无线电对讲机的声音。

他抬头一看，就看见走廊尽头、他的房间门口站着两名便衣男子和一名手持冲锋枪的制服警察。他立刻认出那个握着门把的便衣男子。制服警察拿起对讲机，低声说话。

另外两人面向他。这时要离开已经太迟。

他对他们点了点头，走到二十二号房门口，然后摇了摇头，仿佛对附近犯罪率的升高感到失望，同时伸手在口袋里寻找钥匙。他用余光看见他曾在斯坎迪亚饭店柜台遇见的那名警察无声无息地打开房门，另外两人立刻跟上。

三名警察一进房间，他立刻沿原路下楼，两步并作一步，迅速步下楼梯。一如往常，他熟知所有出口的位置。他搭乘救济巴士来到这里之后，就把出口的位置都摸清楚了。转眼间他就来到通往后院的门口，但想到从这里出去实在太过明显，除非他判断错误，否则一定有警察守着。如此看来，从大门逃跑成功的概率最高。他走出大门，随即左转，直接朝警车走去。这条路线上只有一名警察，只要他能摆脱那名警察，就能走到河边，没入黑暗之中。

"该死的！"哈利吼道，发现房间内空无一人。

"说不定他散步去了。"哈福森说。

他们同时望向司机，他并未说话，但他胸前的无线电对讲机响了起来。"刚刚走过去的家伙又出现了，他从大门出来，正往我这边走来。"哈利吸了口气，房间里隐约有种香味，他认得这种香味。

"就是他，"哈利说，"我们被耍了。"

"就是他。"司机朝对讲机说，接着就跟随哈利奔出房门。

"太好了，他是我的了，"对讲机发出吱喳声，"完毕。"

"不！"三人冲下走廊时哈利吼道，"不要挡住他，等我们过去！"

司机用对讲机复述哈利的命令，传来的却只有唑唑声。

他看见警车车门打开，路灯灯光下，一名持枪的年轻制服警察下了车。

"站住！"年轻警察喊道，双腿张开，拿枪指着他。他心想，经验不足。两人之间有大约五十米长的阴暗街道，但这名警察不如桥下的小劫匪精明，目标的逃脱路线还没被截断就现身了。这是他今晚第二次亮出拉玛迷你麦斯手枪。他并未转身逃跑，而是快速冲向年轻警察。

"站住！"年轻警察又喊了一次。

两人之间的距离缩短到三十米，二十米。他举枪射击。

距离目标对象十几米时，人们通常会高估射中对方的机会，同时又会低估火药爆炸声和子弹击中物体的巨大声响。子弹击中警车的风挡玻璃，玻璃瞬间变白，随即轰的一声坍塌。那位年轻警察也是如此，他脸色发白，双膝一软，跪了下来，双手仍努力握住那把过于沉重的杰立寇九四一手枪。

哈利和哈福森同时抵达汉道斯街。

"在那里。"哈福森说。

年轻警察依然跪在警车旁的地上，手枪指着天空。远处街道上可以看见一个蓝色外套的背影，正是刚才他们在走廊上见过的那个人。

"他朝艾卡区跑了。"哈福森说。

哈利转头望向刚跑到他们身旁的司机。

"给我 MP5。"

司机把冲锋枪交给哈利："它没……"

哈利已冲了出去，他听见哈福森跟在后面，但他脚下的马丁靴有橡胶鞋底，在蓝色冰面上能展现出更好的抓地力。男子远远领先，已转过街角，奔上佛斯街；佛斯街是公园外围的街道。哈利单手握着冲锋枪，注意力放在呼吸上，尽量用有效率的方式奔跑。接近转角时，他放慢脚步，把枪端到射击位置，试着不想太多，越过转角探头往右望去。

转角处无人埋伏。

街道上也空无一人。

史丹奇这类职业杀手不可能笨到跑进别人家后院，因为这跟跑进捕鼠笼一样，只是等警察把笼门关上而已。哈利朝公园望去，只见一大片白雪反射着周围屋舍的灯光。那里是不是有动静？就在六七十米外，有个人影正缓缓穿过雪地。蓝色外套。哈利冲过街道，一跃而起，他飞越雪堆，在雪地里落下，立刻陷入深及腰际的新雪之中。

"该死的！"

冲锋枪掉了。前方的人影回过头来，又继续艰难地往前移动。哈利伸手去找冲锋枪，看见史丹奇虽然脚下难以找到着力点，却仍奋力穿过松软的白雪。哈利的手指摸到坚硬物体。找到了。他拉出冲锋枪，从冰雪中爬起来，先抬起一只脚，尽量跨出，再侧过身子，抬起另一只脚跨出去。前进三十米之后，他大腿肌肉中的乳酸已开始产生灼热感，但两人之间的距离已逐渐缩短。眼看史丹奇就要离开雪地，走上小径，哈利咬紧牙关，奋力追赶。距离缩短到十五米。够近了。哈利趴上雪地，将冲锋枪摆到射击位置，他吹开阻挡视线的白雪，拉开保险栓，选择单发射击模式，等着史丹奇走到小径的路灯下。

"警察！"哈利喊出这句话之后才觉得十分滑稽，"不许动！"

前方的史丹奇依然奋力前进。哈利扣紧扳机。

"站住，不然开枪了！"

史丹奇再前进五米就能踏上小径。

"我瞄准了你的头，"哈利吼道，"我不会失手。"

史丹奇往前一扑，双手抓住灯柱，把自己拉离雪堆。蓝色外套进入哈利的视线，他屏住呼吸，依照自己受过的训练，否定小脑的冲动，因为小脑的逻辑评估会告诉你不该杀害同类。他专注于射击技巧，避免鲁莽地扣下扳机，接着他感觉弹簧装置发生动作，也听见金属扳机发出咔嗒一声，但肩膀却没感觉到反作用力。难道是故障？哈利再次扣下扳机，依然只听见咔嗒一声。

史丹奇直起身来，冰雪从他身上纷纷掉落，他站到小径上，跺了跺脚，转头望向哈利。哈利没有移动。史丹奇站在原地，双手垂落身侧。哈利心想，这家伙看起来像在梦游。史丹奇举起了手。哈利看见对方手上有枪，知道自己趴在这里毫无防护。史丹奇的手继续往上举，来到额头处，做了一个讽刺的敬礼手势，接着便转过身，沿小径跑去。

哈利闭上双眼，感觉心脏在肋骨之间剧烈跳动。

等到哈利好不容易踏上小径，史丹奇已消失在黑暗中。哈利卸下 MP5

的弹匣查看，果然不出所料。他怒火中烧，把枪往空中抛去。在广场饭店前方，MP5 如同一只丑陋的黑鸟飞上天际，落入他身后的黑色水流，发出轻微的溅水声响。

哈福森赶来时，哈利嘴里叼着根烟，坐在雪地里。

他弯腰抓住膝盖，胸口剧烈起伏。"天哪，你真能跑。"他气喘吁吁地说，"他跑掉了？"

"已经不见了，"哈利说，"我们回去吧。"

"那把 MP5 呢？"

"你只想问这个？"

哈福森看了看哈利，决定不再多问。

旅社前方停着两辆警车，蓝色警示灯不住地闪烁。各种长镜头从一群发抖的男子胸前伸出，他们挤在旅社大门门口，显然门已上锁。哈利和哈福森走在汉道斯街上，哈福森刚用手机打完电话。

"为什么每次我见到这种景象，就会想到色情影片里的一句台词？"哈利说。

"是记者，"哈福森说，"他们怎么听到风声的？"

"你问问无线电上那个兔崽子，"哈利说，"我猜是他把猫放出来的。勤务中心怎么说？"

"他们正在调派所有可动用的警车去河边，制服部门会派十几个制服警察步行前往。你觉得行吗？"

"找不到他的，他很厉害。打电话叫贝雅特过来。"

一名记者看见他们，走上前来："呃，哈利？"

"你来迟了，钱登。"

"发生了什么事？"

"没什么事。"

"哦？我看见有人开枪打破警车的风挡玻璃。"

"谁说不是用棍子打破的？"哈利说，记者小跑跟在后面。

"警车里的警察说有人朝他开枪。"

"天哪，我最好找他谈一谈，"哈利说，"借过，各位！"

那群记者不情愿地让开，哈利敲了敲旅社大门。相机的咔嚓声不绝于耳，镁光灯闪个不停。

"这件事跟伊格广场命案有没有关系？"一名记者喊道，"救世军是不是牵涉在内？"

大门开了一条缝，露出司机的脸。他后退一步，让哈利和哈福森推门入内。三人经过柜台，看见那年轻警察坐在柜台内的椅子上看着空气，眼神空洞，另一名警察蹲在他面前对他低声说着什么。

楼上二十六号房的房门依然开着。

"尽量别用手碰，"哈利对司机说，"贝雅特·隆恩会来采集指纹和DNA。"

他们四处查看，打开柜子，搜寻床底。

"天哪，"哈福森说，"什么东西都没有，那家伙除了身上的东西外什么都没有。"

"他一定有个手提箱之类的，才能带枪入境，"哈利说，"当然，手提箱可能已经扔掉了，或放在某个安全的地方。"

"奥斯陆没有太多可以寄放行李的地方。"

"想想看。"

"好，比如说他住过的饭店的行李间，当然还有奥斯陆中央车站的储物柜。"

"跟着这条线索想下去。"

"什么线索？"

"他在外面，行李又寄放在某个地方。"

"所以现在他可能需要用到行李，没错。我通知勤务中心，派人去斯坎迪亚饭店和中央车站……还有一家饭店的名单上有史丹奇的名字，是哪一家来着？"

"霍勒伯广场的瑞迪森饭店。"

"谢谢。"

哈利转头望向司机，问他是否想出去抽根烟。两人下楼，走出后门。白雪覆盖着安静的小后院，一位老人站在院子里抽烟，抬头凝望灰黄色的天空，无视他们的到来。

"你同事怎么样？"哈利问道，点燃两根烟。

"他不会有事的。记者的事我很抱歉。"

"不是你的错。"

"不，是我的错，他用无线电跟我联络，说有人进入这家旅社。这种事我应该对他耳提面命。"

"你更应该关心其他的事。"

司机的目光朝哈利射来，连续眨了两下眼睛："抱歉，我曾试图警告你，可是你已经跑掉了。"

"好，但为什么？"

司机用力吸了口烟，炽红的火光犹如谴责般亮了起来："大部分歹徒一看见 MP5 指着他们，就会投降。"

"我问的不是这个。"

司机的下巴肌肉紧缩又放松："已经是陈年往事了。"

"嗯，"哈利看着他，"每个人都有过去，但这不代表我们可以用空弹匣害同事身陷危险。"

"你说得对。"司机丢掉抽到一半的烟，香烟发出咝的一声，隐没在新雪之中，他深深吸了口气，"你不会惹上麻烦的，霍勒，我会确认你的报告是正确的。"

哈利变换站姿，看着手中的香烟。他估计这名司机年约五十，很少有人到了这个年纪还在执行警车巡逻勤务。"陈年往事，会是我喜欢听的那种吗？"

"你一定听过。"

"嗯，跟小孩有关？"

"二十二岁，没有前科。"

"死了？"

"胸部以下瘫痪，我瞄准他的腹部，但子弹直接射穿。"

院子里的老人咳了几声，哈利循声望去，看见老人用两根火柴夹着一根烟。

年轻警察依然坐在柜台椅子上，接受同事的安慰。哈利侧了侧头，请安慰他的同事离去，自己蹲了下来。

"创伤咨询不会有用的，"哈利对面无血色的年轻警察说，"自己振作起来。"

"什么？"

"你害怕是因为你以为自己去鬼门关前走了一遭，但其实没有，他根本没有瞄准你，他瞄准的是警车。"

"什么？"那兔崽子用同样平淡的语调说。

"这家伙是行家，他知道对警察开枪是绝对没有希望逃脱的，所以他开那枪只是为了吓唬你。"

"你怎么知道……"

"他也没对我开枪。你只要这样告诉自己，就可以安心入睡，不用去找心理医生，还有人更需要他们。"哈利起身时膝盖发出咔啦一声，"还有，级别比你高的警官照理说都比你聪明，所以下次请服从命令，好吗？"

他的心脏猛烈跳动，犹如被追捕的猎物一般。一阵风吹来，把吊在细电线上的路灯吹得左摇右晃，他的影子也在人行道上跳起舞来。他希望迈出更大的步子，但冰面光滑，只能尽量踩稳步伐。

　　一定是在旅社办公室打回萨格勒布的那通电话暴露了他的行踪，而且警察竟来得如此之快！因此他不能再打电话回去了。他听见后方有车子接近，强迫自己不回头，只能仔细聆听。那辆车并未刹车，而是开了过去。随之而来的一阵风卷起细小的雪花，喷在他颈部未被蓝色外套覆盖的地方。警方已看见他身穿这件蓝色外套，这表示他不再是隐形的。他考虑过丢弃这件外套，但只穿一件衬衫不仅可疑，还会被冻死。他看了看表，现在距离这座城市醒来、可供躲避的餐厅和商店开始营业还有好几个小时，这段时间他必须先找个可以保暖和休息躲避的地方，等待天明。

　　他经过一栋画满涂鸦的黄色脏屋子，目光被上面画的一个词吸引过去：Vestbredden。这是不是"西岸"的意思？前方街上有个男子在一扇门前弯下腰，远远看去像是把额头抵在门上，再走近就看见，原来男子正在按门铃。

　　他驻足等待，也许这是得救的机会。

　　门铃上方的对讲机吱吱作响，传出说话声。男子直起身子，摇摇晃晃，对着对讲机愤怒吼叫，因烂醉而发红的肌肤垂挂在脸上，看起来宛如沙皮狗一般。男子的吼叫声停了下来，余音在城市静静的夜里逐渐散去。大门传来电子锁细小的咝咝声，男子费力地移动身躯前进，蹒跚地推门而入。

　　大门逐渐关上，他的反应是先聆听。门关得太快。他的鞋底在蓝色冰面上不停地打滑，双掌才按上蜇人的冰面，身体就已摔在人行道上。他仓促地爬起，看见那扇门即将关闭，随即冲上前去，伸出一只脚，感觉门的重量压在他的脚踝上。他悄悄进门，驻足聆听。笨重的脚步声传来，停了一会儿之后再度费力地前进，接着是敲门声，门打开了，一个女子大声吼着什么，用的是这个国家声调单一的奇特语言。突然她的声音停止，仿佛有人割断了她的喉咙。几分钟的宁静之后，他听见低低的哀鸣，像是孩子在摆脱伤害时发出的噪声。接着，楼上的门砰的一声关上，四周安静下来。

他让大门在背后关上，看见楼梯下方的垃圾里有几份报纸。在武科瓦尔时，他们会把报纸塞进鞋子，除了可以保暖，还能吸收湿气。他依然能看见自己吐出的雾气，但至少他暂时安全了。

哈利坐在救世军旅社柜台后方的办公室里，手里拿着听筒，想象着电话另一头的公寓。他看见贴在电话上方镜子上的友人照片，照片中的人露出笑容，沉浸在欢乐的气氛中，也许正在国外旅行。大部分是女性友人。他看见的公寓里只有简单的家具，但十分温馨。冰箱门上贴着智慧的话语，浴室里贴着切·格瓦拉的海报。不过现在还会有人贴这些东西吗？

"喂？"一个困倦的声音说。

"还是我。"

"爸爸？"

爸爸？哈利吸了口气，感觉脸颊发热："我是警察。"

"哦，原来是你。"电话那头传来低沉又开朗的笑声。

"抱歉把你吵醒，可是我们……"

"没关系。"

两人都沉默了一下，这种沉默是哈利想避免的。

"我在旅社，"他说，"我们来这里捉凶手，柜台那个少年说今晚早些时候，是你和里卡尔把他送来的。"

"那个没穿御寒外套的可怜的家伙？"

"对。"

"他做了什么事？"

"我们怀疑是他杀了罗伯特·卡尔森。"

"我的天！"

哈利注意到她说这句话时加了重音。

"如果可以的话，我想派一位警察过去跟你说明，在这之前你也可以回想一下他说过什么话。”

“好，但可不可以……”她顿了顿。

“喂？”哈利说。

“他什么也没说，”她说，“可是他的行为举止看起来很像战争难民，梦游般的动作仿佛他已经死了，只是在无意识地行动。”

“嗯，里卡尔跟他说过话吗？”

“可能吧，你要他的电话吗？”

“请给我。”

“稍等一下。”

玛蒂娜说得没错。哈利回想起史丹奇爬出雪地后的模样，冰雪从他身上掉落，他只是双手低垂，面无表情，宛如电影《活死人之夜》中爬出坟墓的僵尸。

哈利听见咳嗽声，在椅子上一转身就看见办公室门口站着甘纳·哈根和戴维·埃克霍夫。

“打扰到你了吗？”哈根问道。

“请进。”哈利说。

两人走了进来，在桌子对面坐下。

“我们想听听报告。”哈根说。

哈利还来不及问“我们”指的是谁，玛蒂娜的声音就响了起来，并说出一组号码。哈利赶紧抄下。

“谢谢，”他说，“晚安。”

“我在想……”

“我得挂电话了。”哈利说。

“嗯哼，晚安。”

哈利挂上电话。

“我们尽快赶来了，”玛蒂娜的父亲说，“真是太糟糕了，发生了什么事？"

哈利朝哈根望去。

"请跟我们说明。"哈根说。

哈利详细说明了逮捕行动怎样失败，子弹怎样击中警车，以及他是怎样穿越公园追逐嫌疑人的。

"既然你已经追到那么近，手中又有 MP5，为什么不对他开枪？"哈根问道。

哈利清了清喉咙，稍等片刻，观察埃克霍夫。

"怎么样？"哈根的口气开始不耐烦。

"当时很暗。"哈利说。

哈根凝视了一会儿他的警监，才说："所以当你们闯进他房间的时候，他正在街上游走。请你告诉我，为什么在零下四摄氏度的深夜，一个杀手会在室外？"他压低声音，"我想你应该派了人二十四小时保护约恩·卡尔森吧。"

"约恩？"埃克霍夫说，"他不是在伍立弗医院吗？"

"我派了一个警员守在病房外，"哈利说，力求语声镇定，"我正要问他是否一切正常。"

冲击乐队《伦敦呼唤》一曲的前四个音符，在伍立弗医院神经外科病房区的走廊间响起。一名男子顶着扁塌的头发，身穿浴袍，握着移动输液架，从守在病房门口的警员面前走过，并用斥责的眼神看了他一眼。警员不顾医院规定，接起手机。

"我是斯特兰登。"

"我是霍勒，有什么要汇报的吗？"

"没什么，只有一个失眠病人在走廊里晃来晃去，看起来贼头贼脑的，但应该无害。"

男子的鼻子发出呼哧声，继续在走廊里来回走。

"今晚早些时候有没有发生什么事？"

"有，热刺队在白鹿巷球场被阿森纳队打得落花流水，还有停电了。"

"病人呢？"

"没发出一点声音。"

"你有没有查看是否一切正常？"

"除了很难相处，一切都很正常。"

斯特兰登听见手机那头传来异样的静默："开玩笑的啦，我立刻去查，不要挂断。"

病房里闻起来有甜甜的气味，斯特兰登心想，应该是糖果的味道。走廊上的光线扫过房间，随着房门关上而消失，但他已看见枕头上的脸部轮廓。他走上前去。病房里很安静，太安静了，仿佛所有的声音都一起消失，就连某种声音也不见了。

"卡尔森？"

没有回应。

斯特兰登咳了一声，提高嗓音又叫了一次："卡尔森。"

病房里非常安静，哈利的声音清楚地响起："怎么回事？"

斯特兰登把手机拿到耳边："他睡得很熟。"

"你确定？"

斯特兰登仔细观察枕头上的那张脸，发现了令他困惑的原因。卡尔森像婴儿一般熟睡，但成年男子睡觉时通常会打鼾。他把耳朵凑到约恩面前，聆听呼吸声。

"喂？"手机里传来哈利的高声呼喊，听起来十分遥远，"喂？"

16　难民

十二月十八日，星期四

太阳把他照得暖洋洋的。微风吹过沙丘，使绿草上下起伏，不断点头，表示感谢。他刚才一定下水游过泳，因为他身体底下的毛巾是湿的。"你看。"他母亲伸手一指。他以手遮眉，望向闪闪发光、蓝得不可思议的亚得里亚海，看见一名男子涉水朝海滩走来，脸上挂着灿烂的微笑。那是他的父亲。父亲后面是波波和乔吉。一只小狗游在父亲身旁，小尾巴有如旗杆般直直竖起。他看着他们，只见有更多人从海中升起，其中有些人他十分熟悉，例如乔吉的父亲；其他人则有些面熟，例如巴黎公寓门口的那张脸。突然，那些面孔扭曲变形，难以分辨，犹如怪异面具般对他做出鬼脸。太阳消失在云层后方，温度骤降。面具开始大声吼叫。

他醒了过来，睁开眼睛，身体侧面剧烈疼痛。原来这里是奥斯陆，而他身处门廊楼梯下的地板上。一个人站在他面前，张口吼叫，他只听得懂一个词，这个词跟他的母语几乎一样：Narkoman（毒虫）。

接着，身穿短皮夹克的男子后退一步，抬起了脚。这一脚正好踢中他的疼痛之处，令他痛得在地上打滚。皮衣男子后方还有一名男子，正捏着鼻子大笑。皮衣男子朝大门指了指。

他看着那两个人，把手伸进外套口袋，感觉外套湿湿的，但手枪还在身上，弹匣里还有两发子弹。如果他用枪威胁，他们可能会报警。

皮衣男子大喊，举起了手。

他扬起一只手臂防卫，摇摇晃晃地站了起来。捏着鼻子的男子打开大门，咧嘴笑着，趁他走出门时在他屁股上踢了一脚。

大门在他背后关上，他听见那两名男子爬上楼梯。他看了看表，凌晨四点。天色仍黑。他感到寒气钻入骨髓，全身又冷又湿。他用手摸了摸外套背后和裤管，觉得都是湿的，还散发着尿骚味。难道他尿裤子了？不对，他一定是躺在地面的一摊尿上，原本尿是结冰的，后来被他的体温融化。

他把双手插在口袋里，起身行走，不再顾虑旁边经过的车辆。

病人低声说了句："谢谢。"马地亚·路海森关上门，瘫坐在办公椅上，打个哈欠，看了看时钟。六点。再过一小时，早班人员就会来换班，然后他就可以回家睡几小时，再前往萝凯在山上的家。现在萝凯可能还在霍尔门科伦区的木造大宅里，安稳地睡在被窝中。他和欧雷克似乎还找不到相处的节奏，但有一天他一定会找到。欧雷克并不是不喜欢他，而是跟萝凯那个警察前男友有着过于强大的联结。没想到一个小孩竟可以毫不迟疑地把一个有酒瘾的男人当成父亲和榜样。

有一阵子他想对萝凯提起这件事，最后还是打消了念头，因为这样只会让他看起来像个无助的白痴，或让萝凯怀疑他对他们母子来说是不是合适的男人。而他的目标就是这个：成为合适的男人。为了留住萝凯，成为什么样的男人他都愿意，而且他必须知道自己得成为什么样的男人才行。于是他问了：这个警察到底有什么特别？萝凯回答说其实也没什么特别，只不过她爱过他。若不是这番回答，马地亚还不曾留意萝凯从未在他身上用过"爱"这个字。

马地亚抛开这些无聊的念头，在电脑上查看下一位病人的名字，走到护士接待病人的中央走廊。这时天色仍黑，走廊上空无一人，于是他走进等候室。

等候室的五人朝他望去，露出乞求的眼神，希望下一个能轮到自己。只有一名男子睡在远处角落里，张着嘴巴，头倚墙壁。一定是只毒虫，那件蓝色外套和阵阵尿骚味是最好的证明，而且那人一定会说身体疼痛，要求开药。

马地亚走到男子旁边，皱起鼻子，用力摇了摇他，立刻后退一步。很多毒虫都有过睡觉时被抢劫金钱和毒品的经历，多年的这种生活使他们已养成习惯，只要被惊醒就下意识地挥拳打人或拿刀刺人。

男子眨了眨眼，用意外清澈的眼神看着马地亚。

"有什么需要帮忙的吗？"马地亚问道。当然，标准程序应是在确保隐私的环境下才可以问病人这个问题，但马地亚已经受够了这些毒虫和酒鬼，因为他们占用了其他患者的时间和资源。

男子裹紧外套，一言不发。

"哈罗！你恐怕得说明你坐在这里的原因。"

男子摇了摇头，朝其他人指了指，仿佛是说还没轮到他。

"这里不是休息室，你不能在这里睡觉，快点离开。"

"我听不懂。"男子说。

"离开，"马地亚说，"不然我就报警。"

马地亚惊讶地发现自己必须极力克制，才不会把这个浑身发臭的毒虫从椅子上拖下来。其他人纷纷转头望来。

男子点了点头，摇摇晃晃地站起身。出入口的玻璃门关上后，马地亚依然站在原地看着男子的背影。

"你把那种人撵出去真是太好了。"一个声音从背后传来。

马地亚心不在焉地点了点头。也许他对萝凯说"我爱你"的次数不够多。也许原因就是这个。

早上七点半，神经外科病房区窗外的天空依然黑沉沉的。十九号病房内，警察斯特兰登低头看着整齐无人的病床，这张床约恩·卡尔森曾经躺过。他心想，不久后另一个病人会躺在这张床上。现在冒出这种念头真奇怪。

但他真得找一张床躺下，好好睡一觉。他打了个哈欠，检查是否有东西遗留在床边的桌上，然后拿起椅子上的报纸，转身离开。

门口站着一名男子，是霍勒警监。

"他去哪里了？"

"离开了，"斯特兰登说，"他们十五分钟前接走他了。"

"哦？谁授权的？"

"社工，他们不想再把他留在这里。"

"我是说运送的事是谁授权的？人送到哪里了？"

"是你们犯罪特警队的新长官打的电话。"

"甘纳·哈根？他亲自打的电话？"

"对，他们把卡尔森送到他弟弟的公寓了。"

哈利慢慢地摇了摇头，然后离开。

东方天色渐白，哈利踏着沉重的脚步，爬上葛毕兹街一栋红褐色砖砌建筑的楼梯。葛毕兹街不长，位于基克凡路和法格博街之间，柏油路面满是坑洞。哈利按照约恩在对讲机上的指示，在二楼一扇微开的门前停下脚步，那扇门上有个浅蓝色条纹的塑料名牌，上面用凸起的白字写着：罗伯特·卡尔森。

哈利走进门内，粗略地看了一圈。这是个凌乱的小套房，符合大家对罗伯特办公室的印象，尽管欧拉和托莉在搜寻有助厘清案情的信件或文件时，可能把罗伯特的办公室弄得更乱。一面墙上贴着超大的彩色耶稣海报。哈利忽然心想，若把耶稣头上的荆冠换成贝雷帽，那么这就变成了切·格瓦拉的海报。

"所以甘纳·哈根决定把你带到这里？"哈利对坐在窗边桌前的背影说。

"对，"约恩·卡尔森转过头来，"他说杀手知道我住哪里，所以这里更安全。"

"嗯，"哈利环视四周，"昨晚睡得好吗？"

"不是很好，"约恩露出尴尬的微笑，"我躺在床上，脑子里一直出现各种声音，好不容易睡着，又被斯特兰登惊醒，吓得半死。"

哈利拿开椅子上的一叠漫画，重重地坐下："约恩，我明白你害怕，但你有没有想过，谁会想要你的命？"

约恩叹了口气："昨晚到现在，我一直都在想这件事，但答案还是一样，我一点头绪也没有。"

"你有没有去过萨格勒布？"哈利问道，"或是克罗地亚？"

约恩摇了摇头："我去过最远的国家是瑞典和丹麦，还是小时候去的。"

"你认识克罗地亚人吗？"

"只认识那些投靠救世军的难民。"

"嗯，警察有没有说为什么要把你移到这里？"

约恩耸了耸肩："我说我有这间套房的钥匙，这里又没人住，所以……"

哈利用手抹了抹脸。

"这里本来有台电脑的。"约恩朝桌面指了指。

"我们把它搬走了。"哈利说，又站了起来。

"你要走了？"

"我得乘飞机去卑尔根。"

"哦。"约恩眼神空洞地说。

哈利见约恩失魂落魄，很想把一只手放在他狭窄的肩膀上。

机场特快列车晚点，这已经是连续第三次晚点了。"因为耽搁了。"爱斯坦·艾克兰给出这个简短又模糊的解释。爱斯坦是哈利的童年好友，现在是个出租车司机，他跟哈利说火车的电动马达是世界上最简单的东西，就算是哈利的妹妹也懂得如何让它运转。此外，如果北欧航空和挪威国铁的技术人员对调一天，那么所有列车都会准时出发，所有航班都会依然停留在地面。哈利觉得这些技术人员还是待在原本的岗位比较好。

列车穿出利勒斯特伦附近的隧道之后，哈利拨打哈根的专线电话。

"我是霍勒。"

"我听得出来。"

"我授权了约恩·卡尔森的二十四小时监护，但我没授权让他离开伍立弗医院。"

"那是医院决定的，"哈根说，"前者是我决定的。"

哈利数了窗外的三间房子，然后回答："哈根，是你要我领导这项调查工作的。"

"对，但没有加班费，你应该知道，预算早就超支了。"

"他已经吓得胆战心惊了，"哈利说，"你还把他移到上一名受害者、他弟弟家里，就为了省几百克朗的房钱？"

扩音器报出下一站的站名。

"利勒斯特伦？"哈根口气惊讶，"你在机场特快列车上？"

哈利暗暗咒骂一声："我要去卑尔根，快去快回。"

"是吗？"

哈利吞了口口水："今天下午就回来。"

"你疯了吗，伙计？我们都在聚光灯下，媒体……"

"要进隧道了。"哈利按下红色键。

朗希尔德·吉尔斯特拉普从梦中缓缓醒来，房间里一片漆黑。她知道现在是早上，但不知道那是什么声音，听起来像个大型机械时钟，但卧室里又没有时钟。她翻过身，缩起身体。黑暗之中，她看见床边一个赤裸的人影正看着她。

"早安，亲爱的。"他说。

"麦兹！你吓了我一大跳。"

"哦？"

麦兹刚冲完澡，背后的浴室门开着，身上的水滴在拼花地板上，轻柔的滴答声在房间里回荡。

"你一直那样站着吗？"朗希尔德问道，把被子裹紧了一些。

"什么意思？"

朗希尔德耸了耸肩，暗暗心惊。麦兹说话的语调很愉快，近乎挑逗，嘴角还泛起一丝微笑。他不曾用这种态度说过话。朗希尔德假装伸伸懒腰，打了个哈欠。

"你昨天晚上什么时候回来的？"她问道，"我没醒来。"

"你一定是睡得太香了。"麦兹又微微一笑。

朗希尔德仔细观察着麦兹。过去这几个月他确实变了，以前他很瘦，现在看起来却强壮结实，体态也变得不一样，走路时抬头挺胸。当然，她怀疑过麦兹会不会在外面有了情人，但这不太令她困扰，或者她自以为是这样。

"你去哪里了？"朗希尔德问道。

"跟扬·彼得·西塞纳吃饭。"

"那个股票经纪人？"

"对，他认为股市前景很好，房地产也是。"

"跟他讨论不是我的工作吗？"朗希尔德问道。

"我只是想了解市场的最新状况而已。"

"你认为我没有让你了解市场的最新状况吗，亲爱的？"

麦兹看着她，她也回望着他，直到她出现跟麦兹说话时从未有过的反应：双颊发热。

"我想你把我需要知道的都跟我说了，亲爱的。"麦兹走进浴室，朗希尔德听见他打开水龙头。

"我研究了几个很有意思的房产案子。"朗希尔德高声说，但只是为了说而说，以打破麦兹丢下那句话之后的怪异寂静。

"我也是，"麦兹高声说，"我昨天去看过歌德堡街那栋公寓，就是救世军名下那栋，你知道的。"

朗希尔德僵在原地。那正是约恩的公寓。

"很不错的房产，可是你知道吗？其中一个单元的门口拉起了警方的封锁线，有个住户跟我说那里发生过枪击案，你能想象吗？"

"怎么可能，"朗希尔德高声说，"警方干吗拉起封锁线？"

"那是警方的工作啊，封锁现场，把公寓翻个底朝天，寻找指纹和DNA，看看谁去过那里。反正既然那里发生过枪击案，说不定救世军会愿意降价，你说对不对？"

"我跟你说过，他们不愿意卖。"

"是那时候不愿意卖，亲爱的。"

朗希尔德忽然想到一件事："既然歹徒是在外面走廊开的枪，为什么警方要搜索里面？"

她听见水龙头关上，抬起头来。麦兹站在浴室门口露出发黄的微笑，嘴巴周围都是泡泡，手里拿着刮胡刀。待会儿他就会拍上令她无法忍受的昂贵的须后水。

"你在说什么啊？"他说，"我没提到走廊啊，还有你的脸色怎么这么苍白，亲爱的？"

朗希尔德匆匆走在亨格森街上，苏菲恩堡公园仍笼罩在一层冰冷的透明晨雾中。葆蝶家围巾遮住她的口鼻，她在围巾里呼吸，即使是在米兰用九千克朗买来的这条羊毛围巾也无法抵御寒冷，但至少可以遮住她的脸。

指纹。DNA。看看谁去过那里。这件事绝对不能发生，否则后果不堪设想。

她转了个弯，踏上歌德堡街。起码外面没有警车。

她用钥匙打开入口大门，朝电梯小跑而去。她已经很久没来这里了，这也是她第一次没有事先通知就跑过来。

电梯上升时，她的心脏怦怦乱跳，脑子里想的是浴室排水口有她的头发，地毯上有她的衣服纤维，到处都有她的指纹。

走廊里空无一人。横亘在门上的封条显示房内没人，但她还是敲了敲门，站立等待。她拿出钥匙，插进门锁，但钥匙不合。她又试了一次，但只有钥匙尖端插得进锁头。天哪，难道约恩换锁了？她深深吸了口气，把钥匙转过来，默默祈祷。

钥匙插入锁头，门锁发出轻微的咔嗒声，打开了。

她呼吸着房间里熟悉的气味，走到衣柜前。她知道吸尘器放在衣柜里。那是一台黑色的西门子 VS08G2040 吸尘器，她家也有一台，功率两千瓦，是市场上吸力最强的吸尘器。约恩喜欢家里保持整洁。她插上电源，吸尘器轰然作响。现在是早上十点，她应该可以在一小时内吸完地板，擦拭完所有的墙和家具。她看着紧闭的浴室门，心想该从哪里开始。应该从记忆中指纹最多的地方开始。不行。她把吸尘器的吸嘴抵在额头上，立刻感觉像是被狠咬了一口。她拉开吸嘴，看见上面已沾了血。

她开始清理，几分钟之后才猛然想起一件事。那些信！天哪，她差点忘记警方可能会发现她写的信。第一批信写的是她最私密的梦想和渴望，最后一批信写的是她赤裸裸的绝望，恳求约恩继续保持联络。她让吸尘器持续运转，把管子放在椅子上，然后跑到约恩的书桌前，将抽屉一个一个拉开。第一个抽屉里放着笔、胶带和打孔器。第二个抽屉里放的是电话本。第三个抽屉上了锁。当然上了锁。

她从桌上拿起拆信刀，插进锁头上方，倾身向前，用尽全身力气。老旧干燥的木材发出噼啪声。正当她心想拆信刀可能会断掉，就看见抽屉的前挡板横向迸裂开来。她用力一拉，拉开抽屉，拨开木屑，看见里面放着厚厚一叠信件。她翻看信封。哈夫斯伦能源公司、挪威银行、智能金融顾问公司、救世军。她发现一个空白信封，打开里面的信，只见开头写着"亲爱的儿子"。她继续往下翻。有了！那是个低调的浅蓝色信封，右上角印着一家投资基金公司的名字，这家公司叫吉尔斯特拉普投资公司。

她松了口气，拿出里面的信。

读完之后，她把信放在一旁，感觉泪水滑落脸颊。她的双眼仿佛再次睁开，仿佛一直以来她都瞎了眼，直到现在才看清楚事物的本来面貌。她所相信以及拒绝的一切似乎都再次变得真实。那封信很短，但她读完之后，一切都改变了。

吸尘器毫不留情地轰隆作响，这声音淹没一切，只露出信纸上简单清楚的句子、其中的荒谬性，以及它不证自明的逻辑性。她没听见街上的车声，没听见房门打开的嘎吱声，没听见有人站到她所坐的椅子后方。直到她闻到他的气味，脖子上的汗毛才根根竖起。

挪威航空的班机降落在卑尔根机场，强烈的西风击打着机身。开往卑尔根市的出租车上，雨刷不断地发出咝咝声，防滑胎压上潮湿的黑色路面嘎吱作响。车子穿行在峭壁之间，崖面上覆盖着潮湿的丛生植物和光秃的树木。这就是挪威西部的冬季。

车子抵达费林斯谷区时，麦努斯打来电话。

"我们有了新发现。"

"快说。"

"我们查看了罗伯特·卡尔森的硬盘，唯一可疑的是许多色情网站的访问数据。"

"史卡勒，这些东西在你电脑里也找得到，说重点。"

"我们在文件或信件中也没找到任何可疑人物。"

"史卡勒……"哈利以警告的口气说。

"不过呢，我们找到了一张很有意思的票根，"麦努斯说，"猜猜看是什么地方的票根？"

"我打你哦。"

"萨格勒布，"麦努斯赶紧说，没听见哈利回应，又补上一句，"克罗地亚的萨格勒布。"

"谢谢，他是什么时候去的？"

"十月，出发日期是十月十二日，当天晚上回来的。"

"嗯，只在十月去了萨格勒布一天，听起来不像是去度假。"

"我问过基克凡路的福雷特斯慈善商店主管，她说罗伯特没有去国外出过公差。"

哈利挂上电话，心想自己怎么没跟麦努斯说他对他的表现感到满意？他大可把称赞说出口的。难道他年纪大了，脾气也跟着变坏了？他从出租车司机手中接过四克朗零钱，心想，不对，他的脾气一直都很坏。

哈利踏入呼啸哀鸣的卑尔根寒风中，据传，这寒风始于九月的一个下午，止于三月的一个下午。他走了几步，进入伯尔许咖啡馆的大门，环顾四周，心想不知道禁烟法出台之后，会对这种地方产生什么影响。哈利来过伯尔许咖啡馆两次，每次踏进这里都有种回家的感觉，同时却又觉得自己像个局外人。身穿红外套的服务生在店里忙进忙出，手里端着半升啤酒，跟客人讲些乏味的俏皮话，脸上的表情仿佛在炫耀他们在高级餐馆工作。这里的客人有本地捕蟹人、退休的渔夫、经过战争洗礼且吃苦耐劳的水手，以及其他人生经历坎坷的人。哈利第一次光顾时，一个过气艺人正在餐桌之间跟渔夫跳着探戈，另一个盛装打扮的老妇人在手风琴伴奏下高唱德国歌谣，并在间奏时用浓重的卷舌音有节奏地说着下流的话语。

哈利看见了要找的人，便朝坐在桌前的一名瘦高男子走去。桌上放着两个啤酒杯，一个空了，一个快要空了。

"长官。"

男子猛然抬头，随着哈利的声音转过头，目光迟了点才跟上。男子一脸醉意，瞳孔收缩。

"哈利。"男子的口齿意外地清晰。哈利从隔壁桌拉了一把椅子过来。

"正好经过吗？"毕悠纳·莫勒问道。

"对啊。"

"你是怎么找到我的？"

哈利没有回答。他已做好心理准备，但仍不敢相信眼前所见。

"是不是署里的人都在讲我的八卦？真是的。"莫勒又喝了一大口酒，"很奇妙的角色转换，对不对？以前都是我在这种情况下找到你。要不要喝啤酒？"

哈利倾身越过桌面："长官，发生了什么事？"

"什么情况下一个成年男人会在上班时间喝酒，哈利？"

"不是被开除，就是老婆跑了。"

"据我所知，我还没被开除。"莫勒笑了，肩膀抖动，但没笑出声来。

"卡莉有没有……"哈利顿了顿，不知该怎么措辞才好。

"她和孩子没跟我来，这无所谓，早就决定好的。"

"什么？"

"我想念孩子，我当然想念他们，但我还应付得来。这只是……怎么说来着……过渡时期……但还有更好听的说法……超越……不对。"莫勒在啤酒杯前垂下了头。

"我们去散散步吧。"哈利说，招手表示买单。

二十五分钟后，哈利和莫勒站在弗洛伊恩山的栏杆旁，他们在同一朵雨云下俯瞰可能是卑尔根的地方。一台缆车以固定的倾斜角向上爬升，它由粗钢丝拉动，看起来宛如一块蛋糕，他们是从卑尔根市中心坐缆车上山的。

"这就是你来这里的原因吗？"哈利问道，"因为要跟卡莉分手？"

"这里跟他们说的一样，一天到晚下雨。"莫勒说。

哈利叹了口气："长官，喝酒没用的，只会让事情变得更糟。"

"这应该是我的台词吧，哈利。你跟甘纳·哈根相处得怎么样？"

"还可以，他是个好演说家。"

"你可别低估他，哈利，他不只是个演说家，他在 FSK 武装特种部队待了七年。"

"特种部队？"

"没错，总警司跟我说的。哈根在一九八一年被调到 FSK，当时 FSK 之所以成立，是为了保护北海钻油塔。基于安全理由，他的这段经历没有写在履历上。"

"FSK，"哈利察觉到冰雨从外套渗到了肩膀处，"听说他们非常忠诚。"

"就好像兄弟情谊，"莫勒说，"坚不可摧。"

"你还认识其他 FSK 的人吗？"

莫勒摇了摇头，看起来已经清醒："案情有进展吗？有人给了我一些内部消息。"

"目前连动机都还没找到。"

"动机是钱，"莫勒清了清喉咙，"也就是贪欲，它来自妄念，妄想有钱就能改变一切，以为自己可以改变。"

"钱？"哈利看着莫勒。"可能吧。"他附和说。

莫勒朝面前灰蒙蒙的云层厌恶地吐了口口水。"找到钱，追踪它的流向，钱总是可以带你找到答案。"哈利从未听过莫勒用这种语气说话，说得这么苦涩、这么确定，仿佛他宁愿不曾拥有这种洞察力。

哈利吸了口气，他鼓起勇气："长官，你知道我不喜欢拐弯抹角，所以就开门见山地说了。你跟我都不是那种朋友遍天下的人，虽然你可能不把我当成朋友，但我毕竟也算是你的某种朋友。"

哈利看着莫勒，他没有回应。

"我来找你是希望可以帮上忙，你想不想聊一聊或是……"

依然没有回应。

"呃，可恶，如果我知道自己为什么来就好了，但我已经来了。"

莫勒仰望天空："你知道卑尔根人把我们后面这个称为山脉吗？事实上它们的确是山脉，实实在在的山脉。只要从挪威第二大城市的市中心搭乘缆车，六分钟就可以抵达，却会有人在这里迷路和死亡，想想还挺可笑的，对不对？"

哈利耸了耸肩。

莫勒叹了口气："雨不会停的，我们坐那个像锡罐一样的缆车下去吧。"

抵达市区后，他们朝出租车候客站走去。

"现在还没到高峰时间，二十分钟就可以到卑尔根机场。"

哈利点了点头，却没上车，他的外套已经湿透。

"追踪钱的流向，"莫勒一手搭在哈利肩上，"做你该做的事。"

"你也是，长官。"

莫勒扬了扬手，迈步离开。哈利坐上出租车后，莫勒又转身喊了几句话，却被车声淹没。出租车从丹麦广场呼啸而过，哈利按下手机开机键，随即出现哈福森的短信，说请他回电。哈利拨打了哈福森的电话。

"我们拿到史丹奇的信用卡了，"哈福森说，"青年广场的提款机昨晚十二点左右吞了它。"

"所以昨晚我们突袭救世军旅社的时候，他就是从青年广场走回去的。"哈利说。

"没错。"

"青年广场距离救世军旅社很远，"哈利说，"他去那边一定是怕我们会追踪到旅社附近，这表示他亟须用钱。"

"还有更棒的，"哈福森说，"提款机一定设有监视器。"

"所以呢？"

哈福森顿了一下，制造效果。

"快说啦，"哈利说，"他没有把脸遮起来，是这样吗？"

"他像电影明星一样对着镜头微笑。"哈福森说。

"贝雅特看过监控录像了吗？"

"她正坐在痛苦之屋里面看。"

朗希尔德·吉尔斯特拉普想起约翰尼斯，想起她的一生本可以截然不同。倘若当时她能跟随自己的心就好了，她的心总是比她的头脑更有智慧。奇怪的是，她从未如此不快乐过，却又从未像现在一样想尽情地去活。

活得更久一点。

因为现在她明白了一切。

她看着黑色管口，知道自己看见的是什么。

以及即将来临的是什么。

她的尖叫声被西门子 VS08G2040 吸尘器那个简易马达的怒吼声淹没。椅子摔倒在地。强力吸尘器的管口逐渐接近她的眼睛。她想用力闭上眼睛，眼皮却被强有力的手指给撑开，逼迫她目睹一切。于是她只好睁大眼睛看着，并且已经知道接下来会发生什么事。

17 面孔

十二月十八日，星期四

这家大药房柜台墙上的时钟显示此刻是九点三十分，坐在药房内的人有的咳嗽，有的闭上沉重的眼皮，有的看一眼墙上的红色数字，又看一眼手中的领药号，仿佛手中拿的是一张可以改变一生的乐透彩票，喊号器每响一声就代表公布了一个新的开奖号码。

他没取号码单，只想坐在药房里的电暖器旁，但他察觉到自己身上的蓝色外套引来了不必要的注意，因为药局员工开始对他投以异样的眼光。他朝窗外看去，在白雾后面看见模糊的太阳轮廓。一辆警车从街上驶过。这里有监视器。他必须继续移动，可是要去哪里？他身上没钱，会被餐厅和酒吧赶出来。现在连信用卡也没了。昨晚他决定去取款，尽管知道这样做可能会被追踪，他还是去了。他离开救世军旅社，走在深夜街头，最后在远处找到一台提款机，但提款机只是吞了他的信用卡，一克朗也没给他，只让他确认了已经知道的事：警方正在追捕他，他再度陷入了包围。

冷清的饼干餐厅沉浸在排笛的乐声中。午餐和晚餐之间没有多少客人，因此托雷·比约根站在窗前，用恍惚的眼神看着卡尔约翰街，并不是因为窗外景色迷人，而是因为电暖器就装在窗户下方，而他却似乎怎么也暖和不起来。他心情不好，接下来这两天他必须去拿飞往开普敦的机票，但他算了算，确定了自己一直以来都知道的一件事：他的钱不够。即使他努力工作，钱依然不够。当然，今年秋天他买了一面洛可可式的镜子回家，但还是有很多钱花在香槟、可卡因和其他昂贵的玩乐上。如今他的生活失控了，不过老实说，这正是他脱离恶性循环的好时机，脱离可卡因派对、吃安眠药睡觉，以及用可卡因来提神、加班赚钱以支持这些恶习。现在他的银行账户里一克朗也没有。过去五年中，他每年都去开普敦庆祝圣诞节和新年，而非老家维果斯黑村，因为那里有狭隘的宗教信仰、父母沉默的指责、叔伯和侄子难以掩饰的厌恶神情。比起花三个星期忍受酷寒低温、阴郁黑暗和单调无聊，他宁愿选择耀眼的阳光、美丽的人群和刺激的夜生活。此外还有游戏，危险的游戏。每年十二月到一月，欧洲的广告代理商、电影团队、模特和男男女女都会拥入开普敦，他就是在那里找到了志趣相投之人。他最喜欢玩的游戏是盲约。开普敦这座城市原本就不以安全著称，在开普敦平原区的小屋里约见男人，更是要冒生命危险。然而他就是会做这种事。他不确定为什么要做这种白痴的事，只知道自己需要危险才会有活着的感觉。可能会受到惩罚的游戏玩起来才有意思。

托雷用鼻子闻了闻，他的白日梦被一股气味打断，他希望这味道不是从厨房传出来的。他转过身去。

"嘿。"他身后的男子说。

倘若托雷不是专业的服务生，脸上一定会出现不满神情。站在他面前的男子不仅身穿不得体的蓝色外套——这种外套在卡尔约翰街的毒虫身上经常看得到——而且还满面胡楂，眼泛血丝，浑身散发着尿骚味。

"还记得我吗？"男子说，"男厕的那个。"

托雷以为男子指的是一家叫"男厕"的夜店，后来才想到他说的是洗手间，于是认出了对方。也就是说，他认出了男子的声音，同时脑子里在想，不到一天之内少了刮胡刀、淋浴和一夜的睡眠等文化必需品，竟会让一个人的外表产生这么大改变。

也许因为刚才紧张的白日梦被打断，这时托雷依次产生两种截然不同的反应。首先，他感到欲望的甜蜜刺激，因为男子之所以回来，显然是因为上次的挑逗和短暂但亲密的肢体接触。接着，他感到震惊，眼前浮现出男子手中拿着沾有洗手液的手枪的画面。此外，警察来过餐厅，表示那把手枪跟那个被谋杀的可怜的救世军军人有关。

"我需要住的地方。"男子说。

托雷用力眨了两下眼睛，不相信自己听见的。而他站在这个可能是冷血杀人犯的男子面前，为什么没有丢下一切，跑出去大叫警察？警方甚至公布说，若民众提供线索协助破案，可以得到奖金。托雷朝房间另一侧望去，看见领班正在翻看订位簿。为什么他反而觉得自己的太阳穴神经产生了一种奇特又愉悦的震动？而且这种感觉扩散到全身，令他一边寻找适当的话语，一边还打了个冷战。

"一晚上就好。"男子说。

"我今天要上班。"

"我可以等。"

托雷打量男子，心想这简直是疯了，同时他的头脑缓慢而无情地把他爱冒险的个性和一个也许可以解决燃眉之急的方法结合起来。

哈利搭乘机场特快列车在奥斯陆中央车站下车，慢跑穿越格兰区，来到警察总署，乘电梯前往劫案组，大步经过走廊，进入被称为痛苦之屋的影音室。

影音室小而无窗，里面阴暗又闷热。哈利听见键盘上传来手指快速敲击的声音。

画面闪耀的光线勾勒出屏幕墙前的人影。"你看到了什么？"哈利问那人。

"一件非常有意思的事。"贝雅特·隆恩并未回头，但哈利知道她的眼睛已出现血丝。他见过贝雅特工作的情景，她连续盯着屏幕好几小时，不断地倒带、停止、调焦、放大、储存，旁人完全不知道她要找的是什么，或能看到什么。这里是她的地盘。

"说不定可以提供解释。"她补上一句。

"我洗耳恭听。"哈利在黑暗中摸索，脚撞到了什么，他咒骂一声之后才坐下。

"准备好了吗？"

"说吧。"

"好，来见见克里斯托·史丹奇。"

画面中一名男子来到提款机前。

"你确定吗？"哈利问道。

"你不认识他？"

"我认得那件蓝色外套，可是……"哈利听见自己语带迷惘。

"先继续往下看。"贝雅特说。

男子把一张卡插进提款机，站立等候，接着转头面对监视器，露齿而笑。那是个假笑，背后的含意跟笑容正好相反。

"他发现没办法取钱了。"贝雅特说。

画面中的男子不断按按键，最后用手打了一下键盘。

"现在他发现卡片拿不回来。"哈利说。男子凝视提款机屏幕好一会儿。接着，男子拉起袖口，看了看表，转身离去。

"那块表是什么牌子？"哈利问道。

"玻璃镜面会反光，"贝雅特说，"但我放大画面之后，看见表盘上写着 SEIKO SQ50。"

"聪明，但我看不出任何解释。"

"解释在这里。"

贝雅特在键盘上敲了几下，屏幕上出现男子的两个画面，其中一个画面里他正在拿出信用卡，另一个画面中他正在看表。

"我选这两个画面是因为他的脸大概在相同位置，这样比较容易看出来。这些画面的拍摄间隔是一百秒多一点。你看得出来吗？"

"看不出来，"哈利若有所思地说，"看来我对这个不在行。我连这两个画面中的人是不是同一个都看不出来，也看不出他是不是我在德扬公园见过的人。"

"很好，那你就看出来了。"

"看出什么？"

"这是他在信用卡上的照片。"贝雅特按了一下鼠标，屏幕上出现一张照片，照片上是个打领带的短发男子。

"这是《每日新闻报》在伊格广场拍到的照片。"

屏幕上又出现两张照片。

"你看得出这是同一个人吗？"贝雅特问道。

"呃，看不出来。"

"我也看不出来。"

"你也看不出来？如果你也看不出来，那就表示这不是同一个人。"

"不对，"贝雅特说，"这表示我们面对的是所谓超弹性脸的案例，专家称之为哑剧脸。"

"你在说什么啊？"

"这个人不需要化妆、易容或整形，就能改变他的容貌。"

哈利在红区会议室里等所有调查小组成员都到齐之后，说："现在我们知道，要追查的只有一名男子，我们暂时先叫他克里斯托·史丹奇。贝雅特？"

她打开投影机，屏幕上出现一张脸，双眼闭着，脸上似乎戴着一张涂满红色意大利面的面具。

"各位现在看到的是脸部肌肉示意图，"贝雅特开始说，"人类可以用这些肌肉来做出表情，因而改变面容。其中最重要的肌肉分布在额头、眼睛周围和嘴巴周围。比如说，这是额肌，它和皱眉肌一起运动，可以皱眉或扬起眉毛。眼轮匝肌则用来闭起眼皮，或在眼睛周围形成褶皱，等等。"

贝雅特按下遥控器。屏幕上出现一个双颊高高鼓起的小丑。

"我们脸上有数百条肌肉，但即使是那些用来做表情的肌肉，使用率也非常低。演员和表演者会训练脸部肌肉，让肌肉达到最高的运动幅度，一般人的脸部肌肉则往往在小时候就失去了活动能力。然而，即使是演员或哑剧表演者也会运用脸部来做出肌肉运动，以表达某些特定情绪。这些情绪对人类来说非常重要，全人类脸上都看得到，而且为数不多，包括愤怒、快乐、恋爱、惊讶、咯咯笑、大笑等。不过大自然赋予我们的这张肌肉面具，其实可以做出几百万甚至无数种脸部表情。钢琴家对脑部和手指肌肉的联结做了强化训练，因此十根手指可以同时做出十种不同的独立动作，而且手指的肌肉还不算很多。那么，我们的脸部有什么能力呢？"

贝雅特把画面切换到史丹奇站在提款机前。

"呃，比如说，我们可以这样。"

画面以慢动作播放。

"它的变化非常细微，小肌肉紧绷后放松，而小肌肉的动作可以改变表情。那么脸部是否出现了很多改变呢？其实没有，但脑部用来辨认面孔的区域，也就是梭状回，对于细小的改变非常敏感，因为它的功能就是区分成千上万张在生理结构上非常相似的面孔。脸部肌肉的细微调整，就能让一张脸看起来像是另一个人。比如说这个。"

画面停在最后一格。

"嘿！地球呼叫火星。"

哈利听出这是麦努斯·史卡勒的声音。有些人笑了起来，贝雅特则双颊泛红。

"抱歉，"麦努斯环视四周，自鸣得意地咯咯笑了几声，"这还是史丹奇那个外国佬啊。科幻情节是很有娱乐性，可是一个人的脸部肌肉只要这里紧一点，那里松一点，就能让人认不出来？我个人觉得这太扯了。"

哈利正要爆发，但又改变心意，兴味盎然地朝贝雅特看去。两年前贝雅特若是听见这种批评言论，一定会当场崩溃，他还得帮忙收拾烂摊子。

"据我所知，好像没有人问你的意见，"贝雅特说，双颊依然泛红，"但既然你有这种疑问，我就为你举例，让你能够了解。"

"哇，"麦努斯高声说，并高举双手做防卫状，"隆恩，我可是对事不对人哦。"

"人死之后，会出现一种叫作死后僵硬的情况，"贝雅特继续说，并未被麦努斯压制，但哈利看见她鼻孔微张，"身体和脸部肌肉都会变得僵硬，这就跟绷紧肌肉一样，于是当家属来认尸时会发生什么典型状况？"接下来是一片沉默，只听得见投影机风扇的嗡嗡声。哈利的嘴角泛起微笑。

"他们认不出死者。"一个人清楚大声地说，哈利并未听见甘纳·哈根走进会议室，"这种事在战争时期家属认尸时经常发生。当然，死者身上穿了制服，但有时即使是他们的战友也得查看身份识别牌。"

"谢谢。"贝雅特说，"史卡勒，这样有没有解释你的疑惑？"

麦努斯耸了耸肩，哈利听见某个人在大笑。贝雅特关上投影机。

"每个人脸部肌肉的弹性或活动性不尽相同，有的人可以靠训练来提高，但有的人可能来自遗传。有些人无法分辨左脸和右脸的肌肉，有些人在训练之后可以独立运动每一条肌肉，就好像钢琴家那样。他们的脸就叫超弹性脸，或哑剧脸。根据已知案例，基因遗传是很重要的因素。这种能力在人年轻时或小时候习得，而脸部弹性非常高的人通常患有人格障碍，或在成长期间经历严重创伤。"

"所以你的意思是说我们面对的是个疯子？"哈根说。

"我的专长领域是面孔，不是心理学，"贝雅特说，"但至少我们不能排除这个可能性。哈利？"

"谢谢你，贝雅特，"哈利站了起来，"现在大家知道我们面对的是什么样的人了吧？有问题吗，李？"

"要怎样才能捉到这个怪物？"

哈利和贝雅特交换眼神，哈根咳了一声。

"我不知道，"哈利说，"我只知道这一切不会结束，除非他完成任务，或我们完成任务。"

哈利回到办公室，看见萝凯来电的留言，便立刻打电话给她，他不愿想太多。

"最近好吗？"

"要去最高法院了。"哈利说。这是萝凯的父亲常说的一句话，是个自己人才听得懂的笑话，流传在上过东部战线的挪威士兵之间，因为他们战后回国却得面对审判。萝凯听了大笑，激荡出温柔的涟漪。哈利曾为了每天听见这笑声，愿意牺牲一切，即使到现在也还是如此。

"你一个人在办公室吗？"萝凯问道。

"不是，跟平常一样，哈福森坐在那里听我说话。"

哈福森从伊格广场的证人报告上抬起头来，咧嘴笑了。

"欧雷克需要有人跟他说说话。"萝凯说。

"哦，是吗？"

"啧，这样说太蠢了。这个人指的就是你，他需要跟你说说话。"

"需要？"

"再更正一次。他说他想跟你说话。"

"所以他要求你打电话给我？"

"没有没有，他才不会这样做。"

"没有。"哈利想了想，露出微笑。

"所以……你有空找个晚上过来吗？"

"当然有。"

"太好了，来跟我们一起吃晚餐吧。"

"我们？"

"欧雷克和我。"

"嗯。"

"我知道你见过马地亚了……"

"对，"哈利马上说，"他看起来很不错。"

"是的。"

哈利不知道该如何解读萝凯的语气。

"喂？你还在吗？"

"我在，"哈利说，"听着，我们正在查一起命案，案情正在升温，我想一下再打电话跟你约时间，好吗？"

一阵静默。

"萝凯？"

"可以，没问题。对了，你还好吗？"

这个问题来得很突兀，哈利心想难道这是在挖苦他吗？

"还过得去。"哈利说。

"我们上次说完话后，你的生活中都没发生什么新鲜事吗？"

哈利吸了口气："萝凯，我得挂电话了，我想好时间以后再打给你，替我问候欧雷克，好吗？"

"好。"

哈利挂上电话。

"怎么了？"哈福森说，"要找个方便的时间？"

"只是吃饭而已，跟欧雷克有关。罗伯特去萨格勒布干什么？"

哈福森正要开口，就听见轻轻的敲门声。两人同时转头，看见麦努斯站在门口。

"萨格勒布警方刚刚打电话来，"麦努斯说，"他们说那张信用卡是依据假护照核发的。"

"嗯。"哈利靠上椅背，双手抱在脑后，"罗伯特会去萨格勒布做什么呢，史卡勒？"

"你知道我是怎么想的。"

"毒品。"哈福森说。

"史卡勒，你不是说过有个少女去基克凡路的福雷特斯慈善商店找过罗伯特，店里的人还以为那少女是南斯拉夫人？"

"对，是商店经理，她……"

"哈福森，给福雷特斯商店打电话。"

哈福森迅速翻阅电话簿，拨打电话，办公室一片寂静。哈利在桌上轮敲手指，心想该如何表示他对麦努斯的表现感到满意。他清了清喉咙，这时哈福森把话筒递了过来。

鲁厄士官长听电话、回答并行动，她行事极有效率。两分钟后，哈利得到确认，挂上电话，又咳了一声。

"见过少女的人是商店经理手下十二名青年中的一个，他是塞尔维亚人，他记得少女的名字好像叫索菲娅，但不是很确定，不过他确定少女来自武科瓦尔。"

哈利看见约恩坐在罗伯特家的床上，腹部放着一本《圣经》，看起来颇为焦虑，好像昨晚没睡好。哈利点了根烟，在摇晃的餐椅上坐下，询问约恩认为罗伯特会去萨格勒布做什么。

"我不知道，他什么都没跟我说，搞不好跟他向我借钱去进行的秘密计划有关。"

"好，那你知道他有个女性朋友的事吗？这个少女很年轻，是克罗地亚人，名叫索菲娅。"

"索菲娅·米何耶兹？你是在开玩笑吧！"

"恐怕不是，你知道她是谁？"

"索菲娅住在救世军位于亚克奥斯街的公寓，他们一家人是武科瓦尔的克罗地亚难民，是总司令带他们过来的。可是索菲娅……索菲娅才十五岁。"

"说不定她爱上了罗伯特？一个年轻女孩跟一个英俊的年轻男人，你知道的，这也算正常。"

约恩正要回答，话到嘴边又咽了回去。

"你说过罗伯特喜欢年轻女孩。"哈利说。

约恩看着地板："我可以给你他们的住址，你可以亲自去问她。"

"好，"哈利看了看表，"你需要点什么吗？"

约恩环视四周："我应该回家拿些衣服和洗漱用品。"

"好，我载你去。带上大衣和帽子，外面更冷了。"

开了二十分钟车，他们经过荒废且即将拆除的老毕斯雷球场，以及施罗德酒吧。酒吧外站着一名面熟的男子，身穿厚羊毛大衣，头戴帽子。哈利违规停车，把车停在歌德堡街四号门口。两人走进大门，在电梯门前等候。哈利看见电梯门上方的红色数字是四，正是约恩住的那一层楼。他们还没按按钮，就感觉到电梯开始下移，并看见数字越来越小。哈利用双掌搓揉大腿。

"你不喜欢搭电梯。"约恩说。

哈利惊讶地看着约恩："这么明显？"

约恩微微一笑："我爸爸也不喜欢搭电梯，走吧，我们爬楼梯。"

两人走上楼梯，途中哈利听见电梯门在楼下开启的声音。

他们进入公寓，哈利站在门边，约恩走进卧室拿洗漱包。

"奇怪，"约恩蹙眉说，"怎么好像有人来过。"

约恩拿着洗漱包走进卧室。

"有种奇怪的味道。"他说。

哈利环视房间，只见水槽里有两个玻璃杯，但杯沿没有牛奶或其他的液体痕迹来说明它们曾被拿来做什么。地上没有融雪的水痕，只有书桌前有少许轻质木材的碎屑，那些碎屑一定是来自其中一个抽屉。而确实有个抽屉看起来有破裂的痕迹。

"我们走吧。"哈利说。

"我的吸尘器为什么在那里？"约恩伸手一指，"你们的人用过吸尘器吗？"

哈利熟知犯罪现场搜索程序，其中并不包括在现场使用吸尘器。

"谁有你家的钥匙？"哈利问道。

约恩迟疑片刻："我女朋友西娅，但她绝对不会自己拿吸尘器出来用。"

哈利细看桌前的碎木屑，照理说吸尘器应该最先吸走它们。他走到吸尘器前，只见塑料管末端的吸头已被卸下。一阵寒意渗入他的脊椎。他拿起管子朝里面看去，再用手指摸了一圈黑色管缘，看了看手指。

"那是什么？"约恩问道。

"血，"哈利说，"去看门是不是锁上了。"

哈利已经知道发生了什么事。他仿佛正站在一间屋子的门槛前，他痛恨这间屋子，却总是避不开它。他打开吸尘器机身中央的盖子，拆下黄色集尘袋，拿了出来，心想这里才是痛苦之屋。在这间屋子里，他总是被迫使用他感知邪恶的能力，而他越来越觉得他这种能力已被过度开发。

"你在干吗？"约恩问道。

集尘袋鼓鼓的。哈利抓住用厚软纸制成的集尘袋，用力一扯。袋子被扯开，一阵黑色细尘仿佛神灯精灵般冒了出来，飘到天花板上。集尘袋里的东西散落在拼花地板上，约恩和哈利同时望去。

"求主怜悯。"约恩低声说。

18　滑槽

十二月十八日，星期四

"我的老天，"约恩呻吟道，摸索着找椅子坐下，"这里发生了什么事？那是……那是个……"

"对，"哈利蹲在吸尘器旁，专心调整呼吸，"那是个眼球。"

那颗眼球看起来像一只带有血丝的搁浅的水母，眼白表面附着灰尘。哈利在血淋淋的眼球后面看见肌肉根部，以及更粗的虫状物，也就是视神经。"我搞不懂，它是怎么毫发无伤地穿过滤网进入集尘袋的，当然，前提是它是被吸进去的。"

"我把滤网拿出来了，"约恩声音颤抖，"这样吸力更强。"哈利从外套口袋里拿出一支笔，用它小心地转动眼球。眼球组织似乎很柔软，但里面有个坚硬的核。他变换蹲姿，让天花板的灯光照射在瞳孔上，只见瞳孔又大又黑，边缘模糊，因为眼部肌肉无法再让瞳孔保持圆形。瞳孔外围的虹膜颜色很浅，几乎呈蓝绿色，它闪闪发光，犹如一块暗淡的大理石的中心。哈利听见背后的约恩呼吸加速。

"通常虹膜是浅蓝色的，"哈利说，"你认识这个人吗？"

"不，我……我不认识。"

"听着，约恩，"哈利并未回头，"我不知道你是否经常练习说谎，但你的技术不太好。我不能逼你说出你弟弟不可告人的事，但是这个……"哈利指了指那个带着血丝的眼球，"我可以逼你告诉我这个人是谁。"

哈利转过身去，看见约恩低头坐在两把餐椅中的一把上。

"我……她……"他的声音因为情绪波动而变得低沉。

"所以这是个女的。"哈利说。

约恩低着头，确认地点了点头："她的名字叫朗希尔德·吉尔斯特拉普，她的眼睛是独一无二的。"

"她的眼睛怎么会在这里？"

"我不知道。她……我们……以前会在这里碰面，她有我家的钥匙。我做了什么，哈利？为什么会发生这种事？"

"我不知道，但我还有其他工作要做，我们得先找个地方安置你。"

"我可以去葛毕兹街。"

"不行！"哈利高声说，"你有西娅家的钥匙吗？"

约恩点了点头。

"好吧，那你去西娅家，把门锁上，除了我之外任何人去都不要开门。"

约恩朝大门走去，又停下脚步："哈利？"

"嗯？"

"我跟朗希尔德的事可以不让大家知道吗？我跟西娅开始交往后就没跟她见过面了。"

"这样不就没问题了。"

"你不明白，"约恩说，"朗希尔德·吉尔斯特拉普已经结婚了。"

哈利歪头想了想："第八诫？"

"第十诫。"约恩说。

"这件事我没办法保密，约恩。"

约恩用惊讶的眼神看着哈利，缓缓地摇头。

"怎么了？"

"真不敢相信我竟然说出这种话，"约恩说，"朗希尔德死了，我却只想着怎么保全自己。"

泪水在约恩的眼眶里打转。哈利心一软，十分同情约恩，这并不是对死者家属的同情，而是对一个为自己人性中的阴暗面而心碎的人的同情。

斯韦勒·哈斯弗有时会后悔自己放弃商船水手的生涯，跑来歌德堡街四号的新式公寓当管理员，尤其是在这种寒冷天气，住户又打电话来抱怨垃圾滑槽堵住的时候。这种事平均一个月会发生一次，原因十分明显：每层楼滑槽开口的直径跟滑槽本身内径的大小是一样的。老公寓还好一些，即使是在二十世纪三十年代垃圾滑槽刚推出时，建筑设计师都懂得把滑槽开口外直径设计得比滑槽内径小，这样人们才不会把垃圾从开口硬塞进去，使得垃圾卡在滑槽中间。现在的人满脑子都只想着风格和照明。

斯韦勒打开三楼的滑槽门，探头进去，按亮手电筒。光线照射在白色垃圾袋上，他估计袋子应该卡在一楼和二楼之间，那里的管道最窄。

他打开地下室垃圾间的门，把灯打开。里面十分湿冷，连他的眼镜都起了白雾。他打了个冷战，拿起倚在墙边的三米长的铁杆。这根铁杆专门用来清除卡住的垃圾，末端还有个塑料球，只要把铁杆伸进滑槽内就可以刺破垃圾袋。从垃圾袋破口掉进垃圾箱的东西通常会伴随液体滴下。管理规章清楚地规定，只有干燥的垃圾才能丢进滑槽，但没有一位住户遵守规定，就连住在这栋公寓里的基督徒都没遵守。

他踩在垃圾箱里的蛋壳和牛奶盒上，朝天花板上的滑槽开口走去，脚下嘎吱作响。他朝开口望去，却只看见漆黑一片。他把铁杆往上伸进开口，期待碰到一大包软软的垃圾，不料铁杆却戳到某种厚实的东西。他用力再戳，那东西却一动不动，显然是紧紧地卡在滑槽里。

他拿起挂在腰带上的手电筒，往上照去。一滴液体滴落在他的眼镜上，让他突然什么都看不见。他咒骂一句，摘下眼镜，把手电筒夹在腋下，用蓝色外套擦去液体。他站到一旁，眯起近视眼往上看，同时拿起手电筒向上照，不由得大吃一惊，脑中的想象力开始奔腾，越看心脏越无力。他不敢相信，戴上眼镜再往上看，心跳蓦地停止。

铁杆从手中滑落，擦过墙壁，砰的一声掉落在地。斯韦勒跌坐在垃圾箱里，手电筒滚落在垃圾袋之间。又一滴液体滴落在他大腿之间的垃圾袋上。他猛然后退，仿佛那是具有腐蚀性的强酸。他爬起来，冲了出去。

他需要新鲜空气。他在海上见过许多玩意，但从未见过这种东西。这东西……不正常。太恶心了。他推开大门，蹒跚地踏上人行道，没注意到外头站着两名高大男子，也没注意到迎面而来的冰冷空气。他头晕目眩，喘不过气，倚在墙边拿出手机，无助地盯着手机看。为了方便人们记住，警局报案专线的电话号码多年前改过，但此时他脑子里浮现的仍是旧号码。他看见了那两名男子，其中一人正在用手机打电话，另一人他认得，是这里的住户。

"抱歉，请问报案要打多少号？"斯韦勒听见自己声音沙哑，仿佛已声嘶力竭。

那位住户朝他身旁的男子看去，男子稍微打量了一下斯韦勒，说："我们可能还要请伊凡带搜索犬过来，稍等我一下。"男子放下手机，转身对斯韦勒说："我是奥斯陆警署的霍勒警监，让我猜猜看……"

托雷站在西区跳蚤市场旁的公寓卧室窗户前，看着下方的院子。窗内窗外一样安静，没有小孩在雪地里尖叫奔跑和玩耍，一定是外面太黑太冷了，不过他也已经好几年没看见冬天有小孩在室外玩耍了。他听见客厅的电视正在播报新闻，主播提醒大家今年低温创下新纪录。社会服务部门的官员将推行特别措施，让流浪汉离开街头，并鼓励独居老人打开家中暖气。警方正在搜寻一位名叫克里斯托·史丹奇的克罗地亚公民，民众提供线索可获得奖金。主播并未提及奖金金额，但托雷猜想这笔钱应该够他购买去开普敦的往返机票，并支付三星期的食宿费用。

托雷把鼻孔弄干净，将剩下的可卡因抹在牙龈上，盖过比萨的余味。

他跟饼干餐厅的经理说他头痛并提前下班。史丹奇——或迈克，他说他叫迈克——依照约定在西区跳蚤市场的长椅上等他。史丹奇显然很享受葛兰迪欧沙牌冷冻比萨，狼吞虎咽地连同地西泮一起吞下肚。地西泮是含有镇静成分的药丸，托雷把十五毫克的地西泮剁成碎片，加在比萨里。

托雷看着沉睡中的史丹奇，只见他面朝下赤裸地躺在床上，尽管嘴被塞着，呼吸仍深沉均匀。托雷进行他小小的安排时，史丹奇并没有苏醒的迹象。地西泮是托雷从饼干餐厅外面街上一个癫狂的毒虫那儿买来的，十五克朗一颗。其他道具也不贵，包括手铐、脚镣、带头套的口塞，以及肛门串珠，这一整套工具被称为入门套装，网购价仅五百九十九克朗。

被子被拉到了地上，房间四周点满蜡烛，将史丹奇的肌肤照得闪闪发亮。史丹奇趴在白色床单上，身体呈 Y 字形，双手被铐在坚固的铜质床架上，双脚被束缚在床尾的栏杆上。托雷设法在史丹奇的腹部底下塞进一个垫子，让他臀部翘起。

托雷打开凡士林的盖子，用食指挖了一坨，再用另一手掰开史丹奇的双臀。一个念头闪过他的脑际：这是强暴。他现在的行为很难再冠上别的名称，但光是想到"强暴"这两个字就让他的欲火熊熊燃起。

事实上，托雷不太确定史丹奇被自己这样玩会不会做出反抗。信号是双重的。玩一个杀人犯很危险，但这种危险感是美妙的。不过他这样做也并非完全出于愚昧，毕竟被他压在底下的这个男人，下半辈子都将在监狱里度过。

他低头看着自己勃起的阴茎，从盒子里拿出肛门串珠，拉了拉细长而坚韧的尼龙绳两端。尼龙绳穿过串珠，宛如一串珍珠项链，一端的珠子小，另一端的珠子大，依次排列，最大的如高尔夫球般大小。说明书上写道，依序将串珠塞入肛门，再缓缓拔出，给予分布在肛门开口周围的敏感神经最大的刺激。珠子是彩色的。倘若你不知道肛门串珠是什么，那你可以把它们想象成别的东西。大珠子映照出托雷扭曲的身影，他对着自己的身影露出微笑。父亲如果收到他寄的圣诞礼物以及来自开普敦的问候，一定会大吃一惊。他希望这份礼物挂在圣诞树上会非常好看，但他在维果斯黑的家人一定不知道这串闪闪发亮的珠子究竟是什么，只会把它挂在圣诞树上，尽责地牵起彼此的手，围着圣诞树边唱边跳吉格舞 ①。

　　哈利领着贝雅特和她的两个助手走下楼梯，走进地下室。管理员打开垃圾间的门。其中一名女助手是新来的，哈利听过她的名字之后三秒钟就忘记了。

　　"上面那里。"哈利说。贝雅特和两名助手身穿养蜂人一样的衣服，小心翼翼地走到滑槽开口的下方。头灯光束消失在黑暗的滑槽中。哈利看着那名新来的女助手，等着看她脸上有什么反应。她露出的表情让哈利联想到被潜水者的手指触碰而立即收缩的珊瑚。贝雅特微微点头，犹如一个冷静地评估霜害有多严重的水管工人。

　　"眼球被剜出，"贝雅特的声音在滑槽里回荡，"玛格丽特，你有没有看见？"

　　女助手大力呼吸，在养蜂人衣服里寻找笔和笔记本。

　　"你说什么？"哈利问道。

　　"她的左眼被取出来了。玛格丽特？"

　　"记下来了。"女助手记下笔记。

　　"我想女子是头朝下脚朝上卡在滑槽内，眼窝流出少许血液，可以看见里面有一些白色区域，应该是组织之间露出的内部的头骨。血液是深红色的，所以已经凝固了一段时间。法医来了以后会检查体温和僵硬度。我会不会说得太快了？"

　　"不会，可以的。"玛格丽特说。

　　"我们在四楼的滑槽门上发现血迹，和眼珠被发现的楼层一样，所以我推测尸体应该就是从那里被推下来的。滑槽开口不大，如果从这里观察，

————————
① 一种活泼欢快的民间舞蹈，起源于16世纪的英国。

死者的右肩似乎脱臼，这可能是在她被推进滑槽门或滑落时发生的。从这个角度很难看清楚，但我看见脖子上有瘀青，这表示她是被勒死的。法医会检查肩膀并判定死因。除此之外，我们在这里可以进行的工作有限。交给你了，吉尔伯格。"

贝雅特站到一旁，男助手对着滑槽内开闪光灯拍了几张照片。

"眼窝里的黄白色物体是什么？"吉尔伯格问道。

"脂肪。"贝雅特说，"你清空垃圾箱，寻找可能属于死者或凶手的东西，之后外面的警察会来帮你把死者拉下来。玛格丽特，你跟我来。"

他们进入走廊，玛格丽特走到电梯门前，按下按钮。

"我们走楼梯。"贝雅特低声说。玛格丽特用惊讶的表情看着她，然后跟在两名前辈后面爬上楼梯。

"我这边还有三个人很快就会到，"贝雅特回答了哈利没问出口的问题，他迈开长腿，一次跨上两级台阶，但身形娇小的贝雅特依然可以轻松跟上，"有目击者吗？"

"目前为止没有，"哈利说，"但我们正在挨家挨户调查，有三名警察正在拜访大楼里的每套公寓，接着会拜访隔壁楼群。"

"他们手上有史丹奇的照片吗？"

哈利看了贝雅特一眼，猜想她是否在刻意挖苦，但很难判断。

"你的第一印象是什么？"哈利问道。

"凶手是个男人。"贝雅特说。

"因为一定要够强壮才能把死者推进滑槽？"

"可能吧。"

"还有其他原因吗？"

"哈利，难道我们还没确定凶手是谁吗？"贝雅特叹了口气。

"是的，贝雅特，还不确定。根据办案原则，在证据确凿之前，一切都必须视为猜测。"

哈利转头望向玛格丽特，只见她气喘吁吁地跟在后面："你的第一印象呢？"

"什么？"

他们转了个弯，踏进四楼走廊。约恩·卡尔森家的门口站着一名身穿花呢西装、衣扣未系的肥胖男子，显然他正在等候他们。

"我在想，不知道你走进这种公寓、抬头看向滑槽的时候，会有什么感觉？"哈利说。

"感觉？"玛格丽特露出困惑的微笑。

"没错，感觉！"史戴·奥纳大声说并伸出了手，哈利毫不犹豫地跟他握了握手，"加入我们来一起学习吧，各位，这就是霍勒的著名真理：进入犯罪现场前，请先清空所有思绪，让自己变成新生儿，没有语言干扰，让自己拥抱神圣的第一印象。最初的这几秒钟，是你在没有证据协助下唯一能掌握事发经过的机会。这听起来很像驱魔，对不对？贝雅特，你这身打扮真不赖，还有这位美丽的同事是谁？"

"这位是玛格丽特·斯文森。"

"我叫史戴·奥纳，"男子握起玛格丽特戴着手套的手吻了吻，"我的天，你尝起来有橡胶的味道，亲爱的。"

"奥纳是心理医生，"贝雅特说，"他是来提供协助的。"

"应该说我总是'试着'提供协助，"奥纳说，"我恐怕得说，心理学这门科学仍处于萌芽时期，接下来五十年到一百年间，都不应该赋予它太高的评价。那么你对霍勒警监的问题怎么回答呢，亲爱的？"

玛格丽特用求救的眼神望向贝雅特。

"我……我不知道，"玛格丽特说，"当然了，那颗眼球让人觉得有点恶心。"

哈利打开门锁。

"你知道我受不了血腥的场面。"奥纳警告说。

"就把它当成玻璃眼珠吧，"哈利说着推门入内，"请踩在塑料垫上，什么东西都不要碰。"

奥纳小心地沿着铺在地上的黑色塑料垫行走，他在眼球旁蹲了下来。眼球依然躺在吸尘器旁的一堆灰尘里，但现在已蒙上一层灰色薄膜。

"显然这眼球是被剜出的。"哈利说。

奥纳挑起一边的眉毛："是用吸尘器吸出来的？"

"光用吸尘器没办法把眼球从头部吸出来，"哈利说，"凶手一定是先将眼球吸到一定程度，再伸进手指把它拔出来，肌肉和视神经非常坚韧。"

"哈利，有什么是你不知道的吗？"

"我逮捕过一名在浴缸里溺死亲生孩子的女人，她在拘留所里把自己的眼睛挖出来，所以我听医生解说过详细过程。"

他们听见玛格丽特在后方急促地吸了口气。

"一颗眼球被挖出来并不会致命，"哈利说，"贝雅特认为死者可能是被勒死的，你的第一印象呢？"

"不用说，做出这种行为的人通常处于情绪或理智失调的状态，"奥纳说，"毁伤肢体的行为显示无法控制的怒意。当然，凶手选择把尸体丢进滑槽可能有实际上的考虑……"

"不太可能，"哈利说，"如果想让尸体一时不被发现，最聪明的做法是把它留在这个无人的空屋里。"

"这样说来，就某种程度而言，这可能是有意识的象征性行为。"

"嗯，挖出眼睛，再把身体其他部分当作垃圾？"

"对。"

哈利望向贝雅特："这听起来不像是职业杀手的手法。"

奥纳耸了耸肩："说不定是个愤怒的职业杀手。"

"一般来说，职业杀手会有一套自己信赖的杀人方法，克里斯托·史丹奇的方法就是用枪杀死对方。"

"说不定他的手法更多，"贝雅特说，"又或者他在房间里的时候被死者吓到。"

"说不定他不想用枪，因为枪声会惊动邻居。"玛格丽特说。

另外三人转头朝玛格丽特望去。

她脸上掠过受惊的微笑："我的意思是……说不定他需要一段不受打扰的时间，说不定他在找什么东西。"

哈利注意到贝雅特的鼻子突然呼吸急促，脸色比平常还要苍白。

"你觉得这听起来怎么样？"哈利问奥纳。

"就跟心理学一样，"奥纳说，"一团疑问，以及从结果反推回去的假设。"

三人走到门外，哈利问贝雅特怎么了。

"我只是觉得有点反胃而已。"她说。

"哦？这种时候你可不能生病，明白吗？"

她只露出别有深意的微笑作为回答。

他醒了过来，睁开眼睛，看见光线漫溢在前方的白色墙壁上。他感到头痛，身体也痛，而且无法动弹。他嘴里有个东西。当他试着移动时，却发现双手双脚都被铐住。他抬起头来，在床边的镜子和燃烧的蜡烛光线中看见自己一丝不挂，头上戴着一个看起来像马具的黑色玩意。那玩意的一条带子横亘脸部，覆盖嘴巴，中央有个黑色球体。他的双手被金属手铐铐住，双脚被看起来像是束缚带的黑色物体固定住。他盯着镜子看，看见双腿之间的床单上有一根线头，线的另一端隐没在他的双臀之间。他背上有某种白色物体，看起来像精液。他趴回枕头中，紧闭双眼，虽想大叫，但知道嘴里的球会形成阻碍。

他听见客厅传来声音。

"哈罗？Politi？"

Politi？Polizei？警察？

他在床上扭动，拉扯双臂，却被手铐削去拇指背的皮肤，令他疼痛呻吟。他扭动双手，让手指抓住铐环之间的铁链。手铐。金属杆。父亲教过他，说建材通常只制造成可以承受单方向的压力，而弯曲钢铁的艺术就在于知道它在哪个点和哪个方向的抵抗力最弱。手铐之间的铁链是用来防止两个铐环分离的。

他听见男子的声音在客厅简短地讲完电话，接着，四周一片寂静。

他按住铁链最后一段连接扣，这段连接扣连着铐环，而铐环铐在床头的铜杆上。他没有拉扯，而是扭转。扭转四十五度角之后，连接扣就卡在铜杆上。他试着继续扭转，但手铐动也不动。他再试一次，手却滑了开来。

"哈罗？"客厅再度传来声音。

他深吸一口气，闭上眼睛，眼前浮现出父亲的身影。父亲穿着短袖衬衫，露出粗壮的前臂，站在工地的钢筋束前。父亲轻声对他说："排除所有的怀疑，把所有的空间留给意志力，钢铁没有意志力，这就是为什么它最后总是会输。"

托雷的手指不耐烦地在洛可可镜子上轮敲着，这面镜子镶有珠光闪耀的灰色贝壳。古董店老板跟他说，"洛可可"这个名词通常带有贬义，因为它代表的是一种过于夸张的风格，几乎称得上怪诞。后来，托雷发现正是老板这一番话，让他决定贷款一万两千克朗来买下这面镜子。

警署总机把电话转到犯罪特警队，但无人接听，现在正试着转接给制服警察。

他听见卧室传来声响，是铁链摩擦铜床的咯咯声。看来地西泮并不是最有效的镇静剂。

"我是值班警察。"一个冷静低沉的声音传来，吓了托雷一跳。

"呃，我打……我打电话来是关于奖金，就是……呃，那个枪杀救世军的家伙。"

"请问你的姓名？从哪里打来电话？"

"我叫托雷，从奥斯陆打的电话。"

"可以请你说得详细一点吗？"

托雷吞了口口水。由于某些原因，他行使了不公开电话号码的权利，因此他知道现在这名值班警察面前的屏幕应该显示"未显示号码"。

"我可以提供协助。"托雷的声调不自禁地拉高。

"首先我需要知道……"

"我把他铐在床上了。"

"你是说你把某人铐在床上？"

"他是杀人犯，不是吗？他很危险。我在餐厅看见了手枪。他叫克里斯托·史丹奇，我在报纸上看见了他的名字。"

电话那头沉默片刻，接着话声再度传来，这次似乎不再那么镇定："请冷静下来，告诉我你的姓名、你所在的位置，我们立刻赶过去。"

"那奖金呢？"

"如果这通电话让我们逮捕到真正的凶手，我会确认是你协助过我们。"

"那我会立刻得到奖金吗？"

"对。"

托雷想到开普敦，想到炙热阳光下的圣诞老人。电话发出吱吱声。他吸了口气，准备回答，眼睛看着那面价值一万两千克朗的镜子。这时他明白了三件事。第一，吱吱声不是电话传来的；第二，网上卖的五百九十九克朗的入门套装提供的手铐质量不佳；第三，他很可能已经过完了人生中最后一个圣诞节。

"喂？"电话里传来说话声。

托雷很想回答，但那条怎么看都像圣诞装饰品、由细尼龙绳串起的闪亮珠子，塞住了声带发声要用到的气管。

19　集装箱

十二月十八日，星期四

四人乘车行驶在暗夜里的高雪堆之间。

"厄斯古德就在前面左边。"约恩在后座说，手臂环抱着惊恐不已的西娅。

哈福森驾车转弯，离开主干道。哈利看着窗外星罗棋布的农舍在山坡顶端或树丛之间如同灯塔般闪烁着灯光。

由于哈利说罗伯特的住处已不再安全，约恩才建议去厄斯古德，并坚持要带西娅一起去。

哈福森驾车开上白色农舍和红色谷仓间的车道。

"我们得打电话请邻居驾驶牵引机清除一些雪。"约恩说。车子费力地开在新雪之上，朝农舍的方向前进。

"绝对不行，"哈利说，"不能让别人知道你在这里，就连警察也不行。"

约恩走到台阶旁的围墙前，数到第五块墙板，把手伸进墙板下的雪堆之中。

"有了。"他说，用手拿出一把钥匙。

室内的温度感觉比室外还低，漆面木墙似乎冰冻在冰块中，使他们的声音变得刺耳。他们跺掉鞋子上的冰雪，走进大厨房，里面有坚实的餐桌、橱柜、储物长椅，角落里还有个耶尔多牌燃木火炉。

"我来生火，"约恩口喷白气，搓揉双手取暖，"长椅里可能有一些木柴，但我们需要更多的，得去柴房拿。"

"我去拿。"哈福森说。

"你得挖出一条路才行，阳台上有两把铲子。"

"我跟你去。"西娅低声说。

雪停了，空气也变得干净。哈利站在窗前抽烟，看着哈福森和西娅在白色月光下铲开重量颇轻的新雪。火炉发出噼啪声，约恩弯腰看着火焰。

"你女朋友对朗希尔德·吉尔斯特拉普的事有什么反应？"

"她原谅我了，"约恩说，"就像我说的，那是跟她交往之前的事。"

哈利看着香烟的火光："你还是不知道朗希尔德为什么要去你家？"

约恩摇了摇头。

"我不知道你有没有发现，"哈利说，"你书桌最底下的一格抽屉被强行打开，你在里面放了什么？"

约恩耸了耸肩："私人物品，大部分是信。"

"情书吗？比方说，朗希尔德写的？"

约恩脸颊发红："我……不记得了。大部分都已经丢了，或许留了几封。我的抽屉都会上锁。"

"所以就算西娅一个人在那里也不会发现它们？"

约恩缓缓点头。

哈利走到门外台阶上，俯瞰农舍庭院，抽了最后几口烟，然后丢进雪地，拿出手机。铃声响到第三声，哈根接了起来。

"我把约恩·卡尔森移到了别的地方。"哈利说。

"说详细一点。"

"没有必要。"

"什么？"

"他在这里更安全，哈福森会留下来过夜。"

"在哪里，霍勒？"

"这里。"

哈利聆听电话那头的沉默，隐约猜到对方接下来会有什么反应。果然，哈根的声音洪亮而清楚地响了起来。

"霍勒，你的直属长官要求你详细汇报，拒绝汇报会被视为不服从命令，你听清楚了吗？"

哈利经常希望自己的个性不会这样奇怪，好让他拥有一点大部分人都具备的社会生存本能。但他不是这种人，一向都不是。

"为什么你非要知道，这很重要吗，哈根？"

哈根的声音由于愤怒而颤抖："霍勒，我会告诉你什么时候可以提问，听清楚了吗？"

哈利在沉默中等待着，再等待，直到听见哈根深深吸了口气，哈利才说："史康森农场。"

"你说什么？"

"在斯特勒门镇东部，洛伦森林的警察训练场附近。"

"原来如此。"过了一会儿哈根说。

哈利结束通话，按下另一组号码，同时看见西娅站在月光下怔怔地朝屋外厕所的方向望去。她放下铲子，身体静止，形成一种奇怪的姿势。

"我是史卡勒。"

"我是哈利，有新发现吗？"

"没有。"

"没有线报？"

"没有像样的。"

"但是有人打电话来？"

"天哪，当然有，人们都知道有奖金可以拿啊。如果你问我的话，我会说这是个烂主意，给我们增加了很多无谓的工作。"

"他们都怎么说？"

"他们说的都差不多！都说见过长得很像史丹奇的人。最好笑的是，有个家伙打给值班警察，说他把史丹奇给铐在家里的床上，还问这样有没有奖金可以拿。"

哈利等麦努斯的笑声停止后才说："他们怎么证实那家伙说的不是真的？"

"他们不用证实，那家伙自己挂了电话，显然头脑不清楚，他还宣称在餐厅见过史丹奇，手里拿着枪。你们在干吗？"

"我们……你刚刚说什么？"

"我问你们……"

"不是，我是说你刚说那家伙看见史丹奇拿枪。"

"哈哈……民众的想象力很丰富，对不对？"

"帮我把电话转给值班警察。"

"啊……"

"现在就转，史卡勒。"

哈利的电话被转了过去，他跟值班警察说上了话，才说三句就请对方留在线上不要挂断。

"哈福森！"哈利的喊叫声在院子里回荡。

"什么事？"哈福森出现在谷仓前的月光下。

"不是有个服务生在厕所看见有人拿着沾有洗手液的手枪吗，他叫什么名字？"

"我怎么会记得？"

"我不管，你给我记起来。"

两人的回音在静夜中的房舍墙壁和谷仓之间响起。

"好像叫托雷什么的。"

"正中红心！那家伙在电话上就说他叫托雷。很好，现在请把他的姓氏想起来。"

"呃……比格尔？不对，比尔伦？不对……"

"快点，列夫·雅辛！"

"比约根，对，比约根。"

"放下铲子，你得到了上路飙车的许可。"

二十八分钟后，哈福森和哈利驾车来到西区跳蚤市场，在希维斯街转弯，抵达托雷的住处地址，这地址是值班警察从饼干餐厅的领班那儿问来的。现场已经有一辆警车在等待他们。

哈福森把车停在警车旁，按下车窗。

"三楼。"驾驶座上的警察说，指了指灰砖墙上一扇亮着灯光的窗户。

哈利倾身越过哈福森："哈福森跟我上去，你们一个人留在这里跟警署保持联络，一个人去后院守住厨房楼梯。你们的后备厢里有枪可以借我吗？"

"有。"女警员说。

男警员倾身向前："你是哈利·霍勒，对不对？"

"对。"

"署里有人说你没有枪支执照。"

"我没有。"

"哦？"

哈利微微一笑："那天我睡过头，错过了秋天第一回合的射击测验，可是第二回合我拿到全国第三名，这样可以吗？"

两名警察互望一眼。

"可以。"男警员咕哝说。

哈利猛力推开车门，冰冻的橡胶条发出呻吟。"好，我们来看看这条线报是否值得我们跑一趟。"

这是哈利在两天内第二次拿起 MP5 冲锋枪，他按下名牌上写着塞耶斯泰德的门铃，对一个紧张的女性说他们是警察，还说她可以先走到窗边，看看楼下是不是有警车再开门。女子照做了。女警员走到后院就位，哈福森和哈利爬上楼梯。

门铃上的铜质名牌用黑字写着"托雷·比约根"。哈利想起过去第一次跟莫勒一起行动时，莫勒教了他一种判断门内是否有人在家的最简单方法，到现在仍然很管用。哈利把耳朵附在门板玻璃上。里面没有声音。

"子弹装了，保险打开了？"哈利低声说。

哈福森拿出警用左轮手枪，贴着大门左侧的墙壁站立。

哈利按下门铃。

"要破门还是不要破门，"哈利低声说，"这是个好问题。"

"要强行侵入的话，最好先打电话去检察官办公室申请搜索……"

哈福森话未说完，就被 MP5 冲锋枪打破门上玻璃的碎裂声打断。哈利伸手入内，打开了门。

他们悄悄走进玄关，哈利指了指几扇门，示意哈福森去检查，自己则走进客厅。客厅空无一人，但哈利立刻注意到电话桌旁的镜子曾遭受重击，镜子中央有个圆形区块已经掉落，其他部分有如黑色太阳般从圆形区块呈放射状往外裂开，裂痕一直延伸到镀金的装饰镜框。

哈利把注意力集中在客厅尽头一扇微开的房门。

"厨房和浴室没人。"哈福森在他背后低声说。

"好，做好准备。"

哈利朝微开的房门走去。这时他觉得，如果他们在这里会有什么发现，那一定会在那个房间里。一辆消音器有故障的车子从外面经过。电车的尖锐刹车声从远处传来。哈利发觉自己本能地弓起身体，避免成为太大的目标。

他用冲锋枪管推开房门，利落地踏了进去，立刻闪到一旁，以免自己成为明显目标。他紧靠墙壁，手指扣在扳机上，等待眼睛适应黑暗。

透过门口射入的光线，他看见一张铜杆大床，被子底下伸出两条赤裸的小腿。他大步上前，抓住被子一角，掀了开来。

"哇！"哈福森惊呼一声，站在门口惊讶地看着床铺，慢慢放下了枪。

他打量栅栏，奋力助跑，纵身一跃，运用波波教他的方式，像虫一样往上爬，然后翻越栅栏。口袋里的手枪顶到他的腹部。他跳落在栅栏另一侧的人行道冰面上，在路灯光线下看见身上的蓝色外套出现一道大裂缝，白色内里跑了出来。

一个声响令他避开灯光，躲进层层叠叠的集装箱的阴影中。这是个很大的港口区。风吹过阴暗荒废的小木屋的破窗，发出尖鸣。

不知为何，他感觉自己受到监视。不对，不是受到监视，而是被发现了。有人知道他来到了这里，但也许还没看见他。他扫视被灯光照亮的栅栏，寻找可能的警报系统，但什么都没发现。

他沿着两排集装箱行走，找到一个开着的集装箱，走进深不可测的黑暗中，立刻察觉出不妙，如果睡在这里一定会冻死。他关上集装箱门，感觉空气在流动，仿佛站在某个正在运送中的方块里。

他踩到报纸，脚下发出窸窣声。他必须想办法取暖才行。

他走出集装箱，再度觉得自己受到监视。他走到小屋，抓住一块木板用力一拉。木板砰的一声被拉了下来。他瞥见有个影子闪过，转身却只看见奥斯陆中央车站周围十分诱人的饭店，以及这间小屋的漆黑门口。他又拆下两块木板，走回集装箱。雪堆上有脚印，是某种很大的爪子，警卫犬的爪印。脚印是原本就在这里的吗？他将木板掰成小块，放在柜门内的钢质壁板旁，并在柜门上留一条缝，想让黑烟飘出去。他从救世军旅社拿来的火柴和手枪放在同一个口袋里。他点燃报纸，放在木头下方，再把手放在热气上。小小的火焰舔舐着锈红色的墙壁。

他想到那服务生用惊恐的眼神看着枪管，任他搜查口袋，但他只找到一些零钱。服务生说他只有这点钱。这点钱只够买个汉堡和搭地铁，不够找地方躲藏、保暖和睡觉。接着，服务生又笨到说他已经报警，警察正在赶来的路上。于是他做了他该做的事。

火焰照亮外面的雪地，他注意到门外多出一些爪印。奇怪，他刚刚进集装箱时并未看见它们。他坐在原地，聆听自己的呼吸声在铁箱里回荡，仿佛这里有两个人。他用目光追踪着爪印，突然他身体一僵，发现脚印和爪印重叠了，他的脚印中有个爪印。

他用力将门关上，集装箱门发出砰的一声闷响，只剩报纸边缘在黑暗中发出红光。他的呼吸变得沉重。外面有只警卫犬正在追捕他，它会嗅闻，辨认他的气味。他屏住呼吸，这时才惊觉，那只警卫犬其实就在里面，刚才他听见的并不是自己呼吸的回声。警卫犬就在集装箱里。他赶紧把手伸进口袋拿枪，这时脑子里闪过一个念头：奇怪，这只警卫犬竟然没嗥叫，连一丝声音都没有发出。直到这时，它才发出声音，即便如此，发出的也只不过是冲刺时脚爪接触金属地面的轻柔摩擦声。他才刚扬起手臂，一张大嘴就已咬上他的手，剧烈的疼痛仿佛将他的脑袋炸成碎片。

哈利仔细查看床上，认为那人应该就是托雷·比约根。

哈福森站到哈利身旁。"我的老天，"他低声说，"这是怎么回事？"

哈利没有回答，只是拉开那人脸上的黑色面罩拉链，再把面罩拉到一旁，露出底下画着的红唇和眼妆，这令他想到治疗乐队的主唱罗伯特·史密斯。

"他就是跟你在饼干餐厅说过话的服务生？"哈利问道，环视卧室。

"应该是吧，但这身装扮是什么啊？"

"皮革装。"哈利用指尖抚摸床单上的金属细屑，又拿起床边桌上一个半满水杯旁的东西。那东西是药丸。他细看那颗药丸。

哈福森呻吟一声："这真是太恶心了。"

"算是恋物癖的一种，"哈利说，"其实也不比你喜欢看女人穿迷你裙、吊袜带或任何令你血脉偾张的服装恶心。"

"我喜欢制服，"哈福森说，"什么制服都好，护士制服、交通警察制服……"

"谢谢你的分享。"哈利说。

"你怎么看？"哈福森问道，"这是自杀药丸？"

"最好问他。"哈利说着拿起那杯水，倒在床上那张脸上。哈福森目瞪口呆地看着他。

"如果你不是满脑子偏见，早就应该听见他还在呼吸了，"哈利说，"这是地西泮，没有安定那么猛。"床上的男子挣扎着要呼吸，脸皱成一团，接着是一阵猛咳。

哈利在床沿坐下，等待那对惊恐的小瞳孔慢慢聚焦在他身上。

"比约根，我们是警察，抱歉闯进你家，但我们相信你手上曾经有我们要找的人，现在这个人显然已经不在了。"

哈利面前的那双眼睛眨了两次。"你在说什么啊？"男子的声音十分低沉，"你们是怎么进来的？"

"从前门进来的，"哈利说，"今晚早些时候你家有客人。"

男子摇了摇头。

"你是这样跟警察说的。"哈利说。

"没人来过我家，我也没打电话报警，我的电话号码没登记在电话簿里，你们是追踪不到的。"

"可以，我们追踪得到，而且我刚刚可没说你打电话报警。你在电话中说你把某人铐在床上，而且我在床单这里发现栏杆的金属细屑，外面的镜子也被打破。比约根，他跑掉了，是不是？"

男子瞠目结舌，看了看哈利，又看了看哈福森，视线又回到哈利身上。

"他有没有威胁你？"哈利用同样低沉平淡的声音说，"他有没有说，如果你敢对我们透露一个字，他就会回来找你？是不是这样？你害怕他会回来？"

男子只是张大嘴巴。也许是因为那副皮革面具，哈利联想到偏离航道的飞行员，只不过眼前这位是偏离航道的罗伯特·史密斯。

"他们总是会撂下这类狠话，"哈利说，"不过你知道吗？如果他想来真的，你早就死了。"

男子呆望着哈利。

"比约根，你知道他去哪里了吗？他带了什么东西离开？钱，还是衣服？"

男子一言不发。

"快说，这很重要，他在奥斯陆还有一个人要杀。"

"我不知道你在说什么，"托雷·比约根低声说，目光并未离开哈利，"可以请你们离开吗？"

"当然可以，不过我要告诉你，你这样做有可能被控窝藏杀人犯，最坏的情况下，法院可能会把你视为帮凶。"

"有什么证据？好吧，也许我打过电话，但我是开玩笑的，我只想乐一乐，那又怎样？"

哈利从床沿站了起来："随便你，我们要走了，你收拾些衣服吧，我会派几个人来带你回去。"

"带我回去？"

"就是逮捕你。"哈利对哈福森做了个手势，表示离开。

"逮捕我？"托雷的声音不再沉重，"为什么？妈的，你手上根本没有证据。"

哈利扬起了手，拇指和食指之间夹着药丸。"比约根，地西泮是处方用药，就像安非他命和可卡因一样，除非你有处方笺，否则我们必须因你持有地西泮而逮捕你，刑期是两年。"

"你在开玩笑吧。"托雷费力地爬下床，抓起地上的被子，这时才发现自己身上穿的是什么。

哈利朝门口走去："这我同意，我个人认为挪威法律对于持有软性毒品的刑罚太重了，所以如果是在别的情况下，我有可能睁一只眼闭一只眼。晚安了。"

"等一下！"

哈利停下脚步，在原地等待。

"他的兄……弟……"托雷结结巴巴地说。

"兄弟？"

"他说如果他在奥斯陆出事，他的兄弟会来追杀我。无论他是被捕还是被杀，他们一定会来追杀我。他还说他的兄弟喜欢用盐酸。"

"他没有任何兄弟。"哈利说。

托雷抬头看着哈利，用十分惊讶的口吻说："没有吗？"

哈利摇了摇头。

托雷拧绞着双手："我……我吃那些药是因为我心情很不好，这不就是那些药的用处吗？"

"他去哪里了？"

"他没说。"

"他拿钱了吗？"

"只有我身上的一点零钱，然后他就走了。我……我只是坐在这里，觉得很害怕……"他突然哭了起来，缩在被子底下，"我好害怕。"

哈利看着哭哭啼啼的托雷："如果需要的话，今天晚上可以去警署睡觉。"

"我要留在这里。"托雷吸了吸鼻涕。

"好吧，我们的人明天早上会再找你问话。"

"好。等一下！如果你们逮到他……"

"怎样？"

"我还是可以拿到奖金，对不对？"

他把火生得很旺。火焰在一片三角形玻璃内翻腾，玻璃来自小屋的破窗。他又去拿了几片木板，感觉身体开始暖和起来。夜里会更冷，但至少他还活着。他用那片玻璃把衬衫割成条状，将流血的手指包扎起来。之前警卫犬的嘴巴咬上他握住手枪的手，连手枪也咬在嘴里。

那只黑麦兹纳犬吊挂在集装箱的顶端和地板之间，影子在柜壁上闪动不定，它嘴巴张开，身体伸开，凝固在最后一次无声攻击的姿势中。它的两条后腿被铁丝绑了起来，铁丝穿过集装箱顶端的铁槽。血从嘴巴和耳朵后方的弹口滴落地面，犹如时钟般规律地嘀嗒作响。他永远不会知道扣下扳机的究竟是他的前臂肌肉，还是因为那只狗的嘴巴咬上他的手，挤得他的手指扣动扳机。但子弹击发之后，他仍觉得柜壁震动不已。自从他抵达这座讨厌的城市，这是他开的第六枪，如今手枪里只剩一发子弹。

子弹只要一发就够了，但现在他要怎么找到约恩·卡尔森？他需要有人引导他前往正确的方向。他想到那个叫哈利·霍勒的警察。哈利·霍勒，听起来不像是个常见的名字，也许这个警察不会太难找。

第三部　钉刑

他在街角商店旁的人行道上滑了一跤，臀部着地，但立刻就爬了起来，一点也不觉得疼。跟上次一样，他朝公园的方向奔去。这真是场噩梦，一场由一连串无意义事件所构成的噩梦。是不是他疯了？还是事情真的如此发生了？寒风与胆汁刺痛他的喉咙。

20 会议厅

十二月十八日，星期四

维卡中庭饭店外的霓虹灯显示零下十八摄氏度，里面的时钟显示晚上九点。哈利和哈福森站在玻璃电梯内，看着热带植物在下方越来越小。

哈福森噘起嘴唇，然后改变心意，又噘起嘴唇。

“玻璃电梯没问题，”哈利说，“我不怕高。”

“嗯哼。”

“我希望由你来说明和发问，我晚点再加入，好吗？”

哈福森点了点头。

他们离开托雷家之后，才刚上车就接到甘纳·哈根的电话，要他们前往维卡中庭饭店，阿尔贝特和麦兹·吉尔斯特拉普这对父子正在那里等候，准备提供说明。哈利说民众打电话来表示要提供说明并找警方去做笔录不符合常规，因此建议派麦努斯过去。

“阿尔贝特是总警司的老朋友，”哈根解释说，“他打电话来，说他们决定只给领导调查工作的警官提供说明。往好的方面想，不会有律师在场。”

“这个嘛……

“太好了，谢谢。”

这次他们身不由己。

一名身穿蓝色运动上衣的矮小男子站在电梯外等候他们。

“我是阿尔贝特·吉尔斯特拉普。”男子说话时一双薄唇几乎不动，迅速而坚定地跟他们握了握手。阿尔贝特一头白发，眉头蹙起，面容饱经风霜，但眼神年轻警觉，在他们行走时观察着哈利。三人来到一扇门前，门上的标志表明这里是吉尔斯特拉普投资公司。

"我想先跟你们说，我儿子受到很大的打击，"阿尔贝特说，"尸体的状况惨不忍睹，麦兹生性又比较敏感。"

哈利根据他的表达方式，分析他可能是个务实之人，懂得逝者已去的道理，或者是他的儿媳妇并未在他心中占有一席之地。

接待区小而华丽，墙上挂着多幅民族浪漫主义风格的挪威著名画作。这些画哈利见过无数次，像是农场里的男人和猫、索里亚莫里亚宫殿。只不过这次哈利不确定自己看见的是不是复制品。

他们走进会议室，只见麦兹·吉尔斯特拉普坐在里面，凝视着面对中庭的玻璃墙。阿尔贝特咳了一声，麦兹缓缓转过身来，仿佛正在做梦却受到打扰，而他不愿意离开梦境。哈利的第一印象是儿子长得不像父亲。麦兹的脸小而圆，五官柔和，有一头鬈发。哈利判断他应该三十多岁，但他看起来比这年轻，可能因为他脸上露出孩子般无助的神情，站起来时棕色的双眼才终于聚焦在他们身上。

"很感谢你们过来。"麦兹用浓重的嗓音低声说，非常用力地跟哈利握手，让哈利怀疑他说不定以为来的是牧师而非警察。

"不客气，"哈利说，"反正我们也想找你谈话。"

阿尔贝特咳了一声，嘴巴几乎没怎么张开，像是木雕面孔上的一条裂缝："麦兹的意思是说他很感谢你们接受请求来到这里，我们以为你们更想在警局碰面。"

"我想你会更愿意在家里见我们，因为时间已经很晚了。"哈利对麦兹说。

麦兹优柔寡断地看了父亲一眼，见他微微点头，才说："我没办法忍受待在那里，感觉好……空。今天晚上我会睡在家里。"

"和我们一起。"阿尔贝特补充道，并看了儿子一眼。哈利觉得阿尔贝特的眼神里应该带着同情，但看起来却像是轻视。

四人坐下，父子俩越过桌面把名片递给哈利和哈福森。哈福森回递两张自己的名片，阿尔贝特用期待的眼神看着哈利。

"我的还没印出来，"哈利说，这是实话，他的名片从以前到现在从未印出来过，"不过哈福森跟我是搭档，所以打给他也一样。"

哈福森清了清喉咙："我们想请教几个问题。"

哈福森的询问重点在于厘清朗希尔德稍早之时的行踪、她去约恩·卡尔森家的原因，以及她可能的仇敌。但每个问题对方都以摇头作答。

哈利找来牛奶加进咖啡，他已不再喝黑咖啡，也许这是开始衰老的征兆。几星期前，他把披头士的经典专辑《比伯军曹寂寞芳心俱乐部》拿出来听，结果十分失望，因为连这张专辑也变老了。

哈福森看着笔记本上的问题，记下回答，并未和对方目光相触。他请麦兹说明今天早上九点到十点之间的行踪，这正是医生推断的死亡时间。

"他在这里，"阿尔贝特说，"我们两个人一整天都在这里工作，希望让公司出现转机。"他对哈利说："我们料到你们会问这个问题，因为我知道警方在调查命案时，第一个怀疑的就是丈夫。"

"这是有原因的，"哈利说，"从统计学的角度来看确实如此。"

"了解，"阿尔贝特说，"但统计数字是一回事，现实情况是另一回事。"

哈利直视阿尔贝特闪烁不定的蓝色眼睛。哈福森瞥了哈利一眼，仿佛在害怕些什么。

"那我们就把现实情况说清楚，"哈利说，"少摇头、多说话，可以吗，麦兹？"

麦兹猛然抬头，仿佛刚刚在打瞌睡。哈利等到和麦兹四目相接，才说："约恩·卡尔森跟你老婆的事，你知道多少？"

"住口！"阿尔贝特用他那张木偶一样的嘴厉声说，"你这种傲慢的态度可以用来应付平常那些人，但不能用在这里。"

哈利叹了口气："如果你愿意的话，可以让你父亲留在这里，麦兹，但如有必要，我会把他轰出去。"

阿尔贝特哈哈大笑，这是胜利者发出的老练笑声，大有终于找到可敬对手之感："告诉我，警监先生，我是不是得打电话给我的总警司朋友，说他的手下用这种态度来面对一个刚经历丧妻之痛的人？"

哈利正要回答，却被麦兹抢先一步。麦兹以怪异而优雅的姿态缓缓扬起了手："爸，我们得找到他，我们必须跟警方互相帮助。"

他们等待麦兹往下说，但麦兹的目光又回到玻璃墙上，不再说话。

"好吧，"阿尔贝特用十分地道的英语说，"那我们有个条件：霍勒，我们私底下说，请你的助手去外面等。"

"这不是我们的工作方式。"哈利说。

"我们正在试着跟你合作，没什么好商量的，不然就通过律师来跟我们谈，明白吗？"

哈利等待自己的怒气上升，却迟迟没等到，于是他很确定：自己的确开始老了。他朝哈福森点了点头，后者露出惊讶的表情，但仍站了起来。阿尔贝特等他离开并关上门之后，才开口说话。

"是的，我们见过约恩·卡尔森。麦兹、朗希尔德和我见过他，他是以救世军金融顾问的身份跟我们见面的。我们开了很高的报价给他，但他回绝了，毫无疑问这是个正直的、道德感很强的人。但他还是有可能追求朗希尔德，而且他也不是头一个。我发现婚外情已经登不上报纸头版了。但你的暗示是荒谬的，相信我，我认识朗希尔德已经很久了，她在家里不仅备受疼爱，也是个很有个性的女人。"

"如果我说她有约恩·卡尔森家的钥匙呢？"

"我不想再听见这件事了！"阿尔贝特怒道。哈利瞥了玻璃墙一眼，看见玻璃映照出麦兹的脸。阿尔贝特继续往下说：

"我们之所以想私下跟你谈话，霍勒，是因为你是调查工作的领导人，只要你逮到杀害朗希尔德的凶手，我们就给你一笔奖金，二十万克朗，绝对谨慎处理。"

"你说什么？"哈利说。

"好吧，"阿尔贝特说，"数目可以再谈。重点是，我们希望警方优先办这件案子。"

"你是要贿赂我？"

阿尔贝特露出刻薄的微笑："霍勒，你用不着这么激动，回去好好想一下。如果你要把这笔钱捐给警察遗孀基金，我们也没意见。"

哈利默然不语。阿尔贝特在桌上拍了一掌。

"会议结束。我们保持联络，警监先生。"

玻璃电梯轻柔无声地向下降，哈福森打了个哈欠，心想圣诞颂歌中的天使应该就是这样降临人间的。

"你为什么没有立刻把阿尔贝特·吉尔斯特拉普轰出去？"哈福森问道。

"因为他还挺有意思的。"哈利说。

"我去外面的时候，他说了什么？"

"他说朗希尔德是个很好的人，不可能跟约恩·卡尔森发生什么关系。"

"这种话连他们自己也相信吗？"

哈利耸了耸肩。

"他们还说了什么？"

哈利迟疑片刻："没有了。"他朝下方大理石沙漠中的绿洲和喷泉望去。

"你在想什么？"哈福森问道。

"我好像看见了麦兹·吉尔斯特拉普的微笑，但不是很确定。"

"什么？"

"我在玻璃墙上看见他的影子。你有没有发现阿尔贝特·吉尔斯特拉普看起来有点像木偶？那种说腹语的木偶。"

哈福森摇了摇头。

他们踏上穆克坦斯路，朝奥斯陆音乐厅的方向走去。路人行色匆匆，手上拎着大包小包的圣诞采购品。

"好冷，"哈利打了个冷战，"冷空气让废气滞留在地表，整座城市都快窒息了。"

"那也比刚刚会议室里熏死人的须后水香味好。"哈福森说。

奥斯陆音乐厅的员工出入口挂着救世军圣诞音乐会的海报，海报下方坐着一个小孩，正拿着空纸杯伸手乞讨。

"你要了比约根。"哈福森说。

"哦？"

"持有地西泮要判刑两年？而且说不定史丹奇有九个凶神恶煞的兄弟会去找他报仇。"

哈利耸了耸肩，又看看表。去参加嗜酒者互诫协会已经太迟了，那就把戒酒这件事交给主安排吧。

"但是耶稣重返人间之后，谁认得出来呢？"总司令戴维·埃克霍夫高声说，面前的火焰摇曳闪烁，"会不会救赎者就在我们之间，就在这座城市里？"

在一个白色的、简单布置的大会堂里，众人纷纷耳语。会堂的讲台后方没有装饰，前方也没有领圣餐的栏杆，会众和讲台之间只有一把为忏悔者提供的长椅。

总司令低头看着会众，顿了一下以达到效果，然后继续说："虽然《马太福音》写到救赎者会以辉煌灿烂的方式偕同所有的天使一同降临，但也写了'我作客旅，你们不留我住；我赤身露体，你们不给我穿；我病了，我在监里，你们不来看顾我’。"①

埃克霍夫吸了口气，翻过一页，抬眼看着会众，不看《圣经》就继续往下说。

"‘他们也要回答说："主啊，我们什么时候见你饿了，或渴了，或作客旅，或赤身露体，或病了，或在监里，不伺候你呢？"王要回答说："我实在告诉你们：这些事你们既不作在我这弟兄中一个最小的身上，就是不作在我身上了。这些人要往永刑里去，那些义人要往永生里去。"’"②总司令猛击讲台，"马太这番话是对战争的呼吁，是反对自私和不人道的战争宣言！"他大声说道："我们救世军相信有一天会有一个普遍的判断，正义将得到永生，邪恶将受到永恒的惩罚。"

埃克霍夫讲道完毕后，时间留给会众分享见证。一名老翁以敞开心房的诚恳态度说，他们以神对耶稣说的话为后盾，赢得了奥斯陆大教堂广场上的战役。接着一名年轻男子走上讲台，说要唱书上第六一七号圣歌来结束这个夜晚。男子是指挥，他站到身穿制服的八人管乐团前，负责演奏大鼓的里卡尔·尼尔森便开始倒数。乐团奏起前奏，男子转身面对会众，众人齐声高唱，歌声在会堂里听起来洪亮有力："挥舞救赎的旗帜，展开圣战！"

圣歌唱完后，总司令再次站上讲台："亲爱的朋友，在今晚聚会的最后，我想跟大家宣布，今天总理办公室确定，总理本人将莅临我们在奥斯陆音乐厅举行的年度圣诞音乐会。"

台下响起掌声。会众起身朝门外从容地走去，会堂内响起热烈的谈话声。只有玛蒂娜·埃克霍夫看起来神色匆忙，她坐在最后一排长椅上，哈利看见她起身走到中央过道。她穿着羊毛裙、黑丝袜、和他一样的马丁靴，头戴白色毛线帽。她朝哈利的方向望去，起初并未认出他，接着才眼神一亮。哈利站起身来。

---

①② 出自《圣经·新约·马太福音》。

"嘿，"玛蒂娜侧头微笑，"你是为了工作而来，还是精神上感到饥渴？"

"呃，你父亲的演讲功力一流。"

"他都能成为五旬节派的国际巨星。"

哈利似乎在玛蒂娜身后的人群中瞥见里卡尔："是这样的，我想请教你几个问题，如果你想在寒风里散散步，我可以陪你走回家。"

玛蒂娜露出怀疑的神色。

"如果你现在要回家的话。"哈利急忙补上一句。

玛蒂娜环视四周，答道："我可以陪你散步回家，你家比较顺路。"

外面的空气凝重刺骨，弥漫着油炸食物和汽车废气的味道。

"我就开门见山地说了，"哈利说，"罗伯特和约恩你都认识，所以我想问你，罗伯特有没有可能想杀他哥哥？"

"你说什么？"

"你回答前可以先想一想。"

他们在冰面上小步行走，经过蜘蛛戏院，穿越无人的人行道。圣诞大餐的季节已接近尾声，但出租车仍载着那些盛装打扮、醉意迷蒙的人，在彼斯德拉街上来往奔驰。

"罗伯特是有点疯狂，"玛蒂娜说，"但还不到杀人的地步吧？"她用力摇头。

"他会不会雇人来做这件事？"

玛蒂娜耸了耸肩："我跟约恩和罗伯特没有太多往来。"

"为什么？说起来你们不是一起长大的吗？"

"对，但我其实跟别人都没什么往来，我比较喜欢独来独往，跟你一样。"

"我？"哈利惊讶地说。

"独行的狼是认得出同类的。"

哈利看了玛蒂娜一眼，见她露出逗弄的眼神。

"你小时候一定是那种独来独往的人，喜欢自己享受刺激，不让别人靠近。”

哈利微笑着摇摇头。他们经过布利茨屋前的废弃油桶，这些房屋的外墙上都是涂鸦，里面无人居住。哈利伸手一指。

“你还记得一九八二年这里的房屋被占领的时候，举办了不少朋克演唱会吗？来表演的有夏特乐队、奥勒维斯塔乐队，还有好多其他团体。”

玛蒂娜笑了几声：“我不知道，那时候我才刚上学，而且救世军的人很少会来这里。”

哈利咧嘴笑了：“说的也是。我有时会来，至少以前会来，我以为这里适合像我这样的边缘人来，但结果我也无法融入，因为说到底，布利茨屋还是充满单一的论调和思想，那些煽动家会来这里演讲，像是……”

哈利顿了一下，但玛蒂娜替他把话说完：“像是今晚我爸在会议厅的演讲？”

哈利把双手深深地插进口袋：“我的意思是说，如果你想用自己的大脑去找答案，很快就会觉得孤单。”

“那目前为止，你孤单的大脑找到了什么答案？”玛蒂娜将手放在哈利的手臂下方。

“看来约恩和罗伯特过去都有几个情人。这个西娅到底有什么特别，让他们两兄弟都为她倾倒？”

“罗伯特喜欢西娅？我没有这个印象。”

“约恩是这样说的。”

“呃，就像我说的，我跟他们没什么往来。但我记得以前我们在厄斯古德过暑假时，西娅很受男生欢迎。竞争从很早就开始了，你知道的。”

“竞争？”

“对啊，想成为军官的男生必须在救世军里找个女朋友。”

“是吗？”哈利惊讶地说。

“你不知道吗？男生只要娶了外人，马上就会失去在救世军的工作，

救世军的整个指挥链是以共同生活工作的夫妻为基础，两个人必须都受到
上帝的召唤。"

"听起来很严格。"

"我们是军事组织。"玛蒂娜话中并无讽刺之意。

"男生怎么会知道西娅想成为军官？那时她还小，不是吗？"

玛蒂娜微笑着摇头："看来你并不了解救世军，其实军官中有三分之
二是女性。"

"但总司令和行政长却都是男性？"

玛蒂娜点了点头："我们的创立者卜维廉说过，他最好的手下都是女人，
但我们跟社会上其他组织一样，都是由愚笨狂妄的男人来统治惧怕权威的
聪明女人。"

"所以每年夏天男生们都在争夺西娅的统治权？"

"有一阵子是这样，但后来西娅突然就不去厄斯古德了，所以一切问
题都解决了。"

"她为什么不去了？"

玛蒂娜耸了耸肩："可能她不想去了，也可能她父母不让她去了，因
为日夜都跟男生混在一起，又正值青春期……你知道的。"

哈利点了点头，但其实并不了解那是什么情况，因为他从未参加过宗
教夏令营。两人踏上史登柏街。

"我在这里出生。"玛蒂娜指了指曾是国立医院一部分的墙壁，现在
这里的建筑物已被拆除，彼斯德拉公园新住宅计划即将推行。

"他们保留了妇产科病房，改建成公寓。"哈利说。

"那里真的会有人住吗？想想看那个地方发生过多少事情，像是堕
胎和……"

哈利点了点头："有时半夜在附近走动，还能听见那里传出小孩子的
尖叫声。"

玛蒂娜看着哈利："你开玩笑吧！那里闹鬼？"

"这个嘛，"哈利转弯踏上苏菲街，"可能因为搬进去的家庭有小孩吧。"

玛蒂娜拍了一下哈利的肩膀，哈哈大笑："别开鬼魂的玩笑啦，我相信它们存在。"

"我也是，"哈利说，"我也相信。"

玛蒂娜的笑声停止。

"我住这里。"哈利指着一扇浅蓝色大门说。

"你没有别的问题要问了吗？"

"有，但可以等早上再问。"

她侧过头："我还不累，你家里有没有茶？"

一辆车在雪地里嘎吱驶来，在前方五十米的人行道旁停下，头灯的蓝白色光线十分刺眼地射来。哈利若有所思地看着她，同时掏寻钥匙："只有雀巢咖啡，我可以打电话……"

"雀巢咖啡就可以了。"玛蒂娜说。哈利刚用钥匙打开门锁，玛蒂娜就推开浅蓝色大门，走了进去。大门晃了回来，靠在门框边，并未完全闭合。

"天气好冷，"哈利咕哝说，"整个房子都缩小了。"

哈利在身后关上大门，走上楼梯。

"你家很整齐。"玛蒂娜说，在玄关脱下鞋子。

"我东西不多。"哈利在厨房里说。

"你最喜欢什么？"

哈利想了想："唱片。"

"不是相册？"

"我不相信相册。"哈利说。

玛蒂娜走进厨房，在一把椅子上坐下。哈利用余光看见她盘起双脚，灵巧得像只猫。

"你不相信相册？"她问道，"这是什么意思？"

"它们会摧毁忘记的能力。要加牛奶吗？"

玛蒂娜摇了摇头："但你相信唱片？"

"对，它们用一种更真实的方式说谎。"

"但它们不会摧毁你忘记的能力？"

哈利倒咖啡的手停了下来。玛蒂娜咯咯笑着说："我才不相信你这套说辞，说得跟真的一样。我认为你是个很浪漫的人，霍勒。"

"去客厅吧，"哈利说，"我刚买了一张很棒的新专辑，现在它还没附着任何回忆。"

玛蒂娜轻巧地坐上沙发。哈利播放了吉姆·史塔克的首张专辑，并在绿色扶手椅上坐下，抚摸粗糙的木质扶手，聆听吉他的第一个音响起。他想起这把扶手椅是在救世军的二手商店"电梯"买的。他清了清喉咙："罗伯特可能跟一个年纪小他很多的女孩子交往过，这件事你有什么看法？"

"你是问我对年长男子和年轻女子交往有什么看法？"她咯咯一笑，接着又沉默脸红，"还是我对罗伯特喜欢未成年少女有什么看法？"

"我没这么说，但这个女孩子可能只有十几岁，是克罗地亚人。"

"Izgubila sam se.（我迷路了。）"

"什么？"

"这是克罗地亚语，或称为塞尔维亚—克罗地亚语。小时候我们常去达尔马提亚过暑假，那时救世军还没买下厄斯古德庄园。我爸十八岁的时候去南斯拉夫帮助他们在二战之后重建，在那里认识了很多建筑工匠家庭，这就是为什么他指示我们帮助武科瓦尔的难民。"

"关于厄斯古德庄园，你还记得麦兹·吉尔斯特拉普这个人吗？他是吉尔斯特拉普家族的孙子，救世军就是从吉尔斯特拉普家族手里买下厄斯古德庄园的。"

"哦，我记得。我们接管厄斯古德庄园的那一年，他出现过一段时间，但我没跟他说过话，我记得没人跟他说过话，他看起来愤怒又内向，不过我想他也喜欢西娅。"

"为什么你会这样认为？他不是都不跟别人说话吗？"

"我见过他在看西娅，而且我们跟西娅在一起的时候，他常常会突然冒出来，又一句话都不说。我觉得他看起来很怪，几乎有点让人害怕。"

"哦？"

"对啊。他在厄斯古德的时候睡在我们隔壁，我睡的那个房间里有几个女生，但有一天晚上我醒来时，竟然看见一张脸贴在窗户上，然后就不见了。我几乎可以确定那人就是他。我告诉其他女生这件事，她们只是说我产生了幻觉，还说我眼睛有问题。"

"为什么？"

"你没发现吗？"

"发现什么？"

"过来，我给你看，"玛蒂娜拍了拍旁边的沙发，"你有没有看见我的瞳孔？"

哈利倾身向前，感觉她的鼻息喷在他脸上，然后看见她褐色虹膜内的瞳孔似乎扩散到虹膜里，形成一个锁眼般的形状。

"这是天生的，"她说，"叫虹膜缺损，但还是可以有正常视力。"

"有意思。"他们的脸非常靠近，哈利闻得到她肌肤和头发的气味。他吸了口气，觉得有种滑入热水浴缸的颤动感。一个短促而坚决的嗡嗡声响起。

片刻之后，哈利才发现这声音来自门口，而不是对讲机。有人站在他家门外的楼梯间。

"一定是阿里，"哈利从沙发上站了起来，"我的邻居。"哈利花了六秒钟从沙发走到玄关，把门打开，这段时间他想到现在太晚了，不可能是阿里，而且阿里通常会敲门。

到了第七秒，他才发觉自己不该开门。他一看见门外的人，就知道接下来会发生什么事。

"这下你开心了吧。"阿斯特丽有些含混地说。

哈利没有回答。

"我刚吃完圣诞晚餐,你不请我进去吗,哈利小子?"她露出微笑,红唇紧贴牙齿,一只脚横向跨出,站稳身体,细高的鞋跟发出咔嗒一声。

"我现在不方便。"哈利说。

她眯起眼睛,打量哈利的脸,又越过他的肩头望去:"你家有女人在,对不对?这就是你今天没去参加聚会的原因?"

"阿斯特丽,我们改天再聊,你喝醉了。"

"今天聚会我们讨论的是第三步:我们决定让神来看顾我们的生命。但我什么神都看不见,我就是看不见,哈利。"她不是很用力地拿包打了哈利一下。

"第三步是不存在的,每个人都必须照顾自己。"

阿斯特丽直起身子,看着哈利,眼中盈满泪水。"哈利,让我进去。"她低声说。

"这样不会有帮助的,阿斯特丽,"哈利把手放在她肩膀上,"我叫出租车送你回家。"

阿斯特丽拍开他的手,哈利一脸诧异。"家?"她尖声说,"妈的我才不回家,你这个阳痿无能的淫虫。"

她转过身子,摇摇晃晃地走下楼梯。

"阿斯特丽……"

"滚出我的视线!去干你的贱人吧。"

哈利看着阿斯特丽离去,听见她在楼下弄了半天也打不开大门,嘴里不停地咒骂,过了一会儿大门铰链才发出吱的一声,一切归于平静。

哈利一转身就看见玛蒂娜在他身后的玄关,正慢慢穿上大衣。

"我……"哈利开口说。

"时间不早了，"她脸上掠过一丝笑容，"我也有点累了。"

凌晨三点，哈利依然坐在扶手椅上，汤姆·维茨用低沉的嗓音唱着艾丽斯，小鼓沙沙作响。

"外面天色迷蒙，你挥舞弯曲的魔杖，一旁是结冰的池塘……"

哈利脑中思绪纷飞。这个时间所有酒吧都已打烊。自从他在集装箱码头把小酒壶里的酒全灌进那只狗的嘴里之后，就一直没再把它装满。他可以打电话给爱斯坦，爱斯坦几乎每晚都在外面开出租车，而且座椅底下一定会放一瓶杜松子酒。

"喝酒不会有帮助。"

除非你相信世上有鬼魂存在。相信它们正环绕着扶手椅，用黑暗空洞的眼窝低头看着他。碧姬姐从海底浮起，船锚依然缠绕在她脖子上；爱伦正在笑，球棒打破了她的头；威廉挂在旋转晾衣架上，犹如西班牙大帆船的船首雕像；汤姆挥舞着血淋淋的断臂，前来要回他的手表。

酒无法让他自由，只能带来暂时的缓解，但现在他愿意付一大笔钱来换一瓶酒。

他拿起电话，按了一组号码。铃声响到第二声，电话被接起。

"哈福森，情况如何？"

"天气好冷。约恩和西娅正在睡觉，我坐的这个房间可以看见外面的路。明天我得补一觉。"

"嗯。"

"明天我们还得开车回西娅的公寓拿胰岛素，她有糖尿病。"

"好，带约恩一起去，我不想留他一个人。"

"我可以叫别人过来。"

"不要！"哈利厉声说，"暂时先不要让别人参与。"

"好的。"

哈利叹了一声："听着，我知道当保姆不是你的分内工作，告诉我，要怎么补偿你。"

"这个嘛……"

"说啊。"

"我答应过贝雅特，圣诞节之前要找一天晚上带她去吃碱鱼，她从来没吃过这道料理，可怜的家伙。"

"没问题。"

"谢了。"

"还有，哈福森？"

"嗯？"

"你……"哈利深深吸了口气，"你很好。"

"谢啦，长官。"

哈利挂上电话。汤姆·维茨唱着冰鞋在池塘冰面上写出艾丽斯的名字。

21 萨格勒布

十二月十九日，星期五

他坐在苏菲恩堡公园旁的人行道上，只垫了一块硬纸板，冷得全身发抖。现在是高峰时间，路人行色匆匆，但有些人还是在他面前的纸杯里丢了几克朗。圣诞节就快到了。他的肺因为吸了一整晚黑烟而发疼。他抬起双眼望着歌德堡街。

他想起流经武科瓦尔的多瑙河是多么有耐心且无法阻挡，现在他也必须耐心等候战车出现，等候恶龙从洞穴里探出头来，等候约恩·卡尔森回家。他看见一双膝盖停在面前。

他一抬头就看见一名手拿纸杯的红须男子愤怒地高声嚷嚷。

"你说什么？"

红须男子用英语回答，好像在说"地盘"什么的。

他摸了摸口袋里的枪，只剩一发子弹，于是他从口袋里拿出一大片尖锐的玻璃。红须乞丐愤怒地瞪着他，但仍识相地离去。

他挥去约恩可能不会回来的念头。约恩一定会回来。等待的这段时间他将像多瑙河一样，耐心且无法阻挡。

"请进。"一名胸部丰满的女子开朗地说。这里是亚克奥斯街的救世军公寓。女子用舌尖顶住牙齿来发字母 N 的音，通常长大之后才学挪威语的成年人容易这样发音。

"希望我们没有打扰到你。"哈利和贝雅特走进玄关，看见地上摆满大大小小的鞋子。

女子摇了摇头。他们脱下鞋子。

"天气很冷，"女子说，"饿不饿？"

"我们刚吃过早餐，谢谢。"贝雅特说。

哈利摇了摇头，露出友善的微笑。

女子领着他们走进客厅。哈利看见餐桌前围坐着许多人，心想这应该就是米何耶兹家族。桌前坐着两名男子、一个跟欧雷克年纪相仿的男孩、一个小女孩、一个十几岁的少女。哈利猜想她应该就是索菲娅。少女的黑色刘海遮住眼睛，怀里抱着一个婴儿。

"Zdravo.（你好。）"年长的男子说。这人身材瘦削，一头灰发十分浓密，眼珠是黑色的。哈利认得出那是一双被放逐之人的眼睛，眼神里充满愤怒与恐惧。

"这是我先生，"女子说，"他听得懂挪威语，但不太会说。这是约瑟普叔叔，他来跟我们一起过圣诞节。这些是我的小孩。"

"四个都是？"贝雅特问道。

"对，"女子笑道，"最小的是上帝的礼物。"

"真可爱。"贝雅特对咯咯笑着的宝宝做了个鬼脸。不出哈利所料，贝雅特忍不住又捏了捏宝宝的粉嫩脸颊。哈利猜想一年之内，最多两年，贝雅特和哈福森就会自己生个宝宝。

米何耶兹先生说了几句话，他太太搭话，并转头对哈利说："他要我说，你们挪威只雇用挪威人，他想找工作都找不到。"

哈利和米何耶兹先生目光相触，对他点了点头，但他没有回应。

"请坐。"米何耶兹太太指了指两把空椅子。

他们坐了下来，哈利看见贝雅特在他开口之前就拿出笔记本。

"我们来这里是想请问……"

"罗伯特·卡尔森。"米何耶兹太太朝丈夫看了一眼，她丈夫点头表示同意。

"没错，关于这个人，你有什么可以告诉我们的吗？"

"不是很多，其实我们最近才认识他。"

"最近才认识。"米何耶兹太太正好和索菲娅四目相触，她的鼻子埋在宝宝凌乱的头发中，"今年夏天我们从 A 栋的小公寓搬过来，约恩请罗伯特来帮忙。约恩是个好人。有了宝宝之后，约恩就帮我们换了一套更大的公寓。"她朝宝宝笑了笑，"但罗伯特最常跟索菲娅聊天，然后……呃，她今年十五岁。"

哈利注意到索菲娅脸色一变："嗯，我们想跟索菲娅谈谈。"

"你们谈吧。"米何耶兹太太说。

"单独谈话。"哈利说。

米何耶兹夫妇对视一眼，这场眼神的对决只持续了两秒，但哈利从中解读出不少信息。过去这个家也许是由丈夫拿主意，但如今他们来到全新的环境、全新的国度，妻子显然比丈夫更加适应，因此决定权落到了她手中。米何耶兹太太对哈利点了点头。

"去厨房坐，我们不会打扰。"

"谢谢。"贝雅特说。

"不用道谢，"米何耶兹太太沉重地说，"希望你们能捉到凶手，你们知道凶手是什么样的人了吗？"

"我们认为他是职业杀手，住在萨格勒布，"哈利说，"至少他从奥斯陆给那里的一家饭店打过电话。"

"哪一家？"

哈利吃了一惊，朝米何耶兹先生看去。这句话是米何耶兹先生用挪威语说的。

"国际饭店。"哈利说，看见米何耶兹先生跟约瑟普叔叔交换眼神，"你们知道什么吗？"

米何耶兹先生摇了摇头。

"如果你们能提供线索，我会非常感谢，"哈利说，"这个杀手正在追杀约恩，前天他就在约恩的公寓连开好几枪。"

哈利看见米何耶兹先生露出不相信的神色，但没再说话。

米何耶兹太太领他们走进厨房，索菲娅拖着脚步跟在后面。哈利心想，青少年都这样，再过几年欧雷克也会变成这样。

米何耶兹太太离开后，哈利拿出笔记本，贝雅特在索菲娅对面坐了下来。

"嘿，索菲娅，我叫贝雅特，罗伯特是不是你的男朋友？"

索菲娅垂下双目，摇了摇头。

"你是不是爱上了他？"

索菲娅又摇了摇头。

"他有没有伤害你？"

他们来到这里后，这是索菲娅第一次拨开黑色刘海，直视贝雅特的双眼。哈利猜想她的浓妆之下是个美丽少女，此外他也看见了和她父亲一样的愤怒和恐惧，以及额头上连浓妆也遮盖不了的瘀青。

"没有。"索菲娅说。

"索菲娅，你父亲是不是叫你什么都不要说？我看得出来。"

"你看得出来什么？"

"有人伤害了你。"

"你说谎。"

"你额头上的瘀青是怎么来的？"

"我撞到门了。"

"你说谎。"

索菲娅哼了一声："你说得好像自己很聪明一样，其实你什么都不知道。你只是个老警察，喜欢在家跟小孩混在一起，我看得出来。"愤怒依然存在，但她的声音已开始变得沉重。哈利估计她最多能再回答一句，或者两句。

贝雅特叹了一声："索菲娅，你得信任我们，你也必须帮助我们，我们正在阻止命案再次发生。"

"这又不是我的错。"索菲娅嗓音变哑。哈利看得出她只能回答这一句，接着泪水就涌了出来。索菲娅弯下腰，刘海的帘幕又关上了。

贝雅特把手放在她肩膀上，却被她甩开。

"走开！"她吼道。

"你知道今年秋天罗伯特去过萨格勒布吗？"哈利问道。索菲娅的头倏地抬起，那张浓妆艳抹的脸用难以置信的神情看着哈利。

"原来他没告诉你？"哈利继续说，"那他可能也没告诉你他爱上的女人叫西娅·尼尔森吧？"

"没有，"索菲娅含泪低声说道，"他爱上那女人又怎样？"

哈利试着解读索菲娅的反应，但她脸上的黑色睫毛膏糊成一团，难以解读。

"你去福雷特斯慈善商店找过罗伯特，你找他做什么？"

"找他要根烟！"索菲娅怒声说，"你们走开啦！"

哈利和贝雅特对视一眼，同时站起来。

"请你先想一想，"贝雅特说，"再打电话给我。"她留了一张名片在桌上。

米何耶兹太太在玄关等候他们。

"抱歉，"贝雅特说，"她有点不高兴，你可能得去跟她说说话。"

他们踏上亚克奥斯街，走进十二月的早晨，朝索姆街走去，刚才贝雅特把车子停在了那里。

"Oprostite！（抱歉！）"

两人转过头去。这声音来自一座拱门的阴影处，他们看见那里亮着两点香烟火光。火光坠落地面，两名男子走了出来，原来是索菲娅的父亲和约瑟普叔叔，他们走到哈利和贝雅特面前。

"国际饭店？"米何耶兹先生说。

哈利点了点头。

米何耶兹先生用余光瞄了贝雅特一眼。

"我去开车。"贝雅特立刻说。哈利对贝雅特的这个特质一直十分惊叹，她年纪轻轻，经常跟录像及刑事鉴定证据独处，竟然能开发出比他还高的社会智力。

"我第一年在……你知道……在搬家公司上班，后来工作没了。战争前我在武科瓦尔……当电子工程师，在这里我什么都不是。"

哈利点头等待。

约瑟普叔叔说了几句话。

"Da, da.（好。好。）"米何耶兹先生转头望向哈利，"一九九一年南斯拉夫军队占领武科瓦尔，懂吗？有个小男孩让十二台战车爆炸……用的地雷，懂吗？我们叫他 Mali Spasitelj。"

"Mali Spasitelj."约瑟普叔叔敬畏地说。

"就是小救赎者，"米何耶兹先生说，"他们用……无线电这样叫他。"

"这是代号？"

"是的。武科瓦尔投降后，塞尔维亚人要找他，可是找不到。有人说他死了，有人不相信。他们说他……不存在，懂吗？"

"这跟国际饭店有什么关系？"

"战后武科瓦尔人没房子住，房子被炸毁，有些人来到这里，很多人去了萨格勒布。图季曼总统……"

"图季曼。"约瑟普叔叔附和说，翻了个白眼。

"和他的手下找了一家很旧的大饭店给这些人住，这样可以看见他们，就是监视，懂吗？他们喝汤，没工作。图季曼不喜欢斯洛文尼亚人。塞尔维亚人流过太多血。后来一些去过武科瓦尔的塞尔维亚人死了，有人说小救赎者回来了。"

"Mali Spasitelj."约瑟普叔叔大笑。

"他们说克罗地亚人在国际饭店能得到帮助。"

"怎么做？"

米何耶兹先生耸了耸肩："不知道，别人说的。"

"嗯。还有其他人知道这件事吗……关于这个施救者和国际饭店的事？"

"其他人？"

"比如说救世军的人？"

"有。戴维·埃克霍夫知道，还有其他人知道。今年夏天厄斯古德的餐会之后……他说了一些话。"

"演讲？"

"对。他说到小救赎者以及有些人一直在打仗，我们的仗打不完，他们也是。"

"总司令真的说过这种话？"贝雅特驾车进入灯光明亮的易卜生隧道，降低车速，停在车阵后方。

"米何耶兹先生是这样说的，"哈利说，"我想当时每个人都在场，罗伯特也是。"

"你认为总司令可能给了罗伯特雇用杀手的想法？"贝雅特的手指不耐烦地在方向盘上轮敲着。

"至少我们可以确定罗伯特去过萨格勒布，既然他知道约恩在跟西娅交往，那么他就有杀人动机。"哈利揉了揉下巴，"听着，你能安排索菲娅去医院做个彻底检查吗？如果我没猜错，她身上的瘀青一定不止一处。我要乘最近一班飞机前往萨格勒布。"

贝雅特用锐利的目光瞥了哈利一眼："你出国只能有两个原因，一个是协助国家警察，一个是度假。我们接到的命令非常清楚……"

"后者，"哈利说，"一个短暂的圣诞假期。"

贝雅特无奈地叹了口气："希望你也可以让哈福森放个圣诞小假，我们打算去斯泰恩谢尔探望他的父母。今年你要去哪里过圣诞节？"

这时哈利的手机响了，他一边在外套口袋里摸索手机，一边答道："去年我跟爸爸和妹妹一起过，前年跟萝凯和欧雷克一起过，今年我没有太多时间去想这件事。"

哈利发现自己在口袋里按到了手机按键，因为手机里传出笑声，他一听竟然是萝凯的声音。

"你可以来加入我们啊，"那声音说，"平安夜当天我们对外开放，很需要义工来灯塔帮忙。"哈利花了两秒钟才明白原来不是萝凯。

"我打来是要跟你说，昨天很抱歉，"玛蒂娜说，"我没有要那样跑掉的意思，我只是有点被吓到了。你找到你要的答案没有？"

"原来是你，"哈利用自以为不带情绪的语调说，但仍注意到贝雅特立刻有所察觉，并展现出极高的社会智力，"我再打给你，好吗？"

"好啊。"

"谢谢。"

"不客气，"玛蒂娜话声严肃，但哈利听得出她压抑了想笑的冲动，"有件小事要问你。"

"什么事？"

"二十二号、星期一你有事吗？"

"不知道。"哈利说。

"我们这里多了一张圣诞音乐会的票。"

"我知道了。"

"你听起来不是很兴奋。"

"抱歉，这里有点吵，而且我不太习惯需要盛装出席的场合。"

"而且那些表演者都太庸俗无聊。"

"我可没这样说。"

"没有，是我这样说的。还有，我说我们多了一张票，其实是我多了一张票。"

"知道了。"

"你有机会看我穿礼服的样子，还不赖，只是身边缺一个高大年长的男人而已，你考虑一下吧。"

哈利哈哈大笑："谢了，我一定会考虑。"

"不客气。"

哈利结束通话后，贝雅特没说话，也没对他脸上挥之不去的微笑做出任何评论，只是提到天气预报说会下雪，除雪车将忙碌起来。有时哈利不禁怀疑，成功地追到贝雅特后，哈福森是否真的高兴。

约恩·卡尔森还没出现。他全身僵硬，从苏菲恩堡公园旁的人行道上站了起来。寒意似乎从地底渗出，蔓延到全身。走起来后他的双脚血液开始循环，他迎接这种痛楚。他没留意自己盘腿坐在纸板上到底坐了多久，只是一直盯着进出歌德堡街那栋公寓的人，但日光已逐渐暗淡。

他今天的收入已够买一杯咖啡和一点食物，希望还能买包烟。

他快步走向十字路口，纸杯就是在那附近的餐厅拿的。他看见墙上有一台公共电话，但打消了打电话的念头。他在餐厅前方停下脚步，拉下蓝色连帽外套的帽子，看着自己在玻璃中的倒影。难怪人们会认为他是穷困潦倒的可怜虫，因为他的胡子长得很快，由于在集装箱里生火脸上还沾了一道道煤灰。

他在玻璃上看见信号灯转为红灯，一辆车在他后方停下。他推开餐厅大门，同时瞄了那辆车子一眼，开门的动作顿时停了下来。恶龙。塞尔维亚战车。约恩·卡尔森。车子后座。距他两米。

他走进餐厅，快步走到窗前朝车内望去，只觉得驾驶者很面熟，但记不起在哪里见过。对了，是在救世军旅社见过，那人是跟哈利·霍勒一起去旅社的一名警察。车子后座还坐着一名女子。

信号灯变换。他冲出餐厅，看见那辆车的排气管喷出白烟，沿着公园旁的马路加速离开。他拔腿狂奔，看见那辆车在前方转弯，驶入歌德堡街。

他往口袋里掏，麻木的指尖摸到小屋的玻璃碎片。他的双腿犹如没有生命的义肢，不太听使唤，稍稍踏不稳就会像冰柱一般摔碎。他感到害怕。

公园里的树木、托儿所和墓碑在他眼前晃动，宛如摇晃的屏幕。他的手摸到了手枪，觉得枪柄黏黏的，心想一定是手指被玻璃割破了。

哈福森把车停在歌德堡街四号门口，和约恩下车伸展双腿，西娅去拿胰岛素。

哈福森把这条空荡无人的街道来回查看了一遍。约恩在寒冷中踱步，看起来不太自在。哈福森透过车窗看见他的枪套放在中控台上，左轮手枪插在枪套中。他开车时枪套会顶到肋骨，因此把它取下，倘若有事发生，只要两秒就能把枪拿到手。他打开手机，看见这趟路程中收到两条留言，便进入语音信箱。熟悉的电子语音说他有留言，接着是哔的一声，一个不熟悉的声音开始说话。哈福森越听越诧异，同时看见约恩因为听见手机的声音而走过来。他的情绪从诧异变为难以置信。

他听完简讯后，约恩做出询问的嘴形，但他没有说话，只是快速输入一组号码。

"那是什么？"约恩问道。

"自白。"哈福森厉声说。

"你现在要干吗？"

"我要跟哈利汇报。"

哈福森一抬头就看见约恩面孔扭曲，双目圆睁且深沉，视线似乎直接穿过了他。

"怎么了？"他问道。

哈利通过海关，进入萨格勒布机场简陋的航厦，找了一台提款机插入 Visa 信用卡，机器二话不说就吐出相当于一千克朗的克罗地亚货币"库纳"。他把一半的钱放进褐色信封，走出机场，坐上一辆有蓝色出租车标志的奔驰轿车。

"国际饭店。"

司机一言不发，挂挡上路。雨水从低垂的云层落下，打在积有零星白雪的褐色原野上。车子穿过起伏的地形，朝西北方的萨格勒布驶去。

十五分钟后，哈利看见萨格勒布逐渐成形，公寓和教堂塔在地平线上勾勒出城市的轮廓。车子经过一条安静的深色河流，哈利心想那应该就是萨瓦河。他们经由一条大道进入市区，这条宽广的大马路和稀疏的车流形成反差。车子经过火车站和一个荒凉开放的大公园，公园里有个大玻璃亭，光秃的树枝伸出寒冬里的黑手指。

"国际饭店。"司机说着在一栋惊人的巨大灰砖建筑前停了下来。

哈利付了车钱，一名穿得像将军一样的饭店迎宾已为他打开车门，撑起雨伞，露出灿烂的笑容："欢迎光临，这边请。"

哈利踏上人行道。两名房客从饭店旋转门走出来，坐上他搭乘的奔驰出租车。门内的水晶吊灯闪闪发光。哈利站立在原地："难民呢？"

"什么？"

"难民，"哈利又说了一次，"武科瓦尔的难民。"

雨点打落在哈利头上。雨伞和笑容都收了起来。"将军"戴着手套的食指指向和饭店大门有段距离的一扇门。

哈利走进毫无陈设可言的宽敞大厅，只见天花板是拱形的，但他的第一印象竟是这里闻起来像医院。大厅中央摆着两张长桌，桌边的四五十人或坐或站，或在柜台前排队领汤。这些人让哈利联想到病人，也许因为他们身上穿的多半是松垮的运动服、破烂的毛衣和拖鞋，显然这些人对自己的外表漠不关心。也可能因为他们只是低头抱着汤碗，脸上尽是缺乏睡眠和意志消沉的神情，完全没注意到他走进门来。

哈利的目光扫过大厅，停在吧台上。吧台看起来像个热狗摊，一个客人也没有。吧台内只有一个酒保，他正同时进行三个动作：擦拭玻璃、对旁边桌的几个男人大声评论电视里播放的足球赛、留意哈利的一举一动。

哈利觉得自己来对了地方，朝吧台走去。酒保顺了顺往后梳的油腻黑发。

"Da? （什么事？）"

哈利努力对热狗摊后方架子上的许多酒瓶视而不见，却早已看见他的老友兼死敌：占边威士忌。酒保顺着哈利的目光看去，扬起双眉，指着那个装有褐色液体的方形酒瓶。

哈利摇了摇头，吸了口气。没必要把事情搞得更复杂。

"Mali Spasitelj."哈利用不太大的声音说，但又可以让酒保在嘈杂的电视声中听见，"我要找小救赎者。"

酒保打量着哈利，用带有浓重德国腔的英语说："我不知道什么救赎者。"

"我有个住在武科瓦尔的朋友说小救赎者可以帮我。"哈利从外套口袋里拿出一个褐色信封，放在吧台上。

酒保垂眼看了看信封，碰也没碰。"你是警察。"他说。

哈利摇了摇头。

"你说谎，"酒保说，"你一走进来我就看出来了。"

"我的确当了二十年警察，但现在已经不是了，我两年前辞职了。"哈利让酒保仔细打量他，心想这人不知道为什么入狱，因为酒保身上的肌肉和刺青显示他蹲过很久的苦牢。

"没有叫救赎者的人住在这儿，这里每个人我都认识。"酒保正要转身，哈利俯身越过吧台，抓住他的上臂。酒保低头看了看哈利的手，他感觉酒保的二头肌鼓胀起来，便放开手。"我儿子在学校外面被贩毒的药头枪杀身亡，就因为他跟那个药头说如果再继续贩毒，他就要去报告校长。"

酒保没有答话。

"他死的时候才十一岁。"哈利说。

"先生，我不知道你为什么要跟我说这些事。"

"这样你才会明白为什么我要坐在这里等，等到有人来帮我为止。"

酒保缓缓点头，快如闪电地问出一个问题："你儿子叫什么名字？"

"欧雷克。"哈利说。

两人面对面站立，酒保眯起一只眼睛。哈利感觉手机在口袋里振动，但没有理会。

酒保把一只手放在信封上，推回给哈利："这个不用。你叫什么名字？住在哪里？"

"我从机场直接过来的。"

"把你的名字写在这条餐巾上，去火车站旁边的巴尔金饭店，过桥直走就到了，然后在房间里等，有人会跟你联络。"

哈利正要说话，酒保的视线已回到电视上，继续评论球赛。

"Do vraga！（可恶！）"他咒骂了一声。该死！

歌德堡街的雪地看起来宛如红色冰沙。

他感到惶惑不已。一切都发生得太快。他举枪瞄准逃跑的约恩·卡尔森，打出最后一枚子弹，子弹击中公寓外墙，发出"砰"的一声闷响。约恩逃进公寓大门内，不见踪影。他蹲下身来，听见沾血的玻璃戳破他的外套口袋。那警察面朝下倒在雪地中，冰雪正在吸收从颈部伤口流出的鲜血。

手枪，他心想，于是抓住那警察的肩膀把他翻过来。他需要手枪来射击。一阵风吹来，吹开覆盖在异常苍白的面孔上的头发。他匆忙搜寻外套口袋。鲜血汩汩流出，既稠又红。他还来不及感觉嘴里冒出的胆汁酸味，就觉得胃里涌出的东西充满口中。他扭过头去，黄色物质立刻喷溅在蓝色冰面上。他擦了擦嘴。应该找裤子口袋才对。他摸到皮夹、腰带。老天爷，你可是警察，要保护人民总得带枪吧！

一辆车开过转角，朝他驶来。他拿起皮夹，起身穿越马路。那辆车停了下来。不要跑。他的双脚跑了起来。

他在街角商店旁的人行道上滑了一跤，臀部着地，但立刻就爬了起来，一点也不觉得疼。跟上次一样，他朝公园的方向奔去。这真是场噩梦，一场由一连串无意义事件所构成的噩梦。是不是他疯了？还是事情真的如此发生了？寒风与胆汁刺痛他的喉咙。他踏上马克路，听见第一声警笛响起，于是他知道救援到了，现在他感到恐惧了。

22 迷你酒

十二月十九日，星期五

警署灯火通明，宛如矗立在昏暗午后的圣诞树。窄小的二号讯问室里，约恩坐在椅子上双手抱头，小圆桌对面坐的是警探托莉·李。两人中间放着两个话筒，以及约恩的供述。约恩透过窗户看见西娅正在隔壁房间等候讯问。

"所以他攻击你了？"托莉看着供述说。

"那个身穿蓝色外套的男人拿枪朝我冲过来。"

"然后呢？"

"一切都发生得太快，我好害怕，只记得片段，可能因为我有脑震荡吧。"

"了解。"托莉脸上的表情说的却是相反的意思。她看了红灯一眼，红灯亮着表示录音机仍在录音。

"哈福森朝车子跑过去？"

"对，他的枪放在那里。我记得我们从厄斯古德出发的时候，他把枪放在中控台上。"

"你怎么做的？"

"我不知如何是好，本来想躲进车里，又改变主意，朝旁边的公寓大门跑去。"

"然后持枪歹徒就朝你开枪？"

"反正我听见了枪声。"

"继续说。"

"我跑进大门，回头一看，就看见那个人在攻击哈福森。"

"哈福森没有跑进车里？"

"没有，他抱怨过车门因为结冰而卡住。"

"然后那个人用刀子攻击哈福森，不是用枪？"

"从我站的位置看起来是这样，他从哈福森背后扑上去，刺了他好几刀。"

"几刀？"

"四刀或五刀。我不知道……我……"

"然后呢？"

"然后我跑进地下室打电话报警。"

"歹徒没有追上来？"

"我不知道。大门锁住了。"

"他大可以打破玻璃。我的意思是说，反正他都已经袭警了。"

"对，你说得对，我不知道为什么。"

托莉低头看着供述："我们在哈福森旁边发现呕吐物，推测应该是歹徒的，你能证明这点吗？"

约恩摇了摇头："我一直待在地下室的楼梯上，直到你们抵达。也许我应该去帮忙的……可是我……"

"你怎样？"

"我害怕。"

"也许你这样做是正确的。"托莉脸上的神情再度表达出相反的意思。

"医生怎么说？他会不会……"

"他还在昏迷中，医生还不知道能不能救回他的性命。我们继续。"

"这简直像不断重演的噩梦，"约恩低声说，"一而再，再而三地上演。"

"对着话筒说话，别让我再说了。"托莉语调冷淡。

哈利站在饭店窗前观察屋顶，屋顶上残破的电视天线对着黄褐色天空做出怪异姿态。厚重的深色地毯与窗帘挡住了电视播出的瑞典语说话声，瑞典裔演员麦斯·冯·西度正在饰演作家克努特·汉姆生。迷你酒吧的门开着，饭店的小册子摊在咖啡桌上，第一页印着约瑟夫·耶拉西奇总督在耶拉西奇广场上的雕像照片。照片上放着四瓶迷你酒，分别是尊尼获加威士忌、斯米诺伏特加、野格利口酒、哥顿金酒，此外还有两瓶欧祖伊斯科啤酒。这些酒都还没打开。一小时前，麦努斯打电话来报告歌德堡街发生的事。

哈利希望自己打这通电话时听起来是清醒的。

铃声响到第四声，贝雅特接了起来。

"他还活着，"哈利还没开口，她就说，"他们给他接上了人工呼吸器，但他还在昏迷中。"

"医生怎么说？"

"他们也不敢说。其实他很可能当场死亡，看起来史丹奇想割断他的动脉，但他用手挡住了。他的手背上有很深的割痕，血从颈部两侧的小动脉流出来。史丹奇还在他心脏上方刺了几刀，医生说刀子可能伤及心脏上端。"

贝雅特的声音出现微微颤抖，除此之外，她的语气听起来像是在描述其他被害人。哈利知道现在她只能用谈公事的方式来说这件事。电话两头陷入沉默。麦斯·冯·西度在电视里愤怒地咆哮。哈利在脑中寻找安慰的话语。

"我跟托莉通过电话，"结果哈利却说，"她向我报告了卡尔森的供述，你还有什么要补充的吗？"

"我们在大门右侧的公寓前发现子弹，弹道鉴定员正在比对，但我很确定它会与伊格广场、约恩的公寓和救世军旅社外面发现的子弹相符。是史丹奇下的手。"

"为什么你这么确定？"

"有一对男女驾车经过，看见哈福森躺在人行道上，就把车停下来。

他们说有个很像乞丐的人从他们面前穿越马路，女的还说那个人在远处的人行道上摔了一跤。我们去那个地方查过，我同事毕尔·侯勒姆发现一枚外国硬币埋在雪地里，因为埋得很深，所以我们本以为它已经埋在那里好几天了。侯勒姆也不知道这枚硬币是哪里来的，我们只看见硬币上有字，他去查了之后，发现上面写的是'克罗地亚共和国'和'五库纳'。"

"谢了，我知道答案了。"哈利说，"是史丹奇，没错。"

"我们采集了冰面上的呕吐物进行确认。法医正在比对旅社枕头上采集到的头发 DNA，希望明天就能得到结果。"

"反正我们已经掌握了 DNA。"

"可笑的是一摊呕吐物并非采集 DNA 的理想场所，黏膜的表面细胞在如此大量的呕吐物中是四散的，而且又暴露在空气中……"

"它们会被无数其他的 DNA 来源所污染，这我知道，但至少我们还有线索可以追查。现在你在做什么？"

贝雅特叹了口气："我收到兽医研究所发来的一条相当奇怪的短信，得打电话问他们是什么意思。"

"兽医研究所？"

"对，我们在呕吐物中发现许多消化到一半的肉块，所以送去兽医研究所做 DNA 化验，主要是希望他们能比对奥斯区农业高中的肉品数据库，追踪肉块的来源和产地。如果肉块具有某种特征，也许就能和奥斯陆的某家餐厅联系到一起。当然这有点像瞎猜，但如果过去二十四小时内史丹奇找到地方躲藏，那他一定会尽量减少移动，如果他在藏身处附近吃过东西，那他很可能会再去。"

"原来如此，不妨一试。短信是怎么写的？"

"'这种情况下必定是一个中餐馆'，说法有点模糊。"

"嗯，有其他发现再打给我。还有……"

"什么？"

哈利听得见自己即将说出口的话有多么荒谬：哈福森很强壮，现在医学科技又这么发达，不会有事的。

"没什么。"

贝雅特挂断电话后，哈利站到咖啡桌和酒瓶前。国王下山来点名……点到的是尊尼获加。哈利一手拿起尊尼获加迷你酒，另一手旋开瓶盖，或者应该说扭开瓶盖。他觉得自己仿佛《格列佛游记》的主人公，被困在小人国里，面对侏儒般的酒瓶，吸入小瓶口飘出的熟悉的甜味。他喝了一大口，身体预测到酒精来袭，进入备战状态。他害怕第一波呕吐反应的攻击，但知道这无法令他停止。电视里的克努特·汉姆生说他累了，一个字也写不出来。

哈利深深吸了口气，仿佛准备长时间深潜一般。

这时电话响起。

他迟疑片刻。电话响了一声之后就安静下来。

他举起酒瓶。电话再次响起，然后又安静下来。

他意识到电话是从柜台打来的。

他把酒瓶放在床头柜上，静静等待。第三声响起，他接了起来。

"汉森先生吗？"

"我是。"

"大厅有人找您。"

哈利看着瓶身标签上身穿红外套的绅士："说我马上下来。"

"好的。"

哈利用三根手指拿着酒瓶，将威士忌一饮而尽。四秒钟后，他趴在马桶上把航空午餐吐了出来。

前台指了指钢琴旁的桌椅，其中一把椅子上直挺挺地坐着一名披着披肩的白发女子。哈利朝女子走去，她用冷静的褐色眼珠观察哈利。他在桌子前方停下脚步。桌上摆着一台小型电池收音机，正在播放体育节目的亢奋说话声，可能是足球赛转播。女子后方的钢琴手正在琴键上滑动手指，弹奏着经典电影配乐集锦。广播声和钢琴声相互交杂。

"《日瓦戈医生》，"女子用英语说，朝钢琴手点了点头，"很好听对不对，汉森先生？"

女子的英语发音和音调十分标准。她嘻嘻一笑，仿佛自己说了什么幽默的话，接着用坚定慎重的态度轻弹手指，示意哈利坐下。

"你喜欢听音乐？"哈利问道。

"谁不喜欢呢？我以前教过音乐。"她倾身向前，调高收音机的音量。

"你担心我们受到监视？"

女子靠上椅背："汉森先生，你找我有什么事？"

哈利又说了一遍儿子在校外被人枪杀的故事，只觉得胆汁烧灼喉咙，胃里的嗜酒之犬大发雷霆，嗥叫着还要更多酒精。

"你是怎么找到我的？"女子问道。

"一个武科瓦尔人告诉我的。"

"你从哪里来的？"

哈利吞了口口水，舌头干涩肿胀："哥本哈根。"

女子在观察他，他静静地等待，感觉一滴汗水从肩胛骨之间滑落，嘴唇上方沁出一颗汗珠。去死吧，他要酒，现在就要。

"我不相信你。"最后女子说。

"好吧，"哈利站起身来，"那我走了。"

"等一等！"女子虽然娇小，声音却十分果决。她示意哈利坐下。"这不表示我不懂得看人。"她说。

哈利坐了下来。

"我看得见恨意，"女子说，"还有悲恸，而且我闻得到酒味。至少我相信你儿子死了这件事。"她脸上掠过一丝微笑。"你想要我们做什么？"

哈利努力打起精神："要多少钱？多快可以解决？"

"视情况而定，但你在业界找不到价钱比我们更公道的，起价五千欧元，外加其他费用。"

"好，下周？"

"这……有点太仓促了。"

女子只犹豫了一秒，但这一秒足以让哈利明白，而他也看得出女子知道他明白了。收音机里传出兴奋的尖叫，背景中的人群齐声欢呼，有人得分了。

"你不确定你的手下能及时回来？"哈利说。

女子用锐利的目光看着哈利良久："你还是警察，对不对？"

哈利点了点头："我是奥斯陆的警监。"

女子的眼周肌肉微微抽动。

"但我对你们不构成威胁，"哈利说，"克罗地亚不属于我的辖区，没人知道我在这里，无论是克罗地亚警方还是我的上司。"

"那你要做什么？"

"跟你谈个交易。"

"什么交易？"女子倾身越过桌面，调低收音机的音量。

"用你的手下来换取我的目标。"

"什么意思？"

"交换，用你的手下来交换约恩·卡尔森。只要他停止追杀卡尔森，我就放过他。"

女子挑起一道眉毛："汉森先生，你们有这么多人保护一个人、来对付我的手下，这样你还害怕？"

"我们害怕的是血流成河，你的手下已经杀了两个人，还刺伤了我的一个同事。"

"那……"女子顿了一顿，"这不太对劲。"

"如果你不召回他，尸体的数目还会增加，而其中一具会是他的。"

女子闭上双眼，坐着不动，过了一会儿她吸了口气："既然他已经伤了你们一个同事，你们一定会大举出动报仇，我怎么可能相信你还会守信用？"

"我的名字叫哈利·霍勒，"哈利把护照放在桌上，"如果我未经克罗地亚当局准许就跑来这里的事宣扬出去，不仅会酿成外交事件，我也会被革职。"

女子拿出一副眼镜。"这么说来，你是要把自己端出来当人质？你认为这种说法听起来可信吗……"她戴上眼镜，翻看护照，"哈利·霍勒先生？"

"这是我这边必须承担的风险。"

女子点了点头。"我明白了。你知道吗？"她摘下眼镜，"也许我愿意跟你进行这笔交易，但如果我没办法召回他，又该怎么办？"

"什么意思？"

"我不知道他在哪里。"

哈利观察着女子，看见她眼中的痛苦，听见她声音中的颤抖。

"这样的话，"哈利说，"你就必须把你手里的筹码拿出来谈判，给我这个客户的姓名。"

"不行。"

"如果这位警察死了，"哈利从口袋里拿出一张照片，放在他们之间的桌子上，"你的手下很有可能会被杀死，而且会被布置得像是警方出于自卫，不得不开枪射杀他，除非我出手制止。事情就是这样，你明白吗？客户是不是这个人？"

"霍勒先生，我不受人要挟的。"

"明天一大早我就飞回奥斯陆，我的手机号码写在照片背面，你如果改变心意就打电话给我。"

女子将照片收进包里。

哈利快速而低声地说："他是你儿子，对不对？"

女子僵住了："你怎么会这样想？"

"我也懂得看人，我看得见痛苦。"

女子躬身伏在包上。"那你呢，霍勒？"她抬起双眼，直视哈利的脸，"难道这位警察你不认识？你能这么轻易地就放弃复仇？"

哈利口干舌燥，吸入的空气仿佛是炽热的。"对，"他说，"我不认识。"

他看着女子穿过马路，向左转，离开他的视线。窗外似乎传来乌鸦的嘎嘎叫声。

他回到房间，喝光其他的迷你酒，然后去吐，喝光啤酒，再次去吐，看了看镜中的自己，然后搭电梯去楼下的酒吧。

23　犬

十二月十九日，星期五

他坐在黑暗的集装箱里试着厘清思绪。那警察的皮夹里有两千八百挪威克朗，如果他没记错汇率，这代表他有足够的钱来购买食物、外套，以及飞往哥本哈根的机票。

现在只剩下弹药的问题。

他在歌德堡街打出了第七发，也就是最后一发子弹。他去普拉塔广场问过哪里买得到九毫米子弹，却只得到白眼作为回应，假如他继续随便找路人来问，碰到便衣警察的概率就会大增。

他把用完子弹的拉玛迷你麦斯手枪用力摔在地上。

证件上的男子对他微笑，男子名叫哈福森。如今警方一定会在约恩·卡尔森周围布下防护网，他只剩一步棋可走：特洛伊木马。他知道谁可以用来当木马：哈利·霍勒。查号台的女接线员说全奥斯陆只有一个哈利·霍勒，地址是苏菲街五号。他看了看表，突然身子一僵。

外面传来脚步声。

他跳了起来，一手抓起玻璃片，一手抓起手枪，站到门边。

门打开了，城市灯光流泻而入，他看见一个人影走进来，盘腿坐下。

他屏住呼吸，但什么事也没发生。

火柴哧的一声点燃，火光照亮集装箱一角和那人的脸庞，那人一手拿着汤匙和火柴，另一只手和牙齿并用撕开一个小塑料袋。他认出了这个身穿浅蓝色牛仔外套的少年。

正当他松了口气，少年迅速而有效率的动作突然停止。

"嘿？"少年朝漆黑处望去，同时将小塑料袋塞进口袋。

他清了清喉咙，踏进火柴的亮光里："记得我吗？"

少年用惊恐的眼神看着他。

"我们在火车站外面说过话，我给了你钱，你叫克里斯托弗，对不对？"

克里斯托弗诧异地张开了嘴："那个人是你？你就是那个给我五百克朗的外国人？天哪，呃，好吧，我记得你的声音……啊！"克里斯托弗扔掉火柴，火柴在地上熄灭。他的声音在黑暗中听起来更靠近了。"今天晚上我可以跟你共享这里吗，朋友？"

"都给你用，我正要出去。"

另一根火柴划亮。"你最好留在这里，两个人温暖些，我是说真的。"克里斯托弗手拿汤匙，从小瓶子里倒了些液体。

"那是什么？"

"加了抗坏血酸的水。"克里斯托弗打开小塑料袋，在汤匙上倒了些粉末，一粒粉末也没浪费，然后熟练地把火柴放到另一只手里。

"克里斯托弗，你真厉害。"他看着眼前的毒虫把火柴拿到汤匙底下，同时抽出另一根火柴做好准备。

"普拉塔广场那些人叫我'稳手'。"

"看得出来。听着，我要走了，我可以跟你交换外套，让你度过今晚。"

克里斯托弗看了看自己身上单薄的牛仔外套，又看了看对方身上的蓝色厚外套："哇，你是说真的吗？"

"当然是真的。"

"你真好心。先让我把这一管打完。你能帮我拿火柴吗？"

"我帮你拿针筒不是更方便？"

克里斯托弗沉下了脸："喂，也许我很菜，但我可不会掉进老掉牙的圈套。来，帮我拿火柴。"

粉末溶在水中，形成清澈的褐色液体。克里斯托弗拿了颗棉花球放在汤匙上。

"这样可以滤掉杂质。"克里斯托弗没等他问就如此说道，然后透过棉花球把液体吸入针筒，再用针尖对准手臂，"有没有看见我的皮肤很好？连个斑点都没有，看到没？肤质很好，血管很粗。他们说这叫纯净处女地。但是再过几年，我的皮肤就会变黄，还会有很多红肿结痂，就跟那些人一样，到那时'稳手'这个名字就再也不会用在我身上了。这些我都知道，但还是执意要这样做，很疯狂，对不对？"

克里斯托弗边说边摇针筒，让液体冷却，再用橡皮绳绑住前臂，把针插入皮肤底下有如蓝色小蛇的静脉。金属针滑入肌肤，海洛因注入血管。他眼睛半闭，嘴巴半张，头向后仰，看见吊在半空中的犬尸。

他看了克里斯托弗一会儿，丢掉燃烧的火柴，拉下蓝色外套的拉链。

贝雅特终于打通了电话，但她几乎听不见哈利的声音，因为迪斯科版的《铃儿响叮当》在背景中吵闹地回响。然而她听见的声音足以让她知道哈利醉了，并不是因为他口齿不清，恰好相反，因为他的口齿过于清晰。她告诉哈利关于哈福森的事。

"心包填塞？"哈利高声说。

"内出血充满心包腔导致的，使得心脏无法正常跳动，他们不得不导出大量血液。状况已经稳定下来，但他还在昏迷中，现在能做的只有等待了，有任何进展我会再打给你。"

"谢了，还有什么我必须知道的吗？"

"哈根派两个保姆把约恩·卡尔森和西娅·尼尔森送回了厄斯古德。我跟索菲娅·米何耶兹的母亲谈过，她答应今天会带索菲娅去看医生。"

"嗯，兽医研究所的肉块报告呢？"

"他们之所以指明中餐馆是因为只有中国人才会吃那种东西。"

"什么东西？"

"狗肉。"

"狗肉？等一下。"

音乐消失，取而代之的是车流声。哈利的声音再度传来："可是挪威的中餐馆是不卖狗肉的，我的老天。"

"不是，这个例子很特别。兽医研究所设法分辨出了狗的品种，所以我明天会打电话去挪威盲犬协会询问，他们的数据库里有所有纯种狗及其主人的数据。"

"我看不出这会有什么帮助，全挪威的狗应该有几十万只吧。"

"我查过了，四十万只，每家至少有一只。重点是这种狗很罕见，你有没有听过黑麦兹纳犬？"

"你再说一遍。"

贝雅特又说了一遍，接下来几秒钟，她只听见萨格勒布的车声，接着就听见哈利喊道："原来如此！这回说得通了，他必须找个藏身之处，我之前怎么没想到？"

"想到什么？"

"我知道史丹奇躲在哪里了。"

"什么？"

"你一定要找到哈根，让他授权出动德尔塔特种部队。"

"躲在哪里？你在说什么啊？"

"集装箱码头，史丹奇躲在集装箱里。"

"你怎么知道？"

"因为奥斯陆能吃到黑麦兹纳犬的残忍地方不是很多。明天早上我会搭第一班飞机回奥斯陆，我抵达之前先叫德尔塔特种部队和傅凯包围集装箱码头，但先不要逮人，等我到了再说，明白吗？"

贝雅特挂断电话后，哈利站在街上看着饭店酒吧。酒吧里的音乐隆隆作响，半满的酒杯正等着他回去。

小救赎者已在罗网之中，现在需要的是清晰的头脑和不会发抖的手。哈利想到哈福森，想到被血淹没的心脏。他可以直接返回没有酒的客房，锁上房门，把钥匙扔出窗外；或者走回酒吧，把剩下的酒喝完。他打了个冷战，深吸一口气，关闭手机电源，走进酒吧。

救世军总部的工作人员早已熄灯回家，只有玛蒂娜的办公室依然亮着灯。她拨打哈利的手机号码，同时自问：难道是因为他年长许多才让她觉得如此刺激？或者是他有太多压抑的情绪？还是因为他看起来如此无助？按理说那女人在哈利家门口大吵大闹，应该会把她吓跑才对，但结果正好相反，她反而更想要……是的，她究竟更想要什么呢？玛蒂娜呻吟一声，因为语音提示说她拨的手机号码不是关机就是收不到信号。她打电话去查号台，查到哈利在苏菲街的住宅电话，打了过去。一听见哈利的声音，她的心脏就怦怦乱跳，结果却是电话录音机。她有个完美的借口可以下班顺路经过哈利家，没想到他竟然不在！她又留了一则留言，说要提前把圣诞音乐会的票给他，因为明天早上开始她就得去音乐厅帮忙。

她挂上电话，忽然发现有人站在门口看她。

"里卡尔！你不要这样，吓我一跳。"

"抱歉，我正要回家，所以来看看我是不是最后一个走的。我可以送你回家吗？"

"谢谢，可是……"

"你都已经穿上外套了。走吧，这样你就不用设定警报器了。"里卡尔断断续续地笑了几声。上星期玛蒂娜有两次最后离开时都误触了新警铃，保安公司的人员特地前来查看，救世军只好支付额外费用。

"好吧，"她说，"谢谢。"

"没问题……"里卡尔吸了吸鼻子。

他心跳加速，现在他嗅到了哈利·霍勒的气味，然后伸出一只手小心翼翼地打开房门，在墙上摸索电灯开关，另一手举起手枪，指着黑暗中依稀可见的床铺轮廓。他吸了口气，打开电灯开关，灯光溢满整个房间。屋内没有多余陈设，只有一张基本的床铺，整齐且空无一人，就跟公寓里其他房间一样。他已搜查过其他房间，最后来到卧室。他感觉心跳慢了下来。哈利不在家。

他把手枪放回脏牛仔外套的口袋，感觉手枪压碎了他从奥斯陆中央车站的厕所拿来的除臭锭。厕所旁有一台公共电话，他就是用那台电话查出哈利在苏菲街的住宅地址。

进入这栋公寓比他想象中容易，他在大门口按了两次门铃，无人回应，原本打算放弃，但他推了推大门，关着的门就开了。门锁没有卡紧，一定是天冷的缘故。他爬上三楼，看见哈利·霍勒的名字潦草地写在一段胶带纸上。他把帽子抵在门锁上方的玻璃上，用枪柄一敲，玻璃应声裂开。

客厅面对后院，因此他冒险打开台灯，环顾四周，只见屋内是简朴的斯巴达风格，整理得井井有条。

但他的特洛伊木马——可以带他去找约恩·卡尔森的人，这时却不在家。不过他希望屋里有枪或弹药。于是他先从警察可能存放手枪的地方开始找起，像是抽屉、柜子或枕头底下，但一无所获。他开始逐个房间系统地搜索，但也徒劳无功。接着他开始胡乱翻找，这意味着他不是自暴自弃就是狗急跳墙。他在电话桌上的信件下方发现一个警察证，上面有哈利·霍勒的照片。他把警察证收进口袋，接着又移动书本和唱片，发现架子上这些东西都按字母顺序排列。咖啡桌上放着一叠文件，他拿起来翻看，翻到一张照片时停了下来。这个主题的照片他看过多个版本：一个身穿制服的死人。那是罗伯特·卡尔森的照片。另一份文件上有史丹奇的名字。还有一张表格上有哈利的名字，他往下看，看见一个熟悉的名词前方打了个勾——史密斯威森点三八手枪。表格上龙飞凤舞地签着名字。这究竟是枪支执照还是枪支申请表？

他放弃了。看来哈利把枪带在身上。

他走进狭小整洁的浴室，打开水龙头。热水令他颤抖。他脸上的煤灰把水槽染成黑色。他打开冷水龙头，手上凝固的血液融化，水槽被染成了红色。他擦干脸和手，打开水槽上方的柜子，找到一卷纱布，把手上被玻璃割伤的地方包扎起来。

但这里似乎少了些什么。

他看见水龙头旁边有根短须，像是刮胡子之后留下来的，但却没看见刮胡刀或刮胡泡，也没看见牙刷、牙膏或洗漱包。难道命案调查到一半这个哈利·霍勒竟然跑去旅行？又或者他跟女友同住？

他走进厨房，打开冰箱，看见里面有一盒六天后过期的鲜奶、一罐果酱、白干酪、三个炖肉罐头。冷冻库里放着切片裸麦面包，用保鲜膜包着。他拿出鲜奶、面包、两个炖肉罐头，打开炉火。烤面包机旁放着一份今天的报纸。鲜奶，今天的报纸。他开始觉得哈利·霍勒可能是去旅行了。

他从柜子高处拿下一个玻璃杯，正要倒鲜奶，有个声音忽然在屋里响了起来。他心头一惊，鲜奶掉落在地上。

响起的是电话铃声。

他看着鲜奶在赤陶地砖上蔓延开来，耳中听见玄关传来急切的电话铃声。三声机械咔嗒声过后响起五个哔声，接着一个女性声音充满室内，语声很快，语调似乎很欣喜，她笑了几声后挂上电话。他在这声音中听见了什么。

他把打开的炖肉罐头倒在煎锅里，一如围城战事时期那样。他们这样做并不是因为没有盘子，而是为了表示每个人的份额是一样的。他走进玄关，黑色答录机闪着红色灯光，显示的数字是 2。他按下播放键，录音带开始转动。

"我是萝凯。"一个女性声音说，这声音听起来比刚刚那个年纪大。女子说了几句话后，把电话交给一个小男孩，小男孩开心地讲个不停。接着播出的是刚才的留言。他很确定自己没有听错，他听过这个声音，这是白色巴士上那个女子的声音。

留言播放完毕后，他站在墙上镜子前，看着镜子下方贴着的两张彩色照片。其中一张照片里是哈利、一名深色头发的女子和一个小男孩，他们穿着滑雪板站在雪地里眯眼看着镜头。另一张是褪色的老照片，上面是一个小女孩和一个小男孩，两人都穿泳衣，小女孩似乎患有唐氏综合征，小男孩是哈利。

他悠哉地坐在厨房里吃东西，同时留意楼梯间的声响。他在电话桌的抽屉里找到一卷透明胶带，把破了的玻璃贴回前门。吃完之后，他走进卧室，里面很冷。他在床上坐下，用手抚摸柔软的床单，闻了闻枕头，又打开衣柜，发现两条灰色平角内裤，一件折叠整齐的白色 T 恤，上面印着如湿婆 ① 般的八臂人像，下方写着"FRELST"（救赎），上方写着"JOKKE & VALENTINERNE"（约克与瓦伦丁纳）。这些衣服都有肥皂的香味。他换上这些衣服，躺在床上，闭上眼睛，想到哈利的照片、想到乔吉，把手枪放在枕头底下。尽管他极度疲惫，但仍感觉阴茎逐渐勃起，顶着贴身又柔软的棉质内裤。他安心入睡，知道只要有人开门，自己会立刻醒来。

"坦然面对意外之事。"

这是警察特种部队德尔塔小队队长西韦特·傅凯的座右铭。他站在集装箱后方的小山脊上，手持无线电对讲机，耳中充满准备回家过节的出租车、轿车、卡车行驶在高速公路上发出的隆隆声响。他身旁站着队长甘纳·哈根。

----

① 毁灭之神，印度教三大神之一。

哈根身上的绿色防弹背心领子高高立起。傅凯的队员位于他们下方寒冷冰封的黑暗中。他看了看表，两点五十五分。

十九分钟前，警犬队的德国牧羊犬闻出红色集装箱中有人。尽管这项任务看起来十分简单，傅凯却不喜欢眼前这种状况。

到目前为止一切都进行得相当顺利。在他接到哈根的电话，命令五名优秀的特种部队队员在警署整装待发之后，只花了五十五分钟就完成指示。德尔塔小队共有七十人，绝大多数都斗志高昂、训练精良，平均年龄三十一岁。他们依需要制订详细计划，任务包括所谓的高难度武装行动；特种部队就是专门执行这种高难度任务的。现场除了德尔塔小队的五名队员之外，还有一名来自军方的 FSK 武装特种部队队员，这就是傅凯不安的原因。此人是哈根亲自调来的一流神枪手，他说自己名叫阿伦，但傅凯知道，FSK 队员向来不用真名。事实上 FSK 自一九八一年成立以来，就一直是极为神秘的组织，直到著名的持久自由行动①在阿富汗展开之后，媒体才掌握这个精良部队的一些确切细节。然而从傅凯的角度来看，这个部队更像是神秘的兄弟会。

"因为我信任阿伦，"哈根对他如此简单地解释道，"你还记得一九九四年的那一枪吗？"

傅凯对桑德福德机场的人质挟持事件记忆犹新，因为当时他就在现场。事后没人知道那救命的一枪是谁开的，只知道子弹穿过挂在汽车风挡玻璃前的防弹背心腋窝处，击中银行劫匪的头部。劫匪的脑袋就在全新沃尔沃轿车的后座如同南瓜般爆开。事后车商回收了这辆轿车，加以清洗并重新出售。但这并不是令傅凯感到不安的地方，就连阿伦带着一把他从未见过的步枪也不会令他感到不安，枪托上刻着"MÄR"字样对他来说也不算什么。这时阿伦趴在目标区域外的某处，配备激光瞄准器和夜视镜，并回

---

① "9·11"事件后美军及其盟军对基地组织和阿富汗塔利班政权所采取的军事行动。

话说他能清楚地看见集装箱，除此之外，每当傅凯要求他汇报最新情况时，他都咕哝着敷衍了事。但这也不会让傅凯反感。他之所以不喜欢眼前的情况，是因为阿伦根本不需要在现场，他们根本不需要神枪手。

他犹疑片刻，把对讲机拿到嘴边："阿特勒，准备好就闪灯。"

集装箱旁的一束灯光上下移动。

"各就各位，"傅凯说，"准备进入。"

哈根点了点头："很好。傅凯，在行动之前，我想先确认我们两个人的看法是一致的。我们都认为最好现在就进行逮捕行动，不必等霍勒回来。"

傅凯耸了耸肩。再过六小时天就亮了，到时候史丹奇会从集装箱里出来，这样就可以在空地上放出警犬来追捕。大家都说哈根急于立功，以便做好准备，时机一到就坐上总警司的位子。

"是的，听起来很合理。"

"很好，我会在报告里说：这是一场共同决定的行动，以免有人说我先行逮人，抢下功劳。"

"我想没有人会这样怀疑吧。"

"很好。"

傅凯按下对讲机上的发话键："两分钟后行动。"

哈根和傅凯鼻中喷出的白气交织成一片云雾，随即消失。

"傅凯……"对讲机里传出阿特勒低沉的话声，"有个男人从集装箱里走出来了。"

"大家做好准备。"傅凯用坚定冷静的语气说。坦然面对意外之事。"他是要出去吗？"

"不是，他只是站着。他……看起来好像要……"

砰的一声枪响，在黑暗的奥斯陆峡湾里回荡，接着一切又归于寂静。

"妈的，怎么回事？"哈根说。

傅凯心想，那是意外之事。

24 承诺

十二月二十日，星期六

周六清晨，他仍在睡觉，睡在哈利的公寓里，睡在哈利的床上，穿着哈利的衣服，做着哈利的噩梦。梦中鬼魂回来找他，梦中总有鬼魂回来找他。

前门传来细微的摩擦声，但这已足够让他醒来。他立刻伸手到枕头下，翻身下床，悄悄走进玄关。冰冷的地板"烧灼"他的脚底。他透过波浪纹玻璃看见一个人影。昨晚他关上屋内所有的灯，可以肯定没人能从屋外得知他在这里。那人似乎弯腰在门锁上鼓捣着什么。难道钥匙插不进门锁？难道哈利·霍勒喝醉了？也许他不是去旅行，而是去整夜买醉。

他站到门边，伸手握住冰冷的金属门把，屏住呼吸，枪托抵住手掌的摩擦力带来一种安全感。门外那人似乎也屏住了呼吸。

但愿这不代表事情将出现不必要的麻烦；他希望霍勒是个明智之人，明白自己别无选择，只能带他去找约恩·卡尔森，倘若这不可行，至少把约恩叫来这套公寓。

他手里举着枪，让枪一眼可见，猛然把门打开。门外那人倒抽一口凉气，后退两步。

有个东西卡在外面的门把上，是用包装纸和玻璃纸包扎成的一束鲜花，纸上还粘着一个大信封。

尽管那人满脸惊恐，他还是立刻认出了她。

"进来。"他吼道。

玛蒂娜·埃克霍夫犹豫不决，直到他再次举起手枪。

他挥动枪管，示意玛蒂娜走进客厅。他跟在后面，礼貌地请她坐在扶手椅上，自己在沙发上坐了下来。

玛蒂娜勉强让目光离开手枪，朝他望去。

"抱歉我穿这身衣服，"他说，"哈利呢？"

"你想干吗？"玛蒂娜用英语问道。

他听到玛蒂娜的声音后非常惊讶，因为她的声音很冷静，几乎是温暖的。

"我要找哈利·霍勒，"他说，"他在哪里？"

"我不知道，你找他干吗？"

"发问的人是我，如果你不告诉我他在哪里，我只好对你开枪，明白吗？"

"我不知道他在哪里，所以你只好对我开枪，如果你认为这样会有帮助的话。"

他在她眼中寻找恐惧，却找不到，也许跟她的瞳孔有关，她的瞳孔好像怪怪的。

"你来这里做什么？"他问道。

"我来把音乐会的门票拿给他。"

"还送花？"

"心血来潮。"

他拿起玛蒂娜放在桌上的包翻看，找出皮夹和银行卡。玛蒂娜·埃克霍夫，一九七七年生，地址是奥斯陆市索根福里街。"你是史丹奇，"玛蒂娜说，"你就是上过白色巴士的那个人，对不对？"

他再次朝她望去。她直视他的双眼，缓缓地点了点头。

"你来这里是想叫哈利带你去找约恩·卡尔森，对不对？现在你不知道该怎么办了，对不对？"

"闭嘴。"他说，口气却显得虚张声势，因为她说得对——一切都走样了。两人一言不发，坐在透进晨光的阴暗客厅内。

最后玛蒂娜打破沉默。

"我可以带你去找约恩·卡尔森。"

"什么？"他惊讶地说。

"我知道他在哪里。"

"哪里？"

"一个庄园里。"

"你怎么知道？"

"因为那个庄园是救世军的，我手上有清单，知道每个庄园的使用者是谁。警方给我打过电话，问我这几天可不可以把庄园都借给他们用。"

"原来如此，但你为什么要带我过去？"

"因为哈利是不会告诉你的，"她简单地说，"然后你会对他开枪。"

他观察她，明白她说的是实话，便缓缓点头："庄园里有几个人？"

"约恩、他女朋友，还有一个警察。"

一个警察。他开始在脑中构建计划。

"有多远？"

"高峰时间要四十五分钟到一小时，但今天是周末，"玛蒂娜说，"我的车就在外面。"

"你为什么要帮我？"

"我说过了，我希望这件事赶快结束。"

"你知道如果你胡说的话，我会在你脑袋上开一枪吗？"

玛蒂娜点了点头。

"那走吧。"他说。

早上七点十四分，哈利知道自己还活着，因为他全身每根神经都感到疼痛，因为他胃里的嗜酒之犬还渴求更多酒精。他睁开一只眼睛，看了看四周，只见衣服散落在客房地上，但至少屋里只有他一个人。他朝床头柜上的玻璃杯伸手，幸运地抓到杯子。杯子是空的。他用手指刮了刮杯底，又舔了舔手指。味道是甜的，酒精都已挥发。

他拖着身体下床，拿着杯子走进浴室，目光避开镜子，将杯子装满水，缓缓喝下。嗜酒之犬高声抗议，但他稳稳拿着杯子，又喝了一杯。对了，要赶飞机。他把目光集中在手腕上。妈的手表跑哪里去了？现在几点？他必须离开，必须回家。还是先喝一杯再说……他找到裤子穿上，觉得手指麻木肿胀。包呢？在那里。洗漱包。鞋子。可是手机呢？不见了。他拨9，打给楼下柜台，听见背景里传来账单的打印声。前台回答了四次，他还是听不懂。

他结结巴巴地说着英语，连自己都听不太懂自己在说什么。

"先生抱歉，"前台答道，"酒吧下午三点才开始营业，您要退房了吗？"

哈利点了点头，在床尾的外套里寻找机票。

"先生？"

"对。"哈利挂上电话，靠在床上，继续在裤子口袋里翻找，却只找到一枚二十克朗的挪威硬币。昨晚酒吧打烊，他付钱时少了几库纳，就把二十克朗挪威硬币放在钞票上，转身离去。但还没走到门口，就听见愤怒的咆哮声，感觉后脑一阵疼痛，低头就看见那枚硬币在地上跳动，发出清脆的声响，滚到他双脚之间。他走回吧台，酒保低声咒骂，接受了他的手表以补齐差额。

哈利知道外套内袋已被扯破，便摸索着在衬里中找到机票，把它勾出来，看清楚起飞时间。这时传来敲门声，起初只有一声，接着是更大力的一声。

他不记得酒吧打烊后发生的事，但若敲门声跟这有关，那肯定没好事。不过话又说回来，说不定有人捡到了他的手机。他拖着脚步走到门口，把门打开一条缝。

"早上好，"门外的女子说，"还是不好？"

哈利挤出微笑，倚在门框上："有什么事？"

女子盘起了头发，看起来更像个英语老师。

"跟你敲定交易。"她说。

"哦？为什么是现在，不是昨天？"

"因为我想知道我们碰面之后你会做什么，比如说，会不会去跟克罗地亚警方碰面。"

"你知道我没有？"

"你去酒吧喝酒喝到打烊，然后摇摇晃晃地走回房间。"

"你还有眼线啊？"

"别东拉西扯了，霍勒，你还要赶飞机。"

饭店外有辆车等着他们，司机就是那个身上有监狱刺青的酒保。

"弗雷德，去圣斯蒂芬大教堂，"女子说，"开快点，他的飞机一个半小时后起飞。"

"你知道很多我的事，"哈利说，"我对你却一无所知。"

"你可以叫我玛丽亚。"女子说。

晨雾笼罩着萨格勒布，偌大的圣斯蒂芬大教堂塔楼隐没在白雾之中。

玛丽亚领着哈利穿过近乎荒凉的广阔中庭，经过忏悔室、几个圣者雕像和旁边的祷告长椅。隐藏式音响播放着宛如祈祷文般的圣歌，歌声低沉，余韵连绵，也许是为了激发沉思，但哈利听了却只想到天主教超市里播放的音乐。玛丽亚带着哈利踏上侧面的走廊，穿过一扇门，进入一个小房间，里面有两张祈祷长椅。晨光穿过彩色玻璃，化为红色和蓝色的光线。钉着耶稣的十字架两旁点着蜡烛，十字架前方是个跪着的蜡像，仰头伸臂，绝望地祈祷。

"这是使徒多马，建筑工匠的守护者，"玛丽亚鞠躬画了个十字，"他想跟耶稣一起死。"

哈利心想，这是心存怀疑的多马。玛丽亚在包上方躬身，拿出一根贴有圣者照片的小蜡烛，将蜡烛点燃，放在多马前方。

"跪下。"她说。

"为什么？"

"照做就是了。"

哈利不情愿地在粗糙的红丝绒祈祷长椅上跪下，他的手肘放在肮脏倾斜的木扶手上，扶手上沾有汗渍、油脂和泪水。没想到这个姿势竟异常舒服。

"向圣子发誓你会信守承诺。"

哈利犹疑片刻，低下了头。

"我以圣子……"玛丽亚说。

"我以圣子……"

"我以救赎者之名发誓……"

"我以救赎者之名发誓……"

"尽力拯救那个所谓的小救赎者的性命。"

哈利复述。

玛丽亚坐直身子。"这里是我跟客户的中间人接洽的地方，"她说，"也是他委托工作的地方。不过我们走吧，这里不是讨论凡人命运的地方。"

弗雷德载他们前往宽广开放的托米斯拉夫国王公园，并在车上等候他们。他们找了个长凳坐下。枯萎的褐色小草奋力站直，但仍不敌湿冷寒风而趴倒。电车铃声从老展览馆的另一侧传来。

"我没见到他本人，"玛丽亚说，"但他听起来很年轻。"

"听起来？"

"十月的时候，这个人往国际饭店打了第一通电话，只要是关于难民的电话都会经过弗雷德，他把电话转给了我。这个人说他代表一位匿名人士，希望我们接下奥斯陆的任务，我记得电话背景音里有很多车声。"

"公共电话。"

"我想也是。我说我不在电话上接案，也不跟匿名人士打交道，就把电话挂了。三天后他又打来，跟我约在圣斯蒂芬大教堂，还指定了时间和忏悔室。"

一只乌鸦飞到长椅前的树枝上，低下头来，阴郁地看着他们。

"那天教堂里有很多观光客，我依照指定时间走进忏悔室，看见椅子上放着一个信封。我打开信封，里面有约恩·卡尔森值班的时间地点、远超过我们一般收费的美元头款，还写了尾款数目。此外，信中还说那个跟我通过电话的中间人会再跟我联络，听取我的意愿，如果我愿意接受，可以再跟他商讨财务方面的细节。这个中间人会是我们唯一的联络窗口，但基于安全因素，他无权跟我讨论任务细节，所以在任何情况下，我都不能透露有关任务的事让中间人知道。我拿了信封，离开忏悔室和教堂，回到饭店。半小时后，中间人就打电话来。"

"这个人跟从奥斯陆打电话给你的是同一个人？"

"他没有自我介绍，但我当过英语老师，所以习惯注意听别人怎么说英语。这个人的口音非常特别。"

"你们说了些什么？"

"我说基于三个理由我必须拒绝。第一，我们的原则是必须知道客户委托任务的原因。第二，基于安全考虑，我们从不让别人决定时间或地点。第三，我们不跟匿名客户来往。"

"他怎么说？"

"他说他负责付钱，我能知道的仅仅是他的身份，并且要容忍这一点。然后他问我价码要提高到多少，我才能对其他的反对理由视而不见。我说我要的价码他绝对付不起，于是他开出一个数目，而我……"

哈利看着玛丽亚在脑中寻找合适的英文词句。

"我没打算听见那么高的数目。"

"他说的数目是多少？"

"二十万美元，这是我们标准收费的十五倍。"

哈利缓缓点头："所以对方的动机就不再重要了？"

"这你不用明白，霍勒，但我们一直有个计划，赚够钱之后就洗手不干，搬回武科瓦尔，开始新生活。我知道这个价码可以让我们达成目标，这会是最后一次任务。"

"所以杀人要符合道德的原则就可以摆在一旁？"哈利问道，在身上四处找烟。

"你调查命案的方式一定都合乎道德吗，霍勒？"

"不一定，人总要活下去。"

玛丽亚淡淡一笑："那你跟我也没有多大差别，不是吗？"

"我怀疑。"

"啊哈，如果我没看错，你跟我一样，只希望面对那些值得你花心思的事，是不是？"

"这是当然。"

"但事实并非如此，不是吗？你发现罪行并不像你当初选择当警察时以为的那样黑白分明，你原本想从邪恶的手中解救人类，但多数情况下，你发现邪恶的成分很少，而弱点的成分很多，很多悲伤的故事都可以在自己的内心里找到。然而就像你说的，人总要活下去，于是我们开始说谎，对周围的人和自己说谎。"

哈利找不到打火机，再不把烟点燃，他就要爆炸了。他不愿意想起比格尔·霍尔门，现在不要。滤嘴被他咬破，发出干涩的窸窣声："你说的这个中间人叫什么名字来着？"

"说得好像你已经知道了似的。"玛丽亚说。

"罗伯特·卡尔森，"哈利说，用手掌用力揉了揉脸，"他给你信封的日期是十月十二日。"

玛丽亚挑起一道眉毛，她的眉毛修得很优雅。

"我们发现了他的机票，"哈利觉得冻死了，寒风吹来直接穿过他，仿佛他是个幽灵，"而他回去之后，又在不知情的情况下替他协助要杀害的人代班。一个人是可以笑着杀死自己的，是不是？"

玛丽亚没有回答。

"我不明白的是，"哈利说，"你儿子从电视或报纸上得知他杀的人是负责递送现金的中间人之后，为什么不中止任务？"

"他从不知道客户是谁，也不知道目标犯下的罪行是什么，"玛丽亚说，"这样是最好的安排。"

"这样他被捕的时候就什么都不会泄露？"

"这样他就不必思考，只要执行任务就好，把其他的都交给我，相信我会做出最正确的判断。"

"不论是道德上还是财务上？"

玛丽亚耸了耸肩："当然了，这次他如果事先知道名字就好了，问题是自从下手之后，我儿子不知道为什么就没再跟我们联络。"

"他不敢。"哈利说。

玛丽亚闭上眼睛，哈利看见她那张小脸上肌肉抽动。

"你希望我中止任务，跟你交易，"她说，"现在你知道这是不可能的，但我已经告诉你跟我们联络的中间人是谁了，你还愿意信守承诺吗，哈利？你愿意救我儿子吗？"

哈利默然不答。那只乌鸦飞离树枝，水滴滴落在他们前方的碎石地上。

"你觉得如果你儿子知道自己胜算很低，会收手吗？"哈利问道。

玛丽亚露出苦笑，忧郁地摇了摇头。

"为什么？"

"因为他无畏又固执，这是从他父亲那里遗传来的。"

哈利看着眼前这名瘦弱女子挺直的身躯，不确定后半句话是否正确："替我跟弗雷德说再见，我要乘出租车去机场。"

玛丽亚看着双手："哈利，你相信上帝吗？"

"不相信。"

"但你还是在他面前发了誓，说你会救我儿子。"

"对。"哈利站起身来。

玛丽亚依然坐着，抬头朝哈利望去："你是那种会信守承诺的人吗？"

"不一定。"

"你不相信上帝，"她说，"也不相信自己说过的话，那你还剩下什么？"

哈利把外套裹紧了些。

"哈利，告诉我你相信什么。"

"我相信下一个承诺，"他说，转过身眯眼看着车辆稀疏的宽阔马路，"人们就算打破了上一个承诺，还是可以守住下一个。我相信新的开始。虽然我可能没这样说过……"哈利招手拦下一辆有蓝色标志的出租车。"但这就是我干这行的原因。"

哈利坐上出租车才想到身上没有现金可以付钱，司机告诉他萨格勒布机场有提款机，可以用 Visa 信用卡提现。哈利坐在车上，手中不断把玩那枚二十克朗硬币。硬币在酒吧地上滚动的那一幕和飞机上喝一杯酒的念头在争夺主权。

外面天色已明，约恩被驶入厄斯古德庄园的车声吵醒，他躺在床上，盯着天花板。昨晚又冷又长，他没睡好。

"是谁来了？"西娅问道，刚才她还睡得很熟。约恩听见她语气中的焦虑。

"可能是来换班的警察吧。"约恩说。引擎声消失，两扇车门打开又关上。所以来的是两个人，没有交谈，是两个沉默的警察。他们听见由警察镇守的客厅里传来大门的敲击声，一声，两声。

"他没去开门吗？"西娅低声说。

"嘘，"约恩说，"说不定他不在屋，也许去外面上厕所了。"

第三声敲门声传来，声音非常大。

"我去开门。"约恩说。

"等一下!"西娅说。

"我们得开门让他们进来。"约恩从西娅身上爬过,穿上衣服。

他打开通往客厅的门,只见咖啡桌上的烟灰缸里,一根香烟还在冒着烟,沙发上有一条凌乱的毯子。敲门声再次传来。约恩朝窗外看去,却看不见车子。奇怪。他站到大门前。

"哪位?"约恩大声问道,心里已不再那么相信自己。

"警察。"外面的声音说。

约恩听到一个不寻常的口音,但又觉得自己可能听错了。

敲门声再次响起,他吓得跳了起来,伸出颤抖不已的手握住门把,深深吸了口气,把门打开。

寒风直卷而入,他感觉像是被水墙打到似的。挂在半空的太阳放出刺目白光,他眯起双眼,看着台阶上的两个人影。

"你们是来换班的吗?"约恩问道。

"不是,"他认识这个女子的声音,"一切都结束了。"

"结束了?"约恩惊讶地问道,以手遮眉,"原来是你?"

"对,去收拾吧,我们接你回家。"女子说。

"为什么?"

女子告诉他原因。

"约恩!"西娅在卧室里大喊。

"等一下。"约恩说,让门开着,进去看西娅。

"是谁啊?"西娅问道。

"是那个讯问我的警探托莉·李,"约恩说,"还有一个应该也姓李的警探。他们说史丹奇死了,昨晚中枪身亡。"

昨晚留守的警察从屋外厕所回来,打包好个人物品并离开。十分钟后,约恩把包背到肩上,关上大门,转动钥匙锁门。他踏着自己在深雪中的足迹,沿着屋子墙壁行走，数到第五块木板，把钥匙挂在里面的挂钩上，转身跟上其他人，朝一辆喷出白色尾气的红色高尔夫奔去。他挤进后座，坐在西娅旁边。车子起动后，他伸出手臂紧紧环抱西娅，倾身凑到前座之间。

"昨晚集装箱码头发生了什么事？"

驾车的托莉瞥了坐在旁边的同事欧拉一眼。

"他们说史丹奇要掏枪，"欧拉说，"特种部队的神枪手说他看到的是这样。"

"所以史丹奇不是要掏枪？"

"那要看你说的是哪种枪喽，"欧拉说，看了托莉一眼，只见她很难保持面无表情，"他们把史丹奇翻过来，看见他的拉链拉开，老二垂在外面，看来站在集装箱门口是想要尿尿。"

托莉突然板起面孔，清了清喉咙。

"但这是非官方的消息，"欧拉赶紧补充道，"你们明白，对吧？"

"你的意思是说你们就这样把他射杀了？"西娅难以置信地拉高嗓门说。

"不是我们，"托莉说，"是 FSK 的神枪手开的枪。"

"他们认为史丹奇一定是听见什么声音，转过了头，"欧拉说，"因为子弹从他耳朵后方射入，从原本是鼻子的地方射出，这下连鼻子都没了，一命呜呼，哈哈。"

西娅看着约恩。

"那发子弹一定超有威力，"欧拉一副神往的样子，"反正你看了就知道，卡尔森，你能指认出那家伙才是奇迹。"

"反正本来就不容易指认。"约恩说。

"对啊，我们听说了，"欧拉摇头说，"那家伙有哑剧脸什么的。如果你问我，我会说是扯淡，但这也是非官方记录，好吗？"

车子继续行驶，车内沉默了一会儿。

"你们怎么确定就是他？"西娅问道，"我是说，既然他的脸被打烂了。"

"他们认得那件外套。"欧拉说。

"就这样？"

欧拉和托莉互望一眼。

"不只这样，"托莉说，"外套内侧和口袋里的玻璃上有凝固的血迹，他们正在跟哈福森的血液做比对。"

"西娅，一切都结束了。"约恩说，把她抱得更紧。她把头靠在他肩膀上，他吸入她头发的香味。再过不久，他就能好好睡一觉。他穿过前座看见托莉的手放在方向盘上端，把车子开到乡间小路的右侧，避开对面驶来的一辆白色小型电动车。约恩认出那辆车跟皇室送给救世军的车是同一款。

25 宽恕

十二月二十日，星期六

心电图屏幕上的曲线图和数字，以及声纳规律的哔哔声，呈现出一切都在控制中的假象。

哈福森的口鼻罩着呼吸面罩，头上戴着头盔般的东西，医生说这可以用来监测脑部活动。深色眼皮上爬着由细小血管构成的网。哈利忽然想到他从未见过闭上眼睛的哈福森，他的眼睛总是睁着。哈利身后的门吱的一声打开，贝雅特走了进来。

"你终于来了。"她说。

"我从机场直接赶来，"哈利低声说，"他看起来好像是睡着的喷气机飞行员。"

贝雅特勉强笑了笑，这时哈利才发现自己这个比喻有多么不祥，倘若他的脑袋不是这么麻木，也许就会选另一种说法，或者什么都不说。他之所以现在看起来还像样，是因为从萨格勒布飞到奥斯陆只在国际空域停留一个半小时，而负责酒类的空姐在服务完每位乘客后，才注意到哈利座位上的服务灯亮着。

他们走出病房，在走廊尽头找到座椅区坐下。

"有新进展吗？"哈利问道。

贝雅特用一只手抹了抹脸："负责检查索菲娅·米何耶兹的医生昨天深夜打电话给我，说他在索菲娅身上什么都没发现，只发现额头上的瘀青，他认为这块瘀青很可能如索菲娅所说，是撞到门导致的。他还说医生的保密原则对他来说很重要，但他太太说服他把事情说出来，毕竟这牵涉如此重大的刑事案件。他从索菲娅身上采集了血液样本，没发现任何异常，不过他有个直觉，于是把样本送去做血 HCG 检验①，检验结果几乎没有什么疑问。"

贝雅特咬住下唇。

"很有意思的直觉，"哈利说，"但我不知道 HCG 是什么。"

"索菲娅最近有过身孕，哈利。"

哈利想吹口哨，但嘴巴太干："你最好去找她谈一谈。"

"对啊，何况上次我们成了如此要好的朋友。"贝雅特挖苦地说。

"你不需要当她的朋友，只需要知道她是不是被强暴了。"

"强暴？"

"直觉。"

她叹了口气："好吧，但事情已经不急了，不是吗？"

"什么意思？"

"经过昨晚的事啊。"

"昨晚发生了什么事？"

贝雅特诧异地张开口："你不知道吗？"

哈利摇了摇头。

"我至少留了四条留言在你的语音信箱里。"

"昨天我手机丢了。什么事？快告诉我。"

哈利看见她吞了口口水。

"哦，该死，"他说，"不会是我想的那样吧。"

"昨晚他们射杀了史丹奇，他当场死亡。"

哈利闭上眼睛，听见贝雅特的声音从远处传来："报告上说史丹奇突

---

① 目前最早最准确测试是否怀孕的检查方式。

然有动作，警方也已大声警告。”

哈利心想，连报告都做好了。

“但他们只在他外套口袋里发现一片玻璃，上面沾有血迹，法医答应今天早上会化验。史丹奇一定是把枪藏起来，要用的时候再拿出来。枪如果带在身上，被逮到就会成为直接证据。他身上也没有任何证件。”

“还有其他发现吗？”哈利机械地问出这句话，因为他的心思已飘到别处，飘到了圣斯蒂芬大教堂。我以圣子之名发誓。

“集装箱角落里有一些吸毒用品，像是针筒、汤匙等。有意思的是，有只狗被挂在集装箱顶端。集装箱码头的警卫说那是黑麦兹纳犬，它身上有些肉被割了下来。”

“很高兴知道这件事。”哈利嘟囔说。

“什么？”

“没什么。”

“如你上次所说，这说明了歌德堡街呕吐物里的肉块是怎么来的。”

“除了德尔塔小队之外，还有谁参与了这次行动？”

“报告上没提到别人。”

“报告是谁写的？”

“当然是负责领导这次行动的西韦特·傅凯。”

“当然。”

“反正一切都结束了。”

“不，还没结束！”

“你用不着吼，哈利。”

“还没结束，有王子就有国王。”

“你是怎么了？”贝雅特双颊泛红，“一个杀手死了，你却表现得像是他的……朋友一样。”

哈利心想，她要提起哈福森了。哈利闭上眼睛，看见眼皮里红光闪耀，心想这就像教堂里的蜡烛一样。母亲去世时哈利还很小,她在病床上说希望葬在翁达尔斯内斯镇,那里看得见山。丧礼上父亲、妹妹和他站着聆听牧师的讲述,讲的似乎是一个他根本不认识的人,因为父亲无法上前发言,只好交给牧师。也许那时哈利就已经知道,少了母亲,他们就再也没有家了。哈利的爷爷满身浓烈的酒气,弯腰对他说,世事就是如此,父母应该会先死。哈利听了喉咙哽住,什么话都说不出来。他的身高就遗传自爷爷。

"我找到了史丹奇的上司,"哈利说,"她确认这次的谋杀任务是罗伯特·卡尔森去委托的。"

贝雅特瞠目结舌地看着哈利。

"但事情并非到此为止,"哈利说,"罗伯特只是中间人,后面还有个主使者。"

"是谁?"

"不知道。我只知道这个主使者有能力支付二十万美元来雇用职业杀手。"

"史丹奇的上司这么轻易就把这些告诉你?"

哈利摇了摇头:"我跟她达成一个协议。"

"什么协议?"

"你不会想知道的。"

贝雅特的眼睛迅速眨了两下,点了点头。哈利看见一名老妇人拄着拐杖走过,心想不知道史丹奇的母亲和弗雷德会不会在网上阅读挪威报纸,不知道他们是否知道史丹奇已经死了。

"哈福森的父母正在餐厅用餐,我要下去找他们,你要不要一起来,哈利?"

"什么?抱歉,我在飞机上吃过了。"

"他们见到你会很高兴。他们说哈福森每次谈到你都露出很仰慕的神情,好像你是他的大哥哥一样。"

哈利摇了摇头："可能晚一点吧。"

贝雅特离开后，哈利回到哈福森的病房，在病床旁的椅子边缘坐下，低头看着枕头上那张苍白的脸。他包里有一瓶还没开封的占边威士忌，是在免税商店买的。

"我们俩对抗全世界。"哈利低声说。

他对着哈福森的额头弹指，中指弹到哈福森的眉心，但哈福森的眼皮一动不动。

"雅辛。"哈利听见自己的声音变得沉重。他的外套打到病床，有什么东西在外套衬里中，他伸手一摸就摸到遗失的手机。

贝雅特和哈福森的父母回来时，哈利已经离去。

约恩躺在沙发上，头枕在西娅的大腿上。她正在看电视上播出的老电影，他则看着天花板。贝蒂·戴维斯的独特嗓音穿过他的思绪——他对这里的天花板比他家的还要熟悉。倘若先前他在国立医院冰冷的地下室里看得够用力，最后也许会在那张被子弹打穿的脸上看见一些熟悉和不同之处。他们问这是不是在他家门口出现过、后来又持刀袭警的那个人时，他摇了摇头。

"但这并不表示这个人不是他。"约恩答道。他们点了点头，记录下来，送他出去。

"你确定警方不会让你睡自己家吗？"西娅问道，"如果你今晚睡这里，一定会引来很多八卦。"

"那里是犯罪现场，"约恩说，"已经被封起来了，要一直封到警方完成调查为止。"

"封起来，"她说，"听起来好像一封信。"

贝蒂·戴维斯朝年轻女子奔去，小提琴声蓦地拉高，增添了戏剧性。

"你在想什么？"西娅问道。

约恩沉默不语。他没说他想的是：他说一切都结束了是骗她的。除非他去做他该做的事，否则一切不会结束。而他该做的是鼓起勇气，不畏艰难地迎向敌人，当个勇敢的小士兵。只因他已然知晓。当时他站得离哈福森非常靠近，听见哈福森所说的自白留言是麦兹·吉尔斯特拉普留下的。

门铃响起。西娅起身开门，仿佛很欢迎有人来打扰似的。来者是里卡尔。

"有没有打扰到你们？"里卡尔问道。

"没有，"约恩说，"我正要出去。"

三人都沉默下来，约恩穿上外出的衣服。关上门之后，约恩在门外站了一会儿，聆听门内的声音，听见他们正在小声说话。他们为什么要小声说话？里卡尔的口气听起来很生气。

他坐上前往市中心的电车，再转乘霍尔门科伦线列车。通常周末如有积雪，列车上都会挤满越野滑雪者，但今天对大多数人来说一定都太冷了。他在最后一站下车，看着盘踞在远处山下的奥斯陆。

麦兹和朗希尔德的家位于丘陵上，约恩从未去过。大门相当窄，车道也是，沿着树林蜿蜒，树林遮住了大部分屋子，从路上看不到。屋子本身不高，但结构独特，要等你真正在屋内走一圈才会发现它有多大，至少朗希尔德是这样说的。

约恩按下门铃，几秒钟后，他听见隐藏式音箱传出说话声："约恩·卡尔森。真没想到啊。"

约恩看着大门上方的监视器。

"我在客厅，"麦兹·吉尔斯特拉普的话声听起来很模糊，还带着咯咯的笑声，"我想你应该知道怎么走吧。"

大门自动打开，约恩走进相当于他家大小的门厅。

"哈罗？"

他只听见自己的回音简短刺耳地传来。

他沿着走廊走去，心想尽头处应该是客厅。走廊墙上挂着绘满鲜艳油彩的未裱框的画布。他越往前走，有股味道就越浓烈。他经过设有料理台的厨房和被十二把椅子环绕的餐桌。水槽里堆满盘子、杯子和空酒瓶，空气中弥漫着腐败食物和啤酒的恶心气味。约恩继续往前走。走廊上散落着许多衣服。他朝浴室看去，只闻到里面冒出呕吐物的恶臭。

他走过转角，眼前出现奥斯陆和峡湾的全景，他和父亲去诺玛迦区散步时曾见过这片风景。

客厅中央立着一个屏幕，正无声地播放着一场婚礼，一看就知道是业余爱好者拍的影片。父亲带着新娘踏上过道，新娘对两侧的宾客点头微笑。屋里只听得见投影机风扇细微的嗡鸣声。屏幕正前方摆着一把黑色高背扶手椅，旁边地上放着两个空酒瓶和一个半空的酒瓶。

约恩大声地咳了一声，表明自己的到来，走上前去。

那把椅子慢慢转过来。

约恩猛然停步。

他差点认不出椅子上坐着的麦兹·吉尔斯特拉普。麦兹身穿干净的白衬衫和黑裤子，但满脸胡楂，脸颊肿胀，眼球泛白，宛如罩着一层灰白色薄膜，大腿上放着一把双管步枪，赭红色枪托上刻着精细的动物花纹。麦兹的坐姿使得那把步枪正好对准约恩。

"卡尔森，你会打猎吗？"麦兹用酒醉后嘶哑的嗓音轻声问道。

约恩摇了摇头，目光无法从那把步枪上移开。

"我们家族什么动物都猎杀，"麦兹说，"猎物不分大小，我想这就是我们的家族座右铭吧。我父亲只要看到四脚动物就开枪，每年冬天他都会去旅游，只要哪个国家有他没猎杀过的动物他就去。去年他去了巴拉圭，据说那里有罕见的森林美洲狮。我父亲说我不是个好猎人，说我没有好猎人必备的冷血态度。他常说我唯一猎捕到的动物是她。"麦兹朝屏幕侧了侧头。"但我怀疑他认为是她捕到了我。"

麦兹把步枪放在旁边的咖啡桌上，张开手掌："请坐，这周我们会跟你的长官戴维·埃克霍夫签约，首先转移的是亚克奥斯街的房产。我父亲会感谢你建议出售。"

"恐怕没什么好谢的，"约恩在黑色皮沙发上坐了下来，皮面柔软冰冷，"我只是提供专业评估而已。"

"是吗？说来听听。"

约恩吞了口口水："与其让钱绑死在房地产上，还不如活用这些钱来协助我们的工作。"

"不过换作其他业主，可能会把房产拿到市场上公开出售，不是吗？"

"我们也想这样做，但你们提出的条件很好，清楚表明愿意出价包下全部房产，并且不允许拍卖。"

"不过是你的建议扭转了局势。"

"我认为你们提出的条件很好。"

麦兹微微一笑："胡扯，你们分明可以卖到两倍的价钱。"

约恩耸了耸肩："如果把全部房产分开销售，我们也许能卖到高一点的价钱，但一次销售可以省去冗长费力的卖房过程。而且委员会在房租方面也很信任你们，毕竟我们必须考虑那里的众多房客。如果是其他寡廉鲜耻的买家，我们不敢想象他们会怎么对待那些房客。"

"条款上写明房租不得变动，现有房客可以再住十八个月。"

"信任比条款更重要。"

麦兹在椅子上倾身向前。"没错，卡尔森。你知道吗？我早就知道你跟朗希尔德的事了，因为每次她被你干完之后总是面色红润，就连在办公室里听见你的名字都会脸红。你有没有一边干她一边读《圣经》给她听啊？因为你知道吗？我想她应该会爱死……"麦兹瘫在椅子上，轻蔑地笑了几声，伸手抚摸桌上的步枪，"卡尔森，这把枪有两发子弹，你见过这种子弹的威力吗？不用瞄得很准，只要扣下扳机，砰，你就会被炸飞到墙上。很棒，对不对？"

"我是来告诉你，我不想与你为敌。"

"为敌？"麦兹哈哈大笑，"你们永远是我的敌人。你还记得那年夏天你们买下厄斯古德，而埃克霍夫总司令亲自邀请我过去吗？你们为我感到难过，觉得我是个被剥夺童年回忆的可怜的小孩，你们都非常敏感且善解人意。我的天，我恨死你们了！"麦兹仰天大笑。"我站在那里看你们游玩享受，好像那个地方是属于你们的。尤其是你弟弟罗伯特，他对女孩子真有一套，他会逗她们笑，把她们带进谷仓，然后……"麦兹脚一移动，踢到酒瓶，酒瓶哐啷一声倒在地上，褐色液体汩汩地流到拼花地板上。"你们眼中没有我，你们全都看不见我，仿佛我不存在似的，你们眼中只有你们自己人。所以我心想，好啊，那我一定是隐形的，既然如此，我就让你们看看隐形人可以做出什么事。"

"所以你才这样做？"

"我？"麦兹大笑，"我是清白的，约恩·卡尔森，不是吗？我们这些特权人士总是清白的，这你一定知道吧，我们总是心安理得，因为我们可以从别人那里买到清白，可以雇用别人来替我们服务，替我们去做肮脏的事。这就是自然法则。"

约恩点了点头："你为什么要打电话向警察坦白？"

麦兹耸了耸肩："我本来想打给另一个叫哈利·霍勒的，但那个浑蛋连名片也没有，所以我就打给那个给我们名片的警察，好像叫哈福森什么的，我记不清楚名字，因为我喝醉了。"

"你还跟别人说了吗？"约恩问道。

麦兹摇了摇头，拿起地上的酒瓶喝了一口。

"我父亲。"

"你父亲？"约恩说，"原来如此，当然。"

"当然？"麦兹咯咯笑了几声，"你爱你父亲吗，约恩·卡尔森？"

"爱，非常爱。"

"那你是否同意对父亲的爱是一种诅咒呢？"约恩没有回答，麦兹继续往下说，"我给那个警察打完电话后，我父亲正好来了，我就告诉了他。你知道他做了什么吗？他拿起滑雪杖狠狠地打我，那浑球的力气还是很大，是愤怒给了他力量。他说如果我再跟别人说一个字，如果我让我们家族名誉扫地，他就要把我杀了。他就是这么说的。可是你知道吗？"麦兹泪水盈眶，话声呜咽。"我还是爱他，我想这就是为什么他可以那么强烈地痛恨我，因为我身为他的独生子，竟然如此软弱，软弱到无法回敬他的恨意。"

麦兹砰的一声把酒瓶重重地放到地上，声音在客厅里回荡。

约恩交叉双臂说："听着，听过你供述的警察陷入了昏迷，如果你答应我不为难我和我的家人，我就不会把你的事泄露出去。"

麦兹似乎没在听约恩说话，目光移到屏幕上，画面中那对开心的男女背对着他们。"你听，她要说我愿意了。我一遍遍地回放这一段，因为我听不清楚。她说出了誓言，不是吗？她……"麦兹摇了摇头，"我以为这样做会让她重新爱上我，只要我能完成这项……罪行，那么她就会看见真正的我。罪犯一定是勇敢、强壮的，是个男子汉，对不对？而不是……"他哼了一声，不屑地说，"某人的儿子。"

约恩站起身来："我得走了。"

麦兹点了点头。"我这里有样东西是属于你的，就称之为……"他咬着上唇思索，"朗希尔德的道别礼物好了。"

回程路上，约恩坐在霍尔门科伦线列车上，怔怔地看着麦兹给他的黑色手提包。

外面寒冷彻骨，大胆外出步行的路人都低头缩肩，把自己藏在帽子和围巾里，然而贝雅特站在亚克奥斯街按下米何耶兹家的门铃时，却一点也不觉得冷。她收到医院传来的最新消息之后，就什么都感觉不到了。

"现在他的心脏已经不是最大的问题了，"医生说，"其他器官也开始出现状况，尤其是肾脏。"

米何耶兹太太在楼梯尽头的门口等候，领着贝雅特走进厨房。索菲娅正坐在厨房里玩头发。米何耶兹太太将水壶注满水，摆好三个杯子。

"我跟索菲娅单独谈话可能比较好。"贝雅特说。

"她希望我在场，"米何耶兹太太说，"喝咖啡吗？"

"不用了，谢谢。我还得回国立医院，不会花太久时间。"

"好。"米何耶兹太太倒掉了水壶里的水。

贝雅特在索菲娅对面坐下，试着和她目光相触，但她只是在研究分岔的头发。

"索菲娅，你确定我们不要单独谈话吗？"

"为什么要？"索菲娅用作对的口气说。通常愤怒的青少年都会用这种有效方式来达到目的，惹恼对方。

"我们要谈的是非常私密的事，索菲娅。"

"她是我妈妈！"

"好，"贝雅特说，"你是不是堕过胎？"

索菲娅大吃一惊，表情扭曲，混杂着愤怒与痛苦："你说什么啊？"她厉声说，却藏不住讶异。

"孩子的父亲是谁？"贝雅特问道。

索菲娅假装继续整理头发，米何耶兹太太诧异地张大嘴巴。

"你是自愿跟他发生性关系的吗？"贝雅特继续问道，"还是他强暴了你？"

"你怎么敢对我女儿说这种话？"米何耶兹太太高声说，"她只是个孩子，你竟然用这种口气对她说话，好像她是……是个妓女。"

"米何耶兹太太，你女儿曾经怀孕，我需要知道这跟我们正在调查的命案有没有关系。"

米何耶兹太太似乎再次控制了她的下巴，闭起了嘴。贝雅特朝索菲娅倾身。

"是不是罗伯特·卡尔森？索菲娅，是不是？"

贝雅特看见她下唇颤抖。

米何耶兹太太从椅子上站了起来："索菲娅，她到底在说什么？告诉我这不是真的。"

索菲娅趴在桌上，把脸藏在手臂中。

"索菲娅！"米何耶兹太太吼道。

"对，"索菲娅呜咽地说，"是他，是罗伯特·卡尔森。我没想到……我不知道……他是这种人。"

贝雅特站起身来。索菲娅低声啜泣，米何耶兹太太看起来像是被人打了一拳。贝雅特只觉得全身麻木。"杀害罗伯特的凶手昨晚被发现，"她说，"特种部队在集装箱码头朝他开枪，他当场死亡。"

贝雅特观察她们有什么反应，却什么也没看见。

"我要走了。"

没人听见贝雅特说话，她独自朝门口走去。

他站在窗边，望着层层叠叠的白色乡间，宛如一池翻腾时凝结的牛乳，太阳低悬山脊，日光暗淡，一些屋舍和红色的谷仓在浪峰上依稀可辨。

"他们不会回来了。"他说，"他们走了，还是他们从没来过？说不定你是骗我的？"

"他们来过，"玛蒂娜说着从炉子里拿出烤盘，"我们到的时候屋里是温暖的，你自己也能看见雪地里有脚印。一定是发生了什么事。坐下吧，食物煮好了。"

他把手枪放在盘子旁边，吃起炖肉，并发现这罐头的牌子跟哈利家的一样。窗台上有一台陈旧的蓝色晶体管收音机，播放着他听得懂的流行音乐，穿插着他听不懂的挪威语谈话。现在收音机播放的是他在电影里听过的曲子，他母亲有时会用家里挡住一扇窗户的钢琴弹奏这首歌。每当父亲想戏弄母亲，总开玩笑说那扇窗是"家里唯一能看到多瑙河景观的窗户"。倘若母亲生气，父亲为了终止口角，总会问她，像你这样美丽又聪明的女人怎么会愿意嫁给像我这样的男人呢？

"哈利是你的情人吗？"他问道。

玛蒂娜摇了摇头。

"那你为什么要给他音乐会门票？"

玛蒂娜默然不答。

他微微一笑："你爱上他了。"

玛蒂娜举起叉子指着他，仿佛想强调什么，却又改变主意。

"那你呢？你在家乡有女朋友吗？"

他摇了摇头，拿起玻璃杯喝水。

"为什么没有？因为工作太忙？"

他把口中的水喷了出来，喷得满桌子都是，心想自己一定是太紧张了，才会爆发出这么歇斯底里的笑声。玛蒂娜跟着他一起笑了起来。

"或者你是同性恋？"玛蒂娜擦去眼泪，"你在家乡有男朋友？"

他笑得更大声了。玛蒂娜的话说完之后，他还笑了很久。

玛蒂娜给他们俩添了些炖肉。

"既然你那么喜欢他，这个给你吧。"他把一张照片丢在桌上。那是原本贴在哈利家玄关镜子下方的照片，照片上是哈利、一个深发女子和一个男孩。玛蒂娜拿起来，仔细看了看。

"他看起来很开心。"她说。

"可能那时玩得很高兴吧。"

"嗯。"

灰蒙蒙的夜色透过窗户，渗进屋内。

"也许他会再次开心起来。"玛蒂娜温柔地说。

"你觉得有可能吗？"

"再次开心起来？当然有可能。"

他看着玛蒂娜背后的收音机："你为什么要帮我？"

"我不是说过了吗？哈利绝对不会帮你，而且……"

"我不相信，一定有其他原因。"

玛蒂娜耸了耸肩。

"你能告诉我这上面写了什么吗？"他打开一张表格，递给玛蒂娜，这是他从哈利家咖啡桌上那叠文件中拿出来的。

玛蒂娜阅读表格。他看着从哈利家拿来的警察证上的照片，照片中的哈利看着镜头上方，他猜哈利应该是在看摄影师而不是镜头。

"这是一种叫史密斯威森点三八的手枪领取单，"玛蒂娜说，"他必须提交这张签名表格去警署领取手枪。"

他缓缓点头："已经签名了？"

"对，签名的是……让我看看……总警监甘纳·哈根。"

"换句话说，哈利还没领枪，这表示他并不危险，现在他没有防卫能力。"

玛蒂娜很快地眨了两下眼睛。

"你在想什么？"

26　小把戏

十二月二十日，星期六

歌德堡街的路灯亮起。

"好，"哈利对贝雅特说，"这就是哈福森停车的地方？"

"对。"

"他们下车后被史丹奇袭击。他先朝逃进公寓的约恩开枪，然后攻击了要去车上拿枪的哈福森。"

"对，我们发现哈福森倒在车子旁，他的外套口袋、裤子口袋和腰带上有血迹，但这些血迹不是他的，所以我们推测应该是史丹奇的。史丹奇搜了他的身，拿走了皮夹和手机。"

"嗯，"哈利揉了揉下巴，"他为什么不对哈福森开枪？为什么要用刀子？他用不着保持安静，因为对约恩开枪就已经吵醒邻居了。"

"我们也有这个疑问。"

"为什么他攻击哈福森之后要逃走？他攻击哈福森一定是为了除掉障碍，然后去追杀约恩，但他连追都没追。"

"他被打断。一辆车开过来了，不是吗？"

"对，但这家伙已经在光天化日之下袭警，怎么会怕一辆经过的车子？为什么他都把枪拿出来了还要用刀？"

"对，这是个重点。"

哈利闭目良久，贝雅特在雪地里跺脚。

"哈利，"贝雅特说，"我想走了，我……"

哈利缓缓地睁开眼睛："他没子弹了。"

"什么？"

"那是史丹奇的最后一发子弹。"

贝雅特疲倦地叹了口气："哈利，他是职业杀手，职业杀手的子弹是用不完的，不是吗？"

"对，正是如此。"哈利说，"如果你的杀人计划十分周密，只需要一发子弹，顶多两发，那么你不会随身携带大量的补给弹药。你必须进入另一个国家，所有行李都会经过 X 光检查，所以你得把枪藏在某个地方，对不对？"

贝雅特没有说话。

哈利继续往下说："史丹奇对约恩击出最后一发子弹却没有命中，所以他用利器攻击哈福森。为什么？为了夺取他的警用手枪来追杀约恩，这就是哈福森的腰带上有血迹的原因。你不会在腰带上找皮夹，而是找枪。但他没找到，因为枪在车上。这时约恩已跑进公寓，门已锁上，史丹奇手上又只有一把刀，所以只能放弃并逃跑。"

"很棒的推理，"贝雅特打了个哈欠说，"我们可以去问史丹奇，但他已经死了，所以也无所谓了。"

哈利看着贝雅特，只见她眯着因缺乏睡眠而发红的双眼。她处事圆滑，不会说出哈利身上散发着新旧混杂的酒臭味，或者说她够聪明，知道当面说出来也没意义。但哈利也明白现在贝雅特对他没信心。

"车里的证人是怎么说的？"哈利问道，"史丹奇是从左侧人行道逃跑的？"

"对，她在后视镜里看见他，然后他在转角处摔了一跤，我们在那里发现一枚克罗地亚硬币。"

哈利朝转角望去，上次他去那个转角时，有个红胡子乞丐站在那里，说不定那乞丐看到了什么，但现在气温是零下八摄氏度，转角处一个人也没有。

"我们去鉴识中心。"哈利说。

两人沉默不语,驾车驶上托夫德街,上了二环,驶过伍立弗医院。车子经过松恩路的白色庭院和英式砖房时,哈利打破了沉默。

"把车子停到路边。"

"现在吗?这里?"

"对。"

贝雅特查看后视镜,按他说的停下。

"打开双闪,"哈利说,"然后仔细听我说,你还记得我教过你的联想游戏吗?"

"你是说不经思考直接说出来?"

"或者在产生'不应该有这种想法'的念头之前说出你的想法,把脑袋清空。"

贝雅特闭上眼睛。外面有一家人穿着滑雪板从车子旁边经过。

"准备好了?好,是谁派罗伯特·卡尔森去的萨格勒布?"

"索菲娅的母亲。"

"嗯,"哈利说,"这答案是从哪里来的?"

"不知道,"贝雅特睁开眼睛,"据我们所知她没有动机,而且她绝对不是那种人。也许因为她跟史丹奇一样是克罗地亚人吧,我的潜意识没有这么复杂的思绪。"

"这些可能都是正确的,"哈利说,"除了最后关于你的潜意识的部分。好了,换你问我。"

"我要……大声问出来?"

"对。"

"为什么?"

"问就对了,"哈利闭上眼睛,"我准备好了。"

"是谁派罗伯特·卡尔森去的萨格勒布？"

"尼尔森。"

"尼尔森？谁是尼尔森？"

哈利睁开眼睛。

他对着迎面而来的车灯眨眼，觉得有点晕："我想应该是里卡尔。"

"很有趣的游戏。"贝雅特说。

"开车吧。"哈利说。

夜色降临厄斯古德，窗台上的收音机里传来叽叽喳喳的说话声。

"真的没人认得出你吗？"玛蒂娜问道。

"有些人认得出来，"他说，"但是要学会看我的脸得花时间，大多数人不愿意花时间。"

"所以跟你无关，而是跟别人有关喽？"

"也许吧，但我也不想让别人认出我，我……就是这样。"

"你可以消失无踪。"

"不是，正好相反，我会渗透、侵入，让自己隐形，然后潜入我想去的地方。"

"但如果没人看见你，有什么意义？"

他用诧异的神情看着她。收音机发出叮当声，接着是一个女人用客观而不带情绪的嗓音播报新闻。

"她在说什么？"他问道。

"气温还会再下降。托儿所即将关闭。老人被警告留在屋内，不要省电。"

"但你看见了我，"他说，"你认出了我。"

"我是个爱观察人的人，"玛蒂娜说，"我看得见他们，这是我的一个才能。"

"所以你才帮我？"他问道，"这就是你完全没尝试逃跑的原因？"

　　玛蒂娜看着他。"不是，原因不是这个。"最后她说。

　　"那是什么？"

　　"因为我想让约恩·卡尔森死，我希望他死得比你还惨。"

　　他吓了一跳，难道这女的疯了？

　　"我，死？"

　　"过去几小时里新闻一直在播。"玛蒂娜朝收音机点了点头。

　　她吸了口气，用新闻播报员般严肃而急迫的口吻说："涉嫌犯下伊格广场命案的男子昨晚在特种部队的集装箱码头突袭行动中中枪身亡。特种部队队长西韦特·傅凯表示，嫌疑人不肯投降，伸手拔枪。奥斯陆犯罪特警队队长甘纳·哈根表示，根据惯例，此案将交由 SEFO 审理。队长哈根还说，此案代表警方必须面对越来越残酷的有组织犯罪，因此有必要商讨警察平常是否应该带枪，这样做不仅能提高执法效率，也能保障警察的人身安全。"

　　他的眼睛眨了两下、三下，然后渐渐明白。克里斯托弗。那件蓝色外套。

　　"我已经死了，"他说，"这就是他们在我们抵达之前就离开的原因，他们以为事情已经结束了。"他把手放在玛蒂娜的手上。"你希望约恩·卡尔森死。"

　　玛蒂娜凝视前方，吸了口气，她欲言又止，呻吟着吐了口气，仿佛她想说的话并不正确，接着她又试了一次，到了第三次才终于把话说出口。

　　"因为约恩·卡尔森知道，这些年来他一直心知肚明，这就是我恨他的原因，也是我恨自己的原因。"

　　哈利看着桌上赤裸的尸体。这种尸体早已让他无动于衷，几乎无动于衷。

　　室内温度约为十四摄氏度，光滑的水泥墙壁间回荡着女法医简短刺耳的说话声，她正在回答哈利的问题。

　　"没有，我们没有打算验尸，因为结果已经很清楚，死因也非常明显，你不这样认为吗？"法医朝尸体脸部指了指，那里有个大黑洞，大部分鼻子和上唇都不见了，张开的嘴巴露出上排牙齿。

"有点像火山口，"哈利说，"这看起来不像是 MP5 造成的。我什么时候可以拿到报告？"

"这要去问你的长官，他让我们把报告直接交给他。"

"哈根？"

"对，如果你急的话最好去找他要复印件。"

哈利和贝雅特对视了一眼。

"听着，"法医嘴角一撇，哈利认为那应该是微笑，"这周末我们人手不足，我还有很多工作要做，如果你们不介意的话，可以离开了吗？"

"当然。"贝雅特说。

法医和贝雅特朝门口走去，这时哈利的声音传来，两人停下脚步。

"有人注意到这个吗？"

她们转头望向哈利，只见他俯身看着尸体。

"他身上有注射针孔，你们有没有化验他的血液中是否含有毒品？"

法医叹了口气："他是今天早上送进来的，我们只有时间把他放进冷冻库。"

"什么时候可以完成化验？"

"这很重要吗？"法医问道，看见哈利露出迟疑的神色，便继续说，"你最好说实话，因为如果我们优先处理这件事，就意味着你们急着要的其他报告都得延迟。圣诞节快到了，这里忙得要死。"

"呃，"哈利说，"也许他注射了一管。"他耸了耸肩。"但他已经死了，所以我想也不是那么重要了。你们拿走了他的手表？"

"手表？"

"对，那天他去提款机取钱的时候，手上戴着精工 SQ50。"

"他没戴表。"

"嗯,"哈利看着自己空无一物的手腕,"一定是掉了。"

"我要赶去特护病房。"他们出来后,贝雅特说。

"好,"哈利说,"我搭出租车。你会确认死者身份吗?"

"什么意思?"

"这样我们才能百分之百确定躺在那里的人是史丹奇。"

"当然,这是正常程序。尸体的血型是 A 型,跟我们在哈福森口袋上发现的血迹一样。"

"贝雅特,这是挪威最常见的血型。"

"对,但他们也正在鉴定 DNA,这样你满意了吗?"

哈利耸了耸肩:"这是一定要做的,报告什么时候出来?"

"最快星期二,行吗?"

"要三天?这不太好。"

"哈利……"

他举起双手做防卫状:"好好,我要走了。去睡一会儿,好吗?"

"老实说,你看起来比我更需要睡一会儿。"

哈利把手放在贝雅特肩膀上,觉得外套底下的她很瘦:"贝雅特,他很坚强的,而且他想留在这里,对吗?"

贝雅特咬着下唇,仿佛要说话,但只是微微一笑,点了点头。

哈利坐上出租车,拿出手机,拨打哈福森的手机。无人接听,果然不出所料。

接着他拨打国际饭店的号码,请前台帮他转接酒吧的弗雷德。弗雷德?哪个酒吧?

"另一个酒吧。"哈利说。

"我是警察,"电话转接到酒保那里之后,哈利说,"就是昨天去找小救赎者的那个。"

"什么事?"

"我要找她。"

"她得知坏消息了，"弗雷德说，"再见。"

哈利坐着聆听了一会儿断线的电话，然后将手机放进内袋，望向窗外死寂的街道，想象玛丽亚在教堂点亮另一根蜡烛。

"施罗德酒吧到了。"出租车司机说，并靠边停车。

哈利坐在老位子上，看着半满的啤酒杯。这家酒吧虽然也能叫作餐馆，但实际上更像是卖酒的简陋酒吧，它的骄傲和尊严可能来自客人或员工，或是被烟熏过的墙壁上所装饰的显眼又格格不入的画。

酒吧接近打烊时间，店里人不多，这时却又进来一位客人。那人环视店内，解开大衣纽扣，露出里面的花呢外套，快步走向哈利那桌。

"晚上好，老朋友，"史戴·奥纳说，"你好像总坐这个转角。"

"不是转角，"哈利口齿伶俐地说，"是角落。转角在室外，你会走过转角，但不会坐在转角。"

"那'转角桌'呢？"

"它不是指转角处的桌子，而是有转角的桌子，就跟'转角沙发'一样。"

奥纳欣喜地笑了笑，他喜欢这种对话。女服务生走来，奥纳点了杯茶，她用怀疑的眼光看了他一眼。

"这样说来，劣等生不会被分配到转角喽？"奥纳整理着有红白圆点的领结。

哈利微微一笑："你是想告诉我什么吗，心理学家先生？"

"这个嘛，既然你打给我，应该是你想告诉我什么才对。"

"如果要你现在去跟人说他们应该为自己感到羞愧，该付你多少钱？"

"小心点，哈利，喝酒不只让你自己变得易怒，你也容易激怒别人。我来这里并不是为了夺去你的尊严、胆量或啤酒，但现在的问题是这三样东西都在你的酒杯里。"

"你永远都是对的，"哈利举起酒杯，"所以我要赶快把这杯喝完。"

奥纳站起身来："如果你想讨论喝酒的事，可以像平常一样去我办公室说。这次咨询结束了，你来付茶钱。"

"等一下。"哈利说。"听着，"他转过身去，把剩下的啤酒放在背后的空桌上，"这是我玩的小把戏，用来控制饮酒量。我点半升啤酒，花一小时喝完，每隔一分钟喝一小口，就好像吃安眠药一样。然后我回家，第二天开始戒酒。我想跟你谈谈哈福森被攻击的事。"

奥纳迟疑片刻，又坐了下来："详细经过我听说了，真是糟糕透顶。"

"你从中看见了什么？"

"窥豹一斑而已，哈利，甚至连一斑都称不上。"女服务生端上茶，奥纳亲切地对她点了点头，"但你也知道，我瞥见的已经比业界那些饭桶所说的废话有用多了。我看见这次的攻击事件跟朗希尔德·吉尔斯特拉普的命案有些类似之处。"

"说来听听。"

"比如说内心深处的怒气发泄、性挫折所导致的暴力。你知道，怒气爆发是边缘性人格的典型特征。"

"对，只不过这个人似乎能控制怒意，如果不是这样，我们在犯罪现场应该可以找到更多线索。"

"说得好。这个人可能是个受怒意驱动的攻击者，或称为'行使暴力的人'，业界那些老处女总是让我们这样称呼他们。这种人平常看起来似乎很平静，几乎处于防卫状态。《美国心理学杂志》最近有篇文章就在讨论这种人的内心带着'沉睡的愤怒'，《化身博士》中的杰克医生和海德先生就是这样。每当海德先生醒来……"奥纳挥舞左手食指，啜饮一口茶，"立刻就变成审判日和世界末日。怒气一旦释放出来，他是无力控制的。"

"听起来对职业杀手来说这是个很方便的人格特质。"

"才不是，不过你是指什么？"

"史丹奇在杀害朗希尔德·吉尔斯特拉普和攻击哈福森时，他的杀人风格走样了，这里面掺杂了……不冷静的成分，跟罗伯特·卡尔森命案和欧洲刑警组织寄给我们的报告很不一样。"

"一个愤怒、不稳定的职业杀手？我想世界上也有很多不稳定的飞行员和不稳定的核电厂经理，你也知道，不是每个人都适合自己的工作。"

"我应该为此干一杯。"

"事实上我刚刚想到的不是你，你知道你有点自恋吗，警监？"

哈利微微一笑。

"要不要告诉我为什么你感到羞愧？"奥纳问道，"你是不是觉得哈福森被刺伤是你的错？"

哈利清了清喉咙："是我命令他照顾约恩·卡尔森，我也应该教他进行保护工作时必须随时把枪带在身上。"

奥纳点了点头："所以一如往常，都是你的错。"

哈利朝旁边和店内看去。酒吧闪灯了，剩下的几个客人乖乖把酒喝完，围上围巾，戴上帽子。哈利在桌上放了一百克朗钞票，从椅子底下踢出他的包。"下次再聊吧，史戴，我从萨格勒布回来之后还没回家，现在得回去睡觉了。"

他跟着奥纳走出酒吧，忍不住朝桌上那杯没喝完的啤酒频频回首。

哈利打开家门时，发现大门玻璃被打破，不禁大声咒骂。这是今年他家大门玻璃第二次被打破了。他发现入侵者还花时间贴回玻璃，以免经过的邻居起疑，但却没搬走音响或电视，原因显而易见，因为它们都不是今年推出的新款，也不是去年的，除此之外，家里也没什么值钱的物品。

咖啡桌上的一沓文件被移动过。哈利走进浴室，看见水槽上方的药柜被翻得乱七八糟，显然有个毒虫跑来这里胡作非为。

他看见料理台上放着一个盘子，水槽底下的垃圾袋里丢了炖肉罐头空罐。他觉得满腹疑惑，难道这个不幸的入侵者如此需要食物的慰藉？

哈利躺上床后，就感觉到即将来临的疼痛威胁，只希望能在酒精还发挥作用时睡去。月亮透过窗帘缝隙在地板和床上洒下一道白色光芒。他翻了个身，等待鬼魂出现，他听见窸窣的声响，知道鬼魂迟早会出现。尽管他知道自己产生了酒精中毒性偏执狂的症状，仍觉得自己在床单上闻到死亡和流血的气味。

27 门徒

十二月二十一日，星期日

有人在红区会议室门上挂了圣诞花环。

紧闭的门内，调查小组的最后一次晨间会议正接近尾声。

哈利身穿深色合身西装，满头大汗地站在小组成员面前。

"职业杀手史丹奇和中间人罗伯特·卡尔森已双双死亡，因此本调查小组在这次会议结束后就地解散。"哈利说，"这表示我们大多数人可以开始期待今年的圣诞假期了，但我会请哈根让几个人准备进一步的调查工作。会议结束前有什么疑问吗？托莉？"

"你说史丹奇在萨格勒布的联络人确认是罗伯特·卡尔森委托谋杀约恩，那么谁跟这个联络人说过话？过程是怎样的？"

"我恐怕无法说明细节。"哈利避开贝雅特意味深长的目光，感觉汗水在背后流下。他流汗并不是因为穿西装或有人提问，而是因为他是清醒的。

"好，"他继续说，"接下来的工作是查出罗伯特在为谁工作，今天我会联系将继续参加调查工作的几个幸运儿。稍晚哈根会举行记者会，对外发布消息。"哈利双手做出赶人的姿势。"大家去收拾东西吧。"

"嘿！"麦努斯高声说，声音盖过椅子的摩擦声，"我们不是应该庆祝一下吗？"

噪声停止，众人都朝哈利看去。

"这个嘛，"哈利静静地说，"史卡勒，我不太清楚我们要庆祝什么。庆祝有三个人死了？在幕后指使罗伯特·卡尔森的人还逍遥法外？还是我们的一位同事仍在昏迷中？"

哈利看着众人，面对接下来的痛苦沉默什么也没做。

大家散去之后，哈利开始整理今早六点他写的笔记，麦努斯走了过来。

"抱歉，"麦努斯说，"我出了个馊主意。"

"没关系，"哈利说，"你是好意。"

麦努斯咳了一声："很少看你穿西装。"

"罗伯特·卡尔森的丧礼十二点举行，"哈利并未抬头，"我想去看看谁会出席。"

"了解。"麦努斯摇晃脚跟。

哈利停下手边的工作："还有什么事吗，史卡勒？"

"呃，有。我在想队里有很多人都成家了，很期待跟家人一起过圣诞节，而我是单身……"

"嗯？"

"呃，我自愿参加。"

"自愿？"

"我是说我想继续调查这件案子，当然也要你愿意用我才行。"麦努斯急忙补上一句。

哈利看着他。

"我知道你不喜欢我。"麦努斯说。

"跟这个无关，"哈利说，"我已经选好了让谁留下，我考虑的是能力，而不是我喜不喜欢。"

麦努斯耸了耸肩，喉结上下跳动。"很公平，祝你圣诞快乐。"他朝门口走去。

"这就是为什么……"哈利把笔记放进公文包，"我要你开始清查罗伯特·卡尔森的银行账户，查看过去六个月的进出状况，记下任何不正常的账户交易。"

麦努斯停下脚步，满脸惊诧地回过头来。

"另外也要清查阿尔贝特和麦兹·吉尔斯特拉普的账户，听清楚了吗，史卡勒？"

麦努斯·史卡勒热情地点头。

"再去调出挪威电信的通话记录，看过去半年内罗伯特和吉尔斯特拉普家族的人是否通过电话。对了，既然史丹奇拿了哈福森的手机，顺便查查看那个手机的记录。去跟律师要银行账户的搜索许可。"

"不需要，"麦努斯说，"根据最新规定，我们握有永久的搜索许可。"

"嗯，"哈利认真地看了他一眼，"团队中有人会阅读规定果然很不错。"

哈利迈开大步走出会议室。

罗伯特·卡尔森不是军官，但他在值勤时殉职，因此救世军仍决定将他安葬在他们为军官保留的维斯特墓园。丧礼结束后，部队将在麦佑斯登区举行悼念仪式。

哈利走进礼拜堂，看见约恩和西娅独自坐在第一排长椅上。约恩转过头来。哈利注意到罗伯特和约恩的父母并未出席，他和约恩目光交接，约恩微微点头，露出感谢的神情。

不出所料，礼拜堂里座无虚席，出席的人大多身穿救世军制服。哈利看见里卡尔·尼尔森和戴维·埃克霍夫，他们旁边坐着甘纳·哈根。现场也来了一些媒体"秃鹰"，这时罗杰·钱登坐到哈利身旁，问他是否知道总理为何未如先前宣布的那样前来参加丧礼。

"去问总理办公室。"哈利答道，他知道今天早上总理办公室接到警方高层的秘密电话，电话中说了罗伯特·卡尔森在命案中可能扮演的角色，总理办公室随后想起总理另外还有更重要的行程要优先处理。

救世军总司令戴维·埃克霍夫也接到了警署的电话，这通电话在救世军总部造成不小的恐慌，尤其是在今天清晨丧礼主办人之一、总司令的女儿玛蒂娜打电话来请病假的情况下。

然而总司令用坚定的口吻说，在证据确凿之前，必须先将罗伯特·卡尔森视为清白的。此外他还说现在要改变计划已经太迟，整个丧礼必须照常举行。总理则跟埃克霍夫保证，说无论如何他一定会去参加圣诞音乐会。

"还有其他消息吗？"罗杰低声问道，"命案有什么新进展？"

"据我所知，你们都已经知道了，"哈利说，"媒体必须通过甘纳·哈根或发言人取得消息。"

"他们什么都没说。"

"看来他们很尽责。"

"别这样，霍勒，我知道这背后暗潮汹涌。那个在歌德堡街被刺伤的警探跟你们昨晚射杀的杀手有什么关系？"

哈利摇了摇头，既可解读为"没有"，也可解读为"不予置评"。

管风琴的声音暂时停止，众人不再交头接耳，一个刚出道的女歌手站上台，用诱人的气息和带着点呻吟的嗓音高唱耳熟能详的圣歌，以玛丽亚·凯莉听了都会嫉妒的云霄飞车式花哨转音结束最后一个音节。哈利听了突然非常想来一杯。幸好女歌手闭嘴，并哀戚地朝她幻想中的闪光灯海鞠躬。她的经纪人露出愉快的微笑，显然他并未收到警署的秘密电话。

埃克霍夫上台对众人讲述勇气与牺牲。

哈利无法专心聆听，他看着棺木，想起哈福森和史丹奇的母亲，闭上眼睛时又想到玛蒂娜。

六名救世军军官抬着棺木走出礼拜堂，约恩与里卡尔首先跟在后面。

一行人转弯踏上碎石径，约恩在冰面上滑了一跤。

哈利离开聚在墓地旁的人群，穿过墓园空荡的一侧，朝维格兰雕塑公园走去，这时他听见身后传来鞋子踏在雪地里的嘎吱声。

起初他以为跟上来的是记者，但一听见急促的呼吸声，就不假思索立刻转身。

来的人是里卡尔，他倏然停步。

"她在哪里？"里卡尔气喘吁吁地说。

"谁在哪里？"

"玛蒂娜。"

"我听说她今天生病了。"

"对，生病了，"里卡尔的胸膛不住地起伏，"但她没有躺在家里，昨晚也不在家。"

"你怎么知道？"

"你少……"里卡尔的吼声听起来像是痛苦的尖鸣，面孔扭曲，似乎无法控制自己的表情。他喘过气来，用力让自己振作起来。"你少跟我来这套，"他低声说，"我知道你玩弄她、玷污了她。她在你家，对不对？但你无法……"

里卡尔朝他迈出一步，哈利立刻把双手抽出大衣口袋。

"你听着，"哈利说，"我不知道玛蒂娜在哪里。"

"你骗人！"里卡尔紧握双拳。哈利明白自己必须立刻找到适当的言语来让里卡尔冷静下来，于是他决定赌一把。"现在有两件事你要考虑。第一，我身手不算快，但我体重一百九十斤，可以一拳打穿橡木门。第二，《刑法》第一百二十七条明确规定，对公务员行使暴力最低可处六个月徒刑。你不仅可能会进医院，还会进监狱。"

里卡尔的双目似乎要喷出火来。"我还会再找你，哈利·霍勒。"他丢下这句话，转身穿过墓碑，朝礼拜堂奔去。

伊姆蒂亚兹·拉希姆心情不好，刚才他因为是否要在收银柜台后方的墙壁上挂圣诞饰品而跟弟弟大吵一架。伊姆蒂亚兹认为他们卖猪肉、降临节日历和其他基督教用品，而没把真主安拉挂出来，已经算是对这个异教习俗足够妥协了，要是再挂上圣诞饰品，他们的巴基斯坦客人会怎么说？但他弟弟认为他们也必须考虑其他客人，比如说住在歌德堡街另一头那栋公寓里的客人，况且在圣诞节期间让杂货店带有一点基督教味道又不会怎么样。两人吵翻了天，伊姆蒂亚兹虽然赢得最后的胜利，却一点也不高兴。

他重重地叹了口气，这时店门口的铃铛猛烈地响起，一名肩宽膀阔、身穿深色西装的高大男子走进门来，直接走到收银柜台前。

"我叫哈利·霍勒，我是警察。"男子说。伊姆蒂亚兹一阵惊慌，心想难道挪威有法律规定，所有商店都必须挂上圣诞饰品？

"几天前你们店外坐着一个乞丐，"男子说，"他有一头红发，胡子长这样。"他用手指从上唇画到嘴巴两侧。

"对，"伊姆蒂亚兹说，"我认识他，他会带空瓶来换钱。"

"你知道他叫什么名字吗？"

"老虎，或是豹。"

"什么？"

伊姆蒂亚兹呵呵大笑，心情又好了起来："老虎（tiger）是 tigger 的谐音，tigger 就是挪威语的乞丐，至于豹，是因为他的空瓶是从……我们也不知道是从哪里来的。"

哈利点了点头。

伊姆蒂亚兹耸了耸肩："这是我侄子说的笑话……"

"嗯，很好，所以说……"

"我不知道他叫什么名字，但我知道哪里找得到他。"

埃斯彭·卡斯佩森一如往常坐在亨利克·易卜生街的戴西曼斯可公立图书馆里，面前放着一摞书。他感觉有人走到面前，便抬起头。

"我姓霍勒，我是警察。"男子说，在长桌对面的椅子上坐下。埃斯彭看见坐在长桌另一头阅读的女子看了过来。有时他离开图书馆，接待处新来的图书馆员会检查他的包，他也曾两度被请出去，只因他身上散发恶臭，使图书馆员无法专心工作。不过警察来找他说话倒是第一次，当然他在街头行乞时不算在内。

"你在看什么书？"哈利问道。

埃斯彭耸了耸肩，他看得出来，跟警察说他的任务只会浪费时间。

"索伦·克尔凯郭尔？"哈利看着书脊说，"叔本华、尼采，都是哲学书，你是个思考者。"

埃斯彭轻蔑地说："我只是想找出正确的道路而已，这表示我必须思考生而为人究竟是怎么回事。"

"不就是当个会思考的人吗？"

埃斯彭打量眼前这名男子，也许他看走眼了。

"我问过歌德堡街的杂货店老板，"哈利说，"他说你每天都坐在这里，不是坐在这儿，就是在街上乞讨。"

"是的，这是我选择的生活方式。"

哈利拿出笔记本，埃斯彭回答自己的全名和姨奶奶在哈吉街的地址。

"职业是……？"

"修道士。"

埃斯彭满意地看着哈利毫无抱怨地一一记下。

哈利点了点头："好吧，埃斯彭，你不是吸毒者，那你为什么要乞讨？"

"因为我的任务是成为人类的镜子，让大家看见什么行为是伟大的，什么是渺小的。"

"什么是伟大的？"

埃斯彭绝望地叹了口气，仿佛在说，这么明显的事还要他说几遍才行？"施舍，分享并帮助你的邻居，《圣经》说的只有这一件事。事实上，在探讨婚姻、堕胎、同性恋和女性公开发言权之前，你必须非常用力地去探索所有关于性的事。当然，对那些假装虔诚的人来说，谈论无关紧要的经文比实践《圣经》明确指出的伟大行为——你必须把你拥有的一半送给那些一无所有的人——要容易多了。世界上每天都有成千上万的人直到临死都没听见上帝的话语，只因为这些基督徒不肯放弃他们在尘世拥有的东西，我只是想给他们一个自省的机会。"

哈利点了点头。

埃斯彭露出疑惑的神情："对了，你怎么知道我不吸毒？"

"因为前几天我在歌德堡街看见你，当时你在乞讨，跟我同行的年轻男子给了你一枚硬币，但你很生气地拿起来丢他。吸毒者绝对不会做这种事，再没有用的硬币他们都会收下。"

"这我记得。"

"结果两天前我在萨格勒布的酒吧碰上了同样的事，这本来应该足以让我思考，但是我没有，直到现在。"

"我丢那枚硬币是有原因的。"埃斯彭说。

"所以我突然想到，"哈利把一个装在塑料袋里的东西放在桌上，"是不是这个原因？"

28 吻

十二月二十一日，星期日

记者会在五楼的讲堂举行。甘纳·哈根和总警司坐在讲台上，他们的声音在陈设简单的偌大讲堂里回响。哈利奉命前来参加，以备哈根需要跟他讨论调查工作的详情，然而记者的绝大部分问题都集中在集装箱码头的戏剧化射杀事件上，对此哈根的回答不外乎是"无可奉告""这我不能透露""这要留给 SEFO 回答"。

至于警方是否知道这名杀手还有同伙，哈根答道："现在还不清楚，但这是警方深入调查的重点。"

会议结束、记者们离去之后，哈根把哈利叫去，他站在讲台上低头看着这位高大的警监："我已经清楚地指示这周要看见每一位警监随身佩枪，你已经收到我签发的领取单，可是你的枪在哪里？"

"我都在查案，没办法先去做这件事，长官。"

"把它列为最优先事项。"哈根的话声在讲堂里回荡。

哈利缓缓点头："还有事吗，长官？"

哈利坐在办公室，怔怔地望着哈福森的空椅子，然后打电话到二楼的护照组，请他们列出核发给卡尔森家族的护照清单。一个语带鼻音的女性声音问他是不是在开玩笑，全挪威有无数个卡尔森家族。哈利给了她罗伯特的身份证号码。她利用国家户政局的数据库和中等速度的电脑，很快就把范围缩小到罗伯特、约恩、约瑟夫和多尔特。

"父母约瑟夫和多尔特持有护照，四年前换了新护照。我们没有核发护照给约恩，然后我看看……电脑今天有点慢……有了，罗伯特·卡尔森持有一本有效期十年的护照，就快过期了，你可以告诉他……"

"他死了。"

哈利拨打麦努斯的电话，请他立刻过来。

"什么都没发现，"麦努斯说，也不知是碰巧还是世故，麦努斯并未在哈福森的椅子上坐下，而是坐在桌边，"我查过吉尔斯特拉普家族的账户，结果跟罗伯特·卡尔森或瑞士银行的账户都没有关联，唯一不寻常的一笔交易是从公司的一个账户提取了相当于五百万克朗的美元。我打电话去问阿尔贝特·吉尔斯特拉普，他毫不迟疑地回答那是发给布宜诺斯艾利斯、马尼拉和孟买港务监督长的奖金，麦兹十二月去拜访过这些人。他们的事业做得真大。"

"那罗伯特的账户呢？"

"全都是工资入账和小额提现。"

"吉尔斯特拉普家族拨出的电话呢？"

"没有一通是打给罗伯特·卡尔森的。但我在查看电话费列表时发现一件事，猜猜看是谁打过一大堆电话给约恩·卡尔森，有时还是三更半夜打的？"

"朗希尔德·吉尔斯特拉普，"哈利看着麦努斯失望的表情，"还有什么发现？"

"没有了，"麦努斯说，"除此之外，只有一个熟悉的号码跳出来。哈福森被攻击那天，麦兹·吉尔斯特拉普给他打过电话，可是电话没接通。"

"了解，"哈利说，"我要你再去查一个账户。"

"谁的？"

"戴维·埃克霍夫的。"

"救世军总司令？我要查什么？"

"现在还不知道，去查就是了。"

麦努斯离开后，哈利打电话去鉴识中心，女法医答应他不会拖延找借口，立刻把克里斯托·史丹奇的尸体照片用传真发到萨格勒布国际饭店的一个电话号码。

哈利向她道谢，结束通话，又拨通了国际饭店的号码。

"该如何处置尸体也是个问题，"电话转接到弗雷德手上之后，哈利说，"克罗地亚当局并不知道克里斯托·史丹奇的事，所以没有要求引渡。"

十秒钟后，哈利听见玛丽亚那口学院派英语传来。

"我想再提一个交易。"哈利说。

挪威电信奥斯陆区运营中心的克劳斯·托西森有个人生愿望，那就是安静地生活，不被打扰。他体重过重，时时刻刻都在流汗，加之性情乖戾，因此大部分时间都能如愿。至于他被迫必须跟人有所接触时，一定会保持最大距离。这就是为什么他经常把自己关在运营部的房间里，跟许多发热的机器及冷却风扇为伍，很少有人知道他究竟在做什么，只知道他是公司里不可或缺的人物。也许对他来说，保持距离的需要形成了他暴露癖的动机，因此有时需要隔着五到五十米的距离暴露给对方看，以达到心理上的满足。然而克劳斯最大的愿望还是不要有人来吵他，不过这星期他的麻烦也够多的。首先是那个叫哈福森的家伙要求他监控萨格勒布的一家饭店，接着是那个叫麦努斯的来要吉尔斯特拉普和卡尔森之间的通话记录。这两个家伙都打着哈利·霍勒的旗号，而托西森仍欠这个哈利许多人情，因此当他亲自打来电话时，托西森并未挂断电话。

"你应该知道我们有个部门叫警察应答中心吧，"托西森用阴沉的声调说，"如果你按规定来，就可以打电话请他们协助。"

"我知道，"哈利并未多做解释，"我给玛蒂娜·埃克霍夫打了四次她都没接，救世军也没人知道她在哪里，连她父亲也不知道。"

"父母都是最后才知道的。"托西森说，其实他对这种事根本一无所知，只不过常看电影就会知道这类知识，而他看电影的频率非常之高。

"她有可能关了手机电源，但你能不能帮我寻找她的手机位置？至少让我知道她是不是在市区。"

托西森叹了口气。他故意做出这种纯粹而简单的姿态，因为他热爱这种小手段，尤其是这些手段见不得人时。

"可以把她的号码给我吗？"

十五分钟后，托西森回电说玛蒂娜的 SIM 卡绝对不在奥斯陆市区，因为 E6 公路以西的两座基地台收到了信号。他说明这两座基地台的位置和接收范围，哈利听了之后道谢并挂上电话。他认为自己应该帮上了忙，便继续兴味盎然地查看电影时刻表。

约恩开门走进罗伯特的公寓。

墙壁依然沾有烟味，橱柜前的地上丢着脏 T 恤，仿佛罗伯特在家，只是出去买咖啡和香烟而已。

约恩把麦兹给他的黑色手提包放在床边，打开暖气，脱下衣服去冲澡，让热水打在肌肤上，直到肌肤发红、起疙瘩。他擦干身体，走出浴室，赤裸地坐在床上，凝望着黑色手提包。

他几乎不敢把它打开，因为他知道光滑厚实的材料里装的是地狱和死亡，鼻子仿佛闻得到腐烂的臭味。他需要想一想，于是闭上眼睛。

手机响起。

西娅一定正纳闷他在哪里。现在他不想跟西娅说话，但手机不停地响，十分坚持且难以逃避，犹如外国的水刑。最后他拿起手机，用颤抖且愤怒的声音说："什么事？"

手机那头没有回应。他看了看来电显示，但不认识号码，这才明白不是西娅打来的。

"喂，我是约恩·卡尔森。"他谨慎地说。

对方依然没有回应。

"喂，你是谁？喂，我听得见有人，你是谁……"

恐惧爬上他的脊背。

"哈罗？"他听见自己用英语说，"你是哪位？是你吗？我需要跟你谈一谈，嘿！"

只听见咔嗒一声，电话断了。

约恩心想，太荒谬了，可能是打错电话了。他吞了口口水。史丹奇死了，罗伯特死了，朗希尔德死了。他们全都死了，只有那个警察和他还活着。他看着手提包，感到一阵凉意，把被子拉到身上。

哈利驾车驶出 E6 公路，在白雪覆盖的乡间小路上行进一段距离，抬头看见天上的星星都已熄灭。

他心头浮现出一种奇特的震颤感，觉得有什么事要发生，这时，他看见一颗流星呈抛物线划过天际，心想世上如果真有预兆存在，那这颗流星一定象征着某种意义。

他在厄斯古德庄园的一楼窗户看见亮光。

驾车开上车道后，他又看见一辆电动车，这更强化了某事正在逼近的感觉。

他朝屋子走去，观察雪地里的脚印，站在门外，把耳朵贴在门上，听见里面传来模糊的说话声。

他快速地在门上敲了三下，说话声消失。

接着他听见脚步声和她轻柔的声音："是谁？"

"我是哈利，"他又补上一句，"霍勒。"他补上姓氏是为了不让第三者怀疑他和玛蒂娜·埃克霍夫之间有过于私人的关系。

门锁传来摸索声，门打开了。

他的第一个念头、也是唯一的念头是她真美。她身穿柔软厚实的白色纯棉上衣，领口敞开，眼睛光芒四射。

"我真高兴。"她笑着说。

"看得出来，"哈利露出微笑，"我也很高兴。"

她伸出双臂环抱他的脖子，他感觉到她心跳加速。

"你是怎么找到我的？"她在他耳畔轻声说。

"利用现代科技。"

她身上传来的热气、她眼中的光芒，以及这令人狂喜的欢迎态度，让哈利有种不真实的幸福感，仿佛置身于一场幸福的美梦，他一点也不想从即将来临的未来中醒来。但他必须醒来。

"有人在里面？"他问道。

"呃，没有……"

"我听见说话的声音。"

"哦，那个啊，"玛蒂娜放开哈利，"那只是收音机的声音，我听见有人敲门就关掉了。我有点害怕，结果来的却是你……"她拍了拍哈利的手臂。"来的是哈利·霍勒。"

"没有人知道你在哪里，玛蒂娜。"

"太好了。"

"有人很担心。"

"哦？"

"尤其是里卡尔。"

"哦，算了吧。"玛蒂娜牵起哈利的手，带他走进厨房，从橱柜里拿出蓝色咖啡杯。哈利注意到水槽里有两个盘子和两个杯子。

"你看起来不像生病的样子。"他说。

"经过这么多风波，我只是想休息一天而已。"玛蒂娜倒了咖啡，递给哈利，"你喝黑咖啡，对不对？"

哈利耸了耸肩。暖气开到了最强，因此他脱下外套和毛衣，才在桌前坐下。

"但明天要举行圣诞音乐会，所以我得回去，"玛蒂娜叹了口气，"你会去吗？"

"这个嘛，你说会给我票……"

"说你会去！"玛蒂娜立刻咬住下唇，"哦，天哪，其实我拿的是贵宾包厢的票，就在总理后方三排的地方，但现在我得把你的票给别人了。"

"没关系。"

"反正你也只能一个人看，因为我得在后台工作。"

"真的没关系。"

"不行！"她大笑，"我希望你去。"

她握起他的手，他看着她的小手紧握并抚摸他的大手。此地极为安静，他听见血液在耳中如瀑布般快速奔流。

"我来的时候看见了流星，"哈利说，"这不是很奇怪吗？通常流星会带来好运。"

玛蒂娜静静点头，站起身来，依然握着哈利的手，绕过桌子，跨坐在他大腿上面对他，用手抱住他的脖子。

"玛蒂娜……"哈利开口说。

"嘘。"玛蒂娜用食指抚摸哈利的嘴唇。

她没拿开手指，直接倾身向前，将嘴唇贴在哈利的唇上。

哈利闭眼等待，心脏热烈欣喜地跳动，但依然坐着不动。他发现自己正在等待她的心跳与他一致，并确定自己必须等待。接着他感觉她双唇分开，便自动把嘴张开，舌头平躺口中，抵着牙齿，准备迎接她的舌头。她手指上那种混合着肥皂和咖啡的刺激苦味，令他的舌尖烧灼。她的手紧捏他的脖子，接着他就感觉到她的舌头。她的舌头压着她的手指，令他舌头两侧都与她接触，仿佛是蛇的分岔舌尖，彼此在给对方半个吻。

她放开他。

"继续闭上眼睛。"她在他耳畔轻声说。

哈利靠上椅背，抵抗着想把双手放到她臀上的诱惑。几秒钟后，他的手背感觉柔软的棉质衣料滑过，她的上衣滑到了地上。

"现在可以睁开了。"她柔声说。

哈利依言睁开眼睛，坐着看她，只见她的表情混合着焦虑与期待。

"你好美。"他说，声音因为收缩而显得奇怪，同时也流露出迷惑的声调。

他见她吞了口口水，接着脸上漾出胜利的微笑。

"抬起手臂。"她命令道，抓住他的 T 恤底端，向上拉过头顶。

她咬住他的乳头，他感觉到一种令人陶醉的痛楚。她的一只手从背后往他的双腿之间移动，她抵在他脖子上的气息开始加速，另一只手则抓住他的腰带。他的双臂抱住她柔软的背部，这时他感觉到她的肌肉不由自主地颤抖，那是她设法隐藏的紧张。她很害怕。

"等一等，玛蒂娜。"哈利低声说。她的手顿时停住。

哈利低头把嘴凑到她耳边："你想要吗？你知道自己在做什么吗？"

他感觉到她呼吸急促，湿润了他的肌肤。她喘息着说："不知道，你知道吗？"

"不知道，那也许我们不应该……"

她坐直身子，用受伤而急切的眼神看着哈利："可是我……我感觉得到你……"

"对，"哈利抚摸她的头发，"我想要你，我从第一次见到你就想要你。"

"真的吗？"玛蒂娜握起哈利的手，贴在她发热泛红的脸颊上。

哈利露出微笑："好吧，第二次。"

"第二次？"

"好吧，第三次。好音乐都要花一些时间酝酿。"

"我是好音乐？"

"骗你的，是第一次，但这并不代表我是个花痴好吗？"

玛蒂娜露出微笑，接着开始哈哈大笑，哈利也跟着笑了起来。她倚身向前，额头抵在他胸膛上，边笑边抖动，撞击他的肩膀。这时哈利感觉到她的泪水流到他的腹部，知道她哭了。

约恩醒了过来，心想自己是被冻醒的。罗伯特的公寓黑魆魆的，不可能有其他原因让他醒来。这时记忆倒带，本以为是梦境结尾的片段其实不是梦，他的确听见了钥匙开锁的声音，而且门打开了，现在有人站在公寓里呼吸着。

他觉得此情此景似曾相识，仿佛噩梦再度上演。他转过身去。

床边站着一个人影。

死亡的恐惧大举来袭，约恩大口喘息，恐惧的利齿嵌入他的皮肉，攻击底下的神经。他非常确定这个人想让他死。

"Stigla sam."那人影说。

约恩懂的克罗地亚语不多，但从武科瓦尔难民房客那里学来的足以让他明白对方说的是："我来了。"

"哈利，你总是独来独往吗？"

"我想是吧。"

"为什么？"

哈利耸了耸肩："我不是善于交际的人。"

"就因为这个？"

哈利朝天花板吐了个烟圈，感觉玛蒂娜抵着他的毛衣和脖子呼吸。两人躺在床上，他躺在被子上，她躺在被子下。

"我的前任长官毕悠纳·莫勒说，像我这种人专门爱挑艰难崎岖的路走，这都是因为他所谓的'受诅咒的天性'，所以这就是最后我总是独来独往的原因。我也不知道，我喜欢一个人，也可能是我成长期间喜欢上独行侠的自我形象吧。那你呢？"

"我要你继续说。"

"为什么？"

"我不知道，我喜欢听你说话。怎么会有人喜欢独行侠的自我形象呢？"

哈利深深吸一口烟，把烟憋在肺部，心想如果吐烟的形状可以解释一切该多好。他长长地吁了口气，把烟吐出来。

"我想一个人必须找出自己身上某些喜欢的地方才能活下去。有人说独来独往的人是非社会化且自私的，但其实你是独立的，就算你向下沉沦，也不会把别人一起拖下水。很多人害怕孑然一身，但它曾让我觉得自由、坚强、刀枪不入。"

"因为孤独而坚强？"

"对，就像斯托克曼医生说的：'世上最坚强的是孑然一身的人。'"

"你上次引用聚斯金德的作品，这次又引用易卜生的？"

哈利咧嘴笑了。"这句台词是我爸爸以前常引用的，"他叹了口气，又说，"在我妈去世之前。"

"你说它曾让你觉得刀枪不入，所以现在不是了？"

哈利感觉烟灰落在胸口，但没有理会。"后来我遇见萝凯，还有……欧雷克。他们与我联结，让我大开眼界，原来我的生命里还容纳得下别人。他们是我的朋友，他们关心我，我需要他们。"哈利朝香烟呼气，让它发出红光，"糟糕的是他们可能也需要我。"

"所以你不再自由了？"

"对，我不再自由了。"两人躺在床上望着漆黑。

玛蒂娜把鼻子埋在哈利的颈窝中："你真的喜欢他们，对不对？"

"对，"哈利把她抱紧了些，"我喜欢他们。"

玛蒂娜睡着后，哈利悄悄下床，为她盖好被子。他看了看时间，正好两点。他走到玄关，穿上靴子，开门走入星夜，朝屋外的厕所走去。他看着地上的脚印，回想周六早上之后是否下过雪？

厕所没有灯，因此他划亮一根火柴来照明。火柴快熄灭时，他在摩纳哥王妃格蕾丝褪色的图片下方墙壁上看见两个字母。哈利在黑暗中沉思，有人曾跟他一样坐在这里，奋力在墙上刻下简单的宣言：R+M。

他走出厕所，忽然瞥见谷仓角落有个影子闪过。他停下脚步，看见雪地里有一组脚印往谷仓走去。

哈利心中迟疑。又来了，某种事即将发生的感觉又浮现了，而且此事命中注定，他无力阻止。他把手伸进厕所门，拿出刚才看见的竖立在地上的铲子，跟着脚印走向谷仓。

他来到谷仓转角，停下脚步，紧紧握住铲子。自己的呼吸声震耳欲聋，于是他屏住呼吸。就是现在，某事就要发生了。他冲出转角，手握铲子做好准备。

前方是一片白雪覆盖的空地，月光照耀下，雪地闪烁着让人迷醉的白光，令他目眩。他看见空地上有一只狐狸朝森林奔去。

他瘫软下来，背靠谷仓大门，颤抖着大口喘气。

这时传来敲门声，他本能地后退。

他是不是被看见了？门外那人绝对不能进来。

他咒骂自己竟如此不小心，用如此外行的行为暴露行踪，要是波波还在，一定会严厉斥责他。

前门锁着，但他仍四下张望，寻找任何可用的武器，以防那人设法闯入。

刀子。他刚刚用过玛蒂娜的面包刀，就放在厨房。

敲门声再度传来。

他还有手枪，虽然没有子弹，但足以吓住理性之人，但问题在于他怀疑那人是否理性。

那人驾车前来，把车子停在玛蒂娜在索根福里街的公寓大门前，并未看见他，直到他冒险到窗前探头，朝人行道旁的一排车辆望去，看见一辆车内有个静止的人影。那人影动了动，他倾身向前想看清楚点，立刻知道为时已晚，那人已看见了他。他离开窗边，等待半小时，然后放下百叶窗，关上玛蒂娜家所有的灯。玛蒂娜说过他可以把灯开着，因为暖气设有恒温装置，而灯泡有百分之九十的能源用在发热上，因此关上电灯所节省的能源会被暖气抵消，以弥补热能的流失。

"这是简单的物理原则。"玛蒂娜解释说。要是她也解释过那人是谁就好了，究竟是疯狂追求者，还是醋坛子前男友？反正不是警察，因为那人再度发出急切痛苦的号叫声，听得他全身血液都凉了。

"玛蒂娜！玛蒂娜！"接着是几句挪威语，然后声音近乎啜泣，"玛蒂娜……"

他不知道那人是怎么进入公寓大门的，但这时他听见邻居的门打开，挪威语的说话声传来，他从中听出一个他认识的名词：警察。

邻居家的门砰的一声关上。

他听见门外那人发出绝望的呻吟，用手指抓门。最后那人的脚步声渐行渐远，他才松了一大口气。

今天是漫长的一天。早上玛蒂娜开车送他去车站，他乘当地火车进入市区，第一件事就是前往奥斯陆中央车站的旅行社，购买第二天晚上最后一班飞往哥本哈根的飞机机票。旅行社人员听他报出的是挪威姓氏哈福森，并没有特别的反应。他用哈福森皮夹里的现金付账，道谢后离去。到了哥本哈根之后，他可以打电话回萨格勒布，请弗雷德带一本新护照飞去找他。

倘若幸运，圣诞节前夕他就可以回家。

他找了三位理发师，他们都摇头说圣诞节之前预约全满，第四位则朝一个坐在角落嚼着口香糖、看起来一脸迷失的少女点了点头。他猜少女应该是学徒。他费工夫解释了一番想剪什么样的发型，最后只好拿照片给少女看。少女嚼口香糖的嘴巴停了下来，抬头用刷着浓密睫毛膏的眼睛看着他，以 MTV 式的英语说："老兄，你确定？"

剪完头发后，他坐出租车前往索根福里街的玛蒂娜家，用她给的钥匙开门而入，开始等待。除了电话响过几次，一切都很平静，直到这件事发生。他真是太笨了，竟然在室内开灯的情况下走到窗边。

他回到客厅。

就在此时，砰的一声巨响传来，连空气也为之震动，天花板上的电灯摇晃不已。

"玛蒂娜！"

他听见那人又来了，正在朝前门冲撞，门板似乎被撞得往内凹。

那人喊了两次玛蒂娜的名字，接着是两声巨响，然后他听见跑下楼梯的脚步声。

他来到客厅窗前，看见那人奔出公寓大门，停下脚步打开车门。灯光洒落在那人身上，他认出了那是谁。

那人就是曾经帮他找旅社过夜的年轻男子，名字好像叫尼克拉斯或里卡尔之类的。车子发动，怒吼一声，加速驶入冬夜。

一小时后，他上床睡觉，梦见熟悉的景致，却在啪嗒啪嗒的脚步声中醒来，并听见报纸丢在楼梯间里台阶上的声音。

早上八点，哈利醒来，睁开眼睛。羊毛毯盖住他一半脸庞，他闻着羊毛毯的气味，这气味令他想到某件事。他掀开毯子。昨晚他睡得很沉，没有做梦，这时的他充满好奇心，心情是兴奋、高兴的，没有其他语言可以形容。

他走进厨房煮咖啡，在水槽里洗脸，口中哼着吉姆·史塔克的《晨曲》。东边低缓山脊上方的天空是少女般的嫩红色，最后一颗星星逐渐淡去。神秘而洁净的新世界在厨房窗外铺展开来，纯白且充满希望地朝地平线那头延伸而去。

他切了几片面包，拿出一些芝士，在玻璃杯内装了水，在干净杯子里倒了热气蒸腾的咖啡，放上托盘并拿进卧室。

玛蒂娜的黑发散落在被子上，她睡得没有一丝声音。哈利把托盘放在床头柜上，在床沿坐下等待。

咖啡的香味逐渐溢满房间。

玛蒂娜的呼吸变得不规律起来。她眨了眨眼，看见哈利，伸手揉了揉脸，再用夸张又害羞的动作伸个懒腰。她的眼睛越来越亮，就像有人在调整电灯调光器似的，最后她的嘴角泛起微笑。

"早安。"哈利说。

"早安。"

"吃早餐吗？"

"嗯，"她的笑容更灿烂了，"你不吃吗？"

"我等一下再吃，如果你不介意的话，我先来一根。"哈利拿出一包烟。

"你烟抽太凶了。"她说。

"我酗酒以后总是抽很多烟，尼古丁可以抑制酒瘾。"

玛蒂娜尝了一口咖啡："这不是自相矛盾吗？"

"什么？"

"你这个害怕失去自由的人竟然变成了酒鬼。"

"的确。"哈利打开窗户，点了根烟，在玛蒂娜身旁的床上躺下。

"难道这就是你怕我的原因？"玛蒂娜问道，依偎在哈利身旁，"怕我会剥夺你的自由？这就是你……不想……跟我做爱的原因？"

"不是，玛蒂娜。"哈利抽了口烟，做了个鬼脸，露出不同意的神情，"是因为你害怕。"

他感觉玛蒂娜身体一僵。

"我害怕？"她的声音中充满惊讶。

"对，如果我是你，我也会怕。我一直不懂，为什么女人会有勇气跟体能完全胜过她们的男人分享屋檐和床铺，"他在床头柜上按熄香烟，"男人绝对不敢。"

"你怎么会认为我害怕？"

"我感觉得到。你主动是因为你想掌控，但最主要的原因是你害怕如果让我掌控不知道会发生什么事。其实这没关系，不过既然你害怕，我就不希望你做这件事。"

"但我要不要不是由你来决定的！"她提高嗓门，"就算我真的害怕也一样。"

哈利看着她。她毫无预警地伸出双臂抱住哈利，把脸藏在他颈窝之中。

"你一定觉得我是个怪人。"她说。

"完全没有。"哈利说。

她紧紧抱住他，用力挤压。

"如果我总是害怕怎么办？"她低声说，"如果我永远都没办法……"她顿了顿。

哈利静静地等待。

"以前发生过一件事，"她说，"我不知道是什么事。"她沉默下来。

"其实我知道发生了什么，"她说，"很多年以前，我被人强暴过，就在这座庄园，这件事使我崩溃。"

森林里的乌鸦发出冰冷的尖鸣，划破宁静。

"你想不想……"

"不，我不想说，反正也没什么好说的。那是很久以前的事了，如今我又恢复完整了。我只是……"她再度依偎在哈利身旁，"有点害怕而已。"

"你报案了吗？"

"没有，我没有能力报案。"

"我知道这很困难，但你应该报案的。"

她微微一笑："对，我听说过应该报案，以免别的女孩子也惨遭毒手，是不是这样？"

"这不是开玩笑的，玛蒂娜。"

"抱歉，老大。"

哈利耸了耸肩："我不知道犯罪会不会有报应，我只知道罪犯会重蹈覆辙。"

"因为他们身上带着犯罪基因，对不对？"

"这我就不知道了。"

"你有没有读过关于领养的研究报告？报告指出，犯罪者的小孩如果被领养，并在正常家庭跟其他小孩一起长大，却不知道自己是被领养的，日后成为罪犯的概率会比家里其他小孩高很多，所以的确有犯罪基因存在。"

"这我读过，"哈利说，"行为模式可能会遗传，但我更愿意相信我们每个人的生命都是独特的。"

"你认为我们每个人都只是按照习性生存的动物吗？"玛蒂娜曲起手指，挠了挠哈利的下巴。

"我认为我们的大脑把所有因素都丢在一起进行大锅炒运算，包括色欲、恐惧、刺激、贪婪等，而头脑非常聪明，它会进行计算，而且几乎不会出错，所以每次都得出相同的结果。"

玛蒂娜用一只手肘撑起身体，低头看着哈利："那道德和自由意志也包括在内？"

"它们也包括在大锅炒运算里。"

"所以你认为罪犯总是会……"

"没有，不然这行我就干不下去了。"

玛蒂娜用手指抚摸哈利的额头："所以你认为人还是可以改变的喽？"

"反正这是我的希望，我希望人会懂得学习。"

她把额头抵在哈利的额头上："人会懂得学习什么呢？"

"人会懂得学习……"哈利的话声被她舌头的触碰打断，"不要独来独往；人会懂得学习……"她的舌尖舔触他的下唇，"不要害怕；还有，人会懂得学习……"

"学习如何接吻？"

"对，但绝对不是跟刚起床的女人接吻，因为她们的舌头上会有一层白白的很恶心的……"

玛蒂娜的手啪的一声打上哈利的脸颊，笑声清脆得有如玻璃杯里的冰块。她的舌头卷上他的舌头。她把他盖在被子底下，拉起他的毛衣和 T 恤，让带有被窝暖意的柔软腹部贴上他的腹部。

哈利把手伸进她的上衣，游移到她的后背，感觉在肌肤底下活动的肩胛骨，以及她朝他蠕动时紧绷和放松的肌肉。

他解开她的上衣，直视她双眼，一只手抚过她的腹部和肋骨，直到他拇指和食指的柔软肌肤捏住她硬挺的乳头。她朝他吐出炽热的气息，张开嘴巴贴上他的唇。两人亲吻。她把手挤到他们的髋部之间。他知道这次他无法停止，也不想停止。

"它在响。"她说。

"什么？"

"你裤子里的手机……在振动。"她笑了起来，"感觉……"

"抱歉。"哈利从口袋里抽出静音的手机，倚身放到床头柜上，他想视而不见却为时已晚，手机屏幕正好面对他，他看见来电的是贝雅特。

"该死，"他吸了口气，"等我一下。"

他坐了起来，看着玛蒂娜的脸，玛蒂娜也看着他正在聆听贝雅特说话的脸，而她的脸有如镜子一般，两人似乎在玩一场哑剧游戏。除了看见自己，哈利还看见自己的恐惧和痛苦，最后他的无奈也反映在她脸上。

"什么事？"电话挂断后，玛蒂娜问道。

"他死了。"

"谁？"

"哈福森，昨晚两点九分过世，那时我正好在外面的谷仓里。"

第四部　慈悲

在子弹穿入额头之前，他终于在这么多年
的怀疑、羞愧和令人绝望的祷告之后，明白了
一件事：没有人会听见他的尖叫或祷告。

29　指挥官

十二月二十二日，星期一

今天是今年白昼最短的一天，但是对哈利·霍勒警监而言，今天还没开始就已无比漫长。

他得知哈福森的死讯之后，走到屋外，跋涉穿越厚厚的积雪，走进森林，坐下来怔怔地望着破晓的天空，希望寒冷可以凝冻、缓解，或者至少麻痹他的感觉。

他走回屋子。玛蒂娜只是看着他，眼中带着问号，但未发一语。他喝了杯咖啡，吻了吻她的脸颊，坐上车子。后视镜中的玛蒂娜双臂交叠，站在台阶上，看起来更为娇小。

哈利开车回家，冲了个澡，换上衣服，在咖啡桌上那沓文件中翻找了三次，最后宣告放弃，同时感到困惑不已。从昨天开始，他已不知道往手腕上看了多少次时间，却只看见手腕上空无一物。他从床头柜的抽屉里拿出莫勒的手表，这块表还正常运转，暂时可以拿来戴。他开车前往警署，把车停进车库，就停在哈根的奥迪轿车旁。

他爬楼梯上六楼，听见中庭里回荡着说话声、脚步声和笑声，但一踏进犯罪特警队，门一关上，就好像声音被调到静音一样。他在走廊上遇见一位警官，那人看着他，摇了摇头，又默默地往前走。

"嘿，哈利。"

他回头看见托莉·李。他记得托莉好像从未直接叫过他名字。

"你还好吗？"托莉问道。

哈利正要回答，张开了嘴，却突然发现自己发不出声音。

"今天简报过后，大家聚在一起悼念。"托莉用轻快的口吻说，仿佛是在替哈利掩护。

哈利点了点头，表达无声的谢意。

"也许你可以联络贝雅特？"

"没问题。"

哈利站在办公室门前，他一直惧怕这一刻的到来。他开门入内。

哈福森的椅子上坐着一个人，靠着椅背上下晃动，仿佛等了好一段时间。

"早安，哈利。"甘纳·哈根说。

哈利把外套挂在衣帽架上，没有回答。

"抱歉，"哈根说，"很烂的开场白。"

"有什么事？"哈利坐了下来。

"我来致哀。今天的晨间会议上我也会公开表达遗憾，但我想先当面跟你说。杰克是你最亲近的同事，对不对？"

"是哈福森。"

"抱歉？"

哈利把脸埋在双手中："我们都叫他哈福森。"

哈根点了点头："哈福森。还有一件事，哈利……"

"我以为我把枪支领取单放在家里了，"哈利从指缝间说，"可是却找不到。"

"哦，这件事啊……"哈根改变坐姿，似乎在那把椅子上坐得不舒服，"我想说的不是佩枪的事。由于差旅经费缩减，我请财务部把所有收据都送来给我审查，结果我发现你去过萨格勒布。我不记得授权过任何国外出差，而且挪威警察在萨格勒布进行任何调查，都算得上公然抗命。"

哈利心想，他们终于发现了。他的脸依然埋在双手中。这正是他们等待已久的大纰漏，终于有个冠冕堂皇的理由可以把这个酒鬼警监踢回属于他的地方，踢回那些未开化的死老百姓身边。哈利试着感觉自己的心情，却发现自己只是松了一口气。

"明天我会把我的决定递交到你桌上，长官。"

"你在说什么啊？"哈根说，"我想挪威警方在萨格勒布并未进行过任何调查，否则这对大家来说都太尴尬了。"

哈利抬头望去。

"根据我的解读，"哈根说，"你是去萨格勒布进行了一趟小小的考察之旅。"

"考察之旅？"

"对，没有特定主题的考察之旅。这是我对你口头征询萨格勒布考察之旅所签发的同意书，"一张打印纸滑过办公桌，停在哈利面前，"所以这件事就这样了。"哈根站起身来，走到墙上挂着的爱伦·盖登的照片前。

"哈福森是你失去的第二个搭档，对不对？"

哈利侧过了头。这间狭小无窗的办公室里顿时安静下来。

哈根咳了一声。"你看过我办公桌上那一小截雕刻骨头，对不对？那是我从长崎买回来的，是二战期间日军著名指挥官安田义达的小指骨复刻品。"他转头对哈利说，"日本人通常会火化遗体，但他们在缅甸必须用土葬，这是因为尸体数量太多，火化一具尸体要花两小时，因此他们切下死者的小指加以火化，寄回家乡给家属。一九四三年春天，勃固①附近一场决定性战役之后，日军被迫撤退，躲入丛林。安田义达请求长官当晚再度发动攻击，以便拾回战死弟兄的尸骨，但他的请求遭到驳回，因为敌军数量实在太多。当天晚上，他站在弟兄们面前，在营火火光的映照下含泪宣布指挥官的决定。他看见弟兄们脸上露出绝望的神情，于是擦干眼泪，拔出刺刀，把手放在树木残干上，切下小指扔进营火之中。弟兄们高声欢呼。这件事传到指挥

---

① 缅甸中南部平原的一个省。

官耳中，第二天日军就发动了反攻。"

哈根拿起哈福森桌上的削铅笔机仔细观察。

"我刚担任主管的这段日子犯了些错误，有可能其中一个错误间接导致哈福森失去性命。我想说的是……"他放下削铅笔机，吸了口气，"我希望自己能像安田义达那样激励人心，但我不知道该怎么做才好。"

哈利感到尴尬困窘，只能保持沉默。

"所以让我这样说好了，哈利，我希望你能揪出这些命案背后的主使者，就这样。"

两人避免目光相触："但你如果随身佩枪的话，算是帮了我一个忙。你知道，在大家面前做个样子……至少维持到新年，然后我就会撤销这项命令。"

"好。"

"谢谢，我会再签一张领取单给你。"哈利点了点头，哈根朝门口走去。

"后来怎么样？"哈利问道，"那次日军反攻？"

"哦，那个啊，"哈根回过头来，歪嘴一笑，"结果被打得落花流水。"

谢尔·阿特勒·欧勒在警署一楼工作了十九年，今天早上他坐在办公桌前，投注单就在面前，他心想圣诞节次日富勒姆队对南安普敦队的足球赛，自己是否敢大胆地赌客队胜。他打算在午休时顺便把投注单交给奥肖，但这样一来时间就有点赶，因此当他听见有人按下金属访客铃时，不禁低声咒骂。

他呻吟一声，站了起来。他曾在甲级足球联赛为斯吉德队效力，有十年不曾受伤的辉煌足球生涯，但后来在为警察队出赛的一场比赛上，看似无害的拉伤竟导致十年后的今天他仍得拖着右腿走路，这也成了他心中永远的痛。

柜台前站着一名留平头的金发男子。

谢尔从男子手中接过领取单，眯眼看着似乎越来越小的文字。上星期他跟老婆说圣诞礼物想要一台更大的电视机，她则建议他应该去找验光师。

"哈利·霍勒，史密斯威森点三八，好。"谢尔呻吟一声，一跛一跛地走到枪械库，找出一把看似受到前任主人细心保养的警用手枪。这时他突然想到，在歌德堡街被刺杀身亡的警探的枪很快就会被收缴。他又拿了手枪皮套和标准配备的三盒子弹，回到柜台。

"在这里签名，"谢尔说，指了指签收单，"我可以看一下你的证件吗？"男子已把警察证放在柜台上，接过谢尔递来的笔，签下了名。谢尔看了看哈利·霍勒的证件和潦草签名，心想不知道南安普敦队能否挡得住路易斯·萨哈①的攻势？

"记得要射的是坏人哦。"谢尔说，对方没有响应。

他一跛一跛地回到投注单前，心想难怪那个警察心情不好，因为证件上说他隶属于犯罪特警队，这次不幸殉职的警探不就是他们队里的？

哈利把车子停在贺维古登的海尼·翁斯塔艺术中心前，从美丽的低矮砖砌建筑朝缓坡下方的峡湾走去。

他看见朝斯纳若亚半岛延伸而去的结冰海面上有个黑色人影，便伸出一只脚踩了踩海岸边的一块冰，结果噼啪一声巨响，冰面应声碎裂。哈利高喊戴维·埃克霍夫的名字，但冰面上的人影一动不动。

他咒骂一声，心想总司令的体重应该不亚于自己的九十五公斤。他在搁浅的冰面上找到平衡，谨慎地在铺着白雪、变化莫测的冰原上跨出脚步。冰面承受住了他的重量。他踏出小而快的脚步前进。这段路比他从岸边看上去还要长。终于那个人影越来越近。只见那人身穿狼皮大衣，坐在折叠椅上，俯身在冰洞上方用连指手套拿着钓钩。哈利很确定那人就是救世军

---

① 法国足球运动员。

总司令戴维·埃克霍夫，而且也明白为什么对方没听见他的喊叫声。

"埃克霍夫，你确定这冰面安全吗？"

埃克霍夫转过头来，直接低头朝哈利脚上的靴子望去。

"十二月的奥斯陆峡湾冰面一向不安全，"埃克霍夫口喷白气，"所以只能一个人钓鱼，但我会穿这个，"他朝脚上的滑雪板指了指，"可以分散重量。"

哈利缓缓点头，似乎听见脚下冰面裂开的声音："总部的人跟我说你在这里。"

"只有这里才听得见自己的思绪。"埃克霍夫抓住钓钩。冰洞旁放着一盒钓饵和一把刀，底下垫着报纸。报纸头版的天气预报说圣诞节过后天气会日渐温和，但并未提到哈福森去世的消息，一定是印得太早了。

"你有很多事要想？"哈利问道。

"嗯，我老婆和我今天晚上得招待总理，这周我们还要跟吉尔斯特拉普签约，事情是不少。"

"我想请问一个问题。"哈利说，专心把体重分散在双脚上。

"嗯哼？"

"我让我的部下史卡勒去查你跟罗伯特·卡尔森的银行账户之间是否有往来，结果没有，但他发现卡尔森家族的另一个成员，也就是约瑟夫·卡尔森，会定期汇钱到你的账户。"

埃克霍夫双眼盯着冰洞底下阴暗的海水，眼皮眨也不眨。

"我想问的是，"哈利注视着他，"为什么过去十二年来，每个季度你都收到罗伯特和约恩的父亲汇来的八千克朗？"

戴维抖了抖，似乎钓到一条大鱼。

"怎么样？"哈利问道。

"这件事很重要吗？"

"我想很重要，埃克霍夫。"

"那你不能说出去。"

"我无法保证。"

"那我就不能告诉你。"

"这样我就得带你回警署审讯。"

总司令抬起头来，一只眼闭着，打量哈利，掂量着这个潜在对手的分量。"你认为甘纳·哈根会同意你把我拖去警局吗？"

"到时候就知道了。"

埃克霍夫张口欲言，又把话咽了回去，仿佛嗅到哈利的坚定意志。哈利心想，这个人之所以能成为大批信众的领导者，并不是通过残暴的力量，而是凭借正确解读情势的能力。

"好，"总司令说，"但说来话长。"

"我有的是时间。"哈利说谎了，他感到冰原的寒气从鞋底直透上来。

"约恩和罗伯特的父亲约瑟夫·卡尔森是我最好的朋友，"埃克霍夫遥望斯纳若亚半岛，"我们是同学，也是同事，人家都说我们胸怀壮志、前途光明。但最重要的是，我们有同一个愿望，那就是建立强大的救世军，在世间进行上帝的工作，你明白吗？"

哈利点了点头。

"我们在工作上也一起晋升，"埃克霍夫继续说，"后来约瑟夫和我被视为争夺总司令这个位子的敌手。我并不认为这个位子有那么重要，因为驱动我们前进的是那个愿望，但是在我当选后，约瑟夫出现了状况，他似乎崩溃了。我想我们每个人都没有彻底了解自己，天知道如果换作我，同样的情况会不会也发生在我身上。不管怎样，约瑟夫当上了行政长。虽然我们两家依然有联系，但已不像从前……"埃克霍夫思考着该怎么说。"也就是说，我们之间有了秘密，一些不愉快的事正在折磨约瑟夫。一九九一年秋天，我和首席会计弗兰克·尼尔森，也就是里卡尔和西娅的父亲，发现了折磨约瑟夫的是什么事。他盗用公款。"

"后来呢？"

"救世军内很少发生这种事，因此尼尔森跟我都对此保密，思考该怎么处理才好。当然我对约瑟夫的行为感到非常失望，但同时我也看见自己是导致这件事发生的原因之一。当我被选上而他被淘汰时，我应该用更……圆滑的方式来处理才对。然而，当时救世军的招募成果非常差，也不像今天这样得到各方拥护，承受不起任何丑闻。那时我在南部有一栋避暑别墅，是我父母留给我的，平常很少用到，而我们又打算去厄斯古德度假，所以我就匆匆卖了别墅，拿这笔钱来补足短缺，以免事情曝光。"

"你竟然这样做？"哈利说，"你用自己的财产来掩饰约瑟夫·卡尔森盗用公款的行为？"

埃克霍夫耸了耸肩："没有别的办法。"

"一般的企业中老板很少会……"

"对，但救世军不是一般的企业，我们做的是上帝的工作。所以不管发生什么事，都跟我们个人有关。"

哈利缓缓点头，想起哈根桌上那一截雕刻小指骨。"所以约瑟夫就打包行李，带着老婆远赴他乡，没有其他人发现这件事？"

"我给了他一个权力比较小的职位，"埃克霍夫说，"但他当然不肯接受，而且这也会引起各方揣测。我想现在他们应该住在泰国，距离曼谷不远的地方。"

"所以那个关于外国农夫和他被毒蛇咬到的故事是杜撰的？"

埃克霍夫微笑着摇摇头："不是，约瑟夫真的是个怀疑者，这故事给他留下深刻的印象。约瑟夫有了怀疑，就像有时我们会怀疑一样。"

"你也会吗，总司令？"

"我也会。怀疑是信仰的影子，如果你无法怀疑，就无法真正相信。这就跟勇气一样，警监。如果你无法去感受恐惧，就无法生出勇气。"

"所以这些钱是……？"

"约瑟夫坚持要还我钱，并不是因为他想补救，毕竟木已成舟，而且他在泰国绝对不可能赚到足够的钱来还我。我想他认为获得救赎对他来说有帮助，那我又何必拒绝？"

哈利缓缓地点头："罗伯特和约恩知道这件事吗？"

"我不知道，"埃克霍夫说，"我从没提过。我一直努力不让他们父亲的行为成为他们在救世军发展的阻碍，尤其是约恩。他已经成为我们最重要的专业资源之一，比如说我们这次的房产出售案就多亏了他。我们先出售亚克奥斯街的房产，将来还会再出售其他的。吉尔斯特拉普说不定会买回厄斯古德庄园。如果我们十年前要卖这些房产，可能还得雇用各种顾问，但有了约恩这样的人才，我们自己就能独立完成。"

"你是说约恩主导了整个出售案？"

"不是，销售案是委员会核准通过的，但如果没有他费心进行的基础评估和拿出的具有说服力的结论，我真的不认为我们敢放手去做。约恩未来会是救世军的栋梁，现在就更不用说了。他跟西娅·尼尔森今晚将在贵宾包厢里，坐在总理旁边，这正是他父亲当年的行为并未阻碍他的最好证明。"埃克霍夫蹙起眉头，"对了，我今天打电话找约恩，但他没接电话，你有没有跟他说过话？"

"没有，如果约恩不在的话……"

"什么？"

"如果那个杀手一开始就得手，杀死约恩的话，谁会取代他的位子？"

埃克霍夫扬起双眉："你是说今天晚上？"

"我是说职位。"

"原来如此。这个嘛，就算我说是里卡尔·尼尔森也不算是泄露机密，"他咯咯一笑，"大家都在嚼舌根，拿约恩和里卡尔跟当年的约瑟夫和我来比较。"

"同样的竞争？"

"有人的地方就有竞争，在救世军也是一样。我们只能希望就整体而言，能力的考验可以把人安排在最合适的位置，以追求共同目标，就是这样。"总司令拉起钓鱼线，"哈利，希望这能回答你的问题。如果你想求证的话，可以去问弗兰克·尼尔森，但我希望你能了解我不想让这件事曝光的原因。"

"既然我们谈到了救世军的秘密，我想再问最后一个问题。"

"说吧。"总司令不耐烦地说，将钓具放进包里。

"你知道十二年前在厄斯古德发生过强暴事件吗？"

哈利猜想埃克霍夫的脸表达惊讶的能力应该有限，但既然这个限度被超越了，那就表示他从没听过这件事。

"这一定是误会，警监。如果不是就太糟糕了，有谁牵涉其中？"

哈利希望自己的表情没有透露任何信息："基于职业考虑，我无法透露。"

埃克霍夫用戴着手套的手抓了抓下巴："这是当然，不过……这起事件不是已经超过追诉期了吗？"

"要看你从什么角度来看，"哈利说着朝岸边的方向看了看，"准备走了吗？"

"我们最好分开走，不然重量……"

哈利吞了口口水，点点头。

他抵达岸边，衣服并未沾湿，然后回头望去。起风了，白雪在冰原上飘动，看起来仿佛是飘飞的烟雾，而埃克霍夫似乎走在白茫茫的云端。

哈利走到停车场，看见车上已罩着一层薄薄的白霜。他上车发动引擎，把暖气开到最强。热空气在冰冷的玻璃上吹出白色雾气。等待风挡玻璃雾气消散的这段时间，他想起麦努斯曾提到麦兹·吉尔斯特拉普给哈福森打过电话。他从口袋里拿出还留着的名片，拨打手机，但没有人接。他把手机放回口袋，这时手机响起，屏幕上是国际饭店的号码。

"你好吗？"玛丽亚用发音清脆的英语说。

"还好，"哈利说，"你有没有……"

　　"有。"

　　哈利深深吸了口气："是他吗？"

　　"对，"玛丽亚叹了口气，"是他。"

　　"你百分之百确定吗？我的意思是说，光凭这样就要认出……"

　　"哈利？"

　　"嗯？"

　　"我非常确定。"

　　哈利心想既然这位英语老师如此擅长处理压力和英语发音，那么她表达的就是这个意思：她非常确定。

　　"谢谢。"哈利结束通话，从心底希望玛丽亚是对的，因为一切将从现在开始。

　　而且也已经开始了。

　　哈利启动雨刷，雨刷将融化中的白霜推到两侧，这时手机再度响起。

　　"我是哈利·霍勒。"

　　"我是米何耶兹太太，索菲娅的妈妈，你说有事可以给你打电话……"

　　"嗯？"

　　"索菲娅出事了。"

30 沉默

十二月二十二日，星期一

今天是一年中白昼最短的一天。

《晚邮报》头版如此写道。报纸放在主街的医院候诊室桌上，就在哈利面前。他看了看墙上时钟，又想到自己手上戴着手表。

"霍勒先生，医生可以见你了。"窗内传来女子的高喊声。他跟女子说过他要找几小时前看过索菲娅·米何耶兹和她父亲的医生。

"走廊右边第三扇门。"女子高声说。

哈利跳了起来，把候诊室里萎靡沉闷的病人抛在后面。

右边第三扇门。左边第二扇门或第三扇门里也有医生，但偏偏索菲娅被分到的是右边第三扇门里的医生。

"嘿，我听说是你来了。"马地亚·路海森露出微笑，起身握手，"这次我能帮什么忙？"

"是关于你早上看过的患者，索菲娅·米何耶兹。"

"是吗？请坐，哈利。"

哈利尽量不让自己被马地亚的友善口气惹得心里不快，但他实在不想坐下来，因为这样对他们两人来说都太尴尬了。

"索菲娅的母亲打电话跟我说，今天早上她被索菲娅在房间里的哭声吵醒，"哈利说，"她走进房间就看见女儿身上的瘀青和血。索菲娅说她跟朋友出去，回家路上在冰上滑倒。于是她母亲叫醒先生，请他带索菲娅来看医生。"

"事情有可能真是这样。"马地亚撑着手肘，倾身向前，表示他对此事很有兴趣。

"但米何耶兹太太认为索菲娅说了谎，"哈利继续说，"她先生带索菲娅出门后，她就去女儿的房间查看，结果发现不只枕头上有血，床单上也有，而且是床单'下面'的地方。"

"嗯哼。"马地亚的语气不置可否，但哈利知道这代表什么意思，因为他曾在心理系练习过咨询方法。尾音上扬代表鼓励患者继续往下说，而马地亚的尾音就是上扬的。

"现在索菲娅把自己锁在房屋一直哭，"哈利说，"米何耶兹太太说索菲娅什么都不肯说，她打电话问过索菲娅的女性朋友，她们都说昨天没见过她。"

"了解，"马地亚揉捏鼻梁，"所以现在你要我为了你而忽视患者隐私？"

"不是。"哈利说。

"不是？"

"不是为了我，而是为了他们，为了索菲娅和她的父母，以及其他已经或即将被强暴的人。"

"你的用词非常强烈，"马地亚微微一笑，但笑容随即淹没在沉默中，他咳了一声，"哈利，我相信你一定明白，我必须慎重考虑。"

"她昨晚到底有没有被强暴？"

马地亚叹了一声："哈利，患者隐私……"

"我知道保密是怎么回事，"哈利插嘴说，"我自己也必须保密，但我希望你破例并不是因为我不把患者隐私当回事，而是因为我评估过这件罪行的残暴性，以及它可能重复发生的危险。如果你信任我和我的评估，那我会非常感谢，否则你就得在昧着良心的情况下尽可能地好好活下去。"

哈利心想这番流利夸张的言辞他不知在类似场合说过多少次了。

马地亚眨了眨眼，脸色一沉。

"你只要点头或摇头就好。"哈利说。

马地亚点了点头。

这个方法再度奏效。

"谢谢,"哈利说着站了起来,"你跟萝凯和欧雷克相处得好吗?"

马地亚又点了点头,露出微笑。哈利倾身向前,一手放在马地亚肩膀上。"圣诞快乐,马地亚。"

哈利离开前看了最后一眼,看见马地亚坐在椅子上,肩膀垮下,仿佛有人赏了他一巴掌。

最后一抹日光透过橘色云朵洒在挪威最大墓园西侧的云杉和屋顶上。哈利经过南斯拉夫阵亡军人石碑、挪威工党的墓地、挪威总理埃纳尔·基哈德森和特里格弗·布拉特利的坟墓,最后来到救世军的墓地。不出所料,他在新下葬的坟墓旁看见了索菲娅,她直挺挺地坐在雪地里,身上裹着大羽绒外套。

"嘿。"哈利在索菲娅身旁坐下。

他点了根烟,在寒风中呼气,风将蓝烟吹散。

"你妈说你刚出门,"哈利说,"还把你爸买给你的花带走了,所以不难猜想。"

索菲娅没有回答。

"罗伯特是个好朋友,对不对?是个能让你信赖和倾诉的人,不是强暴者。"

"是罗伯特做的。"索菲娅毫无生气地说。

"索菲娅,你把花放在罗伯特的坟墓上。我相信强暴你的另有其人,而且他昨晚又强暴了你一次,他还可能再强暴你很多次。"

"不要管我!"索菲娅吼道,挣扎着在雪地里站起来,"你们怎么都听不懂啊?"

哈利一手夹烟，一手抓住索菲娅的手臂，用力把她拉回雪地。

"索菲娅，罗伯特已经死了，但你还活着，你听见了吗？如果你还想继续活下去，我们最好现在就逮到他，否则他还会继续犯罪。你不是第一个，也不会是最后一个。看着我。看着我，我在跟你说话！"

哈利的怒气吓到了索菲娅，她朝他看来。

"索菲娅，我知道你害怕，但我保证无论如何我都会逮到他，我发誓。"

哈利看见索菲娅目光闪动，如果他没看错，那代表的是希望。他静静等待，接着索菲娅用细若蚊鸣的声音说了句话。

"你说什么？"哈利问道，倾身向前。

"谁会相信我？"她低声说，"现在……罗伯特死了，谁会相信我？"

哈利谨慎地把手放在她肩膀上："试了才会知道。"

橘色云朵逐渐变红。

"他威胁我说如果不按他的话做，就要摧毁我们的一切，"索菲娅说，"他说他会把我们逐出公寓，让我们不得不回祖国，可是在那里我们一无所有。而且如果我说出来，谁会相信？谁？……"

她顿了顿。

"只有罗伯特相信。"哈利说，静静等待。

哈利看了看麦兹名片上的地址。他之所以想去找麦兹，首先是想问他为什么打电话给哈福森。从这个地址来看，他必须经过萝凯和欧雷克位于霍尔门科伦山上的家。

哈利开车经过萝凯家时并未减速，只是朝车道上望了一眼。他上次经过时看见车库外停着一辆切诺基吉普车，猜想应该是马地亚医生的车，但此时那里只停着萝凯的车，欧雷克房间的窗户亮着。

车子驶过奥斯陆最贵豪宅之间的 U 形道路，道路逐渐变直，朝悬崖的方向不断向上延伸，经过奥斯陆的白色尖塔，也就是霍尔门科伦滑雪跳台。

山下是城市和峡湾，白雪皑皑的小岛之间飘着淡淡寒雾。今年最短的白昼的确只是由日出和一眨眼的日落所构成，山下城市已亮起灯火，宛如圣诞倒计时的蜡烛。

谜团的拼图已经拼得差不多了。

哈利按了麦兹家的门铃四次，却无人回应，只好放弃。他走回车子时，一名男子从隔壁房间跑过来，问哈利是不是麦兹的朋友。男子说他不想干涉麦兹的私生活，但今天早上他家传来砰的一声巨响，而且麦兹刚失去妻子不是吗？他们是不是该打电话报警？哈利回到麦兹家，打破前门旁的窗户，使得警铃大作。

警铃不断重复着两声一组的粗哑警报。哈利朝客厅走去，看了看表，减去莫勒拨快的两分钟，记下现在的时间是下午三点三十七分，以便记录在报告上。

麦兹身上一丝不挂，后脑不知所踪。

他侧身躺在明亮屏幕前的拼花地板上，那把有着赭红色枪托的步枪仿佛是从他嘴里长出来的。步枪的枪管很长，哈利从眼前景象判断，麦兹应该是用大脚趾扣下扳机。要做到这一点，不仅要动作协调，还得死意坚定。

警报声停了下来。哈利听见投影机发出嗡嗡的声响，投射出来的暂停画面在屏幕上不停颤动，画面中是新郎新娘步上红地毯的特写。两张露出纯洁笑容的脸庞和白色婚纱溅上了血，血已凝固，在屏幕上形成格状条纹。

干邑白兰地的空酒瓶下压着一张遗书，写着短短几个字。

爸爸，原谅我。麦兹。

31 复活

十二月二十二日，星期一

他看着镜中那张脸。有一天，也许是明年，早上他们走出武科瓦尔的小房子时，邻居们是否会用微笑来和这张脸打招呼、说声你好，就像在跟熟悉、安全、善良的面孔打招呼一样？

"完美极了。"他背后的女子说。

他心想女子指的应该是他身上穿的这套小晚礼服。这里是一家西装出租兼干洗店，他正在照镜子。

"多少钱？"他问道。

他付了钱，答应明天十二点以前会送还西装。

他走进灰蒙蒙的阴郁天色中，找到一家可以喝咖啡的餐厅，餐点也不会太贵。接下来要做的就只有等待，他看了看表。

今年最长的黑夜来临了，薄暮将屋舍与原野笼罩在灰蒙蒙的天色中。哈利驾车离开霍尔门科伦区，但还没抵达格兰区，阴暗就已入侵公园。

刚才他在麦兹·吉尔斯特拉普家打电话请制服警察派一辆巡逻警车前往现场，然后就离开了，什么也没碰。

他把车停进警署车库，上楼走进办公室，打电话给克劳斯·托西森。

"哈福森的手机不见了，我想知道麦兹·吉尔斯特拉普是不是给他留过言。"

"如果有呢？"

"我要听。"

"这是监听，我不能帮忙，"托西森叹了口气。"你打给警察应答中心吧。"

"那样我需要法院命令，可是我没时间，你有什么建议？"

托西森想了想："哈福森有电脑吗？"

"我就坐在他的电脑前面。"

"不行不行，算了。"

"到底是怎样？"

"你可以通过挪威电信的网站进入手机留言，但需要密码才能进去。"

"那是个人设定的密码吗？"

"对，你没有，所以得碰运气……"

"我来试试看，"哈利说，"网址是……？"

"你的运气得非常非常好才行。"托西森的口气听起来像是他常常运气不好。

"我觉得我可能知道。"哈利说。

哈利进入网站后，输入"列夫·雅辛"，结果显示密码不正确，于是他缩短密码，只输入"雅辛"，就登录了。留言共有八则，其中六则是贝雅特留的，一则来自特伦德拉格①，还有一则来自哈利手里那张名片上的手机号码，也就是麦兹留的。

哈利按下播放键，不到两小时前他所看见的躺在自家客厅地上的死人，开始通过电脑的塑料音箱用金属鼻音对他说话。

留言播放完毕后，最后一块拼图拼了起来。

"有人知道约恩·卡尔森在哪里吗？"哈利一边在手机上问麦努斯，

---

① 挪威中部的一个郡，首府为斯泰恩谢尔。

一边下楼前往警署一楼，"你有没有试过罗伯特家？"

哈利穿过一扇门，按响柜台上的访客铃。

"我打过电话，"麦努斯说，"可是没人接。"

"你去跑一趟，如果没人应门就直接进去，可以吗？"

"他家钥匙在鉴识中心，现在已经四点多了，平常贝雅特都会待到很晚，但今天因为哈福森的事……"

"别用钥匙了，"哈利说，"带撬棒去。"

哈利听见脚步拖行的声音，接着就看见一名身穿蓝色连身工作服的男子一跛一跛地走来，男子满脸皱纹，鼻梁上戴着一副眼镜。他看都没看哈利一眼，就拿起哈利放在柜台上的领取单。

"那法院命令呢？"麦努斯问道。

"不用了，我们手上那张还有效。"哈利说了谎。

"是吗？"

"如果有人问起，就说是我下的命令，可以吗？"

"好。"

蓝衣男子发出呼噜声，摇了摇头，把领取单退回给哈利。

"史卡勒，我等一下再打给你，这里好像出了点麻烦……"哈利把手机放回口袋，用询问的眼神看着蓝衣男子。

"霍勒，同一把枪不能领取两次。"男子说。

哈利听不懂谢尔·阿特勒·欧勒的意思，他的颈背却突然浮现一阵灼热的刺痛感，这不是他第一次有这种感觉，因此他知道这意味着噩梦尚未结束。事实上，噩梦才刚刚开始。

甘纳·哈根的妻子将身上的礼服整理妥当，走出浴室。哈根身穿小晚礼服站在玄关镜子前，正在打领结。她站在一旁等候，知道再过不久，哈根就会哼几声，叫她帮忙。

今早警署的人打电话来报告杰克·哈福森的死讯时，哈根就没心情去参加音乐会，也觉得自己应该去不了。莉莎知道这一周都会乌云压顶。有时她会想，不知道除了她之外，有谁知道这种事对哈根的打击有多大。不管怎样，后来总警司来电，叫哈根一定要出席音乐会，因为救世军决定要在音乐会上为哈福森默哀一分钟，哈根身为他的直属长官必定得出席。但她看得出哈根很不想去，严肃的气氛笼罩在他眉间，仿佛戴了一顶贴合的头盔。

哈根哼了一声，解开领结："莉莎！"

"我在这里，"她冷静地说，走上前来，站在哈根背后，伸出了手，"领结给我。"

镜子下方桌上的电话响了起来，哈根倾身接起电话："我是哈根。"

她听见电话那头传来遥远的声音。

"晚安，哈利，"哈根说，"没有，我在家，我跟老婆得去参加今晚的音乐会，所以提前回来了。有什么新进展？"

莉莎·哈根看着他一言不发，听着电话，头上那顶隐形头盔似乎越来越紧。

"好，"最后哈根说，"我会打电话回警署，叫每个人提高警觉，并动员所有人力去找。等一下我得去音乐厅，会在那里待好几小时，但我会把手机调成振动，有事就打给我。"

他挂上电话。

"怎么了？"莉莎问道。

"是我手下的警监哈利·霍勒打来的，他刚才去警署一楼用我开给他的领取单领枪。今天我重给他开了一张，因为他家被闯入后，原来那张领取单不见了，但今天早些时候竟然有人用之前那张单子去领出了手枪和子弹。"

"呃，如果只是这样……"莉莎说。

"恐怕不只这样，"哈根叹了口气，"更糟的还在后面，哈利怀疑谁有可能拿走手枪，所以打电话去鉴识中心询问，结果证实他的怀疑没错。"

　　莉莎看见丈夫面如死灰，不禁心头一惊。仿佛刚才哈利说的话现在才产生后坐力，哈根听见自己对妻子说："我们在集装箱码头射杀的男子血液样本显示，他不是在哈福森旁边呕吐的人，不是在他外套上沾上血迹的人，也不是在旅社枕头上留下头发的人。简而言之，我们射杀的人不是克里斯托·史丹奇。如果哈利说得没错，这表示克里斯托·史丹奇还逍遥法外，而且身上有枪。"

　　"这么说来……他可能还在追杀那个可怜的家伙，那个人叫什么名字来着？"

　　"约恩·卡尔森。所以我得打电话回警署，动用所有人力找出约恩·卡尔森和克里斯托·史丹奇的下落。"哈根把双手手背抵在眼睛上，仿佛眼睛很痛，"还有，哈利命令部下强行进入罗伯特的公寓寻找约恩，后来部下打电话汇报。"

　　"怎么样？"

　　"公寓里似乎有打斗痕迹，床单……沾满血迹，约恩下落不明，床底下有一把折叠小刀，刀身有干了的血迹。"

　　哈根放下双手，莉莎在镜中看见他双眼发红。

　　"全都是坏消息，莉莎。"

　　"甘纳，亲爱的，我知道。可是……那你们在集装箱码头射杀的人是谁？"

　　哈根用力吞了口口水："现在还不知道，只知道他住在集装箱里，血液中含有海洛因。"

　　"我的天哪，甘纳……"

　　莉莎捏了捏哈根的肩膀，试着和他在镜中目光相对。

　　"他在第三天复活。"哈根低声说。

　　"什么？"

"救赎者。我们星期五晚上射杀了他，今天是星期一，也就是第三天。"

玛蒂娜·埃克霍夫光芒四射，令哈利忘了呼吸。

"嘿，不认得我了吗？"玛蒂娜用低沉的嗓音说。哈利记得第一次在灯塔餐厅碰到她，她就是用这种嗓音说话，当时她穿的是制服，而此时她站在他面前，身穿一袭简约优雅的黑色无袖晚礼服，和她的头发一样熠熠生辉。她的肌肤白皙剔透，几乎是透明的。

"我正在打扮，"她笑着说，"你看。"她扬起一只手。哈利觉得她的动作难以想象地柔软灵巧，仿佛在跳一支舞，是一连串优雅的舞姿。她手中拿着一颗白色的泪滴形珍珠，映照着公寓玄关外的昏黄灯光，耳垂上挂着另一颗珍珠。

"进来吧。"她后退一步，放开门把手。哈利跨过门槛，和她拥抱。"你能来真是太好了。"她把他的脸拉到面前，在他耳畔喷出热气，"我一直在想你。"

哈利闭上眼睛，紧紧拥抱她，感觉她娇小如猫的身体散发着暖意。这是他一天之内第二次以这个姿势站立，双手抱着她，而且不愿放开，因为他知道这是最后一次了。

珍珠耳环垂落在她眼睛下方的脸颊旁，仿佛一滴凝冻的泪珠。

他放开了她。

"怎么了？"她问道。

"先坐下吧，"哈利说，"我们得谈一谈。"

两人走进客厅。玛蒂娜在沙发上坐下，哈利站在窗边，低头看着街道。

"有人坐在车里抬头往这边看。"哈利说。

玛蒂娜叹了口气："是里卡尔，他在等我，要送我去音乐厅。"

"嗯，玛蒂娜，你知道约恩在哪里吗？"哈利注视着她在玻璃上的映像。

"不知道，"她和哈利四目交接，"既然你用这种口气问我，意思是我就有理由必须知道吗？"她话声中的甜美不见了。

"我们认为现在约恩住在罗伯特的公寓里，所以刚刚强行进入，"哈利说，"结果只发现床上沾满血迹。"

"我不知道这件事。"玛蒂娜用毫不做作的惊讶语气说。

"这我知道，"哈利说，"鉴定人员正在比对血型，也就是说血迹的血型已经验出来了，而我很确定他们会得到什么结果。"

"是约恩的血？"玛蒂娜屏息以待。

"不是，"哈利说，"但你希望是约恩的，对不对？"

"你为什么这样说？"

"因为强暴你的人是约恩。"

客厅静了下来。哈利屏住呼吸，听见她倒抽一口气，过了很久才呼出来。

"你怎么会这样想？"玛蒂娜的声音微微颤抖。

"因为你说事情发生在厄斯古德，当时在那里会强暴女人的男人并不多，而约恩·卡尔森正好是这种人。罗伯特床上的血来自一个叫索菲娅·米何耶兹的少女，昨天晚上她去了罗伯特的公寓，因为约恩命令她去。她按照安排，用她最好的朋友罗伯特之前给她的钥匙开门进去。约恩强暴她之后还打了她一顿，她说他经常这样做。"

"经常？"

"索菲娅说，去年夏天的一个下午，约恩第一次强暴她，地点是在米何耶兹家，当时她父母不在。约恩去她家的理由是要检查公寓，毕竟那是他的工作，他也有权力决定谁可以继续住在里面。"

"你是说……他威胁她？"

哈利点了点头："他说索菲娅如果不听他吩咐并保守秘密，他们一家人都会被逐出公寓，送回克罗地亚。米何耶兹一家人的命运都掌握在约恩手里，索菲娅只好乖乖就范。这可怜的女孩什么都不敢做，但她怀孕之后必须找人帮忙，找一个值得信赖、比她年长、可以安排堕胎又不会问太多的人帮忙。"

"罗伯特，"玛蒂娜说，"我的天，她去找罗伯特帮忙。"

"对，虽然索菲娅什么都没说，但她认为罗伯特知道让她怀孕的人是约恩，我也这么认为，因为罗伯特知道约恩以前强暴过别人，对不对？"

玛蒂娜默然不答，只是蜷曲在沙发上，收起双腿，双手抱住裸露的肩膀，仿佛觉得很冷，或想原地消失。

玛蒂娜再次开口时，声音十分微小，哈利仍听得见莫勒的手表嘀嗒作响。

"当时我十四岁，他做那件事的时候我只是躺在那里，心想只要集中精神，就能穿透天花板，看见天上的星星。"

哈利聆听她讲述那个厄斯古德的炎热夏日、罗伯特和她玩的游戏、约恩谴责的眼神阴沉中带着妒意。那晚屋外厕所的门打开之后，约恩手持罗伯特的折叠小刀站在门外。她被强暴之后一个人留在厕所里暗自哭泣，身体疼痛不已。约恩径自走回屋子。没想到不久之后，外面的鸟儿就开始歌唱。

"但最糟的不是强暴本身，"玛蒂娜语带哭腔，但双颊仍是干的。"最糟的是约恩知道他用不着威胁我，我自己就不敢把这件事说出去。他知道我就算把撕破的衣服拿出来当证据，并且取信于人，我心里也会永远怀疑这样做到底对不对，罪恶感将如影随形，因为这关乎忠诚。我身为总司令的女儿，难道要用一个毁灭性的丑闻把父母和整个救世军拖下泥沼？这些年来，每当我看着约恩，他都会用一种眼神看我，好像是说：'我知道，我知道事后你害怕得无声颤抖、哭泣，不敢让人听见。我心里一直有数，并看见你无声的懦弱。'"第一滴泪水滑落脸颊，"这就是我如此痛恨他的原因，不是因为他强暴我，这我可以原谅，而是因为他总是对我表现出他心知肚明的样子。"

哈利走进厨房，撕下一张厨房纸巾，回到客厅，在玛蒂娜身旁坐下。

"小心你的妆，"哈利把纸巾递给她，"等一下总理会出席。"

她小心地按压脸颊。

"史丹奇去过厄斯古德，"哈利说，"是不是你带他去的？"

"你在说什么？"

"他去过那里。"

"你为什么这样说？"

"因为那个气味。"

"气味？"

哈利点了点头："一种像是香水的甜腻气味，我在约恩家给史丹奇开门时第一次闻到，第二次是在旅社房间，第三次是今天早上我在厄斯古德醒来时，在毯子上闻到的。"他凝视玛蒂娜的钥匙形瞳孔。"玛蒂娜，他在哪里？"

玛蒂娜站起身来："我想你该走了。"

"先回答我。"

"我不需要回答我没做过的事。"

她伸手去开客厅的门，哈利抢上前去，站到她面前，抓住她的肩膀："玛蒂娜……"

"我得去音乐厅了。"

"玛蒂娜，他杀了我的好朋友。"

她的神情冷漠又强硬，答道："也许他不该挡路。"

哈利抽回双手，像被烫到似的。"你不能让约恩·卡尔森就这么被杀死，这样宽恕何在？宽恕不是你们这一行的核心部分吗？"

"是你认为人会改变，"玛蒂娜说，"不是我。我不知道史丹奇在哪里。"

哈利让她离开。她走进厕所，关上了门。哈利站着等待。

"你对我们这一行有错误的印象，"玛蒂娜在门后高声说，"我们的工作跟宽恕无关。我们的工作跟别人一样，只是寻求救赎而已，不是吗？"

尽管寒冷，里卡尔依然站在外面，双臂交叠倚在引擎盖上。哈利离去时对他点了点头，他没有回应。

32　离境

十二月二十二日，星期一

晚上六点三十分，犯罪特警队里异常忙碌。

哈利在传真机旁找到欧拉·李，他看了一眼传真机打出的纸，是国际刑警传来的。

"欧拉，发生了什么事？"

"甘纳·哈根打电话召回全队的人，每个人都回来了，我们一定要逮到那个杀害哈福森的家伙。"

欧拉的语气十分坚决，哈利一听就知道这反映了今晚整个六楼的气氛。

哈利走进他的办公室，麦努斯正站在办公桌前打电话，快速而大声地说着什么。

"亚菲，我可以给你和你的手下制造更多想象不到的麻烦，如果你不派手下帮我去街上找人，你就会成为头号通缉犯，我说得够清楚了吗？听好：这个人是克罗地亚人，中等身高……"

"金发平头。"哈利说。

麦努斯抬起头来，对哈利点了点头。"金发平头，有发现再打给我。"

他挂上电话。"外面闹哄哄地忙成一团，每个人都随时准备行动，我从来没见过这种情况。"

"嗯，"哈利说，"还是找不到约恩·卡尔森？"

"连个影子都没找到，我们只知道他女朋友西娅说他们约好今天晚上在音乐厅碰面，他们的位子在贵宾包厢。"

　　哈利看了看表："那史丹奇还有一个半小时来决定他能否完成任务。"

　　"你怎么知道？"

　　"我打电话问过音乐厅，他们说门票四周前就卖完了，没有票不得入场，连大厅都进不去。换句话说，约恩只要入场就安全了。给挪威电信的托西森打电话，看他是否还在位子上，如果在的话，叫他追踪约恩的手机。对了，音乐厅外一定要部署足够的警力，每个人都要带枪，并熟知史丹奇的样子。然后打电话去总理办公室，通知他们今晚有额外的安保措施。"

　　"我？"麦努斯说，"总……总理办公室？"

　　"打就是了，"哈利说，"你已经长大了。"

　　哈利用办公室电话拨打他熟记的六个电话号码之一。

　　另外五个电话号码是：小妹的电话、奥普索乡老家的电话、哈福森的手机、毕悠纳·莫勒以前的私人电话、爱伦·盖登已停机的电话。

　　"我是萝凯。"

　　"是我。"他听见萝凯吸了口气。

　　"我想也是。"

　　"为什么？"

　　"因为我正好想到你，"萝凯咯咯地笑着，"我们就是会心有灵犀，你不觉得吗？"

　　哈利闭上眼睛。"我想明天去找欧雷克，"他说，"就像上次我们讨论的那样。"

　　"太好了！"萝凯说，"他一定会很高兴，你会过来接他吗？"她听见哈利犹豫片刻，又补上一句："只有我们在家。"

　　哈利既想问又不想问她这句话是什么意思。

　　"我会尽量六点左右到。"他说。

　　根据托西森所说，约恩的手机位于奥斯陆东部，可能是在赫格鲁区或黑布洛登区。

"这没什么用。"哈利说。

哈利在六楼踱来踱去，走进每间办公室，听听有什么进展。一小时后，他穿上外套，说要去音乐厅。

他把车停在维多利亚式露台大楼附近小街的禁止通行区，经过外交部，走下罗斯洛克路宽阔的台阶，右转朝音乐厅走去。

身穿正装的人们快步穿过冰冷刺骨的零下低温，来到玻璃帷幕前开放的大广场。入口两侧各站着一名身穿黑色外套、戴着耳机的宽肩男子。音乐厅前方每隔一段距离站着一名制服警察，共有六人。来看表演的人边发抖边对他们投以好奇的目光，因为奥斯陆警察手持机关枪是很罕见的。

哈利在制服警察中认出西韦特·傅凯，朝他走去："我不知道德尔塔小队也被找来了。"

"的确没有，"傅凯说，"是我打电话去警署说我们想帮忙的。他以前是你的搭档，对不对？"

哈利点了点头，从外套内袋里拿出一包烟，抽出一根递给傅凯，他摇了摇头。

"约恩·卡尔森还没出现？"

"还没，"傅凯说，"等总理来了以后，我们就不会让其他人进入贵宾包厢。"这时两辆黑色轿车驶进广场。"说曹操曹操到。"

哈利看见总理下车，迅速被引进音乐厅。前门打开，哈利瞥见在门口恭候的迎接队伍。戴维·埃克霍夫露出灿烂笑容，西娅·尼尔森的笑容则没那么灿烂，两人都穿着救世军制服。

哈利点燃香烟。

"好冷，"傅凯说，"我的双腿和半颗头都没感觉了。"

哈利心想，我真羡慕你。

哈利抽了半根烟，大声说："他不会来了。"

"看来是这样,希望他没找到卡尔森。"

"我说的是卡尔森,他知道游戏开始了。"

傅凯看了一眼这位高大的警监,在哈利酗酒又无法无天的传言尚未流传开来时,他曾认为哈利是可以加入德尔塔小队的优秀人才。"什么游戏?"傅凯问道。

"说来话长。我要进去了,如果约恩·卡尔森出现的话,立刻逮捕他。"

"卡尔森?"傅凯一脸茫然,"那史丹奇呢?"

哈利放开手上的烟,烟掉落在他脚边的雪地中,发出哒的一声。

"对,"哈利慢声慢气地说,仿佛在自言自语,"那史丹奇呢?"

他坐在黑暗中,用手指摆弄着放在大腿上的大衣。音箱正播放着轻柔的竖琴音乐。天花板上的聚光灯投出光柱,在观众席间扫动,他心想这应该是为待会儿舞台上的表演制造令人期待的气氛。

他前面几排的人群中出现了一阵骚动,因为有十几位宾客来到现场,有几个人稍微站起,但经过一阵交头接耳后,他们又坐了下来。看来在这个国家,人们并不会以起立的方式来对民选领导者表达敬意。那十几人被带到他前面三排的位子坐下,那些位子在他等待的半小时里一直是空的。

他看见一名穿西装的男子身上有条电线连到一只耳朵,却不见制服警察的踪影。外面的警察见了他也没有任何警觉。事实上,他一直期待碰到更强大的警力,毕竟玛蒂娜说过总理会来看音乐会。但话说回来,警察多又怎样?他是隐形的,比以往更为隐形。他对自己感到满意,环视周围的观众。现场应该有上百名身穿晚礼服的男士吧,他已经能想到场面会有多混乱,他也已经计划好简单有效的逃脱路线。昨天他来过音乐厅,已经看好了。今晚开始之前,他做的最后一件事就是检查男厕的窗户,确认没上锁。那扇结霜的朴素的窗户可以向上推开,而且够大够低,足以让一个男人爬到外面的屋檐上,再跃下三米,落在停车场的某个车顶上,然后穿上大衣，走上繁忙的哈康七世①街，快步行走两分四十秒，抵达国家剧院站的月台，那里每二十分钟有一班机场特快列车停靠。他计划搭乘的列车将在八点十九分离站。离开厕所之前，他在外套口袋里放了两块除臭锭。

为了进入音乐厅，他得两度出示门票。一名女性工作人员指着他的大衣，说了几句挪威语，他只是微笑着摇头。她验票之后，领着他前往贵宾包厢的座位。原来所谓的贵宾包厢不过是观众席中央的四排普通座位，特地用红色分隔绳围起来。玛蒂娜说过约恩·卡尔森和女友西娅会坐在哪个位子上。

他们终于来了。他看了看表。八点零六分。观众席间灯光微亮，台上的灯光又过于强烈，让他难以辨认代表团中的任何人，但突然有一张脸被小聚光灯照亮，在那一瞬间，他很确定地认出那张痛苦苍白的脸。那是在歌德堡街跟约恩·卡尔森一起坐在车子后座的女子。

前方有几个人似乎搞混了座位号码，但情况很快得到解决，人墙坐了下来。他紧握大衣里的枪柄。弹仓中有六发子弹。他不熟悉这种左轮手枪，它的扳机比一般手枪重，不过他练习了一整天，已经找到击锤击发子弹的临界点。

接着众人仿佛接到隐形信号般安静了下来。

一名身穿制服的男子走上台，他心想应该是要欢迎现场来宾。男子说了几句话，大家都站了起来。他跟着站起，并看见周围的人都静静低下头来。一定是有人死了。过了一会儿，台上男子说了几句话，大家都坐了下来。

幕布终于升起。

哈利站在舞台侧面的黑暗中，看着幕布升起，脚灯令他看不见观众，但他感觉得到他们的存在，宛如一只正在呼吸的巨大动物。

指挥扬起他的指挥棒，奥斯陆第三军团唱诗班唱出哈利在救世军会议

---

① 挪威第一任国王。

厅听过的歌曲。

"挥舞救赎的旗帜，展开圣战！"

"请问，"哈利听见一个声音传来，转头就看见一名戴着眼镜和耳机的年轻女子。"你站在这里做什么？"她问道。

"我是警察。"哈利说。

"我是舞台监督，我得请你离开，你站在这里会挡路。"

"我在找玛蒂娜·埃克霍夫，"哈利说，"听说她在这里。"

"她在那里。"舞台监督指了指台上的唱诗班。哈利凝神望去，看见了玛蒂娜。她站在顶部台阶的最后一排，以受难般严肃的神情唱着歌，仿佛口中高唱的是逝去的爱情，而不是战斗和胜利。

她旁边站着里卡尔。里卡尔和她不同，嘴角挂着欣喜的微笑，面容在唱歌时变得很不一样，被压抑的严酷表情不见了，年轻的眼睛放出光芒，仿佛打从心底相信这些歌词：为了慈善和悲悯，有一天他们将替上帝征服世界。

哈利惊讶地发现圣歌的旋律和歌词确实能震撼人心。

唱完之后，观众热烈鼓掌。唱诗班下台朝舞台侧边走去。里卡尔看见哈利，露出惊讶的表情，但未发一语。玛蒂娜看见哈利后只是低下双眼，从他身旁绕过。哈利横踏一步，挡在玛蒂娜面前。

"玛蒂娜，我给你最后一次机会，请你好好把握。"

她沉重地叹了口气："我说过，我不知道他在哪里。"

哈利抓住她的肩膀，压低嗓门轻声说："你会因协助及教唆他人犯罪而被逮捕，你想让约恩称心如意吗？"

"称心如意？"她露出疲惫的微笑，"他要去的地方一点都谈不上称心如意。"

"那你唱的歌呢？'他总是慈悲为怀，是罪人最好的朋友。'难道这没有任何意义吗？只是空话而已？"

玛蒂娜沉默不语。

"我知道这很困难，"哈利说，"比你在灯塔餐厅给予廉价的宽恕和自我满足式的施舍还困难，因为你在灯塔做的事，就像无助的毒虫从无名氏身上偷东西来满足自己的需要一样，可是这算什么？比起原谅一个需要你原谅的人、一个正朝地狱走去的罪人，这算什么？"

"别再说了。"她呜咽着，伸出无力的手想推开哈利。

"玛蒂娜，要拯救约恩还来得及，这样等于给他一个机会，也给你自己一个机会。"

"他在烦你吗，玛蒂娜？"里卡尔说。

哈利并未回头，只是握紧右拳，做好准备，直视玛蒂娜热泪盈眶的双眼。

"没事，里卡尔，"她说，"没事的。"

哈利听见里卡尔的脚步声逐渐远去，眼睛依然望着她。这时台上有人弹起吉他，钢琴声也随之加入。哈利知道这首歌，他在伊格广场和厄斯古德庄园的收音机里都听过这首歌。这首歌是《晨曲》。哈利觉得那似乎是很久以前的事了。

"如果你不帮我制止这件事发生，他们两个人都会死。"哈利说。

"为什么这样说？"

"因为约恩有边缘性人格障碍，容易被他的愤怒所左右，而史丹奇什么都不怕。"

"你是想告诉我你这么想救他们是因为这是你的工作吗？"

"对，"哈利说，"也因为我答应过史丹奇的母亲。"

"母亲？你跟他母亲说过话？"

"我发誓说我会救他儿子。如果我现在不阻止史丹奇，他一定会被射杀，就跟上次在集装箱码头一样，相信我。"

哈利凝视玛蒂娜，然后转身离开，走到楼梯口时，他听见她的声音从背后传来：

"他在这里。"

哈利猛然停步："什么？"

"我把票给史丹奇了。"

这时舞台上余下的灯光全部亮起。

前方人群的剪影在瀑布般的闪烁白光衬托下显得十分清楚，他低坐在位子上，缓缓举起了手，将短枪管放在前面的椅子上，在他和西娅左侧那个身穿晚礼服的男子之间拉出一条清晰的射击线。他打算开两枪，有必要的话再站起来开第三枪，尽管他知道两枪就足够了。

扳机感觉比之前轻了，他知道这是肾上腺素的作用，但他不再感到害怕。他的手指越扣越紧，接着便来到没有阻力的一点，这是扳机上零点五毫米的无人之境。到了这点，你必须放松，手指一扣到底，因为已经无法回头，一切将由不可阻挡的物理法则及手枪机械装置接管。

那个后脑勺即将吃上一发子弹的人转过来跟西娅说了些什么。

就在此时，他的大脑观察到两个奇怪的现象。第一，约恩·卡尔森怎么会穿晚礼服而不是救世军制服？第二，西娅和约恩之间的身体距离不合理，在音乐这么大声的音乐厅里，按理说情侣应该会依偎在一起。

在这绝望的一刻，他的大脑试图扭转他已进行的一连串动作，但他的手指已在扳机上弯曲。

一声巨响响起。

那声音震耳欲聋，哈利耳中嗡嗡作响。

"什么？"他对玛蒂娜吼道，试着盖过鼓手突然猛力敲钹所产生的巨响。那声巨响让哈利一时间什么都听不见。

"他坐在第十九排，在约恩和总理后方三排，二十五号，就在正中间。"她试着微笑，嘴唇却抖得太过厉害，"哈利，我为你拿到音乐厅最好的位子。"

哈利注视着她，转身拔腿狂奔。

约恩·卡尔森在奥斯陆中央车站的月台上奋力冲刺，但他的速度一向不够快。自动门发出尖啸声，再度关上，微光闪烁的机场特快列车开始行进，这时他才赶到。他叹了一口气，放下行李箱，卸下小背包，在月台上的设计师长椅上瘫坐下来，把黑色手提包放在大腿上。下一班列车十分钟后抵达。没问题，他还有很多时间，非常非常多的时间，多到他几乎希望自己的时间少一点。他看了看隧道，下一班列车将从那里出现。索菲娅离开罗伯特家之后，他终于一觉睡到天亮，还做了梦，一个噩梦，梦中朗希尔德的眼珠把他吓得不知所措。

他看了看表。

音乐会已经开始，可怜的西娅一定独自坐在座位上，搞不清楚状况，其他人也一样。约恩朝双手呼了口气，但冷空气立刻降低了哈气的温度，令他的双手感觉更冷。他必须离开，别无选择，因为一切都已失控，他无法再冒险待在奥斯陆。

一切都是他的错。昨晚他失去了对索菲娅的控制，他应该预见这件事才对。他的紧绷情绪完全宣泄出来。他之所以如此愤怒是因为索菲娅一言不发、不声不响地接受一切，只是用封闭退缩的眼神看着他，就像一只羔羊，一只献祭的羔羊。于是他打了她的脸，用紧握的拳头，打得指节破皮，接着又是一拳。真是愚蠢。为了不看见她的脸，他把她翻过去面对墙壁，一直到射精之后才冷静下来，但为时已晚。他看着索菲娅离开的模样，知道这一次她再也无法用撞到门或在冰上跌倒的理由瞒过去了。

他不得不逃走的第二个原因是昨天他接到一通无声电话，他查到电话号码属于萨格勒布的国际饭店。他不知道他们怎么拿到了他的手机号码，因为这个号码并未公开。但他知道这通电话代表什么意思：虽然罗伯特死了，但他们之间还没完结。这不在计划之中，他不明白事情怎么会变成这样。

也许他们会再派一个杀手来奥斯陆。无论如何，他都得离开。

他火速买了经由阿姆斯特丹飞往曼谷的机票，用的是罗伯特·卡尔森的名字，就跟今年十月他买机票的方法一样。同样，这时他的外套内袋里也放着弟弟罗伯特有效期十年的护照。没有人会说他看起来跟护照相片上的人不像，海关的人也都知道年轻人在十年间的长相会出现很大变化。

买完机票后，他前往歌德堡街整理行李和背包。距离航班起飞还有十小时，他需要找个地方躲藏，因此他前往救世军在赫格鲁区的一套简陋装潢的公寓，他手上有钥匙。这套公寓已经空了两年，虽然有发霉的问题，但那里仍有沙发、填充物从背后冒出来的扶手椅、床铺。床上有一张沾有污渍的床垫。这里就是索菲娅被命令每周四晚上六点前来的地方。床垫上的污渍有些是索菲娅留下的，有些是他单独在这里时留下的，而那些时候他总是想着玛蒂娜。他跟玛蒂娜的事就像是只被满足过一次的饥渴，从那以后他就一直在寻求饥渴的满足，如今他终于在一个十五岁的克罗地亚少女身上找到。

到了秋天的某一天，罗伯特气冲冲地跑来找他，说索菲娅向他吐露心事。约恩听了大发雷霆，几乎失控。

这实在……太令他羞愧了，就像十三岁那年父亲拿皮带抽他，只因母亲在他的床单上发现精液痕迹一样。

当罗伯特威胁说如果他敢再看索菲娅一眼，就要把事情告诉所有救世军高层时，他就知道自己只剩一条路可走，而这条路并非再也不跟索菲娅见面。其实罗伯特、朗希尔德和西娅都不明白，他必须拥有索菲娅，这是他能获得救赎和真正满足的唯一方式。再过几年，索菲娅的年纪就会太大，那时他只得再去找别人。但是在那之前，索菲娅会是他的小公主、他灵魂的亮光、他胯间的火焰，就如同当年的玛蒂娜一样。当年在厄斯古德庄园，她让性的魔法第一次起了作用。

月台上来了许多人。也许什么事都不会发生。也许他只需要在泰国待个几星期就能回来，回到西娅身旁。他拿出手机给西娅发短信：爸生病了，我今晚飞去曼谷，明天打电话给你。

他按下发送键，拍了拍黑色手提包，那里装有相当于五百万克朗的美元。爸一定会非常高兴，他终于可以还清债务，重获自由了。约恩心想，我背负着别人的罪恶，我会让大家自由。

他看着有如黑色眼窝的隧道。八点十八分，机场快速列车呢？

约恩·卡尔森呢？他扫视前方的背影，缓缓放下左轮手枪。他的手指听从命令，放松了扣在扳机上的压力。他永远不会知道刚才距离击发子弹究竟有多近，只知道约恩·卡尔森不在这里。这就是刚才那些人找位子会出现混乱的原因。

音乐安静下来，鼓刷在鼓面上轻轻掠过，吉他的拨弦也变得缓和。

他看见约恩·卡尔森的女友低下头去，肩膀上下活动，仿佛在包里找东西。她低头坐了几秒钟，接着就站起身来。他的视线跟随着她，看见她慌忙移动，以及那排观众纷纷站起来让她走过。他知道自己该怎么做。

"抱歉。"他说着站了起来，几乎没注意到受他影响而站起来的观众对他怒目而视、烦躁叹息。他的注意力只放在那女子身上，她是他找到约恩的最后机会，而这个"机会"正要离开会场。

他走进大厅，停下脚步，听见通往会场的隔音门关上，仿佛弹指之间，音乐就消失了。女子没走太远，正站在大厅中央的两根柱子之间发短信。两名穿西装的男子站在会场另一个入口旁说话，寄存处的两名女工作人员坐在柜台内望着远方发呆。他确认挂在手臂上的大衣内依然藏着左轮手枪，他正打算接近女子，这时却听见右侧传来奔跑声，一转头就看见一名双颊泛红、双目圆睁的高大男子朝他疾冲而来。是哈利·霍勒。他知道这时已然太迟，大衣阻碍了他，使他无法精确瞄准。他蹒跚后退，靠上墙壁。哈利的手撞上他的肩膀。他一脸惊异地看着哈利抓住会场入口的门把，猛力把门拉开，消失在门内。

他靠在墙上，用力闭上眼睛，然后缓缓直起身子，睁开眼睛，看见女子把手机拿在耳边，脸上露出焦急的神情。他走上前去，站到女子面前，将大衣拉到一侧，让女子看见手枪，并用缓慢而清楚的声音说："请跟我走，不然我就杀了你。"

他看见女子目光一沉，瞳孔因恐惧而涣散，手机掉落。

手机掉落到铁轨上，发出砰的一声。约恩看着依然响个不停的手机。在他看清楚来电者是西娅之前，有那么一瞬间他以为又是昨晚那个不出声的人打来的。那人没说一句话，但现在他很确定那人是个女人。是她，是朗希尔德打来的。停下来，别再乱想了！这是怎么回事？他是不是疯了？他把注意力放在呼吸上，这时他可不能再失控了。

火车驶入车站，他抓起黑色手提包。

车门打开，激起一团空气。他登上列车，将行李箱和背包放到行李置放处，找到空位坐下。

一排排坐满观众的座位上有个空位，看起来像是少了颗牙。哈利仔细看过一张张脸，但不是太老、太年轻，就是性别不对。他跑到第十九排的第一个座位旁蹲下，这个位子上坐着一名白发老翁。

"我是警察，我们正在……"

"什么？"男子高声说，把手靠在耳边。

"我是警察，"哈利拉高嗓门说，并看见前几排有个耳朵后方有电线的男子动了动，对着领子说话，"我们正在找一个人，他坐在这一排中间，你有没有看见任何人离开或……"

"什么？"

一个老妇人倾身过来，显然她是老翁今晚的同伴："他刚刚离开，在表演中途离开观众席……"她强调"表演中途"这几个字，显然认为这就是警察要找那个人的原因。

哈利奔上过道，推门而出，冲过大厅，跑下通往前门的楼梯，看见外面有个制服警察的背影，便在楼梯上大喊："傅凯！"

西韦特·傅凯转过头来，看见哈利开门出来。

"刚刚有没有一个男人从这里出来？"

傅凯摇了摇头。

"史丹奇在音乐厅里，"哈利说，"发布警报。"

傅凯点点头，翻起领子。

哈利奔回前厅，看见地上有个红色手机，就询问寄存处的两名工作人员是否看见有人离开会场。她们互望一眼，异口同声地说没有。哈利问除了通往前门的楼梯之外，是否还有其他出口。

"还有紧急出口。"其中一人说。

"对，可是紧急出口的门关上时声音很大，我们一定会听见。"另一人说。

哈利站在会场门外，把大厅从左到右看了一遍。史丹奇真的来过这里吗？玛蒂娜这次说的是真话吗？就在此时，他知道玛蒂娜说的是真话，因为他再度在空气中闻到那股甜腻的气味。就是刚才他跑过来挡在路上的男子。他立刻知道史丹奇会从哪里离开。

哈利拉开男厕的门，冷风立刻从另一侧开启的窗户吹了进来。他来到窗边，低头往屋檐和底下的停车场望去，并用拳头猛捶窗台："该死的！"

这时，一个隔间里传出声音。

"嘿！"哈利吼道，"有人在里面吗？"

那声音再度传来，听起来像是啜泣。哈利扫视一整排门锁，找到一个显示为红色"使用中"字样的。他趴到地上，看见一双穿着女鞋的脚。

"我是警察，"哈利吼道，"你有没有受伤？"

啜泣声停止。"他走了吗？"一个颤抖的女性声音说。

"你说谁？"

"他叫我在这里待十五分钟。"

"他走了。"

隔间门荡了开来，西娅·尼尔森跌坐在马桶和墙壁之间的地上，妆都哭花了。

"他说如果我不说出约恩在哪里就杀了我。"西娅语带哭声，仿佛是在道歉。

"那你怎么说？"哈利扶她坐到马桶盖上。

她的眼睛眨了两下。

"西娅，你跟他说了什么？"

"约恩发短信给我，"她目光涣散地看着厕所墙壁，"说他爸生病了，今晚他要飞去曼谷。你想想看，什么时候不选偏偏要选今晚。"

"曼谷？你这样告诉史丹奇了？"

"今晚我们本来要一起招待总理的，"西娅说，泪珠滚落脸颊，"可是他连我的电话都不接，他……他……"

"西娅！你有没有说约恩今天晚上要乘飞机？"

她梦游似的点了点头，仿佛这一切都与她无关。

哈利站起身来，大步走进大厅。玛蒂娜和里卡尔正在大厅里跟一名男子说话，哈利认得男子是总理的保镖之一。

"取消警报，"哈利喊道，"史丹奇已经走了。"

三人转头朝他望来。

"里卡尔，你妹妹坐在男厕里，你可以去照顾她吗？玛蒂娜，能跟我来吗？"

哈利不等玛蒂娜回答，一把抓住她的手臂就往出口的方向走，她得小跑才能跟上。

"我们要去哪里？"她问道。

"加勒穆恩机场。"

"那你拉我去干吗？"

"亲爱的玛蒂娜，你要来当我的眼睛，你要替我看见那个隐形人。"

　　他在火车窗户的映像中细看自己的脸：额头、鼻子、脸颊、嘴巴、下巴、眼睛，想找出他脸上的秘密究竟藏在何处，却在红色领巾之上找不到任何特别之处，只看见一张有眼睛和头发的面无表情的脸，映在奥斯陆中央车站到利勒斯特伦之间的隧道墙壁上，看起来跟外面的夜色一样黑。

33 最短的白昼

十二月二十二日，星期一

哈利和玛蒂娜花了两分三十秒从音乐厅大厅奔到国家剧院站的月台。两分钟后，他们搭上开往利勒哈默尔的市内火车。这趟火车中途在奥斯陆中央车站和加勒穆恩机场停靠，它的速度的确很慢，但总比等候下一班机场特快列车要快。他们找了两个空位坐下。车厢里满是回家过圣诞假期的士兵，以及带着整箱红酒、头戴圣诞老人帽的一群群学生。

"发生了什么事？"玛蒂娜问道。

"约恩要逃走了。"哈利说。

"他知道史丹奇还活着？"

"他不是要躲避史丹奇，而是要躲避我们。他知道自己的面具被拆穿了。"

玛蒂娜睁大双眼："什么意思？"

"真不知该从何说起。"

火车驶进奥斯陆中央车站。哈利查看月台上的旅客，但没看见约恩。

"一切都是从朗希尔德·吉尔斯特拉普向约恩开出两百万克朗的价钱，要他协助吉尔斯特拉普投资公司收购救世军的房产开始的。"哈利说，"但他拒绝了，因为他认为朗希尔德不够细心，嘴巴不够紧，所以他就背着朗希尔德跟麦兹和阿尔贝特·吉尔斯特拉普接洽，开出五百万克朗的价钱，并要求不能让朗希尔德知道这笔交易。吉尔斯特拉普父子同意了。"

玛蒂娜张大了嘴："这些事你是怎么知道的？"

"朗希尔德死后，麦兹几近崩溃，决定把这件事和盘托出。他打了哈福森名片上的手机号码，但手机没人接，所以就把自白留在语音信箱里。几小时前，我听了这段留言，当中他还提到约恩要求写一份书面协议。"

"约恩喜欢每件事情都井井有条。"玛蒂娜低声说。火车离站，经过站长室，驶进奥斯陆的灰色街景，只见住宅区后院里有坏了的脚踏车、空荡荡的晾衣绳、漆黑的窗户。

"可是这跟史丹奇有什么关系？"玛蒂娜问道，"是谁雇他来杀人的？麦兹·吉尔斯特拉普吗？"

"不是。"

火车被吸进隧道的黑色虚空中，黑暗中火车行驶在铁轨上的哐当声几乎淹没了玛蒂娜的声音。"是里卡尔吗？拜托不要是里卡尔……"

"为什么你会认为是里卡尔？"

"约恩强暴我的那天晚上，里卡尔在屋外厕所发现我，我说里面很黑所以我跌倒了，但我看得出他不相信。他扶我上床，没有吵醒其他人。虽然他不曾说过什么，但我总觉得他看见了约恩，也知道发生了什么事。"

"嗯，"哈利说，"怪不得他这么保护你。里卡尔似乎很喜欢你，而且是真心的。"

玛蒂娜点了点头。"我想这就是为什么我……"她开口说，又顿了一顿。

"什么？"

"我不希望是他的原因。"

"那你的愿望实现了。"哈利看了看表。十五分钟后他们抵达机场。

玛蒂娜突然惊慌起来，说："你……你不会这样认为吧？"

"认为什么？"

"你不会认为我父亲已经知道了强暴的事，所以他……"

"没有，你父亲对这些事一无所知。雇用杀手来杀害约恩的人……"

火车驶出隧道，黑色星空高挂在闪烁着白色磷光的原野上。

"是约恩他自己。"

约恩走进宽广的出境大厅，这不是他第一次来这里，但他从未见过这里挤了这么多人。说话声、脚步声和广播声在拱形尖顶的大厅里回荡，里面夹杂着亢奋的噪声、各种语言的大杂烩和他听不懂的意见片段。这些人不是要返乡过圣诞节，就是要出国过圣诞节。登机柜台前排着几乎一动不动的人龙，在分隔绳之间盘旋回绕，犹如吃得太饱的大蟒蛇。

他深深吸了口气，告诉自己时间还很多，他们还什么都不知道，也许永远不会知道。他站在一个老妇人后方，队伍前进了二十厘米，他弯腰帮老妇人把行李箱往前挪。老妇人回头对他露出感谢的微笑，他看见对方脸上的肌肤犹如细薄苍白的死亡纤维，包裹在瘦削的头骨上。

他回以微笑，老妇人终于移开目光，然而在这些活人制造出来的噪声中，他似乎一直听得见她的尖叫。那是无尽的刺耳尖叫，挣扎着盖过了电动马达的怒吼声。

那天他被送去医院，并得知警方正在搜查他家，就想到警方可能会无意间在书桌抽屉里发现他和吉尔斯特拉普投资公司的协议书，上面写明只要救世军委员会通过房产出售案，他就可以收取五百万克朗的佣金，签名人为阿尔贝特与麦兹·吉尔斯特拉普。警方送他去罗伯特家之后，他立刻返回歌德堡街拿协议书，没想到他抵达时，家里已经有人，那人就是朗希尔德。由于吸尘器开着，朗希尔德没听见他进门。他发现朗希尔德看见了他的罪行，犹如他母亲在床单上看见他遗留的精液痕迹。而且一如他母亲，朗希尔德也会羞辱他、摧毁他、把他的罪行公之于世、告诉他父亲。他不能让她看见。这时他心想，我把她的眼睛挖出来。但她还是不停地尖叫。

"乞丐不会拒绝别人的施舍，"哈利说，"这是他们的本性。我在萨格勒布被一枚二十克朗的挪威硬币打到头的时候，想到的就是这件事。那时我看着硬币在地上滚动，想起现场勘察组曾在歌德堡街的转角杂货店外，发现一枚被踩进雪地里的克罗地亚硬币。他们立刻把这枚硬币跟史丹奇联系在一起，因为哈福森倒在街上的血泊中时，史丹奇就是从那个路线逃跑的。但我倾向于怀疑。当我在萨格勒布看见那枚二十克朗硬币时，就像来自天上的某种力量想提醒我什么似的，我想起我第一次跟约恩见面时，有个乞丐拿硬币丢他，当时我很惊讶，没想到乞丐居然会拒绝施舍。昨天我在戴西曼斯可图书馆找到这个乞丐，把现场勘察组发现的硬币拿给他看，他证实说他朝约恩丢的是一枚外国硬币，很可能就是我拿给他看的那枚。他说：'对，很可能就是这枚硬币。'"

"所以约恩去过克罗地亚，这又不犯法。"

"正好相反，他说他这辈子去过最远的国家是瑞典和丹麦，而我问过护照组，他们说没有核发过约恩·卡尔森的护照，但大约十年前核发过罗伯特·卡尔森的护照。"

"说不定这枚硬币是罗伯特给他的？"

"说得没错，"哈利说，"这枚硬币不能证明什么，但它让我糨糊般的脑袋做了点思考。如果罗伯特从没去过萨格勒布呢？如果去的人其实是约恩呢？约恩握有救世军所有出租公寓的钥匙，包括罗伯特家的，如果约恩借用罗伯特的护照，用他的名字前往萨格勒布，并用罗伯特的身份雇用杀手来谋杀约恩·卡尔森呢？会不会从一开始这个计划要杀的人就是罗伯特？"

玛蒂娜咬着指甲，陷入沉思。"但如果约恩想杀罗伯特，为什么要叫杀手来杀他自己？"

"为了制造完美的不在场证明。倘若史丹奇不幸被捕并招供，约恩绝对不会被怀疑，因为他是杀手原本要杀的对象，而且他和罗伯特那天刚好换班看起来也像是造化弄人，史丹奇只是奉命行事而已。此外，一旦史丹奇和萨格勒布方面发现他们杀死的是自己的客户，就没有理由再继续履行合约去追杀约恩，因为已经没有人会付钱了。这就是这个计划最天才的地方，不管萨格勒布方面要多少钱，约恩都可以一口答应，因为最后他们找不到人付钱。而唯一可以驳斥罗伯特那天不在萨格勒布或提出合约签订那天罗伯特有不在场证明的人，就是罗伯特本人，但他却已经死了。这个计划就像个逻辑圈，好比蛇吞掉自己的尾巴，形成自我毁灭的循环，最后什么都不会留下。"

"一个有洁癖的男人想出的计划。"玛蒂娜说。

两名男学生唱起饮酒歌，却各唱各的调，并由一名大声打鼾的士兵担任合音。

"可是为什么？"玛蒂娜问道，"为什么他要杀罗伯特？"

"因为罗伯特威胁他。根据鲁厄士官长的供述，罗伯特曾威胁约恩说如果他敢再碰某人，就要'毁了'他。我听到这件事的第一反应是，他们说的是西娅。但你说得没错，罗伯特对西娅没有特别的感觉，从头到尾都是约恩宣称罗伯特对西娅有种变态的痴迷，好让大家以为罗伯特有杀害他的动机。罗伯特之所以威胁约恩，跟索菲娅·米何耶兹有关。索菲娅是个十五岁的克罗地亚少女，她刚刚才把一切都告诉我。她说约恩逼她定期跟他上床，如果她敢反抗或告诉别人，他就会把他们一家人逐出救世军公寓，赶回克罗地亚。索菲娅怀孕之后去找罗伯特求助，罗伯特帮助了她，并答应会阻止约恩。遗憾的是罗伯特没有直接报警或报告救世军高层，他应该认为这是家务事，想在内部解决，我猜这也是救世军的一个传统吧。"

玛蒂娜凝望窗外被白雪覆盖、隐没在夜色之中的旷野如海水般起伏。

"原来这就是约恩的计划，"她说，"结果哪里出错了？"

"错在一个总是出人意料的因素上，"哈利说，"天气。"

"天气？"

"如果不是那晚下大雪，导致飞往萨格勒布的航班取消，史丹奇早已回家并发现他们误杀了中间人，那么故事到此结束。可是史丹奇在奥斯陆多住一晚，发现自己杀错了人，却不知道中间人的名字也叫罗伯特·卡尔森，所以就继续追杀约恩。"

　　扩音器广播道："加勒穆恩机场，旅客请由右侧下车。"

　　"所以现在你要去追捕史丹奇？"

　　"这是我的工作。"

　　"你会杀死他吗？"

　　哈利看着玛蒂娜。

　　"他杀了你的同事。"玛蒂娜说。

　　"他是这样跟你说的吗？"

　　"我说我什么都不想知道，所以他什么都没说。"

　　"玛蒂娜，我是警察，警察负责逮人，法院负责审判。"

　　"是吗？那你为什么没有启动警报？为什么没有通知机场警察？为什么特种部队没有拉响警笛赶往机场？为什么你单枪匹马一个人来？"

　　哈利沉默不语。

　　"没有人知道你刚刚跟我说的事，对不对？"

　　哈利透过车窗，看见加勒穆恩机场站简洁光滑的灰色水泥月台逐渐靠近。

　　"到站了。"他说。

34 钉刑

十二月二十二日，星期一

下一个就轮到他办理登机手续了，这时他闻到一股甜腻的肥皂气味，似乎令他联想到不久前才发生的某件事。他闭上眼睛，回想到底是什么事。

"下一位！"

约恩拖着脚步往前走，把行李箱和背包放上传送带，将机票和护照放上柜台。柜台内是个古铜色皮肤的男子，身穿航空公司的白色短袖衬衫制服。

"罗伯特·卡尔森，"男子看着约恩。约恩点点头，表示自己就是。"两件行李，另一件随身携带吗？"他指了指黑色手提包。

"是。"

男子翻阅护照，在键盘上打字，打印机发出吱吱声，吐出注明"曼谷"的行李条。这时约恩回忆起那个气味，忆起他站在家门口的那一刻，那是他仍感觉安全的最后一刻。门外的男子用英语说他有话要转达，接着就举起黑色手枪。他逼自己不往枪口看。

"卡尔森先生，祝您旅途愉快。"男子露出一闪即逝的笑容，将登机牌和护照递给约恩。

约恩一刻也不敢拖延，立刻前往安检处，把机票放进内袋，回头望了一眼。

他直接朝他望去，有那么紧张的一刻，他以为约恩·卡尔森认出了自己，但约恩的目光又继续移动。然而令他担心的是，约恩露出了恐惧的神色。

他太慢了，没能在登机前赶上约恩，如今得加快脚步，因为约恩已前往安检处排队。要通过安检，旅客和随身物品都必须经过扫描，左轮手枪是藏不住的，他一定得在安检前把事情解决。

他的本能反应是使出惯用手法，当场射杀约恩，但即使他可以消失在人群中，警方也会封锁机场，检查每个人的身份，这不仅会令他错过四十五分钟后飞往哥本哈根的航班，也会使他失去接下来二十年的自由。

他朝约恩背后走去。动作必须迅速果断。他打算接近约恩，用枪抵住他的肋骨，以简单明了的语言对他做出最后通牒，威胁他冷静地穿过拥挤的出境大厅，前往停车场，走到一辆车子后方，在他头上开一枪，把尸体藏进车底，在停车场和安检处之间丢弃左轮手枪，前往三十二号登机门，登上飞往哥本哈根的班机。

枪已拿出一半，距离约恩只剩两步，这时约恩突然离开队伍，朝出境大厅的另一边大步走去。Do vraga! 他转身跟了上去，逼自己不要跑，不断告诉自己："他没看见你。"

约恩告诉自己不要跑，不然史丹奇就会知道他看见他了。其实他没认出史丹奇的长相，但他也不必认出来，因为史丹奇戴着红色领巾。他步下通往入境大厅的楼梯，感觉全身冒汗。来到楼梯底端，他回头一望，看见自己已逃离楼梯上的人的视线范围，立刻把黑色手提包夹在腋下，拔腿狂奔。前方的面孔快速闪过，伴随着朗希尔德的空洞眼窝和无止境的尖叫声。他奔下另一个楼梯，这时周围已无别人，只有冰冷潮湿的空气和他的脚步声及呼吸声的回音，前方是缓缓向下倾斜的宽阔走廊。他明白自己已来到通往停车场的走廊，并迟疑地看了一眼监视器的黑色眼睛，仿佛它可以给他答案。他看见前方远处一扇门上有个亮着灯的标志，活脱脱是自己现在的模样。那标志是个无助的站立的男子，也就是男厕的标志。他可以躲进厕所，远离别人的视线，把自己锁在里面，等飞机即将起飞时再出来。

他听见一个快速的脚步回音声越来越近，便奔到厕所，开门进入。眼前反射而来的白光对他来说仿佛将死之人想象中天堂的模样。这个厕所位置偏僻，却仍相当宽敞，一边墙上是白色小便斗，整齐地排列着待人使用，同样白色调的隔间排在另一边。他听见厕所门静静关上，金属门锁发出咔嗒一声。

加勒穆恩机场的狭小监控室温暖干燥，令人觉得不太舒服。

"那里。"玛蒂娜说，伸手一指。

哈利和坐在椅子上的两名警卫先看了看她，再朝屏幕墙上她所指的一个画面看去。

"哪里？"哈利问道。

"那里。"她走到一个屏幕前，画面中是空荡无人的走廊，"我看见他经过，我很确定是他。"

"那是通往停车场的走廊里的监视器。"一名警卫说。

"谢谢，"哈利说，"接下来交给我就好。"

"等一下，"警卫说，"这里是国际机场，虽然你有警察证，但需要授权才能……"

警卫话没说完就停了下来，因为哈利从腰际拔出左轮手枪，拿在手上掂了掂重量："我们可以说这个授权有效，直到进一步通知吗？"

他没等对方回答就转身离去。

约恩听见了有人走进厕所，但现在他只能听见外面的泪滴形小便斗发出冲水声，因为他把自己锁在了隔间内。

他坐在马桶盖上，隔间上方是开放的，但隔间门一直延伸到地面，所以他不必把脚抬起来。

冲水声停止，接着是液体飞溅的声音。

有人在小便。

他的第一个念头是这个人不可能是史丹奇，没有人能这么冷血，在杀人之前还想到要小便。第二个念头是索菲娅的父亲也许说对了，只要一点小钱就能在萨格勒布的国际饭店雇到的这个小救赎者是无所畏惧的。

约恩清楚地听见拉链唰的一声拉起，接着由陶瓷交响乐团演奏的冲水乐曲再度响起。

仿佛指挥棒一挥，冲水声忽然停止，水龙头开始流出水来。有个男人正在洗手，洗得非常仔细。水龙头关上。再次传来脚步声，厕所门吱地叫了一声，金属门锁发出咔嗒一声。

约恩在马桶盖上瘫软下来，把黑色手提包抱在腿上。

这时隔间门传来敲门声。

那是三下轻叩，却像是用某种坚硬物体敲的，比如钢铁。血液似乎拒绝流到约恩的脑部。他动也不敢动，只是闭上眼睛，屏住呼吸，心脏怦怦狂跳。他曾在某处读到：肉食动物的耳朵听得见猎物恐惧的心跳，这就是它们找到猎物的方法。除了他的心跳，四周完全寂静。他紧闭双眼，认为只要自己集中精神，视线就能穿透天花板，看见寒冷清澈的星空、看见地球无形却令人欣慰的计划与逻辑、看见万物的意义。

然后是不可避免的迸裂。

约恩感觉一股气压扑面而来，有那么一刻他以为是开枪所导致的。他小心翼翼地睁开双眼，看见门锁处只剩下破裂的木材，隔间门倾斜地挂着。

眼前的男子身上大衣是敞开的，露出里面的晚礼服和衬衫，衬衫和后方的墙壁一样白得耀眼，脖子上围着红色领巾。

约恩心想，这是出席宴会的打扮。

他吸入尿液和自由的气味，低头看着面前那个躲在隔间里的年轻男子。他看起来十分笨拙，吓得屁滚尿流，坐在马桶上瑟瑟发抖，等待死亡的来临。

通常在这种时候，他会纳闷这个有着浑浊蓝眼珠的男子到底做了什么见不得人的事。不过这次他很清楚这个人做了什么。这是达里镇的那次圣诞晚餐以来，他头一次获得个人满足，而且不再感到恐惧。

他举着手枪，看了看表。飞机三十五分钟后起飞。他看见外面设有监视器，这表示停车场里可能也有监视器，因此必须在这里解决，把约恩拉出来，丢进隔壁隔间，给他一枪，锁上隔间再爬出来。这样要到今晚机场关闭前，尸体才会被发现。

"出来！"他说。

约恩似乎失了魂，一动不动。他扬起枪，做出瞄准动作。约恩缓缓地往外移动，他又停下脚步，张大嘴巴。

"警察，把枪放下。"

哈利双手握着左轮手枪，瞄准戴着红色领巾的男子。厕所门在哈利背后关上，金属门锁发出咔嗒一声。

男子并未把枪放下，只是用枪指着约恩的头，用带有口音但哈利辨得出的英语说："嘿，哈利，你的射击线清楚吗？"

"非常清楚，"哈利说，"正好对准你的后脑勺。我再说一遍，把枪放下。"

"我怎么知道你手里是不是真的有枪？因为我手中握的是你的枪，不是吗？"

"我跟同事借了一把，"哈利看见男子扣在扳机上的手指收紧了些，"这把枪是杰克·哈福森的，就是你在歌德堡街刺杀的那个警察。"

哈利看见男子身子一僵。

"杰克·哈福森，"史丹奇说，"你凭什么认为他是我杀的？"

"因为呕吐物里有你的DNA，他的外套上沾了你的血，而且目击证人就站在你面前。"

史丹奇缓缓点头："原来如此，我杀了你的同事，但如果你真的这么认为，为什么还没对我开枪？"

"这就是我跟你的不同之处，"哈利说，"我是警察，不是杀手。如果你现在放下手枪，我只会拿走你剩余人生的一半，大概二十年。史丹奇，你自己选择。"哈利的手臂肌肉已开始酸痛。

"告诉他！"

哈利看见约恩吓了一跳，知道史丹奇是在对约恩大吼。

"告诉他！"

约恩的喉结宛如漂浮物般上下跳动，他摇了摇头。

"约恩？"哈利说。

"我不……"

"他会对你开枪的，约恩，快说。"

"我不知道你想让我……"

"听着，约恩，"哈利的目光一直盯着史丹奇，"现在有一把枪抵在你头上，不管你说了什么都不能在法庭上作为呈堂证供，明白吗？现在你没什么可以损失的。"

身穿晚礼服的史丹奇扳动击锤，金属活动声和弹簧拉紧声在坚硬光滑的厕所墙壁之间被清楚地放大。

"住手！"约恩举起双臂挡在面前，"我什么都说。"

约恩越过史丹奇的肩膀，和哈利四目交接，并从哈利的眼神中明白他已经知道了，说不定很早就知道了。哈利说得对：他没什么可以损失的。现在他说的话日后都不能当作呈堂证供，而且奇怪的是他想说，这时他竟然没有其他更想做的事，只想把一切都说出来。

"我们站在车子旁边等西娅，"约恩说，"那警察用手机听留言，我听见麦兹的声音，他听完留言后说麦兹供认了，我就知道那是什么意思，然后他又说要打给你，我明白这下我完了。我身上有罗伯特的折叠小刀，所以就本能地做出反应。"

约恩眼前浮现当日景象，他用力把那警察的两条手臂折到背后，但对方挣脱一只手，护住了喉咙。他不断猛刺，却刺不到颈动脉，盛怒之下左右甩动那个警察，像是在甩布娃娃似的，最后小刀刺进对方胸膛，那警察的身体像是泄了气般，手臂垂软下来。他从地上捡起手机，塞进口袋，准备再给出致命一刀。

"但史丹奇跑来搅局，对不对？"哈利问道。

约恩举起小刀，正要在昏迷的哈福森脖子上划下最后一刀，却听见有人用外语大声吼叫，他一抬头就看见一个身穿蓝色外套的男子朝他疾冲而来。

"他手上有枪，我只能逃跑。"约恩说，感觉这段自白带来净化的效果，卸下了他肩头的重担。他看见哈利点了点头，也看见这个高大的金发警察明白并原谅了他。他感动不已，喉头一紧，继续往下说："我往公寓里面跑，他对我开枪，差点就打中我。他要杀我，哈利，他是个疯狂的杀手，你快开枪打他，我们得把他除掉，你跟我……我们……"

他看见哈利放下左轮手枪，插进腰带。

"你……你干什么，哈利？"

只见那高大的金发警察扣上外套纽扣："约恩，我要去过圣诞假期了，谢谢你的自白。"

"哈利？等一下……"约恩明白自己会有什么下场，突然口干舌燥，话语必须从干燥的口腔黏膜之间硬逼出来，"钱可以分你，听着，钱我们可以三个人分，不会有人知道。"

但哈利已开始用英语对史丹奇说："我想那手提包里的钱，应该足以为你们国际饭店的人在武科瓦尔盖栋房子，你母亲还会把一部分钱捐给圣斯蒂芬大教堂。"

"哈利！"约恩嘶哑地大喊，犹如死前的哀鸣，"每个人都值得拥有第二次机会，哈利！"

哈利的手握住门把，停止动作。

"看着你内心深处，哈利，你一定可以找到宽恕之心！"

"问题是……"哈利揉揉下巴，"我干的不是宽恕的行业。"

"什么！"约恩高声说，惊愕不已。

"救赎，约恩，我也喜欢被救赎。"

约恩听见哈利离去后厕所门关上，金属门锁发出咔嗒一声。身穿晚礼服的男子举枪瞄准。约恩望进枪管的黑色孔眼，这时恐惧已化为肉身痛楚，他不再知道尖叫声是朗希尔德的、他自己的，还是其他人的。但是在子弹穿入额头之前，他终于在这么多年的怀疑、羞愧和令人绝望的祷告之后，明白了一件事：没有人会听见他的尖叫或祷告。

第五部　尾声

　　这时他想起母亲曾在医院说过的话："世上比活着没有爱更空虚的，是活着没有痛。"

　　"我要走了……"

　　哈利转身离去。

35   罪行

哈利走出伊格广场的地铁站，今天是平安夜前一天，路人从他身边匆匆走过，把握最后的时间采购圣诞礼物。圣诞季节的宁静氛围似乎已笼罩着整座城市，人们露出满足的微笑，圣诞节的准备工作已经完成；或是露出疲惫的微笑，就算没完成也没关系。一名男子穿着整套的羽绒外套和裤子，宛如航天员般摇摆前行，脸颊圆滚泛红，咧嘴呼出白气。哈利看见一张焦急的面孔，那是个身穿单薄黑色皮夹克的女子，夹克手肘处有破洞，女子站在钟表行旁，双脚不断改变站姿。

柜台里的年轻钟表师一看见哈利就脸色一亮，迅速打发走眼前的客人，冲进里面的房间，出来时手中拿着哈利爷爷的手表，放在柜台上，露出得意的神情。

"它动了。"哈利十分惊讶地说。

"没有什么是不能修的，"钟表师说，"记得发条不要上太紧，这样会损耗零件。你试试看，我再跟你说。"

哈利旋转表冠，感觉到金属零件的摩擦力和弹簧的阻力，并注意到钟表师露出如痴如醉的眼神。

"抱歉，"钟表师说，"可以请问这块表是从哪里来的吗？"

"这是我爷爷给我的。"哈利答道，听见钟表师突然语带崇敬之意，很是惊讶。

"不是这块，是这块。"钟表师指着哈利的手腕。

"这是我的前任长官辞职时送给我的。"

"我的老天爷，"钟表师俯身在哈利的左腕之上，仔细查看那块手表，

"这是真的,绝对是真的。这实在是一份非常慷慨的礼物。"

"哦?这块表有什么特别吗?"

钟表师用难以置信的眼神看着哈利:"你不知道吗?"

哈利摇了摇头。

"这是朗格表厂的 Lange 1 陀飞轮腕表,背面底盖上的序号会告诉你这款腕表总共生产了几块。如果我没记错,一共生产了一百五十块。你手上戴的这块表是世界上最美丽的手表之一,问题是你把它戴在手上是否明智?严格说来,以它现在的行情,应该锁在银行金库里才对。"

"银行金库?"哈利望着手上那块看起来名不见经传的手表,前几天他还把它扔出卧室窗外,"它看起来没那么名贵。"

"这就是它的价值所在。它只推出黑色表带和灰色表盘的标准款式,连一颗钻石都没镶,也没用到黄金,看起来只是采用一般标准的精钢或铂金,而且也确实如此,但它的价值在于已臻化境,精湛的工艺技术已达到艺术境界。"

"原来如此,你说这块表值多少钱?"

"我不知道,我家有一本稀世腕表的拍卖价格手册,改天我可以带来。"

"给我个整数。"哈利说。

"整数?"

"大概的价钱。"

年轻的钟表师凸出下唇,把头偏到另一侧。哈利静静等待。

"这个嘛,如果是我要卖,开价绝对不会低于四十万。"

"四十万克朗?"哈利高声说。

"不对不对,"钟表师说,"是四十万美元。"

离开钟表行之后,哈利不再觉得寒冷,呼呼大睡十二小时后残留在身体中的昏沉感也不见了。他也没注意到那个眼窝凹陷、身穿单薄皮夹克、有着毒虫般眼神的女子走过来,问他是不是前几天跟她说过话的警察,他是否见过她儿子。已经四天都没人看见她儿子了。

"他最后是在什么地方被人看见的？"哈利机械地问道。

"你说呢？"女子说，"当然是普拉塔广场啊。"

"他叫什么名字？"

"克里斯托弗。克里斯托弗·约根森。嘿！有人在家吗？"

"什么？"

"老兄，你看起来像是去神游了。"

"抱歉，你最好拿着他的照片去警署一楼，报案说他失踪了。"

"照片？"女子发出尖厉的笑声，"我有一张他七岁的照片，这样可以吗？"

"难道你没有他近期一点的照片？"

"你以为谁会拍？"

哈利在灯塔餐厅找到玛蒂娜。餐厅已经打烊，但救世军旅社的接待人员让哈利从后门进来。

玛蒂娜背对哈利站在洗衣间里，正在把洗衣机里的衣服拿出来。哈利为了不吓到她，轻咳一声。

她转过身时，哈利正盯着她的肩胛骨和颈部肌肉，心想她的身体怎么会这么柔软？是不是永远都会这么柔软？她直起身子，侧过头，拨开一缕头发，露出微笑。

"嘿，传说中的哈利。"

她双臂垂落身侧，跟哈利只有一步之遥。哈利好好地瞧了瞧她，只见她苍白的肌肤依然焕发奇特的光彩；敏感的鼻孔翕张着；与众不同的双眼和溢出的瞳孔看起来有如局部月食；嘴唇下意识地抿起，柔软湿润，仿佛刚刚亲吻过自己。滚筒烘干机隆隆作响。

洗衣间内只有他们两人。她深深吸了口气，微微仰头，依然和哈利有着一步之遥。

"嘿。"哈利并未移动。

她的眼睛快速地眨了两下，脸上掠过一丝困惑的微笑，又转过身去，面对工作台，开始叠衣服。

"我很快就好，你可以等我一下吗？"

"我得在假期开始之前写完报告。"

"明天这里会提供圣诞晚餐，"玛蒂娜半回头地说，"你会来帮忙吗？"

哈利摇了摇头。

"有事？"

今天的《晚邮报》在她旁边的工作台上摊开，其中一整版都在报道昨晚加勒穆恩机场发现一名救世军军官陈尸在厕所中。报上引述甘纳·哈根发表的声明，目前凶手与动机依然不明，但可能跟上周在伊格广场发生的枪杀案有关。

由于两名死者是兄弟，加上警方怀疑一名身份不明的克罗地亚人，媒体已开始揣测命案背后的原因可能跟家族仇恨有关。《世界之路报》说多年前卡尔森家族曾前往克罗地亚旅游，该国素有血债血偿的传统，使家族仇恨之说成为可能。《每日新闻报》有篇文章提醒大家不要对克罗地亚人产生偏见，将他们跟来自塞尔维亚和科索沃阿尔巴尼亚的犯罪分子混为一谈。

"萝凯和欧雷克邀请了我，"哈利说，"我刚刚去给欧雷克送圣诞礼物时，他们邀请我的。"

"他们？"

"她。"

玛蒂娜点了点头，继续叠衣服，仿佛哈利说了一件她必须想清楚的事。

"这是不是代表你们两个人？……"

"没有，"哈利说，"不是那个意思。"

"那她还跟那个人在一起吗？那个医生？"

"据我所知是这样。"

"你没问？"哈利从她的语气中听出一股受伤的怒意。

"他们的事跟我无关，我只知道那个医生要跟他父母一起过圣诞节，就这样而已。所以你一直会在这里？"

她叠着衣服，沉默点头。

"我是来说再见的。"哈利说。

玛蒂娜点了点头，没有回头。

"再见。"他说。

她叠衣服的手停了下来，他看见她的肩膀上下起伏。

"有一天你会明白的。"他说，"现在你可能不这么想，但有一天你会明白，这样下去……并不会有什么不同。"

玛蒂娜转过身来，眼中噙着泪水："我知道，哈利，但我还是想要，至少维持一段时间，难道这样也算要求太多吗？"

"不算，"哈利露出苦笑，"一段时间会很棒，但最好现在就说再见，不要等到会心痛的时候再来说再见。"

"可是现在就会心痛了，哈利。"第一颗泪珠滚落她的脸颊。

倘若哈利不够了解玛蒂娜·埃克霍夫，可能会认为这么一个年轻女子不可能懂得心痛是什么。而这时他想起母亲曾在医院说过的话："世上比活着没有爱更空虚的，是活着没有痛。"

"我要走了，玛蒂娜。"

哈利转身离去。他走到停在路边的一辆车子旁，敲打车窗。车窗降下。

"她已经长大了，"哈利说，"所以我不确定她是否需要这么密切的关注。我知道你还是会继续这样做，但我只是想把话说出来而已。圣诞快乐，祝你一切顺利。"

里卡尔似乎想说些什么，但只是点了点头。

哈利迈步朝奥克西瓦河的方向走去，感觉天气已经回暖。

十二月二十七日，哈福森下葬。这天阴雨绵绵，融化的雪水如湍急的小溪般流过街道，墓园里的积雪灰白沉重。

哈利负责抬棺，前方是哈福森的弟弟，哈利从他的步态看得出来。

丧礼结束后，众人聚在瓦尔基丽酒吧。瓦尔基丽是一家很受欢迎的酒吧，大家都称之为瓦基酒吧。

"过来吧，"贝雅特带着哈利离开其他人，来到角落里的一张桌子。"大家都在那里。"她说。

哈利点了点头，克制住自己，没把脑子里浮现的一句话说出来：可是毕悠纳·莫勒不在那里。后来莫勒没跟任何人联系过。

"哈利，有几件事我必须知道，因为案子没有侦破。"

哈利看着贝雅特，只见她脸色苍白，神色哀戚。哈利知道她并非滴酒不沾，但她杯子里盛的只是法里斯矿泉水。换作他，今天一定会用任何可以到手的东西来麻痹自己。

"案子还没结束，贝雅特。"

"哈利，难道你以为我没长眼睛吗？案子已经交到克里波一个无能的白痴警官手里，他只会把文件搬来搬去，一直挠他那颗没脑子的头。"

哈利耸了耸肩。

"但你已经破案了，对不对，哈利？你知道发生了什么事，只是不想告诉别人而已。"

哈利啜饮一口咖啡。

"为什么，哈利？为什么不能让别人知道？"

"我本来就决定要告诉你，"哈利说，"只是想等过一阵子再说。去萨格勒布雇用杀手的人不是罗伯特，而是约恩。"

"约恩？"贝雅特大吃一惊。

哈利说出钱币和流浪汉埃斯彭·卡斯佩森的事。

"但我必须加以确认，"他说，"而唯一能指认约恩去过萨格勒布的人是史丹奇的母亲，所以我跟她谈了条件，把约恩的手机号码给她，她正好在约恩强暴索菲娅的那天晚上打给他。她说约恩一开始说的是挪威语，但她没出声，所以约恩又用英语说：'是你吗？'显然以为打电话给他的是小救赎者。事后史丹奇的母亲打给我，确认电话里的声音跟她在萨格勒布听见的一样。"

"她百分之百确定吗？"

哈利点了点头："她说她'非常确定'，还说约恩的口音错不了。"

"那她开出的条件是什么？"

"要我保证她儿子不会被我们的人射杀。"

贝雅特喝了一大口法里斯矿泉水，仿佛需要将她听见的这句话和水一起吞下去。

"你答应了？"

"对，"哈利说，"这就是我要跟你说的重点，杀害哈福森的人不是史丹奇，而是约恩·卡尔森。"

贝雅特张口结舌，看着哈利，眼眶逐渐盈满泪水，接着用悲恸的语气低声说："哈利，这是真的吗？还是你故意这样说，想让我好过一点？因为你认为我无法忍受凶手逍遥法外的事实？"

"呃，我这边有一把折叠小刀，是约恩强暴索菲娅的第二天在罗伯特家的床底下找到的，如果你拿去请鉴定人员比对上面的血迹是否符合哈福森的 DNA，我想你的心情应该会平静一点。"

贝雅特看着水杯。"我知道报告上写了你去过那间厕所，但什么人也没看见。不过你知道我是怎么想的吗？我以为你看见了史丹奇，却没有阻止他。"

哈利沉默不语。

"我想你之所以不告诉别人你知道约恩有罪，是因为你不想让别人阻碍史丹奇执行任务，杀了约恩。"贝雅特的声音因为愤怒而颤抖，"但如果你以为这样我会感谢你，那你就错了。"

她把水杯重重放在桌上，有些人朝他们望来。哈利保持缄默，静静地等待。

"哈利，我们是警察，我们维护法律和秩序，但我们不审判，而且你也不是能让我获得救赎的救赎者，明白吗？"

贝雅特喘着粗气，用手背擦去脸颊上滑落的泪水。

"你说完了吗？"哈利问道。

"嗯。"贝雅特用执拗的眼神怒视哈利。

"我不知道我为什么这样做，"哈利说，"大脑是台单一的机器。也许你说得对，可能我设计了一切，让事情这样发生，但如果真是这样，我希望你知道，我这样做并不是为了让你得到救赎，"哈利把咖啡一饮而尽，站了起来，"我是为了让自己得到救赎。"

圣诞节到新年这段时间，街道被雨水冲刷得非常干净，积雪完全消失。新一年的曙光在零下气温中照亮大地，天空飘落着羽毛般的细雪，冬季似乎被赋予了一个全新的更好的开始。欧雷克收到的圣诞礼物是障碍赛滑雪板，哈利带他去韦勒山的下坡路段，在除雪机开出的弯道上滑雪。第三天去山坡滑雪的回程路上，欧雷克在车里问哈利，他们是不是很快就能去山口滑雪。

哈利看见马地亚的车停在车库外，便让欧雷克在车道底端下车，然后独自驾车回家，躺在沙发上看着天花板，聆听老唱片。

一月的第二周，贝雅特宣布她怀孕了，将在夏天生下她和哈福森的宝宝。哈利回想起来，觉得自己真是瞎了眼。

一月份哈利有很多时间思考，因为这个月奥斯陆的一部分人决定休个假，暂停彼此残杀。他思考是否要让麦努斯搬进六〇五室的情报交换所，思考下半生该做什么，思考人在世时能否知道自己做了正确的抉择。

七山环绕的卑尔根依然是秋天，并未下雪。弗洛伊恩山上，哈利觉得笼罩在四周的云雾似乎跟上次的一样。他在弗洛伊恩山顶餐厅的一张桌子旁找到了那个人。

"听说你最近都来这里坐。"哈利说。

"我在等你，"毕悠纳·莫勒说，喝完杯中的酒，"你花了点时间。"

他们走出餐厅，来到观景台的栏杆旁。莫勒似乎比上次更为消瘦苍白，他双眼虽然清澈，但脸颊肿胀，双手发抖。哈利推测这应该是药物的作用，而不是酒精。

"上次你说我应该追踪钱的流向，"哈利说，"起初我还不懂你的意思。"

"我说得对不对？"

"对，"哈利说，"你说对了，但我以为你说的是我的案子，不是你自己的。"

"哈利，我说的是所有的案子。"风将莫勒的长发吹到脸上，又吹开，"对了，你没告诉我甘纳·哈根对这件案子的结果满不满意，也就是没有结果的结果。"

哈利耸了耸肩。"最后戴维·埃克霍夫和救世军免于受到丑闻冲击，声誉和事业不至于受到损害。阿尔贝特·吉尔斯特拉普失去了独生子和儿媳妇，也丢了原本可以拯救家族财富的合约。索菲娅·米何耶兹和家人要返回武科瓦尔，当地有个新捐助者打算盖一栋房子，同时资助他们。玛蒂娜·埃克霍夫跟一个叫里卡尔·尼尔森的男人开始交往。简言之，世界还在继续前进。"

"那你呢？你还跟萝凯见面吗？"

"偶尔。"

"那个当医生的家伙呢？"

"我没问，他们有自己的问题要面对。"

"她希望你回到她身边吗？"

"我想她希望我的生活跟那个医生一样，"哈利翻起领子，望着被云雾遮住的山下市区，"其实我有时也希望自己是那种人。"

两人沉默下来。

"我把汤姆·瓦勒的手表拿去钟表行给一个懂表的年轻人看过了。你记得我说过我会做噩梦，梦到那块劳力士手表在汤姆的断臂上嘀嗒作响吗？"

莫勒点了点头。

"现在我知道原因了。"哈利说，"世界上最昂贵的手表都具备陀飞轮系统，它的振动频率是每小时两万八千次，秒针似乎不停地在绕圈飞行，再加上擒纵机构，使得它的嘀嗒声比一般腕表还要强烈。"

"劳力士，很棒的表。"

"那块表的劳力士标志是钟表师后来加上去的，用来隐藏它真正的牌子。其实它是 Lange 1 陀飞轮腕表，是一百五十块限量腕表中的一块，跟你送我的那块表属于同一个系列。上次这款手表在拍卖会上售出的价格将近三百万克朗。"

莫勒点了点头，嘴角泛起一丝微笑。

"你就是用价值三百万的腕表来犒赏自己？"哈利问道。

莫勒扣起大衣，翻起领子。"它们的价格比较稳定，没有车子那么显眼，也没有昂贵艺术品那么招摇，比现金容易夹带，而且不需要洗钱。"

"还可以拿来送人。"

"没错。"

"到底怎么回事？"

"说来话长，哈利。一如许多悲剧，它原本的用意是好的。我们这一小群人希望恪尽职守、拨乱反正，弥补这个由法律所管理的社会的不足之处。"

莫勒戴上一副黑手套。

"有人说社会上之所以有那么多罪犯逍遥法外，是因为司法系统犹如一张网眼很大的网，但这种说法给人完全错误的印象。其实司法系统是一张网眼很小的网，可以抓到小鱼，但只要大鱼一冲撞，它就破了。我们希望成为这张网后面的网，挡住鲨鱼。这个组织里不只有警察，还有律师、政治家和官僚，这些人看见国界失守时，挪威的社会结构、立法及司法系统不足以对抗大举来犯的国际犯罪组织，挪威警察的职权不足以和犯法者在相同规则下进行游戏，必须等立法系统迎头赶上，因此我们决定暗中采取行动。"

莫勒望着云雾，摇了摇头。

"但如此一来我们就得在封闭且秘密的环境里行事，于是腐化开始产生，微生物开始滋生。有人提出必须走私武器到国内，才有办法跟敌人抗衡，接着又说必须贩卖这些武器，为我们的工作筹措资金。这是个怪异的矛盾，但反对人士很快就发现组织已被微生物接管。接着他们送来礼物，一开始是小东西，说是用来激励大家，不接受礼物等于没有凝聚力。但事实上这只是下个腐化阶段的开始，你在不知不觉中被他们同化，直到有一天赫然发现自己已坐在屎坑里，找不到出去的路。你有太多把柄握在他们手上，而且最糟的是你不知道'他们'是谁。我们的组织划分为小单位，各单位之间只能通过联络人来互相联络，而联络人对一切保密。我不知道汤姆·瓦勒是我们的人，也不知道他负责走私军火，更不知道有个代号叫王子的人存在，直到你和爱伦·盖登发现这件事。这时我已经知道我们早就失去了真正的目标，从很久以前开始，我们除了中饱私囊之外就没有其他目标，而且我也腐化了，我成了……"莫勒深深吸了口气，"杀害爱伦这类警察的同谋。"

缕缕云雾环绕在他们周围，弗洛伊恩山仿佛正在飞行。

"有一天我受够了，我想退出，于是他们给了我选择，很简单的选择，但我担心的不是自己，而是担心他们会伤害我的家人。"

"这就是你逃到这里来的原因？"

莫勒点了点头。

哈利叹了口气："所以你送我这块表是希望我终止这件事。"

"哈利，这件事必须由你来完成，没有其他人选了。"

哈利点了点头，觉得喉头一紧，只因他忽然想起上次他们站在山顶时莫勒说过的话：想想还挺可笑的，从挪威第二大城市的市中心搭乘缆车，六分钟就可以抵达这些山脉，但却有人会在这里迷路和死亡。试想你以为自己所在之处是正义的核心，不料却突然迷失方向，变成了你所对抗的那种人。哈利想到自己在脑中所做的计算，以及自己所做出的大小抉择，是这些引领他在最后一刻到达加勒穆恩机场。

"长官，如果我跟你其实没有那么不同呢？如果我说我和你是在同样的处境中呢？"

莫勒耸了耸肩："英雄和恶徒的区别，在于机会时势的细微差别，一切向来都是如此。公义是懒惰和没有远见之人所崇尚的美德，若少了破坏规定和不守规则的人，现在我们仍会活在封建时代里。哈利，我迷失了，就这么简单。我相信了一些东西，但我眼瞎了，等我看清楚时，我已经腐化了。这种事随处可见。"

哈利在风中打了个冷战，思索着该说什么好，然而当他终于想到并说出来时，却发现自己的声音听起来十分陌生而扭曲："抱歉，长官，我没办法逮捕你。"

"没关系，哈利，其他的我再自己解决，"莫勒的语气听起来很冷静，几乎像是在安慰他，"我只是希望你看清并理解一切，也许会从中学到些什么，没有别的了。"

哈利看着难以穿透的云雾，想按他的长官及朋友莫勒所说"看清一切"，却无法办到。他转过头去，发现莫勒已经离去。他朝白雾中高声呼唤莫勒的名字，尽管他知道莫勒说得没错，没有别的了，但还是觉得应该有人叫他的名字。

FRELSEREN (THE REDEEMER)：Copyright © 2005 by Jo Nesbø

Published by agreement with Salomonsson Agency, through The Grayhawk Agency Ltd.

本书译文由台湾漫游者文化授权简体中文版出版发行

著作权合同登记号：图字18-2017-148

图书在版编目（CIP）数据

救赎者 /（挪威）尤·奈斯博著；林立仁译 . -- 长沙 : 湖南文艺出版社 , 2018.2（2024.9 重印）

ISBN 978-7-5404-8460-6

Ⅰ . ①救… Ⅱ . ①尤…②林… Ⅲ . ①长篇小说—挪威—现代 Ⅳ . ① I533.45

中国版本图书馆 CIP 数据核字（2017）第 330583 号

上架建议：畅销·悬疑小说

JIUSHUZHE

救赎者

著 者：[挪威]尤·奈斯博
译 者：林立仁
出 版 人：陈新文
责任编辑：薛 健 刘诗哲
监 制：吴文娟
策划编辑：董 卉
特约编辑：陈晓梦 顾笑奕
版权支持：辛 艳 张雪珂
营销编辑：傅 丽
封面设计：利 锐
出 版：湖南文艺出版社
（长沙市雨花区东二环一段508号 邮编：410014）
网 址：www.hnwy.net
印 刷：北京天宇万达印刷有限公司
经 销：新华书店
开 本：880 mm × 1230 mm 1/32
字 数：373千字
印 张：14
版 次：2018年2月第1版
印 次：2024年9月第4次印刷
书 号：ISBN 978-7-5404-8460-6
定 价：59.00元

若有质量问题，请致电质量监督电话：010-59096394

团购电话：010-59320018